아동문학의
옛길과 새길 사이에서

국립중앙도서관 출판시도서목록(CIP)

아동문학의 옛길과 새길 사이에서 : 최명표 평론집 / 최명표.
— 서울 : 청동거울, 2007
　p. ;　　cm. — (어른을 위한 어린이책 이야기 ; 05)
색인수록
ISBN 978-89-5749-092-1 03810 : \16000
809.9-KDC4　809.89282-DDC21　　CIP2007002728

어른을 위한 어린이책 이야기 05

아동문학의 옛길과 새길 사이에서

2007년 9월 1일 1판 1쇄 인쇄 / 2007년 9월 11일 1판 1쇄 발행

지은이 최명표 / 펴낸이 임은주 / 펴낸곳 도서출판 청동거울 / 출판등록 1998년 5월 14일 제13-532호
주소 (137-070) 서울 서초구 서초동 1359-4 동영빌딩 / 전화 02)584-9886~7
팩스 02)584-9882 / 전자우편 cheong21@freechal.com

주간 조태림 / 편집 이선미 / 마케팅 김상석

값 16,000원

ISBN : 978-89-5749-092-1

어른을 위한 어린이책 이야기 05

아동문학의
옛길과 새길 사이에서

최명표 평론집

청동거울

　한국의 아동문학은 장족의 발전을 거듭하는 중이다. 가히 아동문학의 중흥기라고 칭해도 될 정도로, 요즈음에 이르러 아동문학에 관심을 표명하는 이들이 늘어나고 있다. 그들의 관심이 경제적 수준의 향상으로 인해 후속세대에게 갖는 애정의 발로가 아니라, 순수하게 문학에 대한 애정의 실천 행위이기를 바란다. 아울러 이 나라의 영민한 상업자본들에 의해서라도 한국적인 사유 체계를 구성하고 있는 구비문학의 유산들이 되살아나기를 고대한다. 아동문학의 특수성에 비추어 보건대, 생활 주변보다는 전래의 자산들을 활용하는 편이 훨씬 효과적이고 한국적일 터이다.

　이 책에 수록된 글 중에는 발표일로부터 상당 기간이 경과되어 누렇게 부스러지는 것들이 있어서 떠나보내는 나를 안타깝게 한다. 시절이나 주인을 잘못 만나서 애꿎게 입은 피해이므로, 그것들에게 미안한 마음을 금할 수 없다. 이번에 책으로 묶으며 되읽자니, 성근 표현들이 시차를 극복하지 못하고 군데군데 남아서 눈에 거슬린다. 하지만 거의 손대지 않고 그대로 두기로 했다. 세상의 모든 글은 발표되는 순간에 글쓴이의 구박으로부터 해방된 것이므로, 모자라면 모자란 대로 세상에 나아가 새로운 삶을 개척하기를 기대한다. 그러한 바람은 아직 묶일 날을 기다리는 다른 원고들을 향한 다독거림이기

도 하다.

제1부의 식민지 시대의 어린이 문화 운동과 담론과의 관계를 천착한 글은 후속 연구가 이루어지지 않아서 미완의 성격을 띠고 있으나, 가까운 시일 내에 그 시절의 아동문학론을 검토할 필요성을 느끼고 있다. 내가 이전에 발표한 글들과 함께 읽는다면, 식민지 시대를 바라보는 관점을 파악할 수 있을 것이다. 그리고 동시교육론은 이 나라의 문학교육이 국어교육론자들에 의해 철저히 도구적 기능에 머물러 있는 현실을 개탄하며 쓴 것이다. 문학작품으로 국어 교과서를 대체하는 나라들에 비해, 수십 년째 '국어사랑 나라사랑'을 외쳤던 한국어의 교육 결과는 참담하기 그지없다. 언제까지 문학이 '국어' 사용 기능의 신장을 위한 독해 자료로 이용될지 걱정이다.

제2부는 정지용으로부터 신예시인에 이르기까지, 그간 주의깊게 읽은 동시인들의 작품 세계를 살펴본 느낌이다. 동시인들은 아동문학의 양적 확대 과정에서 다소 위축된 듯하지만, 묵묵히 자신의 시적 성취를 향해 나아가고 있다. 그들에게 부탁할 수 있다면, 동시 작품에서 한국어의 아름다운 소리결을 보고 싶은 심정이다. 그와 더불어 독자들은 이른바 전문적 동시인이 아닌 시인들의 동시론을 한데 묶은 의도를 헤아려 주기 바란다.

제3부는 마해송으로부터 시작하여 금년도 신춘문예 당선작까지 일별한 동화 작가론이다. 다들 알다시피, 나는 요즈음에 그동안 소홀히 읽었던 동화와 소년소설을 열심히 읽는 중이다. 그것은 장르의 집중화 현상을 따라가면서 아동문단의 움직임에 주의하려는 의도이기도 하고, 평단에 대한 간접적인 불만의 표출이기도 하다. 동화작가들은 저마다 독특한 환상의 성채를 구축하고 활발하게 작품을 발표하고 있다. 그들의 고투 속에서 생활동화의 한계를 초월한 걸작이 나오기를 기다린다.

제4부는 서평과 해설이다. 나는 해설을 철저히 독자의 수준에 맞추어 쓰고, 서평은 비평적 관점을 유지하려고 노력한다. 이런 태도는 앞으로도 당연히 견지될 터이지만, 아동문단을 생각해 보면 서평의 객관성과 전문성을 확보하기 위해 더 공들일 필요성을 느낀다. 사실 문학의 위기는 평언의 참을 수 없는 가벼움과 뗄 수 없는 가까움으로부터 비롯된 것인지도 모른다. 서평도 글인 이상, 아무나 함부로 쓸 일이 아니다.

오랜만에 아동문학평론집을 묶는 감회가 새롭다. 첫 평론집을 내고 난 9년 동안 허송세월한 것은 아니지만, 아동문학을 바라보는 안목이 얼마나 넓어지고 깊어졌는지 의문이다. 또한 나에게 세상은 여

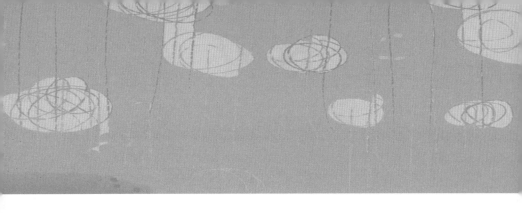

전히 아득한 어둠이고, 문학은 깊이 모를 심연이다. 그러나 나는 운명적으로 그 어둠과 어둠의 자식들을 사랑한다. 황폐하기 이를 데 없는 내 생에 문학마저 없었다면, 아마 세상살이에 쉽게 동화되지 못하듯이 살아가는 일조차 팍팍했을 것이다. 그런 측면에서 작가들에게 가없는 감사의 뜻을 표한다. 그들이 밤을 새워 썼을 작품을 통해 나는 영혼의 안식을 누리며 사유의 평수를 늘릴 수 있었다.

끝으로 이문이 없을 줄 번연히 알면서도 번듯하게 책으로 만들어 준 청동거울의 식구들과 맺은 인연에 깊은 감사를 드린다. 시골에서 궁벽하게 사는 백면서생의 아동문학평론집을 출판한다는 일이 얼마나 무모한 일인 줄 알기 때문에, 그들의 배려와 후의는 더욱 빛난다. 모쪼록 이 나라의 아동문학이 나날이 융성하여 나이테 속에 보석을 담는 기쁨을 누리기를 기대한다.

2007년 여름
죽계서실에서
지은이

제1부 아동문학과 문화 운동, 그리고 동시교육

제2부 동시의 옛길과 새길 사이에서

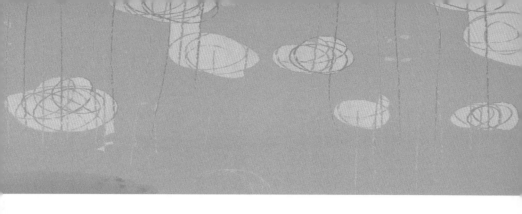

제1부
아동문학과 문화 운동, 그리고 동시교육

어린이 문화 운동과 식민 담론의 상관관계

1. 서론

한국의 근대화 논의는 식민주의 담론의 전개 양상과 맞물려 있다. 식민주의 담론의 지배 구조를 연구하면서 견지할 관점은 "진정한 역사적인 내용들은 돌출적인 사건이나 위대한 역사 인물을 통해서가 아니라, 눈에 띄지 않는 일상 속에서 나타난다"[1]는 사실이다. 이런 측면에서 그간의 논의에서 소홀히 취급되었거나 간과했던 대표적인 사례로 '어린이'를 들 수 있다. 어린이는 근대 이후 대두된 개념인데도 불구하고, 그들의 존재는 성인 중심의 근대화 논의에서 제외되어 왔다. 이러한 논의 자세는 마치 어린이들을 식민지 체험과 무관한 존재로 열외시키거나, 식민주의 담론의 전방위적 영향 관계로부터 배

---

1) H. Steinmetz, 서정일 역, 『문학과 역사』, 예림기획, 2000, 47~48쪽.

제하는 과실을 초래한다. 그러나 어린이는 식민지 전략의 원인 제공자는 아니더라도, 식민주의 담론의 범주로부터 자유로울 수는 없다. 비록 미성숙한 인간이었지만 그들도 엄연히 식민지의 원주민으로 존재했을 뿐만 아니라, 자신들을 둘러싸고 전개되었던 식민주의 담론의 객체인 것은 분명한 사실이기 때문이다.

'어린이'는 일제에 의한 국권침탈기에 본격적으로 대두된 개념이다. 이전까지 어른의 일부로 당연시되었던 어린이는 식민지시대를 통해 역사의 전면에 등장하였다. 이 시기의 어린이들은 근대적 학교 제도의 도입으로 어른들의 세계로부터 독립된 공간을 확보하게 되었다. 그렇지만 학교는 어린이들에게 일제의 지배 담론을 내면화시키는 이데올로기 기구였기 때문에, 식민주의 담론의 생성 공간으로 기능하였다. 이러한 점을 우려했던 방정환은 1920년대에 학교 외 공간에서 어린이들에게 문화적 체험 기회를 제공하기 위해 다양한 방안을 강구하였다. 특히 그는 동화 구연, 동화집 발간 등으로 어린이들의 '순진무구'한 조건을 보호하기 위해 노력했다. 이러한 사실은 일제가 학교 교육을 통해 어린이들에게 시도했던 '식민주의적 소외'를 완화시키는 데 기여하였다. 본고는 그가 전개한 어린이 문화 운동과 식민 담론의 상관성을 규명하기 위해 '어린이' 용어의 정착 과정, 학교 교육의 식민성, 동화 장르의 의의와 한계 등을 고찰하고자 한다.

2. 어린이 문화 운동과 식민 담론의 전개 양상

1) '어린이'의 발견

어린이는 이성의 발달과 함께 대두되어 정치적, 사회적 환경에 따라 부단히 변주되고 있는 근대적 개념이다. 서구의 전통 사회에서 어린이는 6~7세부터 도제의 집에서 수공업 기술을 배우면서, 성인 노동자와 별반 다르지 않은 대우를 받았다. 그들은 성인들과 어울려 일하면서 담화에 동참하기도 했으나, 17세기에 이르러 어린이는 "천진난만하다는 중요한 개념이 받아들여"[2]지기 시작하면서부터 천진무구한 존재로 규정되었다. 그에 따라 어린이의 천진한 본성을 보호하기 위하여 부모에 의해 양육되고 교육받을 존재로 재규정되었다. 18세기에 접어들면서 유럽 전역에는 산업사회로의 점진적 이행이 이루어지고, 세계의 지배에 대한 진보적 신념이 확산되었다. 그에 따라 이전까지 가정에서 기초적 양육에 그쳤던 어린이의 발달 과정은 다양한 전문가 집단에게 주요 관심사가 되었으며, 가정에서는 어린이의 양육을 전담하기 위한 노동비용이 증가하여 어머니의 책임은 더욱 강조되었다. 이 시기의 철학자와 신부, 교육학자, 심리학자, 의사들은 "제일 먼저 건강상의 위험과 유해한 환경으로부터 아이를 보호하려는 노력"[3]을 보였고, 의사들은 어린이들의 위생 환경 개선을 역설하였다.

일본에서 어린이는 아동문학의 출현과 함께 발견된 존재이다. 일본 아동문학은 메이지 유신 이후 "'갇힌 시대의 현상황'에서 문인들

---

2) P. Ariés, 이재원 역, 『아동의 탄생』, 새물결, 2003, 202쪽.
3) E. Beck-Gernsheim, 이재원 역, 『내 모든 사랑을 아이에게?』, 새물결, 2000, 59쪽.

의 신낭만주의적 도피로, 나아가 서구 세기말 문학의 영향"[4]으로 아동문학이 출현하였다. 낭만주의 작가들의 도피적 욕망에 의해 '풍경'으로 존재하던 어린이가 발견된 것이다. 이와 함께 발견된 '청년'과 '청춘'은 메이지 시대에 널리 유행하였다. 이 시대에 등장한 수많은 결사체들은 '청년회'나 '소년회'라는 명칭을 사용했으며, 기관지에도 '청년'이나 '소년'을 표제로 사용하였다. 그런데 일본의 청년은 "'국민'을 대표할 수 있는 존재로 창출된 것"[5]이라는 사실이다. 청년은 구시대를 대표하던 '장사'의 대립항으로 설정된 개념이며, 그들의 핵심은 교육이었다. 그에 따라 '소년'과 '청년'을 대상으로 한 각종 강연회의 개최와 잡지 발간이 잇따랐고, 이러한 움직임은 식민지 조선에 그대로 유입되었다.

이에 따라 애국계몽기에는 '소년'이라는 용어가 널리 사용되었으나, '소년'은 소년 외에 청소년층과 청년층을 포괄한 광의의 개념이었다. 그러한 사실은 당시에 '소년'이라는 용어를 사용했던 잡지에서 두루 살펴볼 수 있다. 1906년 발간된 『소년한반도』는 이해조의 한문현토소설 「岑上苔」(1906. 11~1907. 4)를 비롯하여 문학, 사회, 국제법, 경제문답, 지리문답 등을 게재하였다. 1908년 최남선은 '문장보국'의 일념으로 잡지 『소년』을 창간하면서, 시 「해에게서 소년에게」와 이광수의 소설 「어린 희생자」 등 문학작품을 위시하여 지리, 역사, 위인 등 백과사전식 편집 방향을 채택하였다. 또한 이듬해 학생들을 대상으로 창간된 『장학월보』(1909. 1)도 소설 작품을 수록하는 등, 다른 잡지들과 별반 다르지 않았다. 이 잡지들은 공통적으로 '소년'의 범주를 정확하게 설정하지 않았던 까닭에, 도리어 '소년'의

---

4) 柄谷行人, 박유하 역, 『일본 근대문학의 기원』, 민음사, 1997, 151쪽.
5) 이경훈, 『오빠의 탄생』, 문학과지성사, 2003, 48쪽.

외면을 받게 되는 결과를 초래했다. 특히 '소년'은 최남선에게 사상적 외연 확대의 단초로서 "'소년―자유―대한―반도―태양―태백' 등과 연계시켜 일군의 표상 체계를 형성"[6]한 원형 심상이었지만, 독자의 선지식에 대한 배려를 전제하지 않은 채 자기 주장의 확산에 치중하여 스스로 "신대한 소년계에서는 별노 반향이 업슴"(『소년』, 제2호, 1908)을 자인하도록 만들었다.

결국 당시의 잡지들은 애국계몽기의 시대적 형편과 일제의 영향으로 인해 객관적 개념 설정 절차 없이 관습적으로 '소년'이라는 매개항을 도입했던 것이다. 이 용어는 조선시대부터 성인의 반대 개념으로 사용되어 왔다. '소년'은 애국계몽기의 특수한 사정 때문에, 주체성보다는 계몽성을 강조한 개념이었다. 비록 '소년'이 일제의 개념 범주를 복사한 것은 아니라고 하더라도, 주권을 강탈당한 식민지적 조건에서는 적합성을 획득하기 어려웠다. '소년'의 사용자들은 주장하는 바의 효과와 시대적 상황을 선도할 수 있는 새로운 용어의 창출에 노력할 필요가 있었지만, 계몽이라는 시대적 과제의 시급성 때문에 내용의 전달을 중시하였다. 그러므로 새로운 세계를 담보하는 존재로 설정된 '소년'은 논리상으로 취약할 뿐만 아니라, 대중적 합의를 도출하지 못한 채 새로운 용어의 출현에 위축될 수밖에 없었다.

이와 같은 상황에서 '어린이'라는 용어가 새롭게 등장했다. '어린이'가 처음 사용된 용례는 18세기의 교육자료 『동몽선습』이다.[7] 이후에 방정환은 관여하던 잡지에서 '어린이'(「어린이 노래」, 『개벽』, 제3호, 1920)라는 용어를 사용하였다. 최남선도 시 「어린이쑴」(『청춘』, 1921. 10)에서 '어린이'란 용어를 사용했지만, 그의 용어 사용은 일회

---

6) 정상균, 『한국근세시문학사연구』, 한신문화사, 1988, 233쪽.
7) 이기문, 「어원 탐구 어린이」, 『새국어생활』, 국립국어연구원, 1997. 여름호, 109쪽.

적이었다. 방정환이 본격적으로 어린이 문화 운동에 투신한 뒤에도 '어린이'의 개념 규정은 모호했다. 그가 발행하던 『어린이』지의 편집 자는 독자의 투고 연령을 '20세 이하'(「독자담화실」, 『어린이』, 1925. 3) 로 제한했지만, 『어린이』지에서 주최한 추석 행사장의 입장 허가는 15세 이하로 한정하는 등 혼선을 빚었다. 또 김기전은 어린이를 '7 세로부터 19세까지'(「다같이 생각합시다」, 『어린이』, 1927. 12)로 구분하 는 등 편차를 보였다. 그리고 1924년부터 1927년까지의 『어린이』지 독자들 중에서 7세부터 12세는 8.8%에 불과하고, 16세부터 18세까 지가 52.9%에 이르는 등, 주요 독자는 오늘날의 어린이에 대응하는 연령층이 아니라 청소년층이었다.

이러한 혼란은 방정환을 비롯한 어린이 문화 운동가들이 '어린이' 에 대한 과학적 규정보다는, 운동 전선의 확장에 복무하느라 논리적 체계를 세울 만한 심리적 여유를 가질 수 없었기 때문에 생겼을 것이 다. 그것은 '소년'의 사용자들이 보여준 용어의 불철저성과 크게 다 르지 않다. 아울러 "구술문화에 뿌리박은 정신은 단어의 정의에 무 관심하다"[8]는 점에서, 용어의 규정보다는 문화 운동에 몰두했던 방 정환의 논리적 허술함도 지적될 만하다. 실제로 그는 어린이를 위한 각종 강연회 등 구술 행사에는 적극 참가한 반면에, 용어의 범주 설 정에는 무관심하였다. 이와 같이 '어린이'는 개념의 모호성과 함께 애국계몽기 '소년'의 범주와 중첩되었음에도 불구하고, 1920년대 후 반에 접어들면서 대중적 용어로 정착하였다.[9]

'어린이'가 '소년'을 대체하여 신속히 정착할 수 있었던 배경으로 는 첫째, 취학률의 상승을 들 수 있다. 1920년 당시의 보통학교 취학

---

8) W. J. Ong, 이기우·임명진 역, 『구술문화와 문자문화』, 문예출판사, 1995, 75~76쪽.

률은 4.4%에 그쳤지만, 1929년에는 17.4%로 급증하였고, 특히 도시지역에서는 50% 이상의 취학률을 보였다. 취학률 상승으로 말미암아 어린이를 대상으로 한 출판물이 다양하게 발행되었다. 조선총독부 자료에 의하면 1920년에 10종에 불과하던 아동물은 1924년에는 79종으로 증가하고, 1929년에는 91종으로 대폭 늘어났다. 그리고 동화집은 1920년에는 5종이었으나, 1927년에는 29종으로 증가하였다. 이에 따라 "1920년대 말, 1930년대 초가 되면 쏟아져 나온 많은 어린이책 가운데에서 적절한 책을 고르는 일이 부모들의 중요한 관심사"[10]가 되었다. 취학률의 상승은 '어린이'의 범주를 자연스럽게 보통학교 학생과 취학전 어린이로 한정하는 결과를 가져왔다.

둘째, 당시 신문에서는 어린이 관련 기사를 점차 확대하여 독자들의 의식 변화를 선도하였다. 그것은 식민지 사회의 특수한 정치적 환경을 고려한 신문 편집자들의 논조에 의지한 것이다. 그들은 피식민지 상태의 조속한 해체를 담당할 수 있는 세력으로 어린이를 주목하고, 일제의 검열이 상대적으로 약한 어린이 관련 기사를 집중 취급하는 등 편집 의도를 행간에 은닉하였다. 한 예로 『동아일보』는 「어린이는 어쩌하게 교육을 시킵니까?」(1929. 10. 13)라는 제하의 대담 기사를 싣는 등, 신문에서는 어린이 관련 기획물을 지속적으로 연재하였다.

셋째, 방정환을 비롯한 천도교단의 조직적인 계몽운동은 '어린이'

---

9) '어린이'라는 용어가 대중화되는 과정에서 기존의 어휘들도 혼용되었다. '童子'는 1907년 학부에서 편찬한 보통학교 학도용 『국어독본』권 2의 제1과와 제2과에 쓰였다. '동자'는 조선총독부에서 발행한 『조선어독본』(1911-1915)의 제1과와 제2과에서도 동일하게 사용되었다. '아해'는 1911년 조선총독부가 「제1차 교육령」을 공포하면서 조선어와 한문을 통합한 『조선어 급 한문』권 1의 76～77과에서 '아해·1'과 '아해·2'로 사용되었다. '아희'는 "녀선생은 아희의 나이만 대답하고, 어대 잇다는 것은 말치 아니한다."(이익상, 「짓밟힌 眞珠·38」, 『동아일보』, 1928. 6. 19)처럼 소설 작품 등에서 여전히 사용되었다.
10) 천정환, 『근대의 책읽기』, 푸른역사, 2003, 216쪽.

의 조기 정착에 공헌하였다. 방정환이 각종 어린이 문화 운동을 전개한 실천가였다면, 천도교단의 대표 논객 김기전은 「장유유서의 말폐—유년남녀의 해방을 제창함」(『개벽』, 1920. 7) 등을 발표하여 천도교리의 실천 대상으로서 어린이의 해방 논리를 제공하였다. 두 사람은 이론과 실천을 분담함으로써, 효율적인 어린이 문화 운동 전선을 구축할 수 있었던 것이다. 이와 함께 사회주의 성향의 작품도 과감하게 수용했던 『어린이』지 편집진의 개방적 태도도 평가되어야 한다.[11]

지금까지 논의되고 있는 "어린이와 아동기에 대한 개념들은 사회적 이데올로기의 한 부분"[12]이기 때문에, '어린이'는 범주 설정자의 의도에 따라 부단히 변주될 수 있는 개념이다. 곧 애국계몽기의 '소년'이 국한문 혼용기의 시대상을 반영한 문어체적 개념이었다면, '어린이'는 일제의 군국주의화로 한글의 중요성이 강조되던 시대의 특수성을 함의한 구어체적 개념이었다. 이것은 조국의 강점과 해방이라는 정치적 상황과 결부되어 두 용어의 생명과 외연에 영향을 끼쳤다. 특히 식민지 시대의 특수한 정치적 조건 아래서 '어린이'는 논의의 출발선상에서 정치적 의미를 함의하게 되므로,[13] 이와 관련된 논의는 당국의 주시 대상이었다. 이러한 점을 간파한 방정환 등 일군의 어린이 문화 운동가들은 '소년'의 지시 대상을 축소시키고 정치적 요소를

---

11) 그러나 이러한 편집 방향은 『어린이』지의 성격을 불분명하게 만드는 요인으로 작용하여 잡지의 특성을 드러내는 데 역효과를 거두었다. 방정환과 『어린이』지의 사회주의 수용 양상에 관해서는 원종찬, 「한국 아동문학이 창조한 주인공」, 『창작과 비평』, 1999. 봄호, 233~252쪽; 염희경, 「소파 방정환과 사회주의」, 『아침햇살』, 2000. 여름호, 138~163쪽 참조.
12) P. Nodelman, 김서정 역, 『어린이문학의 즐거움 · I』, 시공주니어, 2001, 143쪽.
13) 이런 측면에서 사회주의 계열의 어린이 문화 운동도 검토되어야 한다. 1928년 방정환의 어린이 문화 운동이 활성화될 무렵 사회주의 계열의 조선소년총동맹은 12세 이상 18세 이하의 미취학자 및 취업 소년을 대상으로 운동 전선을 구축하였다. 이것은 중등학교 미취학자를 비롯하여 노동 현장에 복무하던 소년들과 무산 대중의 구성원이었던 빈민 소년에 초점을 맞춘 결과였다. 물론 전선의 확대와 무산계급 운동가로의 전화를 의도한 것이지만, 그들의 범주는 '소년', '어린이'와 크게 다르지 않다. 결국 그들은 '소년'의 정치적 유용성에 착목했을 뿐, 용어의 규정 등 개념 설정 절차는 생략하였다.

제거하였다. 그들은 『소년』지의 대상 연령을 하향하고, 『어린이』지의 편집 방침을 비정치적 내용으로 국한하였다. 이러한 운동 전략은 어린이날에 "때때옷 입은 어린이들을 이끌고 노래를 부르며 시가행진을 시켜 시민들의 이목을 끌게"[14]하는 성과를 거두었다.

2) 학교, '어린이'의 훈련 공간

근대 이전에는 어린이를 위한 공간 개념은 존재하지 않았다. 중세 유럽에서 어린이는 어른과 동일한 권리를 소유하지는 않았지만, 특별히 차별받지도 않는 '작은 어른'이었다. 그들은 주인에게 복종하는 '어린 아이(boy)'로서, 지금과 달리 어른의 상대적 개념으로 존재하지 않았다. 그러므로 어린이를 위한 별도의 공간이나 놀이, 복장 등은 필요하지 않았고, 어른처럼 노동하는 존재로서 경제적 가치를 지니고 있었다. 그러나 17세기에 이르러 어린이들이 사랑스럽고 귀여운 정서적 가치를 지닌 존재로 재규정되자, 현실 세계의 유혹으로부터 어린이들을 보호할 공간의 필요성이 증대하였다. 순진한 어린이들을 어른들의 세계와 단절된 공간에 격리 수용하는 것은 일시적인 효과를 거둘 수밖에 없었다. 그 결과 어린이들을 현실적 유혹으로부터 보호할 수 있는 제도적 공간으로 학교가 주목되었다. 결국 근대의 학교는 어린이의 "사랑스러움이라는 정서적 가치를 부각시켰던 '순진무구함'이라는 관념과 더불어, 그런 만큼 어른들의 세계로부터 격리되고 보호되어야 하고, 그 타락의 유혹에서 스스로를 지킬 수 있도록 교육되어야 한다는 '보호'라는 관념"[15]의 결과로 일반화된 제도이다.

---

14) 조용만, 『경성야화』, 창, 1992, 159쪽.
15) 이진경, 『근대적 주거공간의 탄생』, 소명출판, 2000, 204~205쪽.

학교가 근대적 사회제도의 하나로 자리잡기 시작한 뒤 어린이들의 공간은 신속히 확대되었다. 학교는 어린이들에게 "성인 세계의 노동 및 다른 활동에서 구분된, 분리된 환경"[16]을 제공하였다. 학교는 어린 아이들을 가정으로부터 단절시키는 '경험의 격리'를 통해 국가의 지배 담론을 체계적으로 교육시키는 제도로 공고하게 자리잡았다. 또한 이전의 도제식 교육은 새로운 방식으로 대체되어 교육 내용과 지도 방법의 혁신을 가져왔다. 이에 따라 18세기에는 인간과학의 통찰 및 기술로서 '훈련(discipline)' 개념이 교육 부문에 도입되었다. 훈련은 군대와 학교에서 "신체와 규율의 지속을 위한 정치적 기술을 뒷받침하는 강력한 도구"[17]이다. 학교는 훈련을 통해 어린이들을 소정의 목표에 도달하도록 일련의 지도 계획을 수립하였다. 또한 이 시기에 등장한 분석적 교수법은 세부적인 문제까지 매우 세심하게 개입하여 교과 지식을 가장 간단한 요소로 분해하여 가르칠 것을 주문하였다. 이 교수법은 "세부적인 통제와 규칙적인 개입을 가능"[18]하도록 각각의 발전 단계를 소단계로 위계화한다. 이 과정에서 연습은 결정적인 기법으로 반복적이며 상이한, 그러나 항상 전진적인 과제를 신체에 부과한다. 분석적 교수법의 등장으로 학교 교육은 어린이에게 공간을 재배치하면서 '시간의 경제(economy of time)'를 생성시켰다.

학교는 일련의 시간 계획에 의해 근대 주체를 생산하는 대표적인 공간이다. 학교에서는 시간을 경제적으로 활용하고, 학생들의 생활 반경을 효율적으로 통제하기 위한 수단으로 시간표를 도입하였다. 시간표는 "근대인의 삶 '전반'을 분절하고 규정하는 근대인의 내적

16) A. Giddens, 권기돈 역, 『현대성과 자아정체성』, 새물결, 2001, 253쪽.
17) J. G. Merquior, 이재원 역, 『푸코』, 시공사, 1998, 150쪽.
18) M. Sarup, 이종태 역, 『교육과 국가』, 학민사, 1988, 36쪽.

존재형식"[19]으로서, 학생들의 일과 시간을 선분화하여 분절된 시간 단위별로 책무와 규율적 활동을 요구하였다. 시간에 의한 통제기제가 작동하게 되자, 학생들은 학교 규율에 복종하며 어른들의 세계로부터 분리되었다. 학생들의 행동 통제가 가능해지면서 학교는 지배 담론을 능률적으로 전파하고 생산하는 공간으로 각광받기 시작했다. 이로써 학교 교육은 식민주의 담론의 확장과 깊은 상관관계를 맺고 제국주의자들의 호응을 얻게 되었다.

일본은 1868년 토오쿄오를 수도로 한 메이지 시대 이후 봉건제를 타파하고, 서구의 문물을 받아들여 제국주의의 기반을 구축하였다. 메이지 시대는 일본의 근대국가 건설을 위한 총력기였으며, 천황을 정점으로 한 관료제도를 정비하고 사회의 전 부문에 걸쳐 서양의 산업기술과 제도를 급속히 도입하였다. 1871년 문부성을 설치하고, 이 듬해 '징병령'과 학제를 도입한 일본은 1879년 '교육령', 1880년 '개정 교육령'을 공포하면서 근대적인 의무교육 제도를 확립하였다. 이 어서 일본은 1890년 '교육칙어'를 발표하면서 국민 교육 이념을 국가의 교육 방향으로 설정하였다. 이후 일본은 조선에 식민주의 담론을 확산시키기 위해 관비 유학제도를 악용하였다. 그들은 황실의 종친과 정부 고위 관료의 자녀 혹은 친인척으로 한정된 유학생들에게 선민의식을 주입시킨 뒤, 귀국 후 관료로 재직하는 의무 조항을 신설하여 자국의 문물 제도를 이식하는 전파자로 활용하였다. 특히 3·1 독립만세운동 이후에는 신진 지식층을 관료로 기용함으로써, 원주민들로 하여금 교육을 계급의 상승 수단으로 인식하도록 조장하였다.

그 뒤에 대한제국을 병탄한 일제는 식민지의 원주민들을 통치 대

---

19) 이진경, 『근대적 시공간의 탄생』, 푸른숲, 2002, 257쪽.

상으로 전락시키는 동시에, 식민지적 질서 속에서 각 개인들 스스로 그것을 유지하고 재생산하도록 시도하였다. 그것은 일본 열도와 한반도의 민족적 기원을 동일시하는 '일선동조론', '내선일체론', '황국신민화' 등으로 구체화되었다. 일제는 이러한 식민주의 담론을 생산하는 공간으로 식민지 내에 근대적인 학교를 설립하기 시작했다. 이것은 학교의 이데올로기적 성격을 정확하게 포착한 일제 식민지 지배 정책의 교활한 실천 사례이다. 일제의 식민주의 담론에 의해 이전부터 존재했던 관학과 사학들은 모두 혁파되어야 할 구악으로 규정되었고, 그것들이 철폐된 자리는 당국에 의해 설립된 학교로 대체되었다. 일제의 학교 설립은 어린이들을 식민지 원주민 부모의 품으로부터 격리시켰다. 그러나 식민지에 "학교를 도입한다는 것 자체가 일종의 변화를 가져오게 하지만, 학교의 도입이 마무리지어져 버리면 국민은 어떤 수준에 고착된 사회의식에 머무르게 되고, 그 이상을 넘어서지 못"[20]한다. 식민지 종주국은 담론의 기획을 통해 식민지 원주민들을 의식적 착각 상태에 빠지도록 조종하고, 그 결과로 피식민지인들은 식민화 교육을 통해 끊임없이 이데올로기의 조작을 경험한다. 이러한 교육의 순환 구조를 통해 원주민 자녀들은 '어떤 수준에 고착된' 채 부모의 자식이 아닌 일제의 충실한 신민으로 양성되어 식민지 경영 논리에 가담하게 된다.

일제는 학교 교육을 통하여 어린이들에게 식민지인의 의무를 반복적으로 내면화시키기 위해 소통 체계를 조작하였다. 서양의 문물을 받아들인 일제의 문화는 인간적 형식에 지배되는 반면에, 식민지 조선은 자연의 질서 체계를 고수하는 자연적 형식에 지배되고 있었다.

---

20) M. Carnoy, 김쾌상 역, 『교육과 문화적 식민주의』, 한길사, 1980, 33쪽.

이러한 차이를 고려하지 않은 채 일제는 '문명화'되지 않은 식민지 원주민들의 의사소통 체계 속에 자국의 식민주의적 의식을 이식하려고 하였다. 식민주의적 억압의 중요한 특징은 일상적인 삶이나, 사유 재산 혹은 언어의 통제에 있는 것이 아니라, 바로 의사소통 기제의 통제에 있다. 곧, 일제의 의사소통 체계가 인간과 인간의 관계에 기초했다면, 식민지의 그것은 인간과 세계의 관계에 기초해 있었다. 일제는 이른바 '중심의 복제'를 통해 자국의 소통체계를 확장하기 위해 용어의 공식화를 기도하였다. 그 과정에서 '어린이'를 비롯한 기층 어휘가 탈락되고, 그 자리에 '아동'을 위시한 일제 용어가 대체되었다. '어린이'는 1914년 조선총독부에서 간행한 『보통학교 수신서·권2 : 교사용』에서도 발견되지만, 1920년 조선총독부에서 발간한 『조선어사전』에서는 누락되었다.

일제는 왜곡된 의사소통 체계 속에서 반대화적이고 폐쇄적인 억압을 통해 원주민들의 문화를 지배하고, 나아가 문화적 침해가 원주민들의 문화적 허위성으로 귀착되도록 조종하였다. 문화적 침해는 지배의 도구이자 결과인 셈이다. 식민주의자들이 강요한 경직된 문화 체제에서 학생들은 어른이 된 후에도 학교에서 교육받은 '침묵의 문화'를 재현한다. 이처럼 식민지의 학교는 근대 주체의 형성 기능을 포기한 채 "지배 구조들 내부에서 미래의 침해자들을 길러내는 대리점 노릇을 하게 되는 것"[21]이다.

이러한 학교 교육의 식민성을 폭로하기 위해서는 학교 외 공간에서 어린이를 위한 문화 운동이 전개될 필요가 있었다. 그것은 우선적으로 학교와 사회의 공간적 격리 이전에 '보호받을 존재'로서 어린

---

21) P. Freire, 성찬경 역, 『페다고지』, 광주, 1986, 152쪽.

이의 순진무구함을 옹호하는 운동으로 집중되었다. 이에 따라 어린이 문화 운동가들은 학교 교육에서 담당하고 있던 식민주의 담론의 재생산 환경으로부터 어린이들을 보호하는 데 운동의 일차적 목적을 두었다. 당시 식민지 어린이들의 감수성은 정치적 환경의 변화로 인해 이중노출되어 있었다. 학교에서는 일본어로 공부하고, 가정에서는 조선어로 생활하는 문화적 이중생활 속에서 어린이들은 피식민지인의 문화적 열등감을 자각하게 되었다. 그들에게 문화 충돌을 제공한 학교 교육은 어린이들을 식민주의 담론의 재생산자로 양성하기 위한 일제의 제도적 실천이었으며, 그 결과 식민지 원주민들에게 '식민주의적 소외'[22]를 재촉하는 매개항이었다. 그러므로 어린이들은 학교에 다니는 동안 '어떤 수준에 고착된 사회의식' 속에서 무의식적으로 '식민주의적 소외'를 체험할 수밖에 없었다.

학교 교육의 이러한 악폐를 간파한 방정환은 어린이들의 소외의식을 감소시킬 수 있는 사업으로 문화 운동을 전개하였다. 그러므로 그의 운동 방향은 시대적 형편에 의해 어린이들의 천진무구를 보호하는 데 결집될 수밖에 없었다. 왜냐하면 당시의 어린이들은 "개개인이 가정과 학교, 공장을 통해서 근대적 주체로 생산되어야 할 존재"[23]임에도 불구하고, 식민 교육의 객체로서 무방비로 노출된 채 근대의 주체로 성장할 수 있는 기회가 봉쇄되어 있었기 때문이다. 그가 문화 운동의 우선순위를 어린이의 문화적 주체 기능 회복으로 설정하게 된 것은 학교 교육에 대한 그의 부정적 인식의 결과였다. 그는 학교 교육이 일제의 지배 담론을 재생산하는 데 공헌하는 식민지인을 양

---

22) N. W. Thing o, 이석호 역, 『탈식민주의와 아프리카문학』, 인간사랑, 1999, 53쪽.
23) 박태호, 「근대적 주체의 역사이론을 위하여」, 김진균·정근식 편, 『근대 주체와 식민지 규율 권력』, 문화과학사, 2000, 109쪽.

성하는 데 있다고 보았다.

지금의 학교 그는 기성된 사회와의 일정한 약속 하에서 그의 필요한 인
물을 조출하는 밖에 더 이상도 계획도 업습니다. 그 때 그 사회 어느 구석
에 필요한 어떤 인물(소위 입신출세자이겠지요)의 주문을 받고 그래도 자
꾸 판에 찍어 내놓는 교육이 아니고 무엇이겠습니까?[24]

지인에게 보내는 사신 형태의 글에서 그는 학교 교육의 식민성에
대한 비판의식을 드러내고 있다. 이러한 인식 기반 위에서 방정환의
문화 운동은 당면 과제의 척결로 나아가게 되었다. 이에 따라 그는
각종 강연회와 동화구연회 등 다양한 문화 행사를 개최하여 어린이
들에게 문화의 주체로 활동할 수 있는 기회를 제공하였다. 이것은 학
교 교육이 강요한 '침묵의 상황'을 타파하려는 문화적 실천 행위였
었다. 그는 각종 집회를 통해 어린이들에게 전래 동화 등 전통적 문
화를 체험할 수 있도록 배려하는 한편, 동요 보급과 연극 공연, 세계
미술 전람회 개최(1928. 10. 2~10) 등을 통해 당대의 문화적 교양을
갖출 수 있도록 힘썼다. 그의 노력은 '순진무구함'이라는 정서적 가
치가 배제된 채 일제에 의해 학교에 '보호'된 어린이들의 처지를 바
로잡으려는 시도였다. 그에 의해 비로소 어린이를 위한 문화의 필요
성이 제기되었고, 어린이들의 '식민주의적 소외'를 감소시키기 위한
운동 전선이 확대되었다. 그는 어린이 문화 운동을 철저하게 학교 외
공간에서 전개하는 등 운동의 정치적 성격을 배제하였다. 그의 운동
전략은 근대 주체의 형성 기능을 외면한 식민지 학교 교육의 식민성

---

24) 방정환, 「소년의 지도에 관하여 잡지 『어린이』 창간에 제하여」, 『천도교회일보』, 1923. 3.
15.

을 드러내는 성과를 거두었다.

방정환의 학교 밖 문화 운동은 일제의 군국주의화가 진행되면서 위기 국면에 봉착하게 되었다. 식민지의 학교 교육은 정치에 예속되어 있었기 때문에, 어린이들을 '보호'하기보다는 어른들의 세계를 학습시키는 데 교육적 노력을 기울였다. 이상적으로 어린이들은 학교에서 현실 세계의 위험으로부터 '보호'되어야 하는데, 현실적으로 학교는 현실 세계를 모방하고 있었던 것이다. 이에 반해 방정환은 어린이의 '순진무구'한 정서적 가치를 최고 덕목으로 설정했지만, 일제의 식민 담론에 가로막혀 그것의 발전 개념을 도출할 수 없었다. 그는 학교에서 담당해야 할 어린이의 '보호' 영역을 어린이 문화 운동에 포함하려고 시도했지만, 학교의 어린이 '보호' 기능은 합법적으로 '보호'되고 있었다. 따라서 비공식 교육의 성격을 내포한 그의 문화 운동은 일제의 공식 교육 앞에 무력할 수밖에 없었고, 교육의 정치성이 강조되면서 소멸하게 되었다.

3) 방정환의 동화 장르 선택의 의의

방정환은 1921년 천도교단의 경제적 지원에 힘입어 도일하기 전까지 경성청년구락부의 「회보」(1917)와 기관지 『신청년』(1919)[25], 영화잡지 『녹성』(1918), 여성지 『신여자』(1920) 그리고 『개벽』 등의 출판과 편집에 직접 관여했었다. 이러한 경험에 토대하여 출판편집자로서 상당한 안목과 전문적 식견을 갖출 수 있었던 그가 도일했을 당

---

25) 방정환은 1917년 비밀결사체였던 경성청년구락부의 회원으로, 유광열 등과 함께 기관지 『신청년』(1919. 1. 20)의 발간을 주도하였다. 이 잡지는 최초의 문예동인지 『창조』(1919. 2. 1)보다 앞서 발간되었으며, 한용운은 머리말 「처음에」를 써서 이들의 활동을 격려하였다. 『중앙일보』, 2002. 12. 5, 20쪽.

일본 최초의 소년 잡지『少年園』과 사자나미의『黃金丸』(박문관, 1891).

시의 일본은 아동 도서의 대량 생산과 유통 체계를 구축하고 있었다. 1888년 간행된 일본 최초의 소년 잡지『少年園』은 메이지 정권의 국민 교육 노선을 충실히 추종하여 국가에 봉사는 '소년'을 양성할 것을 표방하였다. 그 뒤를 이어『小國民』(1889),『少年文武』(1890)의 잡지가 연속적으로 창간되었으며, 각 잡지들은 공통적으로 부국강병과 국민 교육을 역설하였다. 일본의 아동문학 발전에 큰 관심을 보였던 방정환은『少年世界』의 주간이었던 이와야 사자나미(巖谷小波)로부터 커다란 영향을 받았다. 방정환은 그의 이름자에서 자신의 아호(小波)를 차용할 정도로 그에게 경의를 표하였다. 그러므로 방정환이 주도했던 어린이 문화 운동은 사자나미의 행동 범주와 긴밀하게 관련되어 있다.

사자나미는 일본 최초의 아동문학 작품이라고 평가받는『黃金丸』(1891)을 박문관에서 발행했다. 그는 이 책의 성공에 고무되어『日本

한국 초기의 어린이 문화 운동에 영향을 준 『少年世界』지와 『少年俱樂部』지.

昔噺』(1894), 『日本お伽噺』(1897), 그리고 『世界お伽噺』(1899)의 발간에 관여하면서 일본아동문학사상 기록적인 업적을 남겼다. 그는 『少年世界』를 주재하면서 "제국주의 확장에 필요한 국민 교육 이념들을 산업화된 소년지를 통하여 일본 소년들에게 보급"[26]했었다. 특히 편집 체재가 "『어린이』지는 『少年世界』지와, 『신소년』지는 『少年俱樂部』, 『日本少年』지와, 그리고 『아이생활』지 또한 『少年俱樂部』지와 비슷했다"[27]는 점에서, 방정환과 사자나미의 영향 관계를 추측할 수 있다. 그의 성공 사례는 최남선의 출판사 설립과 잡지 창간,[28] 방정환의 출판업 종사 및 어린이 문화 운동에 상당한 영향을 미쳤다. 이와야 사자나미는 "언문일치를 취했든, 그렇지 안든 간에

---

26) 大竹聖美, 「일본 아동문학사(Ⅰ) 명치·대정시대편」, 『아동문학담론』 통권 제6호, 청동거울, 2002, 196~197쪽.
27) 이재철, 『아동문학개론』, 문운당, 1969, 43쪽.

오직 '문학' 또는 '아동'이라는 것을 발견하지 못했던 것"[29]에 비해, 방정환은 식민지적 조건 속에서 하나의 풍경으로 방치되었던 '어린이'를 발견하였다. 이 점은 두 사람의 인식론적 거리를 드러내 주는 동시에, 양자간 영향 관계를 파악하는 데 유효하다.

한편 방정환은 일본 동양대학 철학부에서 심리학을 수강하는 도중에, 근대 주체로 새롭게 대두된 어린이에게 관심을 갖게 되었다. 당시 일본에는 존 듀이(J. Dewey)의 교육 사상이 소개되고 있었다. 듀이는 학습자의 경험과 흥미를 중시한 교육철학자였다. 그의 교육 사상은 종래의 인문주의적 교육 방법 대신에, 놀이와 노동의 교육적 의미를 새롭게 조명하였다. 이러한 진보주의적 교육철학은 마침 어린이를 위한 문학과 문화에 관심을 기울이고 있던 방정환에게 커다란 영향을 끼쳤다. 그가 "우리에게 유익한 지식이라 하여 수신과 산술만 꾸역꾸역 먹고 좋은 사람이 될 수 있느냐"[30]고 반문하며 지적인 영역과 정의적 영역의 조화를 역설하거나, 부모들에게 "시간과 기회를 이용하여 실지 견학을 게을리 하지 말아야 할 것이니 재판소, 강연회, 전람회, 토론회, 음악회, 어느 단체의 총회, 심지어 경매소, 장터, 어물시장, 신문사, 회사, 미두하는 곳, 직업소개소까지도 기회 있는 대로 실지로 자주 보게 해주어야 할 것"[31]이라고 현장 체험 학습을 강조한 것은 듀이의 아동 중심 교육 사상에서 영향받은 것으로 보인다. 한때 비밀결사체의 맹원이었고, 1921년 2월 16일 동경에서 발

---

28) 최남선은 暗谷小波의 영향으로 박문관을 모방하여 신문관을 설립했을 뿐만 아니라, 잡지 『소년』을 창간하기도 했다. 또 최남선이 『소년』지에 번역한 「거인국표류기」는 1899년 12월에 간행된 그의 『世界お伽噺』 제12편 '大人國'을 초역한 것이다. 김병철, 『한국근대번역문학사연구』, 을유문화사, 1988, 287쪽.
29) 柄谷行人, 앞의 책, 156쪽.
30) 방정환, 「세계아동예술전람회를 열면서」, 『어린이』, 1928. 10.
31) 방정환, 「딸 있어도 학교에 안 보내겠소」, 『별건곤』, 1930. 3.

생한 반독립운동가 민원식 암살 사건에 연루되어 옥고를 치루었던 그가 어린이 문화 운동에서 정치성을 배제한 것도 결국 듀이의 교육 사상으로부터 받은 감화의 결과였다.

　1923년 방정환이 귀국했을 무렵의 한국 정세는 3·1 독립만세운동 이후 조선총독부에 의해 기획된 소위 문화 통치가 구체적인 모습으로 전개되고 있었다. 문화 통치는 민족운동가들로 하여금 일본 식민주의자들과의 정면 대결을 지양하고, 무저항주의적인 비혁명적 개량주의 노선을 선택하여 실력양성론으로 귀착시키려는 기만적인 정치적 제스처에 불과했다. 곧, 문화 통치는 민족해방운동의 일환으로 민족주의자들에 의해 제기된 것이 아니라, 식민지 권력이 "민족주의 우파를 뒤흔들어서 빚어진 점진주의적·타협적 요소를 이용해서 지배 체제 쪽으로 끌어들여 그들로 하여금 민중의 치열한 반일·독립을 지향하는 의사를 대일 타협의 방향으로 유도해서 민족독립운동을 거세시키려고 꾀한 민족 분열 정책의 하나"[32]였다.

　이러한 정치 상황에서 방정환은 일제의 지배 담론과 충돌하지 않으면서 어린이들의 '식민주의적 소외'를 감소할 수 있는 방안을 동화 장르에서 모색하였다. 1918년 소설 「우유배달부」와 「고학생」이 각각 『청춘』지와 『유심』지의 독자 문예 현상 공모에 당선되었고, 또한 소설 「유범」(『개벽』, 1920. 6), 「그날밤」(『개벽』, 1920. 12~1921. 2) 등을 발표했던 그가 선택할 수 있는 문학 장르는 당연히 동화였다. 이에 그는 일본 유학 후 "학대받고 짓밟히고, 차고 어두운 곳에서 우리처럼 또 자라는 어린 영들을 위하여 그윽히 동정하고 아끼는 사랑의 첫 선물"로 세계 명작동화 번안물 『사랑의 선물』(개벽사, 1922)을 발

---

32) 강동진, 『일제의 한국침략정책사』, 한길사, 1984, 386쪽.

간하였다. 그가 동화를 선택한 동기는 "비참히 학대받는 민중의 속에서 소수 사람에게나마 피어 일어나는 절절한 필연의 요구의 발로, 그것에 의하여 창조되는 새 생은 이윽고 지상의 속박에서 해방될 날개를 민중에게 주고, 민중은 그 날개를 펴서 참된 생활을 향해 날게 되는 것이며, 거기에 비로소 인간 생활의 신국면이 열리는 것"[33]을 희망했던 작가적 이상의 외연이었다. 그에게 동화는 어린이들이 '지상의 속박에서 해방될 날개'였던 것이다.

이전까지 동화에 대해 특별한 관심을 표하지 않았던 방정환이 동화의 유용성에 주목한 이유는 동화 장르의 속성에서 살펴볼 수 있다. 동화는 본질적으로 어른의 어린이에 대한 간섭이 가능한 장르이다. 동화작가는 나이 어린 독자보다 우월한 지위를 활용하여 동화의 형식 속에 자신의 관념을 투사한다. 그러나 작가에 의해 제시된 환상적 혹은 마술적 세계는 어린이들이 체험하는 현실계와 유리된 채 그의 자기만족적 시선을 드러내는 도구일 뿐이다. 아울러 동화는 문자로 정착되기 이전부터 구전되어 왔던 전통 장르이다. 소설이 "여러 사상과 정치적 논쟁의 특권적 버팀목이 되었던 것"[34]과 달리, 구전 풍습은 "이론(異論)보다는 순응의 전통이며, 이론(異論)보다는 합의의 전달"[35]에 치중하여 탈정치적 장르의식을 함의하고 있다. 이러한 문학적 사실을 고려하면, 동화를 선택한 방정환의 의도가 드러난다. 그는 일제와의 직접적 충돌을 예방하면서 자신의 운동 목표를 달성하기 위한 수단으로 동화의 장르적 속성에 주목하였다. 곧 그의 동화 선택과 어린이 문화 운동의 탈정치성은 상관관계를 맺고 있는 것이

---

33) 방정환, 「작가로서의 포부 필연의 요구와 절대의 진실로」, 『동아일보』, 1922. 1. 6.
34) P. Petitier, 이종민 역, 『소설과 정치사상』, 동문선, 2002, 115쪽.
35) A. Mazrui, 「인종과 수행능력」, 이석호 편, 『아프리카 탈식민주의 문화론과 근대성』, 동인, 2001, 172쪽.

다. 일찍이 문화 운동의 정치적 조건을 배제한 그는 현실 세계의 식민지적 조건이 거세된 동화를 통해 어린이의 '순진무구함'을 보호하고자 노력했다. 이 점에서 그의 동화 장르 선택은 양자간의 "정당한 교환적 관계라기보다는, 기득권자에 의한 '배려'의 형식"[36]이었다.

하지만 그가 동화를 선택하는 순간부터 어린이 문화 운동의 한계는 예비되었다. 동화에 내재된 낭만주의적 속성은 완강한 식민주의의 대항 담론으로 기능하기에는 역부족이었다. 왜냐하면 "낭만주의가 식민지적 침략주의와 불가분의 관계"[37]에 있기 때문이다. 식민지의 어린이들이 그가 강조했던 동화적 주인공이나 위인들을 타자로 수용하는 것은 '갇힌 시대의 현상황에서 문인들의 신낭만주의적 도피'로 출현한 일본 아동문학의 타자를 모방하는 일에 다름 아니었다. 이런 측면에서 방정환의 동화 선택은 필연적으로 내적으로는 정치지향적인 사회주의 계열의 『어린이』지 접수 의지를 감당할 수 없었고, 외적으로는 군국주의로 무장한 일제의 탄압 국면에 노출될 수밖에 없었다. 그의 동화 선택은 어린이 문화 운동의 성공을 위한 필수조건이었지만, 일제의 식민주의 담론을 격파하기 위한 충분조건은 못 되었던 것이다.

이러한 한계를 초래하게 된 원인은 강고한 시대 상황 외에도 그가 어린이들의 '순진무구함'을 보호하는 데 치중한 나머지, 동화의 소극적 낭만주의와 식민 담론의 결합 가능성을 미처 헤아리지 못했기 때문이었다. 그의 동화 장르 선택은 문화 운동의 확산에는 기여했지만, 일제의 식민 담론에 대항하기에는 너무나 미력하였다. 이것은 그가 식민지적 질서의 체계화 과정에 대한 객관적 분석 과정을 생략한

36) 최기숙, 『어린이 이야기, 그 거세된 꿈』, 책세상, 2001, 35쪽.
37) 小森陽一, 송태욱 역, 『포스트 콜로니얼』, 삼인, 2002, 90쪽.

채, 당면 과제의 해결에 집중하느라고 명확한 장르관을 갖추지 못한 데서 파생된 필연적 결과였다.

3. 결론

이상에서 논의한 바와 같이, '어린이'는 근대와 함께 출현한 개념이다. 어린이의 등장은 근대 주체의 새로운 탄생을 알리는 기표였으며, 학교 교육과 아동문학은 어린이를 위한 사회적 제도로서 발전하게 되었다. 이 두 가지는 일본의 선진 제도를 모방했다는 점에서 식민주의 담론과 연루되어 있다. 이러한 정치적, 사회적 배경을 검토하면, 어린이의 논의 과정에서 근대적 학교와 동화의 장르적 속성은 불가분의 관계를 맺고 있다는 사실을 알게 된다. 이 점은 그동안 거대 담론의 논의에 밀려 주목받지 못했던 어린이 문화 운동에 관심을 기울여야 할 필요성이다.

어린이가 근대의 주체 개념으로 등장하기 이전에 '소년'이라는 용어가 사용되었다. 그러나 이 용어는 애국계몽기의 물리적 환경과 범주 설정의 미흡으로 새롭게 등장한 '어린이'에 밀려났다. '어린이'는 취학률의 상승과 용어 사용자들의 적극적인 개입으로 신속히 일반화되었다. 이로써 어린이는 어른의 일부로 취급되었던 종래의 범주로부터 독립하여 순진무구한 성정을 유지하기 위해 보호받아야 할 존재로 규정되었다. 그 결과 어린이들을 현실 세계의 각종 유혹으로부터 보호하기 위해 학교 교육이 대중화되었다.

일제는 학교 교육의 제도화를 통해 식민지 원주민들의 품으로부터 어린이들을 격리시켰다. 그들의 일방적인 기획에 의해 전통적인 경험과 공간을 차단당한 어린이들은 식민주의 담론의 적용 대상으로 노출되었다. 이러한 현실 속에서 어린이 문화 운동가들은 '어린이' 의 정치적 성격을 배제하고, 어린이들의 '순진무구함'을 보호하려는 운동을 전개하였다. 방정환은 어린이들에게 다양한 문화 체험 기회 를 제공함으로써, 근대의 주체 형성 기능을 외면한 학교 교육의 식민 성을 고발하였다. 이것은 그의 운동에 함의된 반식민주의적 성격이 라고 할 수 있으나, 당국에 의해 제도적으로 '보호'되는 어린이들에 게 정치 주체의 기능을 형성시킬 수는 없었다. 아울러 그는 어린이 문화 운동의 확산을 위해 동화를 선택했지만, 불철저한 장르관으로 인해 동화와 식민 담론의 결탁 가능성을 포착하지 못했다. 곧, 방정 환에 의해 주도된 어린이 문화 운동은 식민 담론과 부단히 길항하면 서 영역의 확장을 시도했으나, 군국주의로 치닫는 일제의 식민 담론 을 격파하기에는 역부족이었다.

음성적 구조물로서의 시읽기 전략

> "많은 사람들은 시의 목표가 어떤 교육에 있다고 생각한다.
> 시는 의식을 강화하거나, 풍속을 순화하거나,
> 아니면 적어도 무엇인가 유용한 것을 증명해야 한다는 것이다.
> 그러나 시는 진리를 자신의 목적으로 삼지 않는다.
> 시의 목적은 시 자체일 뿐이다."
>
> —샤를르 보들레르

1. 서론

시교육 방법에 대한 논의를 전개하기에 앞서, 외국의 사례를 중심으로 한국의 국어/문학/시교육의 문제점을 검토하기로 한다. 전세계적으로 모국어 의식이 가장 높은 국가인 프랑스의 초등학교에서는 시암송은 주요 과제의 하나이며, 졸업하기 전까지 적어도 수십 편의 명시를 암송하게 한다.[1] 또 그들의 국어 교과서는 철저하게 문학작품 위주로 구성되어 있으며, 초등학교 국어 교육과정에서 강조되는 대부분의 학습요소는 문학작품을 통해 지도된다. 그 나라의 중등학교에서는 4년 동안 작시법을 학습하면서, 시의 요소와 개념 등을 익히도록 한다.[2] 또한 프랑스 초등학교 교과서에서는 "'동심천사주의'

---

1) 신용석, 『프랑스의 초등교육』, 홍성사, 1993, 78쪽.
2) 박은수, 「프랑스의 모국어교육」, 『교육개발』 통권 제85호, 1993. 8, 96쪽.

에 바탕한 지나치게 제한된 소재와 한결같이 고운 시어, 그리고 표현 기교가 지나치게 잘 나타난 시를 중심으로 하고 있다는 현장 교사들의 지적"[3]을 수용하여 이른바 동시가 아니라 유명 시인들의 작품을 수록하고 있다. 영국에서는 초등학교 국어 교과서에 플라톤의 『변명』이 수록되고, 교과서를 인정하지 않는 캐나다의 국어 시간은 문학작품을 읽고 토론하면서 레포트를 쓰는 활동으로 대체된다.

이러한 사례는 한국의 국어/문학교육에 대한 근본적인 반성을 요구한다. 한국의 국어/문학교육에서는 여전히 '국어 사용 기능의 신장'이 강조되고 있다.[4] 그러나 해방 이후 초등학교 교과서의 고정적 체재인 문종 중심의 나열식 교과서가 국어의 정확한 사용 기능의 신장이나, 바람직한 모국어관을 형성하는 데 기여했는지 본격적으로 검토되어야 한다. 그런 우려의 원인을 교육적 측면에서 살펴보면, 국어 교육과정과 교과서 편수/개발 담당자들의 잦은 교체, 교과서 개발 절차의 답습, 국어 중심 교육과정관의 팽배, 교사들의 문학교육에 대한 무관심/무지 등이 복합적으로 지적될 수 있을 것이다. 이러한 문제점을 해결할 만한 현실적이고 본질적인 개선 방안의 하나는 '실현된 교육과정'의 담당자들인 교사들의 문학교육관을 제고하는 것이다. 특히 문학교육이 일종의 비평 행위라는 사실을 고려할 때, 교사들에게 문학작품의 비평 능력을 함양하는 방안에 대해 구체적인 논의가 필요하다.

---

3) 이영목, 「프랑스 초등학교에서의 시교육」, 『현대시』, 2001. 9, 58쪽.
4) 아직까지 제도교육은 '국어사랑, 나라사랑'이라는 이데올로기의 미망으로부터 벗어나고 있지 못하다. 정작 표어에 지나지 않는 이 말은 두 가지의 의미를 함축하고 있다. 하나는 '국어를 사랑하지 않으면 나라를 사랑하지 않는 것'이다. 다른 하나는 국어의 '절대적' 위상을 항시 현재적 관점에서 의식하게 만든다. 그러나 이러한 사고방식의 이면에는 국어에 정치적 성격을 부여하면서, 이데올로기적 기구로서의 학교/국가의 정체성을 강조하는 이념적 근거로 기능한다.

한편 문학교육에서 모국어에 대한 지나친 강조는 절제되어야 한다. 문학교육은 일차적으로 문학작품을 텍스트로 삼아서 문학적 문법 체계를 가르치는 것이지, 국어 사용 기능을 기르는 것이 아니다. 그것은 소위 '잠재적 교육과정'의 차원에 속하는 부수적인 목표일 뿐이다. 이 점은 분명히 구분되어야 함에도 불구하고, '국어'교육학을 추구하는 논자들에 의해 여전히 강조되고 있다. 문학작품이 언어를 매재로 형상화되는 것은 부인할 수 없는 사실이지만, "문학을 언어예술이라 규정하고 언어만을 중시하는 태도는 그 언어를 둘러싸고 움직이는 경험의 세계에 대한 배려를 상대적으로 약화"[5]시킬 염려가 있다. 따라서 경험의 총체적 구조물로서 문학작품의 특성을 전제하지 않고, 언어 사용 기능 측면을 과도하게 강조하다 보면 문학/시교육의 본질은 훼손될 수밖에 없다.

지금까지 문학교육 현장에서 시를 가르치는 지배적인 방법은 객관주의적/형식주의 비평으로부터 이론적 원조를 받았다. 학교에서의 시교육은 "기초적 훈련이며, 뉴 크리티시즘은 아무리 적게 잡아도 문학 비평의 필수 기초 훈련으로 가장 적합한 것의 하나"이고, "뉴 크리틱들과 아류들이 아무리 싫어도 '자세히 읽기'를 우회하고 문학작품을 해석하겠다는 대담성은 조장할 수 없"[6]기 때문이다. 또 "시의 독자들이 이행해야 할 최소한의 정독에도 인색하다는 것은 독자들의 불찰이요, 무성의이다. 주체적 독자를 길러내지 못하는 문학교육의 전면적 실패가 배경이 되어 있음은 말할 것도 없"[7]다. 이런 점에서 이미 시작품 분석 방법에서 효용성이 공인되고, 문학작품의 음

---

5) 김인환, 「민족사와 문학교육」, 『오늘의 책』, 1984. 가을호, 175쪽.
6) 이상섭, 『복합성의 시학』, 민음사, 1990, 263쪽.
7) 유종호, 『시란 무엇인가』, 민음사, 1995, 30쪽.

성적 조직에 우선적인 관심을 기울이는 형식주의 비평 방법은 여전히 유효한 방법론일 수 있다.[8] 더욱이 시인들의 모국어에 대한 자각의 정도를 평가하거나, 문학을 담당한 교사들의 비평적 소양을 검증하는 방법으로서 시작품의 '자세히 읽기'는 강조되어야 할 것이다.

이에 본고에서는 "한국어의 고유한 소리결을 빛나게 하는 시인"[9]의 한 사람인 문삼석의 동시집 『빗방울은 즐겁다』(아동문예사, 1990)를 텍스트로 삼아, 시인들의 모국어에 대한 책임 이행 여부를 구체적으로 확인하고자 한다. 아울러 그 과정에서 한국어의 소리결을 학습자들에게 효과적으로 가르치기 위한 교사/비평가의 지도 전략이 탐색되기를 기대한다.

2. 음성적 구조물로서의 시읽기

시는 텍스트상에서 언어의 음성적 측면을 구조화한 예술작품이다. 어린이들에게 시작품을 읽게 하는 이유는 그들로 하여금 모국어의

---

8) 최근에는 수용미학과 독자반응이론의 발흥, 이른바 수요자/학습자 중심의 교육과정 이론의 대두에 힘입어 주관주의적 비평 방법의 적용 방안이 모색되기도 한다. 하지만 이 비평 방법은 문학교육 현장에 도입되기에 앞서, 한국의 문학교육적 토양에서 발생하게 될 '오류 가능성'에 대한 비판적인 검토 과정이 선행되어야 할 것이다. 그동안 비판적 근거의 하나였던 객관주의적 비평 이론이 미국 중산층의 문학이론이라는 사실과 대조적으로, 주관주의적 비평 이론은 엘리트 지향적인 문학이론이라는 특성을 갖고 있다. 주관주의 비평이론의 대표적인 갈래인 구성주의 문예이론이나 수용미학이 독일의 독특한 정신사적 전통의 영향 아래서 형성되었듯이, 가장 주관주의적인 프랑스의 주제비평/현상학적 비평이론 역시 소수의 엘리트에 의해 주도된 발생 배경은 중시되어야 할 것이다. 한국의 교육현상은 '교육전쟁'이라는 용어가 어색하지 않을 정도로 과열된 형국인데, 주관주의적 비평 이론의 적용 환경이 조성되지 않은 여건에서 도입될 경우 자칫 '문학능력'이 우수하거나 독서 체험이 우월한 학습자들을 주요 대상으로 실시될 우려가 있다. 주관주의 비평의 문학교육적 논의에 대해서는 권혁준, 「문학비평이론과 시교육」(『문학이론과 시교육』, 박이정, 1997, 134~270쪽)과 이대규, 「주관주의 비평 이론의 교육적 함의」(『한국언어문학』제40집, 한국언어문학회, 1998, 511~525쪽) 참조.
9) 최명표, 「한국어로 짠 아름다운 소리무늬」, 『균형감각의 비평』, 신아출판사, 1996, 243쪽.

음성적 특성을 체득케 하는 것이다. 시/동시[10]는 유년기의 기억을 소중히 여긴다. 그것은 유년기로의 퇴행 충동이 아니라, 그 기억이 현재적 삶에서 보존되어야 할 가치의 준거가 되기 때문이다. 그러므로 시인/동시인들의 어린이다운 인식안에 터한 탁월한 어휘 구사 능력은 시/동시에서 필수적인 조건이다. 특히 놀이 지향적인 학습자의 특성상 시작품에는 음성적 요소가 두드러지게 장치될 필요가 있다.

한국의 국어 교육과정에서 시의 음악적 요소의 하나인 '운율'이 지도 요소로 등장하는 시기는 초등학교 2학년이다.[11] 그러므로 본고에서는 이 시기에 적합한 시작품을 선정하여 지도하는 전략을, 시작품의 음성적 조직에 주목하여 논의하기로 한다.

1) 운율론적 시읽기의 어려움

우리는 어렸을 적에 배웠던 시 한 편쯤은 전편이나 혹은 몇 부분이라도 외울 수 있다. 그때 우리로 하여금 그렇게 할 수 있도록 도와준 요인은 당해 시작품의 고유한 가락이다. 이 가락이야말로 시와 산문을 달리 나누는 변별적 자질이면서, 시를 시답게 만드는 주요 요소이

---

10) 필자는 시/동시의 구분 방식에 동의하지 않는다. 이러한 태도는 텍스트의 대상성에 주목한 것일 뿐이다. 따라서 시인/동시인의 나눔 방식에도 찬성할 수 없다. 단지 본고에서는 이러한 분류 방식이 현재 지배적인 현상이라는 사실을 인정하고 따를 뿐이다.

11) 교육부의 『초등학교 교육과정』을 보면 2학년 문학영역의 내용 (1)에 "작품에 반복적으로 나타나는 말의 재미를 느낀다."고 제시한 뒤, '수준별 학습활동의 예'의 '기본'에서는 "동시에서 반복적으로 나타나는 언어적 요소가 주는 느낌을 말한다."고 제시했으며, '심화'에서는 "반복적으로 나타나는 말의 운율을 살려 동시를 낭독한다."고 제시했다. 그러나 '말한다' 와 '낭독한다'의 차이는 본질적으로 '수준별 학습활동'의 차원이 아니라, 시 지도상의 본질적 측면이므로 '낭송한다'로 수정하여 진술되어야 할 것이다. 시는 '기본'적으로 일상적인 서사물처럼 '낭독'하는 것이 아니라, 시적 서사물로 '말의 운율을 살려'서 '낭송'되어야 하기 때문이다. 또 "반복적으로 나타나는 '말'의 운율"이라는 진술은 운율론에 대한 소박한 인식을 드러내주는 것인데, 그보다는 구체적으로 '반복되는 말이 주는 느낌'을 찾도록 하거나, '되풀이 등장하는 말을 반복적으로 발음하여 그 느낌을 말한다'라는 진술이 학습자의 언어발달단계에 훨씬 적합할 것이다.

다. 따라서 시작품에 내재되어야 하는 소리결의 아름다움은 시인들이 창작하는 동안에 줄곧 고려되어야 할 성질의 것이다. 특히 어린이를 잠재적 독자로 상정하고 쓰여지는 시에서는, 비유나 다른 시적 기교보다도 더 중요하다. 그것은 나이 어린 독자들로 하여금 모국어의 고운 소리결을 체득케 해주면서, 시의 특유한 문법을 학습하도록 도와주는 일이다. 그러므로 이 점은 동시라는 갈래를 천착하려는 시인들 모두에게 짐지워진 하나의 당위적 조건이다.

운율은 "독자가 감상하는 과정에서 작자가 문학작품을 통하여 전달하는 사상과 감정을 더욱 잘 이해하고 느끼는 데에 유리하도록 하는 것"[12]이다. 운율은 용어상으로는 운과 율의 복합 개념이며, 시작품의 물질적/정서적 기초를 토대로 한다.[13] 압운(rhyme)은 율격(meter)과 달리, 소리의 시간적 질서 위에서 나타나는 거리의 반복이 아니라, 위치의 반복이다. 따라서 그간에 집중적으로 언급되어 현행 시교육을 지배하고 있는 음위율, 음수율, 음성율 따위의 구분은 근본적으로 각기 다른 성격의 운과 율을 같은 차원에서 바라본 관점이 필연적으로 야기한 오류이다. 율격은 시와 산문을 가르는 척도이며, 이것은 또 리듬(rhythm)과는 다르다. 리듬은 다른 요소들이 재현하는 운동이나 흐름을 가리킨다. 이에 비하여 율격은 시작품을 구성하는 소리의 반복적이고 규칙적인 양식을 말하며, 그것을 이루는 3요소는 소리와 그것의 반복성 및 규칙성이다.

---

12) 吳調公 편, 권호 역, 『문학학』, 이회, 1999, 160쪽.
13) 운율의 물질적 기초는 시작품상에 나타난 음성적 요소의 주기적 반복에 의해 이루어지는 음악적 현상을 말하며, 시어가 빚어내는 리듬, 고저, 장단, 강약 등을 가리킨다. 이에 비해 운율의 정서적 기초는 인간의 내재적인 정서의 흐름인 음악적 현상을 말하며, 시작품에 내재된 음악적 흐름이 생활체험의 반영이라고 파악하는 것이다. 김기종, 『시운률론』, 동북조선민족교육출판사, 1998, 16~23쪽.

압운은 본질적으로 미학적, 수사학적, 구조적 기능을 갖는다. 우선 미학적으로는 유희본능설에 연루되어 있다. 이런 시작상의 기교는 구전 민요를 보면 바로 알아차릴 수 있는데, 시교육에서는 암송이나 낭독에 커다란 영향을 끼친다. 수사학적으로 압운은 기대와 충족을 감안한 의식상의 장치(scheme)로 드러난다. 독자가 한 편의 시를 읽을 경우에, 그는 일직선상에 연결된 일련의 단어들 가운데 동일하거나 유사한 음을 지닌 단어가 발견되기를 기대한다. 나아가 그런 독법상의 기대가 충족되었을 때, 그는 주의가 환기된 그 음에 주목하면서 시인이 부여한 의미론적 강세를 파악하여 강조된 시어의 의미를 깨닫게 되는 것이다. 이 기능은 '인지의 기쁨'이며, 이러한 기대는 두 가지로 나눌 수 있다. 하나는 1차적 기대이고, 다른 하나는 2차적 기대이다. 전자는 축자적 읽기 단계에서 발생하는 초급 수준의 기대욕이고, 시인의 입장에서는 어휘의 되풀이에 지나지 않는다. 이것은 당해 시작품을 읽는 독자들에게 석연찮은 맛을 느끼게 하고, 나아가서는 시읽기를 팍팍하게 만들어 지루함을 더해 준다. 후자야말로 진정한 압운의 효과이며, 읽으면 읽을수록 감칠 맛 나게 도와준다. 이 맛깔을 내기 위해서 시인은 모국어에 대한 가없는 애정으로 시를 써야 할 것이며, 모국어의 소리결에 대해 관통할 만치 구사력이 뛰어나야 한다.

압운의 구조적 기능은 "시의 각 행에 단위성을 두드러지게 하는 동시에, 시행을 상호 연결시키는 기능"[14]을 가리킨다. 단위성은 어두나 중간운으로 활용된 동일음이 그 행을 동질의 것으로 구획하여 발생하는 결속의 효과이다. 상호연결 기능은 압운이 시작품의 구성인자

---

14) C. Brooks & R. P. Warren, *Understanding Poetry*, Holt, Rinehart & Winston, 1976, 155쪽.

로 기능하는 것을 가리킨다. 예를 들어서, 한시의 절구에서는 1, 2, 4 구에, 율시에서는 2, 4, 6, 8구에 운이 일치되는 경우이다. 그렇다고 하여 한국시가에 두드러지는 접미사의 일치 등이, 이를테면 '—는 듯'의 반복이나 종결형의 동일한 처리 따위가 여기에 들어맞는 것은 아니다. 그것은 압운을 고려한 시작이 아니라, 단지 의미상 혹은 음성상의 건네 주기를 위하여 마련된 소도구일 따름이다. 그런 까닭에 이런 시적 기법은 독자에게 기계적인 읽기를 기대하고, 독자의 시읽기와 기대지평 간에 괴리감을 형성하게 된다.

한국시에서는 전통적으로 압운법을 애용하지 않는다. 그것은 독립해서는 쓰이지 않는 말을 어떤 말에 결합하여 문법상의 관계를 나타내는 교착어의 일종인 한국어의 생리적 한계이다. 둘째, 전통적인 한국시가가 갖는 정형상의 특이성 때문이다. 가령 시조만 보더라도, 한시의 5자나 7자의 엄격한 정형성에 반하여, 자수에 관한 한 가히 비정형이라 할 만치 그 넘나듦이 허다하다. 셋째, 예로부터 한국시가가 대체적으로 가창을 전제로 창작되었다는 점이다. 서양에서 서정시를 말하는 'lyric'이 'lyre'라는 악기에 맞추어 부르던 노래의 의미에서 비롯되었듯이, 한국시 '가'를 대표하는 시조 또한 그와 유사하다. 영어처럼 음의 고저가 뚜렷하지도 않고, 한자처럼 음의 장단이 유별하지 않은 한국어는 본질적으로 산문어에 알맞다. 그럼에도 불구하고 한국시사에 운율을 도입한 시인들의 노력은 간헐적으로 시도되었다.

한편 한국의 현대시 연구에서는 운율론에 대한 논의는 아직도 부족하다.[15] 그 원인의 발생론적 배경을 살펴보면, 한국시사상 근대시로 이행하는 과정에서 '근대성'을 수용할 만한 운율 체계를 미처 개발하지 못했다. 그 결과 자유시의 운율 체계는 내면화되어 한국 근대시의 고유한 작시법은 찾아보기 어려워졌고, 상대적으로 주제와 어조, 이미지 등이 강조되는 경향을 보였다.

그러므로 초등학교의 시교육 현장에서 운과 율을 구분하거나 운율을 구체적으로 지도하는 행위는 지양되어야 한다. 그것보다는 학습자들이 운율의 다양한 효과를 이해함으로써, 한국어의 운율감을 내면화하는 일이 더 중요하고 현실적인 과제이다. 왜냐하면 운율은 음운론적/의미론적 층위에서 발생하거나, 시각적 차원에서도 발생하기 때문에, 어린 학습자들에게 지도하기에는 상당한 난점이 수반된다. 또 운율은 "완전한 반복에서 형성되기도 하고 반복으로부터의 일탈에서 형성되기도 하며, 동일한 텍스트가 여러 가지의 상이한 운율 체계로 해석되기도"[16] 하므로, 이에 대한 이론적 합의가 이루어지지 않은 상태에서는 도리어 시작품에 나타난 음성적 조직에 주목하는 것이 훨씬 효율적일 것이다.

2) 음성적 구조물로서의 시읽기

시어에 의한 시적 구조의 기본적인 특징은 반복과 순환의 강화현상이다. 이러한 특성은 시어에 의한 음성적 구조화 정도에 따라 감지될 수 있다. 시작품은 근본적으로 '낭송'되는 과정에서 그 고유한 음성상을 드러내기 때문이다. 시는 언어의 음악적 요소를 통해 의미와 경험을 전달하는 장르이다. 시작품에서 소리는 소리 자체와 단순한

---

15) 운율론에 대한 연구자들의 공통된 이론적 합의는 아직까지 이루어지지 않았다. 그들의 저서에서조차 '운율'과 '율격', '리듬' 등의 용어가 혼용되기도 한다. 지금까지 이루어진 운율론에 대한 대표적인 성과로는 조동일, 『한국시가의 전통과 율격』(한길사, 1982), 김대행 편, 『운율』(문학과지성사, 1984), 조창환, 『한국 현대시의 운율론적 연구』(일지사, 1986), 성기옥, 『한국시가 율격의 이론』(새문사, 1986), 이승복, 『우리 시의 운율체계와 기능』(보고사, 1995) 등을 들 수 있다.
16) 김창원, 「운율을 어떻게 가르칠 것인가」, 김은전 외, 『현대시교육론』, 시와시학사, 1996, 270~271쪽.

장식을 위해서가 아니라, 의사 전달을 위한 의미의 매개체로서 존재한다. 소리의 기능은 시작품의 의미 효과에 기여하는 것이지, 소리 자체의 과시가 아닌 것이다.

시어의 음성상은 어휘의 연결체인 행으로 구체화된다. 시행은 "동시에, 나뉘어져 독립적으로 존재한다고 지각되는 음운론적 단위들의 시퀀스이며, 융합된 실체의 음소의 결합들로 보이는 단어들의 시퀀스"[17]이다. 그러므로 시행은 시어의 음성상을 확인하는 단서이며, 학습자의 '자세히 읽기'가 실현되는 공간이다. 더욱이 어린 독자들이 감지하게 될 모국어의 소리현상이 '반향/울림'으로 전환되는 공간이라는 점에서 중요성을 갖는다.

(1) 음운론적 아름다움 속에서 시읽기

시에 등장하는 언어는 엄연히 시인의 구미에 따라 선택되어 쓰인다. 시어를 음운론적 측면에서 신중하게 취택하는 일은 시인이 모국어에 바치는 애정의 신표이다. 이것은 "시인으로서의 진정성은 이 모국어에 대한 책임 이행 정도에 따라서 판가름된다"[18]는 점에서, 모든 시인들에게 해당되는 제도적 압력이다. 익히 알려진 고전시가의 후렴구 "얄리 얄리 얄라셩 얄라리 얄라"는 'ㄹ'음을 기본으로 반복적 양상을 띠면서도, 아무런 의미를 갖지 못한다. 그것은 의미소가 아니기 때문이다. 그러나 이 구절이 「청산별곡」이라는 문학작품을 구성하는 요소란 점을 감안하여 읽으면, 그것은 전혀 예사롭지 않다. 이 시인은 시가 창작 과정에서 음운배열론을 고려할 만큼 대단한 경지

---

17) Iu. M. Lotman, 유재천 역, 『시텍스트의 분석: 시의 구조』, 가나, 1987, 101~102쪽.
18) 유종호, 「시인과 모국어」, 『오늘의 책』, 1984. 가을호, 147쪽.

에 도달했던 것이다.

한국어의 소리결에 대한 시인들의 집요한 추구는 도처에서 찾을 수 있다. 구전 동요나 노동요, 그리고 판소리의 사설 등이 그 대표적인 실례이다. 이런 보기에서 쉬 찾을 수 있는 것은 소리의 반복적 패턴이다. 가령 유년기에 신나게 노래했던 "가다 보니 감나무, 오다 보니 옻나무"와 "사시사철 사철나무, 십리 절반 오리나무" 등을 예로 들어 보자. 이 둘은 유사점이 많음에도 불구하고, 문장 구성이 분명히 다르다. 전자는 감나무와 옻나무 외에는 아무런 의미 전달을 하지 못하나, 음절수의 변화로 단조로움을 예방하고 있다. 이에 비하여 후자는 일정한 음절에 의미까지 실어 전달하고 있다. 후자의 전반부는 의미의 암시에서 나아가 명시하기까지 한다. 후반부 또한 그와는 다르지만 하나의 의미 진술이라 할 수 있다. 그 중에서 전반부는 사철나무가 상록수라는 과학적 지식을 진술하고 있는 데 비해, 후반부는 '십리의 절반은 5리'라는 물리적 사실을 진술하고 있다.

이러한 구전 민요 대사를 유치한 '언어유희'로 치부할 수는 없다. 그렇다면 무슨 이유로 이 진술이 나이 먹은 사람들의 뇌리에서조차 잊혀지지 않고 도리어 후손들에게 구전되겠는가. 무릇 민요란 민중의 기층 어휘에 근원을 두고 발전하였다. 따라서 동시에 쓰이는 시어들은 구술적 표현에 기초하여 단순하면서도 박자감 있는 어휘가 선택되어야 할 것이다. 자라나는 독자들을 대상으로 삼는 시의 토대인 단순미야말로 동시를 가장 동시스럽게, 나아가 시답게 거들어 주는 미학적 조건이다. 그런 차원에서 민요를 포함한 구전 가락들은 동시인들에게 시어의 조건을 시사해 준다.

시적 감정의 자연스런 노출에서 한 걸음 나아간 것이 동요 가사인 "나비야, 나비야, 이리 날아오너라, 노랑나비, 흰나비, 이리 날아오너라"이다. 이 진술은 색 분류에 터한 '나비'의 종류와 '날아오라'는 명령어의 중복된 나열로 이루어져 있다. 앞의 보기와 다른 점은 어휘들이 하나의 초점으로 모이고 있다는 점과 반복에서 오는 단조로움을 예방하고자 음절 수효를 적절히 변화시키고 모음을 때맞게 교체하여 출현시키고 있다는 점이다.

이제 본고의 분석 대상이 된 한국어의 음성적 표현에 노력하는 문삼석의 시작품을 살펴보기로 한다. 그의 시 「흙담」은 둥근 해를 닮은 호박과 각진 별을 닮은 채송화를 발견한 어린이다운 인식안을 보여주는 작품이다.

그냥 맨몸으로
뜨거운 햇살도 이겨내고
그냥 맨살로
차가운 바람도 이겨내고,

그냥 맨등에는
해 닮은 호박도 기르고 있고
그냥 맨발치엔
별 닮은 채송화도 기르고 있고.

—「흙담」 전문

이 작품은 각 연의 홀수 행과 짝수 행이 유별하게 가름되고 있다. 홀수 행은 첫머리를 동일한 어휘로 시작하였다. 이에 비해 짝수 행은 '뜨거운'과 '차가운'의 대립적 온도차, 그리고 '해/별', '햇살/바람', '호박/채송화' 등의 대조적 진술을 통해 「흙담」의 모습을 한층 사실적

으로 묘사하고 있다. 그는 읽기상의 고려에서 나아가 시적 이미지의
선명도까지 감안한 것이다. 흙담에 부딪치는 자연 현상을 포착했으면
서도, 그 속에는 자연의 순환논리 혹은 이법이 숨겨져 있다. 1연과 2
연의 짝수 행에서 알 수 있듯이, '뜨거운'과 '차가운'의 온도차에는 여
름과 겨울이라는 사계의 바뀜이 흙담을 배경으로 이루어지고 있으면
서도, 흙담이 품고 선 세월의 흐름을 보여준다. 또 나머지 짝수 행에
서는 대상의 모양에 얹힌 은유적 표현이 동시스럽게 선연하다.

그렇지만 이 작품을 눈여겨 읽노라면, 반복이 주는 지리한 단조로
움을 체감할 수 있다. 그 이유는 무엇인가. 이 작품의 홀수 행의 서두
를 장식하면서 되풀이되고 있는 '그' 혹은 '그냥'에 주목해 보자. 이
작품에서 '그'나 '그냥'은 음운론의 범위를 일탈하여 형태상의 동일
성을 띠고 있지 않다. 이와 같은 형태소나 어휘의 반복 진열을 압운
의 범주 속으로 끌어들여 읽어낼 수는 없다. 왜냐하면 압운이란 동일
한 어휘를 반복하는 것이 아니라, 동일한 음을 반복하는 것이고, 시
간적 거리의 반복이 아니라, 놓인 위치의 반복이기 때문이다. 압운에
서 말하는 음이란 'ㄱ' 따위의 음의 반복을 말하는 것이지, 중성자나
종성자까지 아울러서 이르는 것은 아니다.

이와 같이 문삼석은 어휘에 의한 압운적 효과를 시도했다고 할 수
있는데, 그런 보기는 여러 편에 두루 나타난다.

'어머니!' /하고 불러보면/금세 입 안에/단물이 고여요.// '어머니!' /하
고 눈 감으면/금방 온 몸에/훈기가 돌지요.　　　　　　—「어머니」 전문

비가 사루비아 꽃잎을/……//비가 사루비아 잎새를/……
　　　　　　　　　　　　　　　　　　　　　　—「비 갠 뒤」 부분

누가/걸어놓았나?/……//누가/날려보냈나?/……   —「목련」부분

연분홍 고운/……//연분홍 고운/……   —「살구나무」부분

봄볕이 고물고물/……//봄볕이 스물스물/……   —「봄볕」부분

가을 해랑 놀다가/빨개졌다./알몸으로 놀다가/빨개졌다.//가을 해 눈짓
땜에/빨개졌다./알몸이 부끄러워/빨개졌다.   —「고추」전문

비 온다. 호랑이//……/비 갰다. 호랑이/……   —「여우비」부분

이밖에도 많은 시작품에서 문삼석의 동일한 시도를 발견할 수 있
다. 한국어의 시적 한계를 뛰어넘고자 하는 그의 몸부림은 독자들을
긴장케 한다. 하지만 그 긴장감이 시작품에 장치한 운율미로부터 파
생한 것이 아니라는 점에서 그의 시작품을 주의깊게 읽도록 해주지
만, 운율상의 재미성을 담보하지 못하는 한계를 갖는다.

(2) 음성학적 즐거움으로 시읽기

한국어는 의성어와 의태어가 매우 발달되어 있는 언어이다. 그러
므로 시인들이 성인시나 동시를 막론하고 즐겨 사용하고 있다. 그 가
운데 동시에 더 잦게 출현하는데, 이 점은 시인들이 소리의 겹침을
통해 한국어의 소리결을 드러내려는 의도적 배려이면서, 커 가는 독
자들에게 모국어의 신나는 표정을 좀더 보여주려는 데도 있다. 가령
널리 인구에 회자되는 박두진의 「해」에서는 '훨훨훨'로, 이육사의

「청포도」에서는 '주절이주절이'와 '알알이'로 등장하여 시적 분위기를 고취하는 역할을 담당한다. 동요에서는 남용할 정도로 숱하게 동원되는데, '따르릉 따르릉', '펄펄', '살살' 등 이루 헤아릴 수 없을 정도이다. 그러나 이러한 언어는 이미 관습적 용례로 격하되어 일종의 '사은유'에 지나지 않는다.

참매미가 웁니다.
차암차암차암차암……
참나무에서 웁니다.
차암차암차암차암……

참 덥다고 웁니다.
차암차암차암차암……
참나무랑 웁니다.
차암차암차암차암……

—「참매미」 전문

이 작품은 참매미가 매우 늘어지게 우는 여름 풍경을 소리로 재현하였다. 'ㅊ'음을 주조로 한 이 시작품은 매우 파열적이고, 소란스러운 여름을 실감나게 형상화해내고 있다. 그 형상화가 소리의 표현적 사용에 기대고 있다는 점에서 이 시작품은 주목할 만하다. 참매미가 16회에 걸쳐 여름의 무성한 더위처럼 늘어진 가락으로 우는 이유는 단 한 가지이다. 다름 아니라 "참 덥다"고 운다. 다른 말은 배우지 못한 매미이므로, 은성한 더위에 지친 채 백 일간을 덥다고 우는 것이다. 이럴 때 '시인과 화자의 동일화 현상'을 목격할 수 있다. 시인이 인식하는 여름날의 기온이 덥다고 여기니까, 매미 역시 더위에 지쳐 우는 것으로 들린 것이다. 이것은 단순성의 미학을 추구하는 동시에서 기본기가 얼마나 중요한지를 증거하고 있다.

　이 시에서는 참매미의 울음소리가 예사소리와는 달리 희한하게 표기되어 있는 점도 특이하다. 그러나 우리가 듣는 동물의 울음소리란 것은, 일찍부터 전해 내려오는 관용적 활용례에 불과한 것임을 상기한다면, 참매미가 '차암'이라고 운다한들 그리 큰 허물이 되는 것은 아니다. 그보다는 오히려 귀에 익은 '매앰'보다는 훨씬 참신하고 상큼한 울음소리이다. 그것을 제외하고 나면, 이 시의 모티프는 허망하리만치 간단하다. 여름날의 참매미 울음소리를 시의 소재로 삼아서 시끄러운 여름날의 무더위를 더욱 짜증스럽게 하고 있다. 그러나 그 단 하나의 모티프를 바닥에 깔고 있으면서도, 이렇게 시의 음성적 질서가 주는 묘력까지 느끼게 해준 것은 온전히 시인의 공이다. 이 점이야말로 시인이 시를 쓰는 존재이유이면서, 자기의 사상을 키워주고 지켜주며 고통케 한 모국어에 진 빚을 상환하는 일이다.

　또 이 시작품에서 눈을 끄는 것은 짝수 행의 매미 울음소리이다. 이 '차암'은 시인이 만들어낸 매미 울음소리인데, 각 행마다 네 번씩 반복하여 소리를 들려주고 있다. 그 소리에 귀를 팔다보면, 우리의 눈에는 어느덧 매미가 움직이는 모습을 보게 된다. 이 매미 울음은 환청이라고 하기에는, 너무나 뚜렷하여 선연하게 살아 꿈틀거리는 매미의 모습을 들려/보여주고 있다. 시인은 이처럼 음성적 구조물인 시작품을 통해 독자로 하여금 참매미의 움직이는 모습까지 바라보게 해주었다. 시인은 놀랍게도 시어를 통한 음운론적 고려를 초월하여, 부수적인 시각 효과까지 겨냥한 셈이다.[19]

　그것은 일찍이 르네 웰렉이 테니슨의 시에 나오는 음성 상징을 지적하였던 탁월한 풀이에 맞닿는다. 그는 'the murmuring of innumerable bees'에서 반복적으로 출현하는 [m]음이 벌의 윙윙거리는 소리를 연상시켜 준다고 읽었다.[20] 이 'innumerable'은 의성어가 아니다. 그러면서도 순전히 동일한 음의 반복이 빚어내는 효과로 의미와 불가분의 관련을 지니듯이, 이 시에 나오는 일련의 '차암' 역시, 독자의 귀와 눈을 긴장케 하는 효력을 발휘하고 있다.

꼬마 병정들이
흰 말을 타고
두두둑 두두둑
내려옵니다.

꼬마 병정들이
큰 북을 치며
두두둑 두두둑
몰려옵니다.

—「소나기」 전문

이 작품에서 의성어 '두두둑 두두둑'은 각별한 청력으로 들어야 한다. 이 소리시늉말은 본래 제목에 쓰인 소나기가 내리는 소리를 본뜨

---

19) 이 작품과 다음 작품을 대조하면, 시/동시의 대상성의 차이가 시적 형상화 방법면에서 어떻게 달라져야 하는지 추측할 수 있다.
　"여름 땡볕 맹렬하던 노래/늦은 홍수 지고/노랗게 야윈 상수리 잎 사이/맴 맴 맴 맘 맘 맘 밈 밈 몸 뭄 ㅁ -/사그라든다/땅속 십 년을 견디고/딱 보름쯤 암컷을 부르다가/아무 화답이 없자/아무 미련이 없자/툭 몸을 떨구는 수매미 한 마리//(…)" 최영철 「매미」, 『일광욕하는 가구』, 문학과지성사, 2000, 78쪽.
20) R. Wellek & A. Warren, *Theory of Literature*, Penguin Books, 1966, p.162.

려고 사용한 어휘이다. 그러나 이 시작품에서는 진술 상황에 따라 그 구사 의도가 달리 드러난다는 말이다. '흰 말'이 타고 오는 소리로 1 차 변성을 시도한 이 어휘는, '큰 북'을 치는 꼬마 병정들에 의하여 2 차 변성을 시도하고 있다. 단순히 낙수 소리를 흉내내려고 차용한 어휘가 시적 의미 맥락 안에서 '말발굽 소리'와 '북 소리'로 거듭하여 둔갑한 것이다. 이것은 매우 주목할 만한 시적 의미 변성이다. 일종의 의미상의 낯설게 하기 혹은 탈자동화라 이름하여도 무방할 이런 어휘 구사는, 비 온 뒤의 하늘빛마냥 참신함 그 자체이다. 소리흉내는 매우 원시적인 수사법에 지나지 않지만, 문맥의 상황에 따라 새롭게 재생될 수 있다는 범례이다. 의성어는 복잡한 시작품의 부수적인 일부분을 구성할 때를 제외하고는 거의 중요성을 차지하지 않는다. 하지만 "의미전달을 돕는 다른 장치와 의성어가 결합했을 때, 우리는 그것을 포착함으로써 시를 읽는 가장 큰 즐거움의 하나인 미묘하고 아름다운 효과를 느낄 수 있"[21]는 것이다.

이렇게 소리시늉말에 새로운 의미를 부여하는 시가 「빗방울」이다. 지극히 일상적인 비의 낙하현상을 보고, 신나는 소리를 들려 주고 있다.

빗방울은 즐겁다.
동 동 동……
발걸음이 가볍다.
동 동 동……

---

21) L. Perrine, 조재훈 역, 『소리와 의미』, 형설출판사, 1998, 427쪽.

빗방울은 즐겁다.

줄 줄 줄……

미끄럼도 신난다.

줄 줄 줄……

—「빗방울」 전문

이 작품 또한 그의 다른 시작품에서 산견되듯이, 매우 정형적인 음
수를 보여준다. 외형적인 소리마디로는 일률적인 7·3조인 듯하지
만, 7·5조의 변형으로 읽어야 제맛이 난다. 이러한 리듬의 자유한
구사는, 한국의 탁월한 서정시인이었던 정송강이 「사미인곡」의 모두
를 파격적인 2·4조(이 몸/삼기실 제)로 시작하였던 시재를 연상시켜
준다. 이 대목은 기계적인 낭송을 삼가면서 무엇보다도 'ㅁ'음의 부
드러운 어감을 느끼며 읽어야 한다. 'ㅁ'음은 음 상징의 체계상 흥겹
게 노래하는 청각 영상을 지니고 이 작품을 더욱 빛내 준다. 또 송강
이 '일상언어에 가한 조직적 폭력' 행위에 의해 형성된 4·4조의 파
격이 주는 상큼한 맛을 놓쳐서는 안 된다.[22] 이런 독법은 한국의 시
가를 제대로 배우고 읽어 가는 데 매우 유효한 기능이다. 그런 기능
을 철저하게 익힌 독자들은 이 시를 읽을 때, 비로소 한국의 고전문
학과 현대문학이 연속선상에 놓여 있다는 하나의 단서를 확인할 수
있다.

아울러 시읽기를 전혀 지루하지 않게 만드는 것이 바로 그 음수에

---

22) 그것은 김소월이 "산에는 꽃이 지네./갈봄 여름없이/꽃이 지네."(「산유화」), "봄 가을없이
밤마다 돋던 달도,/〈예전엔 미처 몰랐어요.〉"(「예전엔 미처 몰랐어요」)에서 동일 어휘를 다
른 형태와 도치하면서 노린 효과와 같다. 그러므로 독자들이 시작품을 음성적 구조물로서
읽기 위해서는 시인에 의한 이러한 언어 구사가 '율격은 일상적 언어에 가해진 조직적 폭
력'이라는 사실에 주목해야 한다.

실린 소리의 표현적 사용이다. 이 시작품에서는 '빗방울'이 듣는 모습을 '동동동'과 '줄줄줄'이라는 단 두 마디의 시늉말에 담아내고 있다. 특히 '동동동'이라는 시늉말은 이 시에서 미묘한 어감을 자아내면서, 민감한 위치에 놓여 있다. 이 시어의 사전적 용례는 '동동'에서 찾아볼 수 있다. 그러나 이 어휘의 용례를 경직되게 사전적 활용형에만 국한한다면, 이 작품에서 느끼는 미감을 체험할 수 없을 것이다. 음절의 수효가 둘이냐, 셋이냐에 따라 시각적/청각적 체험은 상이하게 반응할 것이기 때문이다. 먼저 소리마디를 둘로 한정하면, 빗방울의 즐거운/신나는 감흥이 제대로 전달될 리 만무하다. 발을 구르면서, 흥겹게 곤두박질하여 흘러가고픈 빗방울의 심정을 온전하게 이어 주기 위해, 음절수의 변화를 도모한 시인의 의도는 가히 성공적인 것이다.

당해 어휘 '동동'을 국어사전에서 찾아보면, 대략 다섯 가지의 의미로 제시되어 있다. 첫째, 작은 북 따위를 잇달아 칠 때 나는 소리이다(소리). 둘째, '동실동실'의 약어로 쓰이는 경우에는 두 가지의 뜻을 갖는다. 하나는 둥그스럼하고 토실한 모양이고, 또 하나는 물건이 떠서 움직이는 모양으로, 줄이면 '동동'이다(모양). 셋째, 고유명사로 『악학궤범』에 실려 있는 고려 속요 「동동」을 지칭한다(가요명). 넷째, '─거리다'와 더불어 활용되어 타동사로 쓰이는 경우로 가장 광범위하게 통용되며, 애가 타거나 서두를 때 발을 구르는 모습을 가리킨다(모습). 다섯째, 형용사 '동동(憧憧)하다'는 마음이 들떠 있는 상태를 말한다(상태). 이 시에서 쓰인 보기를 살피려면, 이 다섯 경우를 모두 대입시켜 보면 절로 드러날 것이다. 이 용례 중 셋째 경우를 제외하고는 모두 적절한 용례가 성립한다. 그렇다면 이를 「빗방울」의 시적 맥락 속에서 낱낱이 꼬누어야 할 성싶다.

먼저 소리로서의 '동동'은 그것을 만드는 매개물의 잦은 가격에 의해 파생된 결과적 현상이다. 그 경우란 빗방울이 땅바닥에 곤두박질칠 때나, 어떤 낙하 대상에 수직으로 몸을 날리면서 만들어내는 자연음이다. 따라서 낙법만을 지상과업으로 익힌 빗방울로서는 대상을 가격하여 '동동동' 소리를 내는 것이 본분에 어울린다.

모양으로서의 '동동'은 빗방울의 동그란 외적 생김새와 연루되어, 빗방울에 의해 어떤 물상들이 부유하는 것과 연결된다. 과학적으로 빗방울의 실체는 동그랗지 않을 수 있으나, 관용적으로 빗방울의 결정체는 '―방울'이라는 지소사의 도움으로 동그라야 제격이다. 관용적 언어 사용례가 언중간의 약속 밖에 놓여진다면, 독자들은 시의 화자와 대화하기가 거북스럽기 때문이다.

모습으로서의 '동동'은 동사화하게 한 행위의 주체가 워낙 성급하거나, 기다림이 절절하거나, 성미가 참을성이 없이 성급한 모습을 추측케 한다. 빗방울은 방울이기에 움직임을 통해서만 자신의 존재 가치를 구현할 수 있으며, 그렇지 못한 환경에 처하게 되면 인간들의 표정처럼 발을 동동 구르며 안달해야 할 것이다. 빗방울은 대지에 곤두박질한 뒤로는 더 이상 방울이 아니다. 이미 제 본연의 형상과는 물리적으로 전혀 다른 차원의 구성 요소로 자리바꿈을 하기 때문이다. 그렇다면 '동동'은 제 본모양을 탈피하고 신세계로 나아가려는 빗방울의 진지한 거듭나기라 함 직하다.

상태로서의 '동동'은 심리적 안정감을 잃고서 돌아다닐 생각에 마음이 붕 떠 있는 상태를 가리킨다. 평생을 숙명적인 역마살 때문에 떠돌아다녀야 하는 것이 물의 하위소인 빗방울이다. 빗방울은 공중에서 대지를 향하여 발길을 옮길 적부터 천지간을 주유하고자 직하한 하늘의 사자이다. 그런 역할을 수행하여야 하는 심부름꾼으로서의 빗방울은, 온 세상을 죄다 돌아다니며 구경해야 하는 책무 때문에 항시 불안한 심리 상태를 가질 수밖에 없다.

이 '동동동'은 이런 이유만으로 중요한 것은 아니다. 여기다가 더하여 이 어휘는 각 행과 연을 잇는 교량역을 충실하게 수행하고 있다는 점이다. 이 말로 인하여 1연과 2연은 삐걱거리지 않고 유기적인 질서를 유지할 수 있으며, 2연의 1행에서 1연 첫 행이 반복되어도 지루하지 않고 즐거운 것이다. 만약 이 시에서 시늉말 '동동동'이 빠졌거나 다른 어휘로 대체되었다고 가정한다면, 독자들은 지금의 감동을 받을 수 없다. 이 시어의 의미 무게는 강 위에 띄워 놓은 부교라기보다는, 촐랑거리며 건널 수 있도록 촐싹거리는 냇물 위에 얹힌 징검다리가 알맞다.

아울러 '줄줄줄' 역시 이중적인 의미 양상을 띠며 사용되었다. 이 어휘의 의미 중 하나는 굵은 물줄기가 끊이지 않고, 순하게 흐르는 소리시늉말로 쓰이는 경우이다. 다른 하나는 떨어지지 않고 줄곧 뒤를 따라다니는 모양흉내말로 쓰이기도 한다. 이를 「빗방울」에 대어 보면, 빗방울은 쉬임없이 흘러갈 수 있으니 즐거워서 '줄줄줄'이고, 앞서 흐르는 물줄기를 뒤따라가며 미끄러질 수 있으니 신나서 '줄줄줄'이다.

2) 한국적인 향기와 소리결의 혼화

시는 서사의 일종이다. 시는 본격서사인 소설과 달리 고유한 서술 양식이 갖는 수사적 책략의 수단으로 이야기의 결핍을 추구한다. 이 결핍의 책략은 이야기의 추방을 위해 생략/압축/절단과 변환하도록 강요한다. 이야기의 추방이 시의 텍스트로부터 이야기를 보이지 않는 공간에 은닉한다면, 변환은 변형(metamorphosis)의 방법으로 이야기를 감춘다. 이 은닉이 텍스트에서 이야기가 존재/분포되는 방식이다. 그것은 이야기를 부재와 결핍의 방식으로 존재하게 하고, 인지에 저항하는 변신의 모습으로 있게 한다. 부재와 변신을 읽어내는 효과적인 방법은 통사론적 층위에서 절단/은폐된 이야기를 복원하고, 의미론적 층위에서 변환된 이야기를 재변환하는 것이다. 복원/재변환 작용의 동시적 수행이 통사론적/의미론적 차원에서 시읽기의 통합이 이루어지는 과정이다. 이 같은 통합적 읽기는 시를 역사와 사회 현상이라는 거시담론상에 위치시키기 이전에 수행되어야 할 선행 절차의 하나이다.

시는 집단적 서사물이며, 시적 방법으로 서사에 참여한다. 따라서 시읽기는 시 텍스트가 시적 담론의 방식으로 감추거나 결핍으로 남겨진 전체/완결체를 복원하기 위해 읽기를 통해 시작품의 의미 파악에 참여하는 것이다. 그러한 참여에의 의지는 읽기상의 자유/완결을 향한 그리움의 표현 행위이다. '시는 다 말하지 않음'으로써 좁게는 작품 차원에서, 넓게는 역사적 차원에서 전체성을 지향하고 완결성을 향해 나아간다. 이것이 시의 서사성이다. 시적 서사성의 진정한 의미는 "특정의 시가 그 텍스트의 표층에 이야기를 가지고 있는가 않는가의 문제라기보다는, 인간의 총체적 서사의 한 '부분'으로서 그 서사의 완결을 지향하고 있는가의 문제"[23]이다.

문삼석의 『빗방울은 즐겁다』는 크게 두 부분으로 나눌 수 있다. 하나는 단시이며, 다른 하나는 산문적인 시이다. 전자는 앞서 논의했으며, 후자는 그가 애정을 기울이고 있는 분야인 사라져 가는 민속을

---

23) 도정일, 「에로스의 시학과 포용의 시학」, 『시인은 숲으로 가지 못한다』, 민음사, 1994, 157쪽.

시의 자기장권으로 끌어들이려는 노력의 일단이다. 특히 후자는 이 나라의 동시인들이 시적 형상화에 그리 심혈을 기울이고 있지 않다는 점에서 매우 의미롭고 주목할 만한 작업이다. 그 의의는 마멸되어 가는 민족 전래의 풍속을 시라는 서사물로 재현하려고 노력하는 데서 찾을 수 있다. 또 하나는 그가 그동안 단시를 통하여 보여주었던 운율적 실험이 산문적인 시작품들에서도 지속되고 있다는 점이다. 이 점은 한국어가 근본적으로 안고 있는 한계 상황 속에서 동시의 대응방식을 살필 수 있는 유력한 물증이다.

시집에서는 '토끼몰이'라는 부제가 붙은 제4부와 '할머니 부챗바람'이라는 부제가 딸린 제5부가 해당된다. 전자에는 전설적인 시골의 놀이와 사연들이 시화되었고, 후자에는 사라져 간 전래의 민속이 주종을 이루고 있다. 먼저 4부에 실린 시작품들이 보여주는 전설적인 시골의 풍경을 살피기로 하자. 이 묶음에는 10편이 있는데, 모두가 한결같이 시골스러운 정경을 꾸밈없이 보여주고 있다. 「여울」에는 여울 속의 고기떼들을 바라보던 추억이, 「정자나무」에는 정자나무의 푸근한 인상이, 「밤나무숲」에는 부엉이 울던 시절의 이야기가, 「용소」에는 여느 동네마다 다 있는 못에 얽힌 설화가, 「고샅」에는 고샅을 휘젓고 다니던 우리들의 소년기가, 「토끼몰이」에는 동네 어른들 틈에 섞여 부지런히 따라다녔던 산렵의 경험이, 「갈피리」에는 물장구치며 낄낄거렸던 천렵의 추억이, 「제비재」에는 「용소」처럼 마을의 전설적인 이야기가, 「감서리」에는 긴장과 환희의 파노라마였던 개구쟁이 시절이 시적으로 재현되어 있다.

이 가운데 시 「더덕마을 사람들」을 중점적으로 분석하기로 한다. 이 작품은 매 연이 넉 줄로 구성되어, 외형상 3연 12행으로 이루어졌다. 이 시작품은 '더덕더덕' 붙어 사는 사람들의 모습을 더덕 냄새에 실어 보여주고 있다. 현대 동시에 이만한 향이 묻어 나온다는 것은 읽는 이를 시의 황홀경에 잠기게 한다. 시사적으로는 모더니스트들이 이 나라의 시문학을 한 단계 끌어올리고자 줄기차게 실험했던 감각적 이미지의 창조 작업과 연결된다.

깊은 산골 더덕마을에선
사철 소올솔 더덕냄새가 풍겼다.
깊은 산골 더덕마을 사람들은
사철 소올솔 더덕냄새 속에서 살았다.

더덕더덕 흙이 묻은 사내아들 바지에서
사철 소올솔 더덕냄새가 풍기고,
더덕더덕 기워 입은 계집애들 치마에서도
사철 소올솔 더덕냄새가 풍기고……,

—「더덕마을 사람들」 부분

인용된 제1연과 제2연을 읽으면, 시인이 힘을 쏟고 있는 압운법을 단박에 알아차릴 수 있다. 제1연에서는 'ㄱ'과 'ㅅ', 제2연에서는 'ㄷ'과 'ㅅ'의 병치가 시적 두운처럼 장치되어 있다. 이 중에서 공통적으로 나오고 있는 'ㅅ'은 이 시작품에서 가장 잦은 출현 빈도를 보여주는 소리이다. 1연에서는 15회, 2연에서는 10회에 걸쳐 등장한다. 특히 이 'ㅅ'음은 그것이 운같이 활용된 행에서 잦은 출현을 거듭하고 있다. 2, 4, 6, 8행을 주의깊게 살펴보면, 이 'ㅅ'소리가 당해 행의 음량과 의미폭을 확실하게 장악하고 있다는 사실을 발견하게 된다.

그 이유는 두 가지로 제시될 수 있다. 하나는 'ㅅ'이 두운처럼 마련된 것들 가운데서도 초성자로 사용되고 있다는 점이다. 다른 하나는 의미론적으로 한낱 시간어일 뿐인 '사철'이 당해 행의 주부를 이루고 있다는 점이다. 그러므로 이 'ㅅ'이 차지하고 있는 시 속의 무게를 빛내기 위하여 부수적으로 마련된 것이 'ㄱ'과 'ㄷ'음이라 할 수 있다. 따라서 이것을 의미론적으로 재구해 보면, 깊은 산골에서 '사철' 더덕더덕 흙이 묻고 기워 입은 남녀들이 살았다로 읽을 수 있다. 곧 옛 시절의 곤궁했지만 더불어 살았던 공동체에 대한 향수를 전제하면서 말이다.

또 한 가지 이 시에서 주목할 만한 어휘는 '더덕더덕'이다. 더덕을 강조하기 위하여 마련된 '더덕더덕'은 이 시작품에서 매우 재미있게 구사되어, 어휘의미론적 확장을 시도하고 있다. 모양을 흉내낸 '더덕더덕'은 4회에 걸쳐 등장하지만, 의미상으로는 발화 상황에 따라 네 가지로 각기 다른 꼴을 보여준다. 2연 1행에서는 '흙이 묻은 상태'를 가리키고, 3행에서는 '기워 입은 상태'를 말하며, 3연 1행에서는 '붙어 사는 상태'를 지칭하고, 4행에서는 '정이 붙거나 든 상태'를 이르고 있다. 따라서 공통적으로 어떤 상태를 본 뜬 시늉말이라는 언어학적 사실을 확인시켜 주는데, 하나의 어휘를 다양한 의미로 진술할 줄 아는 문삼석의 시어 구사력은 칭찬받아야 마땅할 것이다. 이렇게 산문적인 시에서조차 운율상의 효과를 고려하고 있는 그의 시재는 산문시에 근접한 「명절 전날」에서도 지속되고 있다.

3. 결론

지금까지 초등학교에서의 모국어 의식을 제고하는 지도 전략을 모색하기 위해, 시작품을 음성적 구조물로 전제하여 논의를 전개했다. 이상에서 문삼석의 시집 『빗방울은 즐겁다』를 텍스트로 삼아서 논의한 결론은 다음과 같다.

첫째, 그의 운율 실험은 압운적 효과를 노리면서, 음의 반복이 아닌 어휘의 되풀이로 나타나고 있었다. 그 점은 그가 재래적인 압운법을 준수하기보다는, 의미상의 효과까지 아우르려는 의도가 결과한 것으로 보인다. 그는 이것을 단시와 산문적인 시를 통하여 지속적으로 실험하고 있었다. 전자가 음성학적 배려를 중심으로 서정성의 시화에 골몰하는 양상을 보여준다면, 후자는 사라져 가는 민속놀이를 시적으로 재현하는 노력으로 나타났다. 그는 남들이 다 쓰는 시늉말이더라도 동일한 의미나 효과를 노리며 사용하지 않았는데, 의미상의 겹치기와 소리의 병행적 배치에서 본보기를 볼 수 있었다. 그런 점에서 그는 모국어에 대한 원죄의식을 끌어안고 고뇌하면서 시를 쓰는 시인이라고 할 수 있다.

둘째, 요즘처럼 외국어가 범람하는 추세 속에서는 한국어의 변별적 자질을 드러내려는 시인의 노력이 필요하다. 시가 시인의 모국어에 대한 신뢰/연대감에 기초하여 쓰이는 언어예술작품이라는 사실에 주목하여, 시인의 모국어에 대한 자각을 높이는 방안이 모색되어야 한다. 그러기 위해서는 시인이 모국어에 대해 무한한 애정과 책임의식을 뇌리에 각인한 뒤에 등단할 수 있도록 제도적 장치를 정비할 때이다. 시인으로 활동하기 전에 습작한 원고 용지가 무릎까지 차올라올 때까지 기다리라는 문학동네의 잠언보다는, 구체적으로 모국어 어휘가 무릎까지 쌓일 때까지 언어구사력을 길러라는 말이 필요한 것이다.

셋째, 초등학교 2학년 수준의 시교육에서는 소리의 표현적 사용이 현저한 시작품을 선정하여 한국어의 소리결을 체감케 해주는 것이 필요하다. 그것은 시인의 모국어관의 고양과 함께 지도교사의 비평적 감식안에 기초하여 시작품의 선정 단계부터 고려되어야 할 요소이다. 특히 시교육을 담당한 교사들은 시작품을 음성적 구조물로 파악하여 시작품에 구현된 음성적 자질을 중점적으로 지도함으로써, 학습자들로 하여금 한국어의 소리현상을 감지하는 과정에서 운율의식을 신장시키는 데 노력해야 할 것이다. 더욱이 운율의 다양한 발생 배경을 감안하면, 이 시기 학습자들의 언어발달단계에 적합한 텍스트의 선정은 더욱 강조되어야 할 것이다.

시의 연과 행의 지도 방법론

1. 현행 시교육 비판

시를 가르치는 일은 참으로 지난한 일이다. 문학의 갈래 중 어느 부문이 가르치는 데 어렵지 않으랴만, 시는 더욱 그렇다. 그 이유인즉, 본디 시라는 갈래가 고도의 메타포와 상징을 내포한 까닭에 소박한 독서로는 의미 해석이 용이하지 않다는 데 있으리라.

그간에 논의된 한국의 시교육이 안고 있는 문제 중 가장 큰 난제는 이론과 실제 간의 유리 현상을 꼽을 수 있다. 문학교육의 역사가 일천하고, 그 방법론상의 천착이 미흡한 학문적 풍토 위에서 행해지는 이유로, 현재 초등학교의 시교육은 그리 바람직한 모습이 아니라 생각한다. 일선 현장의 교단인들은 교과서 편향적이고, 국어교육학자들의 의견은 너무나 언어 지향적이다. 말로 풀어쓰더라도 국'어'교육이지 않은가. 그 이면에는 해방 이후 줄곧 독점적 지위를 점유해 온

언어 중심주의적 국어교육관이 야기한 필연적 한계가 감추어져 있다. 문학작품을 언어 기능의 향상을 위한 하나의 수단으로 인식할 줄만 알았지, 예술교육의 차원에서 문학의 본질을 억압하지 않으려는 마땅한 고려는 무시되어 왔다는 것이다. 그렇다고 한국문학을 전공한 이들의 논의 또한 그럴 듯하지 못하기는 마찬가지이다. 그들은 문학에만, 그것도 반쪽인 현대의 한국문학에만 중점을 찍으려 하지, 교육이라는 틀을 간과하려 든다. 그러다 보니 아이들은 선조들이 유산으로 물려준 다량의 고급한 고전문학을 만나기가 힘들고, 그 여파의 연장선상에서 시조는 따분한 갈래로 인식되고 만다. 그렇다손 국수적 문학교육론을 운위하는 것이 아니라, 고전문학과 현대문학을 연속선상에서 바라보면서 시갈래상의 민족적 고유성과 세계적 보편성 사이에서 균형감을 잃지 않게 가르치자는 말이다. 이를 달리 말하면 참다운 문학교육과는 상당한 거리를 두고 있다는 비판적 반성의 푸념에 다름 아니다. 문학교육은 문학과 교육학의 접점에 위치한다. 그 공통분모가 문학교육의 내용이 되어야 한다. 성급하게 말하면, 문학교육은 '문학의' 교육이지, '교육을' 위한 문학에 터한 것이 아니다. 이것이야말로 문학교육의 출발점이면서, 그것이 도식화 혹은 도그마화하는 것을 미연에 방지케 하는 울타리이다.

아울러 교과서를 편찬하는 사람들의 과욕을 지적하고자 한다. 현행 교과서는 지나치리만큼 수다한 문종을 백화점식으로 진열하고 있다. 그런 결과 문학, 시 교재는 그 분량이 너무 적다. 겨우 한 단원으로 한정되어 게재되어서, 시의 본질을 제대로 음미할 수 있는 배려가 전혀 배제되어 있다. 가락의 감칠맛도 그러려니와, 한국어의 특성을 절로 체득할 수 있는 시 낭독이나 암송에 배당할 시간적 여유가 없다. 시의 분량이 적은 것과 한 편의 시라도 제대로 다룰 시간이 불충분한 이유는 문학작품이, 시가 '국어' 교육을 중시하는 편찬자들의 문학관에 의해 뽑혀 편찬되는 현실에서 찾아져야 한다. 범문으로 실린 시의 양에 비하여 부과된 학습량은 지극히 반복적이다. 물론 지식의 구조적 접근을 고려한 나선형식 편찬 의도를 감안하지 않은 바 아니지만, 설사 그런다고 하더라도 시의 교육량과 교육 결과 간에는 많은 간격이 가로놓여 있다. 아울러 편찬자들의 감식안을 지적하고자 한다. 초등학교의 시 교재는 한국 시문학사상 가장 탁월하고, 언어적으로 가장 빼어난 작품이어야 한다. 현재의 시 교재가 이런 교과서적 요구에 값할 수 있는가라는 물음에는 회의적이다. 시를 가르치는 일이 겨냥할 바는 참다운 시작품의 감상 능력의 습득에 있되, 시로써 한국인의 민족적 정서를 배게 해주어야 한다. 그런 목적에 도달하기 위해서는 시 감상에 소요되는 기초 지식의 철저한 학습이 선행되어야 하고, 그 연장선상에서 문학적 문법을 익히는 일이 후수되어야 하리라. 그런 차원에서 '교과로서의 문학교육'이 제대로 자리매김과 뜻매김을 받아야 할 것이다.

2. 연과 행의 지도 방법

1) 시의 연과 행의 의미

주지하다시피 시는 연의 합이며, 연은 행의 모음이고, 행은 낱말과 구절 또는 그것들의 집합이다. 이 말에 기대면, 한 편의 시는 단 하나의 낱말만으로도 성립될 수 있다는 결론에 닿는다. 아울러 단 하나의 행이 하나의 연을 이룰 수도 있으며, 하나의 연으로 한 편의 시를 마감질할 수도 있다는 말이다. 시의 연과 행을 가를 경우에는 타당한 이유가 뒷받침되어야 한다. 그 이유를 대는 것은 온전히 시인의 몫이다. 말을 바꾸면, 연과 행가름은 전적으로 시인의 의도에 의지하려는 경향이 농후하다는 뜻이다. 일찍이 김춘수는 그 이유를 세 가지로 들었었다. 리듬의 단락, 의미의 단락, 이미지의 단락이 그 셋이다. 또한 일찍이 에즈라 파운드는 시를 음악시(melopoeia), 회화시(phanopoeia), 의미시(logopoeia)로 삼분한 바 있다. 앞에서 인용한 김춘수의 분류도 이 범주에서 이해될 수 있을 것이다. 이들의 의견은 이 세 요인에 의하여 시의 구조가 달라짐을 강조한 것에 다름 아니다.

　시론을 운위한 서적이나 시작법을 논한 입문서나 보다 전문적인 시학서나, 일반적으로 시의 연과 행가름을 말하고자 할 때 꺼내는 보기가 있으니 그것은 다름 아닌 '열차론'이다. 기관실, 객실, 화물칸 등이 연결되어 하나의 전체적인 구조물, 곧 열차를 이루어내듯이, 작은 여러 의미 조각이 합하여 하나의 큰 의미 무침을 이루는 것이 시라는 비유이다. 이것은 일상적 언어에도 도입되어 쓰이는바, 열차를 두고 그냥 열차라 하여도 의미가 통하는데 굳이 나눌 필요가 있느냐는 반발이 뒤따를 수도 있다. 타당한 논리이니 이것은 산문시의 논리이고, 나눔이 있으면 만들기도 좋고 보기도 좋지 않느냐는 반박은 가름이 있는 시의 변명일 터이다. 다만 중요한 것은 나누든 나누지 않든, 모두 시라는 전체적인 언어의 구조를 침해하지 않고 도리어 살리는 쪽에서 접근한다는 점일 것이다. 아울러 항상 그런 것은 아니지만, 대부분의 가름이 있는 시란 의미나 리듬 또는 이미지로 확연하게 단일성을 내세우며 존재하는 것이 아니라, 이것들이 매우 복합적으로 기능하며 가름되고 있다는 사실이다. 요약하자면 시의 연과 행가름은 작품 전체 내용의 부분적 단락을 밝히고자 고안된다는 평범한 명제이다. 산문에서는 그것이 단지 의미의 단락만 돋보이게 하는 까닭에 줄바꿈으로 마름될 뿐이다. 따라서 교단인들은 일차적으로 시의 연과 행가름에 얽힌 시인의 의도를 찾아내는 일에 고민하여야 할 터이다. 이제 이러한 논의를 바탕으로 김종상의 「미술시간」을 예시로 삼아서 시의 연과 행가름의 지도 방안을 살펴보기로 한다.

이 「미술시간」은 시인 자신에 의하여 '자선 대표작 5수'(『아동문학평론』 통권53호. 1989) 중 하나로 뽑혔던 시이다. 그만치 시인에게는 애착이 가는 시이면서, 읽는 사람에게는 그의 우주관이나 시세계를 추측할 수 있는 전략적 거점이 된다. 그러나 이 시편은 발표 지면이 달라짐에 따라 시의 모습도 전혀 다르게 나타나서 읽는 이를 곤혹스럽게 한다.

(가)

　① 물감붓이 스쳐간
　　 자리마다
　　 숲이 일어서고
　　 새들이 날고
　　 곡식들이 익어가는
　　 들판이 되고
　　 내 손에서 그려지는
　　 그림의 세계

　② 우리가 살고 있는
　　 이 세상도

(나)

　① 그림붓이 스쳐간 자리마다
　　 숲이 일어서고 새들이 날고
　　 곡식이 자라는 들판이 되고

　② 내 손에서 그려지는
　　 그림의 세계

　③ 우리가 살고 있는 이 세상도
　　 아무도 모르는 어느 큰 분이
　　 그렇게 그려서 만든 것은 아닐까?

아무도 모르는
어느 큰 분이
그렇게 그려서
만든 것은 아닐까?

④ 색종이를 오려서 붙여가면
집이 세워지고 새 길이 나고
젖소들이 풀을 뜯는 풀밭도 되고

③ 색종이를 오려서
붙여가면
집이 세워지고
새 길이 나고
젖소들이 풀을 뜯는
풀밭이 되고
색종이로 꾸며 세운
조그만 세계

⑤ 색종이로 꾸며 세운
조그만 세계

⑥ 우리가 살고 있는 이 세상도
아무도 모르는 어느 큰 분이
그렇게 만들어서 세운 것은 아닐까?

④ 우리가 살고 있는
이 세상도
아무도 모르는
어느 큰 분이
그렇게 만들어
세운 것은 아닐까?

위 (가)와 (나)는 동일한 시편의 연과 행가름을 달리 한 모습이다. (가)는 『아동문학평론』지에 실을 때의 가름이고, (나)는 교과서와 시인 자신의 해설서(『교과서 동요·동시 이해와 감상』, 1991, 예림당)에 실린 모습이다. 미술 '시간'이 변경됨에 따라 「미술시간」이 다른 꼴을 갖게 되었는지 모른다. 이렇게 달리 나눈 시인의 의도를 구명하는 일은 지면을 달리 하여 논의되어야 할 성질의 것이다. 다만 여기서는 똑같은 시편이라도 시인의 의도에 따라 이렇게 달리 가름될 수도 있다는 사실만을 적시하기로 하고, 본고에서는 시인의 의도를 존중한다는 취지에서 (나)의 가름에 논의의 초점을 겨누도록 할 것이다.

위 시는 총 6연 16행으로 이루어진 자유시이다. 이것은 시의 외형적 양상을 기준 삼은 것이고, 한편으로는 의미상의 기준을 감안하지 않은 일차적 독서의 결과이다. 잘게 나눈 6연을 큰 동아리로 묶으면 2연에 불과하다. 이것은 시인의 해설을 빌리자면, ①~④, ②~⑤, ③~⑥이 서로 닮은꼴을 이루며 대칭관계를 갖는다(위의 책, 1991, 73쪽)고 볼 수도 있다. 다만 한 가지 지적하고 넘어갈 것은, 시인의 자작시 해설서가 갖는 어느 시인의 경우에도 공통되는 큰 허물이다. 아무런 사전 지식을 갖지 않고 시를 대하였을 적에 느낀 감정과 그렇지 아니 한 경우에 갖는 느낌 사이에는 항상 고르지 못한 편차가 존재한다는 점이다. 이 두 경우의 수용 양상을 고려하는 일 역시 교단인에게 짐지워진 부담이리라. 본고는 물론 후자의 입장을 취한다.

첫째, 이 「미술시간」은 다분히 7·5조의 리듬을 띤다. 물론 이 리듬이 전래의 우리 리듬이냐에 대한 회의는 고를 달리 하여 언급되어야할 것으로되, 어느덧 우리 시—특히 현대 동시와 동요에서는 보편적리듬으로 애용되고 있음은 주지의 사실이다. (가)에서 확연히 드러나는 7·5조는 (나)에 이르면 다소 은닉된 채로 나타난다. 짐짓 음보를 앞세운 듯한 시의 줄가름으로 그릇 파악될 수도 있다. 왜냐하면 7·5조를 전통적인 3·4조의 변형으로 파악하는 논자들의 시각에는 (가)와 달리 적힌 (나)를 대하면 자기 논리의 입론 가능성을 확인할 거점을 확보한 것이라 인지될 수도 있기 때문이다. 그런 쪽에서 바라본다면, 이 작품은 기교가 능란한 고수가 솜씨를 부린 시편쯤으로 읽힐 수도 있으리라. 이 점을 예방하기 위하여 본고에서는 모양이 다른 두 편으로 제시한 것이다. 초등학교 어린이들에게는 이 시의 보편적 리듬이 7·5조란 사실을 가르치는 정도에서 머무른다손 그리 큰 허물은 아닐 것이다. 이런 경우에 도입될 만한 보기시로는 박홍근의 「나뭇잎 배」, 윤석중의 「봄비」, 한인현의 「섬집 아기」 등을 들 수 있다.

둘째, 이 시는 몇 개의 장면으로 나눌 수 있다. 우리는 그 장면을 쉽사리 이미지에 의한 분류라 이름하지만, 아이들에게는 적확한 용어는 아니지만 한시적으로나마 그림이라는 말로 바꿔 부르게 하기로 한다. 이 시의 그림은, 하나는 그리기를 통하여 그려지는 '그림의 세계'이고, 다른 하나는 오려붙이기를 통하여 꾸며지는 '꾸밈의 세계'로 이분된다. 두 그림 다음에는 후렴 같은 의문형의 연이 따른다. 아이들에게 「미술시간」을 제시하면서 그림으로 나누라 하면, 그들은 의당 이와 같이 나눌 것이다. 이러한 그림 혹은 장면의 나눔을 통하여 아이들은 이미지의 기초를 체험하게 된다. 이와 유사한 시편을 우리는 엄기원의 「걷고 싶은 길」을 걸으며 읽을 수 있으리라.

아지랭이 아물아물 하늘 오르고
종다리 보리밭에 숨는 한나절
강둑에서 들려오는 풀피리 소리

아—풀내음
들길을 들길을 걷고 싶네요.

산기슭에 자르르 햇빛 내리고

봄안개 영 너머로 숨는 한나절
숲 속에서 들려오는 뻐꾸기 소리

아—솔내음
산길을 산길을 걷고 싶네요.

　일독하는 중에 금세 어림할 수 있다시피, 이 시편 역시 「미술시간」
과 비슷한 구조를 띠고 있다. 1연과 3연은 걷고 싶다는 욕구를 자극
하는 원인 행위를 진술하고, 2연과 4연에서는 후렴구 같은 욕구 행
위를 반복적으로 후술하고 있다. 아이들에게 똑같이 그림 나누기를
행하라고 말하면, 그들은 이미 배운 바대로 바로 나눌 것이다. 하지
만 그림 나누기를 통한 연과 행가름을 지도할 양이면, 주의하여야 할
시편들이 있다. 마치 황지우나 박남철의 실험시들에서 볼 수 있는 전
통파괴적이고 현실비판적인 기존 시 형태를 해체한 시편들이 그것이
다. 일부러 거례하지 않더라도, 일부 시인들의 욕심이 동시라는 갈래
상의 특성을 무시하고 실험작을 과감히 도입하여 발표함으로써 학습
의 과정에 있는 아이들에게 충격을 주는 일이 야기될 수도 있다. 이
런 시들은 본의 아니게, 아이들로 하여금 자칫 역반응을 일으켜 손끝
에서 쓰는 시를 양산하게 만들 수도 있다는 것이다.
　셋째, 이 시는 행하기와 답하기의 연속적 의미관계를 갖는다. 이른
바 의미에 의한 연의 구분인 셈이다. 화자의 행위와 자기 행위에 대
한 물음으로 뚜렷이 이분할 수 있다. 말할 나위 없이, 엄기원의 시편
에서도 얻을 수 있는 성과는 비슷하리라. 시에서 연을 가르는 근본
이유가 의미의 효과적 진술을 꾀하는 데 있다고 보아도 전혀 오해가
아니다. 행이 리듬, 이미지, 의미의 단락을 가리키므로, 마땅히 연은

이것들의 모듬이어야 한다. 그 뒷받침으로, 본래 연을 지칭하는 'stanza'라는 이탈리아어가 '방'을 의미한다는 점을 상기하면 쉬 납득할 수 있을 것이다. 방은 본디 하나하나 떨어져 있으면서도 그 본래적 기능을 잃지 않고 집이라는 전체적인 구조물과 유기적인 관계를 맺고 있다. 방을 하나의 독립된 의미체로 볼 수 있다면, 우리는 아이들에게 「미술시간」에서 시인이 해설한 바대로, 의미의 대칭관계를 일별하도록 권할 수 있으리라. 여기서 같이 알아야 할 것으로 의미의 '양다리 걸치기(enjambment)'나 '허물기(deconstruction)' 등도 염두에 두어야 할 것이다. 우리는 전자를 이종택의 「빈 집」에서 만날 수 있고, 후자는 이성복의 「성모성월·2」 등에서 접할 수 있다. 이 두 가지 장치는 의미의 전달보다는 파괴에 초점을 겨눈 듯하지만, 실은 의미론적 효과를 거두기 위한 현대라는 시대적 조류가 낳은 일종의 '낯설게 하기'의 변종일 뿐이다.

3. 결론

이상에서 고찰하였듯이, 시는 고도의 추상적 관념의 세계를 서정적 진술로 담아낸 언어의 구조화에 다름 아니다. 이러한 시의 원리를 이해하는 방편으로 연과 행을 가른 시인의 의도를 천착하는 일은 현행 시교육에서 소홀히 취급되는 감이 없지 않다. 교과서에서 언급한 다손, 겨우 '이 시는 몇 연 몇 행으로 이루어졌는가'를 묻고 지나가는 정도에 머무는 실정이다. 이의 시정을 기하고자 본고는 쓰였으며, 논리의 임의성을 최소화하고자 노력하였다. 아무튼 시를 가르치는 일에 신명을 내어야 할 시점이고, 시교육의 총론과 각론 모두 발전을 위한 디딤판이 마련되어야 할 순간이 도래한 것은 분명하다. 더욱이 보통교육을 담당한 초등학교의 시교육인 바에야 그 필요성과 중요성이 아무리 강조되어도 모자랄 것이다.

제2부

동시의 옛길과 새길 사이에서

동시 속의 성과 사랑

1. 서론

문학은 금기를 두려워하지 않는 대표적인 사회적 제도이다. 작가들은 문학 작품을 통해 사회적 이슈에 대하여 끊임없이 문제를 제기하였고, 그들의 헌신적인 노력에 의해 인류의 역사는 다방면에서 진보를 거듭할 수 있었다. 금기의 대표적 사례로서 사랑과 성을 들 수 있다. 사랑에 비해 성은 훨씬 더 금기의 지속기간이 길었다. 양자는 인류의 역사와 함께 시작된 뒤로부터 복합적으로 작용할 수밖에 없는 긴밀한 관계이다. 그렇지만 사랑은 비교적 고상한 영역으로 칭송받은 데 비해, 성은 추악한 것으로 폄하되었다. 물론 종교적 영향에 힘입은 바 크지만, 한국적 문화 전통과 함께 사회의 폐쇄성에 기인한 바가 더 클 것이다. 그로 인해 양자는 현재까지도 금기의 영역에서 해제되지 않고 있다. 사랑은 필연적으로 성을 동반할 수밖에 없을 터인데, 사람들은 용케도 양자를 분리 대응하는 자세를 취해 왔다.

성은 사회의 어느 부문에서나 민감하다. 일례로 소위 '마광수 사태'에서 볼 수 있듯이, 권력은 윤리와 도덕을 앞세워서 문학 작품을 자의적으로 재단하기를 서슴지 않는다. 그들은 권력에 의해 법률적으로 위임된 검열 수단을 무기로 예술 작품마저도 재단하려고 시도한다. 더욱이 한국의 지배 권력은 비민주적 절차에 의해 선출된 탓에 권위의 정당성을 확보할 수 없었으므로, 그들은 사회 구성원들의 예민한 반응을 야기할 수 있는 성담론을 무기로 정치적 통제를 시도했다. 그 대표적인 예가 군사정권하에서 무분별하게 허용되었던 성문화는 스포츠와 함께 국민을 통치하는 '당근과 채찍'이었다. 그 결과 한국의 성문화는 상당 기간 동안 왜곡된 논의를 지속하게 되었고, 상대적으로 문학의 표현 영역은 위축될 수밖에 없었다. 그러한 움직임은 지금도 사멸한 것이 아니어서, 성담론은 언제나 '지금—여기'에서 은밀하게 거론되고 있는 형편이다. 또한 연구자들조차 성애문학을 문학의 경계선 밖으로 축출하기를 서슴지 않으며, 작가들은 이른바 순문학이라는 미명하에 성담론을 적극 수용하는 데 인색한 편이다.

본고에서는 성과 사랑을 둘러싸고 진행되는 저간의 사정과 함께 동시의 장르상 속성을 유념하면서 동시 작품에 나타난 성과 사랑의 수용 양상을 살펴보고자 한다. 동시는 아이들을 대상으로 발표된다는 점에서, 일단 성과 사랑을 소재화하는 데 상당한 난점을 내포하고 있다. 사랑은 다양한 각도에서 정의/분류될 수 있거니와, 용어의 추상적 성격으로 말미암아 성인시와 달리 아이들의 구체적 생활을 담보로 하는 동시에서 수용되기에 난망하다. 그리고 성은 사랑보다도 훨씬 험난한 수용 과정을 거쳐야 한다. 물론 성담론의 다양한 분산도를 고려하면, 성은 동시에서도 미량이나마 작품화할 수 있으리라 기대한다. 본고에서 주목하고자 하는 성과 사랑의 수용 가능성은 이와 같이 미지근하다.

2. '내 모든 사랑을 아이에게?'

1) 사랑, '퉤! 퉤! 퉤!'

사랑은 인간이 다른 동물과 구분되는 가장 뚜렷한 행동 표지이다. 무수한 동물 중에서 오직 인간만이 사랑을 노래한다. 인간의 보편적인 감정의 하나로서 사랑은 무수한 시인들에 의해 시화되어 왔다. 한국문학사에서 연애시의 기원은 백수광부의 처가 불렀다는 「공무도하가」로 거슬러 올라간다. 이 작품은 문헌에 전해지는 최고 가요로서, 원시 서사 문학에서 서정 문학으로 넘어가는 과도기의 특성을 보여준다. 고구려의 유리왕은 「황조가」를 써서 왕의 지엄한 체통 대신에 애절한 남자의 감정을 토로하기를 선택했다. 일국의 임금이 여자와의 사랑 때문에 괴로워하는 모습은 너무나 '인간적'이다. 백수광부가 강물 속으로 걸어가면서 문학의 개인적 차원을 열었다면, 유리왕은 왕좌에서 내려와 애정의 시적 진경을 보여주는 데 인색하지 않았다. 그들의 남다른 희생 덕분에 남녀간의 애정을 다룬 작품은 「정읍사」, 「가시리」, 「서경별곡」, 「진달래꽃」 등으로 이어지면서 전통적인 정서를 재현할 수 있었고, 다양한 편차를 드러내며 확대/심화되기에 이르렀다.

애국계몽기에 춘원 이광수가 내세운 사랑 담론은 지하의 애정 논의를 전면에 부상하도록 기여하였다. 주지하다시피, 그는 소설 『무정』과 『유정』 등을 통해 당대의 결혼 풍습을 조목조목 비판하면서 자유연애를 옹호하였다. 그의 헌신적인 소설적 성과에 힘입어 1920년대에는 자유연애론이 횡행하고, 이른바 신여성들이 출현하면서 바야흐로 전통적인 애정관은 극심한 위기에 봉착하게 되었다. 가히 방종이라고 할 정도로 신여성들의 연애 생활은 자유분방하였고, 그로 인해 여러 가지 부작용도 추가되었다. 하지만 그녀들의 애정 행각은 식민지 시대라는 사회적 형편과 전래의 가부장 체제에 이중적으로 억압받는 자신들의 심리적/육체적 욕망의 해소 행위이기도 했다는 사실을 배제한 채 운위하는 것은 삼가해야 한다.

최근 연애시는 도종환의 『접시꽃 당신』(실천문학사, 1986)에 이르러 중흥기를 맞았다. 그는 상처한 심정을 특유의 시적 감수성으로 갈무리하여 편편에 담아서 독자들의 심금을 울린 바 있다. 이 시집은 소위 민중시인에 의해 상재되었다는 점에서 문단에 적지 않은 충격을 주었으나, 그는 이후에 시적 변화를 감행하여 연애시 논의에서 멀어져 갔다. 그렇지만 아직도 연애시는 류시화를 비롯한 여러 전문가들에 의해 부단히 생산되어 스테디셀러의 반열에 올라 있다. 또한 김남조가 시 「겨울바다」 등에서 보여준 사랑에 대한 추상적 이미지들은 아직도 독자들을 확보하고 있거니와, 대부분의 시인들이 '사랑에 관한 짧은 필름'을 작품으로 담아내기에 노력하고 있는 것이 부인할 수 없는 사실이다.

시인의 주관적 감정 상태를 최고선으로 추구하는 시에서, 이와 같은 생산 전략은 존중받을 수 없다. 무엇보다도 아이들의 사랑을 다룬 시작품은 '감정의 자연스러운 발로'라는 낭만주의적 전통에 충실해야 할 터이다. 왜냐하면 사랑은 상호간의 감정적 교호작용에 의한 친밀감의 표현이기 때문이다. 사랑의 감정은 치밀한 이성적 구도에 의해 비롯되기보다는 형언할 수 없는 감정의 복합적인 상태로부터 시

작되어야 한다면, 아이들에게 사랑은 생활로부터 비롯되어야 할 터
이다. 아래 작품은 아이들의 생생한 생활 장면을 엿볼 수 있다. 아이
들의 사랑은 생활인 것이다!

여기여기
이 자리,
미루나무 아래서

내가 성환이 좋아하는 거
편지 몰래 끼워 둔 거
절대 말하지 않기로
약속해 놓고

퉤! 퉤! 퉤!
침 뱉고 도장까지 꽉 찍었으면서
나쁜 기집애!

―박혜선, 「미루나무 너도 들었지」 전문

두루 추측하다시피, 이 작품의 성공 요인은 3연에 있다. 단 석 줄
의 표현에 의해 비밀을 준수하겠노라고 굳게 다짐했던 친구가 약속
을 파기하고 비밀을 발설해 버린 뒤의 감정이 솔직하게 드러났다. 박
혜선의 시적 장기는 꾸밈없는 표현으로 독자들을 무장해제시키고 소
기의 효과를 달성한다는 점이다. 그녀는 친구의 배신을 얘기하면서,
말하고/자랑하고 싶었던 비밀 '내가 성환이 좋아하는 거'를 슬며시
풀어 놓는다. 그녀의 능청스러운 손놀림에 의해 독자들은 아이들의

박혜선의 동시 「미루나무 너도 들었지」(『텔레비전은 무죄』, 푸른책들, 2004).

연애편지조차 거스르지 않고 받아들인 자신의 행동을 늦게야 깨닫는다. 그 배경으로는 시인의 눈높이를 들 수 있다. 그녀는 전적으로 아이들의 시선을 잃지 않고 작품을 전개하였다. 친구의 비밀 폭로 사태에 놀란 화자가 오죽 원통하고 분했으면 제목조차 「미루나무 너도 들었지」라고 했겠는가.

이와 같이 시작품 속에서 사랑은 굳이 '스며들고 싶다'는 심리적 움직임을 드러내지 않아도 충분히 논의 가능하다. 현실적으로 보아도 어디 사랑이 드러내놓고 떠든다고 혹은 내 뜻대로 이루어지는 것이던가. 그저 친구를 향한 '나쁜 기집애!'라는 불만 한 마디면 저간에 쌓인 사랑의 서사가 일거에 드러나는 것을……. 지금까지 인구에 회자되고 있는 소년소녀의 사랑을 취급한 작품은 황순원의 명편 「소나기」이다. 이 작품은 한때 고등학교 국어 교과서에 수록되었던 알퐁스 도데의 「별 이야기」와 함께 청소년기의 사랑을 조심스럽게 형상화한 것이다. 그러므로 두 작품을 읽으며 성장한 세대의 사랑은 밋밋할 수밖에 없다. 그렇다면 사랑은 플라토닉한 것이라고 가르쳐야 하는가. 영(零, null) 교육과정에 의하면, 사랑은 성과 함께 학습 내용으로 구성할 수 없는 영역에 속한다. 사랑은 굳이 학교 교육에서 가르치지 않아도 스스로 학습하게 되는 본능인 것이다. 그러나 학교에서는 성교육을 강제하고 있는 것이 사실이다. 그렇다고 동시인들이 제도교육의 하수가 될 수는 없지 않은가. 다만 사랑의 감정을 갖게 될 때, 적절한 대상에 의탁하여 자신의 시적 재능을 보여주면 되는 것이다. 그것도 필요에 의해 '기획'하지 말고, '퉤! 퉤! 퉤!' 침 뱉으며 직관에 따르면서 말이다.

2) 성, '나, 지금 심각해요'

시에서 성은 더 이상 생소한 소재가 아니다. 성은 애국계몽기를 거쳐 1920년대의 시작품에서도 직접적으로 문제되었다. 그렇지만 이 시기에 수용된 성은 여성의 육체성에 주목하여 국가의 환유물로서 집단적 성격을 갖고 있다. 예컨대 김해강이 "오—저들! 몸스둥이가 어느구렁에 떨어질지 몰으는 저들!"(「농토로 돌아오라」(『조선일보』, 1928. 9. 21)이라고 개탄할 때, 여성의 육체는 일제의 회유에 넘어가 제사공장의 직공으로 선발된 농촌 소녀들의 비극적 운명을 가리키는 동시에, 식민지로 전락한 조국의 처지를 지칭하기도 한다. 이러한 집단적 성의 문제는 이 시기의 작품에서 어렵지 않게 추출할 수 있거니와, 여성의 육체를 기호로 활용하여 조국의 안타까운 처지를 형상화한 시인들의 충정을 짐작할 수 있게 해준다. 그 뒤에 등장한 불우한 천재시인 이상은 식민지 시대 지식인의 비애를 성적 욕망을 통해 표출하였다. 성은 그의 시작품에 이르러 개인적 차원에서 전면적인 문제로 부각되었고, 소설작품에서도 성적 코드는 일관되게 강조되었

다. 최근에는 장정일의 연작시 「프로이트식 치료를 받는 여교사」 등
에서 성의 구체적 수용 양상을 살필 수 있다. 이제 성은 개인적 차원
에서 수용되면서 추악한/아름다운 성격을 동시에 갖게 되었다.

그렇지만 동시에서 성을 직접적으로 취급할 수 있는가라고 묻는다
면, 그것은 여전히 불가한 일이다. 어른들의 시작품에서 성은 대개
정치적 상황과 맞물려 논의되지만, 동시에서 성은 정치적 성격을 강
조할 수 없다. 다만 최근에 한 시인이 성적 정체성으로 신음하는 아
이의 문제를 작품에서 수용한 사실은 주목할 만하다. 요즘 들어 사회
적 문제로 대두되기 시작한 성적 소수자들의 권리는 많은 반향을 불
러일으키며 논의를 증폭시키고 있다. 그들은 성적 선호도/정체성 때
문에 각종 사회제도로부터 불이익을 당하면서도, 한편으로는 자신들
이 받고 있는 부당한 처우에 저항/체념하면서 다수의 횡포에 맞서고
/침묵하고 있다. 그들의 힘겨운 싸움을 보고 있노라면, 사회의 각 부
문에 팽배한 일인에 대한 만인의 폭력이 개인의 삶에 미치는 악영향
을 헤아릴 수 있다. 이러한 움직임은 때 아닌 계몽 담론을 생성하여
사회적 논의를 증폭시키지만, 그와 동시에 차이를 인정하지 않는 동
시대의 자화상을 보여준다.

　처음엔 아이들 박수 때문이었어요
　소풍날 단 한 번이었어요
　여자 가수 흉내를 낸 것은

　아이들 웃음과 함성 때문이었어요
　여자 가수 노래 여자 가수 목소리로 불렀어요
　춤도 추었어요 물론 몰래 몰래 연습 많이 한 거예요

정말 볼수록 여자처럼 생겼다나요
남자들은 여자여자! 여자들은 킥킥!
나, 혼자 있는 게 편해졌어요

문득 이상한 생각이 들어요
내가 남자로 잘못 태어난 게 아닐까
꽃술 레이스 많이 달린 블라우스와
빨간 짧은 치마
입고 싶어요

나 지금 심각해요

—전병호, 「난 여자일까」 전문

　　우리 사회에는 대부분의 사람들이 속한 이성애자들과 함께 양성애
자, 게이, 레즈비언, 트랜스젠더, 크로스 드레서 등, 다양한 성적 소
수자들이 있다. 이러한 분류 방식은 성적 정체성으로 고민하는 트랜
스젠더를 제외하면, 단순히 성적 취향에 의한 구분에 지나지 않는다.
성적 다수자들(그들은 이성애자일 뿐이다!)은 단지 성 역할이 바뀐 트랜
스젠더를 성적 취향의 차원에서 접근하고 반대 담론을 양산한다. 그
것은 트랜스젠더를 부지런히 타자화하고, 다수의 영역을 지켜서 기
득권을 전승하려는 영토수호의지의 외현화에 다름 아니다. 마치 나
병 등 각종 악성 질병에 작용하는 배제와 감금의 메커니즘이 성적 소
수자들을 향해서도 어김없이 작동하고 있는 것이다. 이런 측면에서
성적 소수자 문제는 언제나/아직까지 정치적 논의를 수반할 수밖에

없다. 아직도 트랜스젠더 연예인은 가십거리이지 않은가!

트랜스젠더는 생물학적 성별을 인정하고 극복하지 못할 정도로 심각한 불균형 상태에 처한 사람들이다. 그러므로 사회 구성원들은 이들의 신체적 외형에 주목하지 말고 성적 정체성을 인정해 주는 자세를 취해야 한다. 인용한 작품 속에서도 화자는 소풍날 자신의 몸속에 은폐되어 있던 여자로서의 정체성을 발견한 뒤에 고민하고 있다. 아이는 '내가 남자로 잘못 태어난 게 아닐까'라는 자문 속에서 상심한다. 아이는 '여자 가수 흉내를 낸 것'에 부끄러워하면서도 '꽃술 레이스 많이 달린 블라우스'와 '빨간 짧은 치마'를 입고 싶은 욕망의 일단을 함께 드러낸다. 하지만 아이들은 '나'를 비웃음으로써 전통적인 구습을 재현한다. 사회적 소수자들에게는 웃음조차도 폭행이라는 사실을 인식하지 못하고, 다수의 '남자들은 여자여자! 여자들은 킥킥!'거리며 스스럼없이 폭력을 행사한다. 다수의 폭력 앞에 무방비 상태로 노출된 소수자로서의 '나'는 다수의/사회의 반감에 존재의 혼란을 겪게 된다.

지금까지 밝혀진 의학적 사실에 의하면, 트랜스젠더는 단지 호르몬 분비상의 문제일 뿐이다. 사춘기 시절의 남녀에게 형성되기 시작하는 에스트로겐과 테스토스테론의 비율이 외형적 성징과는 반대로 결정되면 트랜스젠더의 성향을 갖게 된다. 그러나 이 역시 무조건적이지는 않으며, 남성적 여성/여성적 남성으로 살아가는 경우가 허다하다. 의학적 지식보다는 경험적 지식에 영향받는 아이들에게 볼수록 여자처럼 생긴 '나'는 놀림감에 불과하다. 결국 아이는 '나, 혼자 있는 게 편해졌어요'라고 말하며, 다수의 집단으로부터 탈출하여 소수자라는 사실을 받아들이게 된다. 아이가 성적 정체성 때문에 또래 집단에 편입되기를 거부하는 순간, 그는 '나 지금 심각해요'라는 심경 고백으로 자신의 처지를 증명하며 침묵을 내면화한다. 이제 그의 침묵은 '정치적'이다. 그리고 이 발언은 그가 헤쳐 나가야 할 미래적 삶이 만만치 않다는 사실을 노정시킨다. 시인이 애써 아이의 발언 한 행을 마지막 연으로 처리한 이유이다. 그로서 독자들은 앞을 전망할 수 없는 막다른 상황에 처한 아이의 발언을 종결부에 위치시킬 수밖에 없는 교사시인의 고심한 바를 짐작할 수 있다.

다행스럽게도 금년 6월 22일 대한민국 대법원은 성별 정정 허가라는 유사 이래 초유의 판결을 내놓았다. 이 판결에 의해 그동안 성적 소수자로서 사회적 냉대와 가족간 불화의 원인을 제공했던 트랜스젠더들이 주민등록번호를 변경하여 자신의 성적 정체성을 확보하게 되었다. 물론 이번 판결은 일정한 요건을 갖춘 자, 곧 수술자들에게 국한한 것이어서 법률가와 자본의 타협으로 바라보기도 한다. 당연히 앞으로 미시술자에게까지 법률적 허용 범위를 확대하여 사법 권력은 혐의를 불식시켜야 할 것이지만, 이번 사태를 응시하는 국민들은 찬반양론에 서서 논쟁을 계속하였다. 성별 부여를 신의 영역이라고 주장하는 이들은 당연히 반대 논리를 전개하였고, 현실적 성의 실체를 인정하는 이들은 찬성 논리를 전개하였다. 이때 동시인들은 소수자들의 정당한 권리를 옹호하는 데 앞장서야 할 것이다. 그것은 법률적/종교적 신념에 선행하는 문학적/정치적 신념의 문제이다.

3) 결혼과 이혼, '죄와 벌'

한국 사회도 이혼율이 급증하면서 가족의 해체/재구성 현상은 점차 만연화되었다. 이제 이혼은 항사가 되어 일상의 영역으로 편입된 지 오래이다. 현대인들은 자신에게 이혼이 일어나지 않기를 바랄 뿐,

주위의 이혼 현상에 대해 거부감 없이 수용한다. 이혼이 부모의 생존에 토대한 가족 해체 현상이라면, 부모 중 한 쪽의 사망은 가족의 해체를 지연시킬 뿐 가족을 유지시켜 주지 못한다는 점에서 아이에게는 동일한 상처를 남긴다. 오히려 이혼이 부모 중 한 명과의 만남에 대한 기대를 갖게 해준다면, 사망은 부재의식을 형성시켜서 절망의 경지까지 인도한다. 성장기의 아이에게 가족의 해체/재결합/재구성은 극심한 심리적 고통을 안겨 준다. 이 경우 아이는 가족공동체를 일종의 구성체로 파악하게 되며, 사회와 국가의 존재 이유에 대해서도 동일한 시각을 유지한다. 아이에게 가족은 불변의 공동체가 아니라, 가변의 제도로 인식되는 것이다.

이혼은 현대적인 질병이다. 이혼은 혼인한 남녀가 그들의 법률적 결합관계를 철회하는 행위로서, 상호간에 자유롭게 간직하고 형성했던 애착과 친밀감을 중단하는 구체적인 행위이다. 아이의 의지와는 상관없이 온전히 성인들의 결정에 따라 실천된 이혼 행위는 아이들에게 극심한 심리적 상처를 안겨 준다. 더욱이 혈연공동체를 최우선시하는 한국적 풍토에서 이혼은 당자와 아이들에게 가혹한 형벌이다. 그러나 결혼을 선택한 성인들의 죄가 이혼이라는 벌로 변모할 때, 부모가 받는 죄값은 당연하지만 아이들이 감당하는 벌은 부당한 것이다. 이때 아이들은 가장 친밀한 관계의 부모라는 타인에 의해 사회적 타자로 규정된다. 이런 아이들을 위해 동시는 '위안으로서의 문학'을 추구해야 한다. 이혼 가정의 아이들의 아픔을 시화한 작품집은 전병호의 『들꽃초등학교』(푸른책들, 2003)이다. 그는 이 시집의 서문에서 "부모님이 안 계신 아이, 부모님과 헤어져 사는 아이, 옷 한 벌로 몇 달을 입는 아이, 딸로 태어나 서러운 아이"(「'들꽃초등학교'에 초대합니다」)들의 이야기를 작품화한 사실을 밝히고 있다. 이 중에서

시인이 가장 관심을 보이는 것은 이혼/별거 가정의 아이들이다. 그
는 교사시인답게, 작품의 행간마다 아이를 향한 무한한 애정과 간절
한 소망과 따뜻한 눈길을 유지하고 있다. 그것은 동시인들이 끝내 지
켜야 할 벼리이다.

꼭 화가가 되겠어요

엄마 얼굴 그릴 거예요

백지로 비워 놓은 얼굴에

코와 입 그리고

마지막으로 눈을 그려 넣으면

엄마는 눈물로 날 보며

환하게 웃으실 거예요

엄마도 나처럼 목메어

보고 싶었다고 하실 거예요

나 어릴 때 집 나간 엄마.

—「나의 꿈」 전문

　작품 사정으로 미루건대, 화자는 엄마와 헤어져 살고 있다. 아이가
어렸을 적에 가출한 "백합 같은 승렬이 엄마"(「야영날 밤」)의 사연은
밝혀지지 않았지만, 쉽게 짐작할 수 있을 만하다. 시인은 행마다 휴
지부를 장치하여 아이의 슬픔을 보여준다. 행간에 유지된 거리만큼,
아이의 아픔은 깊고 결의는 배가된다. 아이는 시인이 마련해둔 행간
에서 눈물을 훔치며/감추며 엄마와의 혈연을 복원하고 싶은 간절한
의지를 표백한다. 그 아이의 바람은 다른 장애요인에 의해 좌절될 수
도 있겠지만, 지속적으로 촉구되어야 할 자식된 도리이다. 아이는
'엄마도 나처럼 목메어' 울기를 바라지만, 엄마는 절망 속에서 이별
을 준비할지도 모른다. 그래도 아이의 엄마 얼굴 그리기는 계속되어
야 하고, 그림 속에서 엄마는 '보고 싶었다'고 말해야 한다. 왜냐하면
그것만이 아이의 생존을 지켜 주는 물적 토대이기 때문이다. 시인은
모자간의 천륜을 지키는 전범을 보여주고 있는 셈이다.
　근래에 엄마의 가출 사건은 신문의 사회면을 장식하지도 못할 만
큼 빈번하게 일어나고 있는 사회적 병리현상이다. 대부분의 빈곤층

가정에서 발생하는 엄마의 가출로 인해 아이는 고모집에 맡겨지고 (「전학 온 애」), 집 나간 엄마가 돌아오기를 기다리며 생일날 들길로 나가 보며(「생일」), 교문 앞에서 재혼한 엄마를 마주치고 달아나는 (「교문에서 우는 엄마」) 등 부적응 행동을 보여준다. 아이들은 부모의 불화에 의해 갖가지 문제 사태에 노출되는 것이다. 더욱 심각한 문제는 엄마의 가출이 아이들에게 '어머니 공포증(matrophobia)'을 형성하는 심리적 요인으로 작용할 수 있다는 점이다. 엄마의 가출을 목도한 아이는 '나 어릴 때 집 나간 엄마'를 그리워하다가, 이윽고 증오와 원망의 감정 상태에서 극심한 혼란 상태를 체험한 뒤에 자신이 엄마에게 동화될 것이라는 두려움에 빠지게 된다. 그 아이는 엄마에 대한 지속적인 감시를 통해 어머니와의 동화를 의식적으로 거부하지만, 그럴수록 엄마에 대한 공포는 심화된다. 엄마의 가출 사건 때문에 아이의 심리적 저층부에 형성된 공포는 "어른이 되어서도 평생 가슴에 담고 살 말인 것"(「선생님의 고백」)을 각인시킴으로써, 아이의 성장 과정에서 심리적 균형감각을 마비시킨다.

시편에서 드러난 고백처럼, 결손가정의 아이들은 대부분 타성에 대한 반발과 동성에 대한 집착으로 양성 공존의 미덕을 학습할 기회를 철회한다. 나아가서 그것은 성장 과정상의 이성에 대한 왜곡된 감정을 초래하여 결혼과 자녀 양육에 대한 거부감을 배태시킨다. 그러므로 이혼을 비롯한 부모의 가출이나 별거 상태가 아이들에게 미치는 영향은 대체로 부정적이다. 정서적인 면에서 아이들은 거절감과 분노감, 두려움과 공포감, 수치심과 죄책감, 낮은 자존심과 타인에 대한 낮은 배려심 등을 갖게 된다. 행동적인 면에서는 가출과 비행, 충성심과 소속감의 갈등, 교우관계의 왜곡과 학업 성적의 저하 등으로 나타날 뿐만 아니라, 아이들에게 극심한 정서 장애와 심각한 행동

장애를 야기한다. 따라서 이혼은 당자에게는 실패한 결혼에 불과하지만, 아이들의 입장에서는 도저히 수용할 수 없는 물리적 폭력에 다름 아니다. 이에 동시인들은 아이들의 처지를 포용할 수 있는 '위안으로서의 문학'을 추구하여 상처받은 영혼을 포용해 줘야 할 것이다.

3. 결론

이상에서 살핀 바와 같이, 동시인들은 그간 금기시되었던 성과 사랑에 대한 성실한 접근을 통해 주목할 만한 성과를 제출하였다. 그들의 노력이 값진 이유인즉, 동시의 대상성에 기인한다. 아이들의 구체적 삶과 긴밀하게 상관되는 시어의 선택은 성과 사랑을 취급할 경우에도 어김없이 적용된다. 아직까지 두 가지 소재는 정면으로 다루기에 껄끄러운 것이 사실이지만, 성의 개방 속도에 견줘 보면 그리 멀지 않은 미래에 진지하게 재론되어야 할 문제인 것은 분명하다. 그렇더라도 문학은 성의 개방화를 재촉하는 데 기여하는 것이 아니라, 성의 왜곡된 상태를 해체하여 궁극적으로 자유한 경지를 지향한다는 사실은 불변할 것이다. 아울러 성과 사랑은 항상 아이들의 미성숙 상태를 전제로 논의되어야 한다는 점을 기억해야 할 것이다. 그들은 육체와 성의 미분화와 함께 사랑의 감정도 분화되지 않은 상태에 놓여 있다. 이것은 차후에도 계속될 성장 조건이므로, 동시인들은 '기획'하지 않은 자연스러운 사랑을 형상화하는 데 전력해야 할 것이다. 아울러 성적 측면에서는 성인시와 달리 성적 소수자의 시편에서 나타났듯이, 찰나적이고 쾌락적인 성의 국면을 배제하고 아이들의 억압받는 성에 대한 우선적인 주목이 필요하다.

'없음'의 구어적 표현 방식

―정지용 동시론

1. 서언

두루 알다시피, 정지용은 한국의 시문학에 커다란 족적을 남긴 시인이다. 특히 전대의 조야한 시형식을 확고하게 바로잡아 주었고, 시는 절제된 언어의 산물이라는 명제를 시로써 보여주었다. 그가 남겨준 동시를 두고 성인시로 나아가기 위한 수단적 파생물이나 통과의례적 과정물로 볼 수도 있다. 그런 연구 자세는 개인사적 연치의 흐름을 감안하여 말하는 것일 수도 있고, 혹은 동시와 성인시라는 시 갈래상의 터울을 유념한 나눔일 수도 있으며, 시라면 곧잘 성인시만을 연상하거나 그것을 한 차원 높게 보는 그릇된 안목이 낳는 예정된 태도일 수 있다. 그러나 이런 자세는 정지용 시의 올바른 이해를 위해서는 그다지 도움이 되지 않는다. 문제는 그가 동시를 성인시와 동열에 놓고 바라보았다는 엄연한 사실이다. 이 점은 1935년에 나온 그의 시집『정지용시집』의 편제를 훑노라면 단박에 밝혀진다. 그리고 이 사실은 그를 문학적으로 사숙한 윤동주라는 문학 청년이 동시를 창작하게 된 원인으로도 작용하였다.

정지용의 시세계는 크게 나누면 세 단계로 구획될 수 있다. 이런 구분법은 전적으로 시집의 발간 순서에 따른 자의적 분류일 터인데, 그의 시세계의 변천 과정과 들어맞는다는 점에서 타당성을 갖는다. 첫 단계는 시문학사의 박용철과 함께 엮은 그의 처녀시집『정지용시집』이 나오기까지가 해당된다. 둘째 단계는 1941년 문장사에서『백록담』을 발간할 때까지이다. 셋째 단계는 납북되기 전까지가 해당된다. 이 세 단계를 커다란 이미저리로 묶어낸다면 '바다—산—자아'로 변주된다. 그가 쓴 소위 동시류는 이 중에서 바다의 단계에서 창작되었다. 정지용의 동시 쓰기는 1926년 6월 재일 유학생들에 의해 발간된『학조』창간호에「카페 으프란스」를 비롯한 9편의 시를 발표하면서 시작되었다. 이 속에는「서쪽한울」등 6편의 동시가 포함되어 있다.

정지용의 동시류가 문학사적으로 중요한 자리를 차지하는 이유는, 그가 한국의 근대 동시문학사를 논하는 자리에서 누락되어서는 안 될 인물이기 때문이다. 그의 동시 작품에 나타나는 고아의식과 상실 이미지는 식민지 조건이 제거된 현재까지 동시단에 반복적으로 출현하고 있다. 그렇다면 더욱 우리는 그의 동시류를 자세히 읽으면서, 작품의 저층부를 이루고 있는 심리적 기반을 탐색하여 작금의 동시단에서 제기되는 문제점들을 극복하는 데 노력해야 할 것이다. 이에 본고는 정지용의 시세계를 총체적으로 살피려는 노력의 일환으로 기획되었다.

2. 부재의식의 시적 구현 양상

1) 사라져 가는 풍속의 시화

시는 통속적이다. 시인은 더 이상 고급한 정신세계를 사는 초월적 인간이 아니다. 시인은 세계를 사위에서 포위하고 있는 두껍디 두꺼운 허망의 외피를 벗기는 사람이다. 시인에게 짐지워진 시대적 책무는 독자의 표정을 관리하는 일이다. 이 순간에 시는 통속적이다. 통속적인 것의 통속적인 의미를 초월하기 위해서는, 더욱 가까이 독자의 심중을 읽어내는 시인의 통찰력이 요구된다. 그 시대가 외세의 치하라는 굴욕적인 시대일 경우에는 통속적인 시일수록 민중들에게 널리 회자될 것이다. 시인이 심정적 공감을 통해 통속적인 것을 추구하려는 행위는 당대 모순의 극복과 질곡으로부터 민중을 보호하기 위한 것이다. 민중 정서의 경호원로서의 시인은 작품 자체가 저항의 무기이다.

통속적인 것은 인간적이다. 통속적인 것일수록 민중과 호흡을 같이 하며, 민중의 생명만큼이나 질기고 인간적인 것이다. 민중이 알아듣기 쉬운 말을 사용하는 동시라는 시의 갈래는, 이런 측면에서 민중의 정서를 담아내기에 적합하다. 문어보다는 구어를, 고도의 상징보다는 보편적인 이미지를 추구하는 동시는, 국권 침탈기의 궁핍한 실존적 고뇌를 싣기에 매우 알맞은 문학적 형식이었다. 특히 동시가 기층 민중의 삶에 뿌리박은 언어를 매개로 한 문학적 형식이었음을 전제할 때, 동시를 통한 민중 정서의 시화는 강고한 시대 상황에 맞설 수 있는 유효한 메커니즘이었을 터이다.

쌀레와 작은 아주머니

앵도나무 미테서

쑥 ᄯᅳ드더다가

깨피쩍 만들어

호. 호. 잠들여 노코

냠. 냠. 잘도 먹엇다.

중. 중. 쟷대중.

우리 애기 상제로 사갑소.

―「쌀레(人形)와 아주머니」(『학조』, 1926. 6)

정지용은 이 작품을 『정지용시집』에 수록하면서 「三月삼질날」과
「딸레」 두 작품으로 나누었다. 이밖에도 그는 시집에 작품을 수록하
는 과정에서 원래의 제목을 바꾸거나 내용을 수정한 사례가 많으므
로, 작품을 인용할 경우에는 각별히 주의해야 한다. 그는 골목에서
쏟아져 나오는 아이들의 소리를 거르지 않고 시화함으로써, 훨씬 생
동감 있게 표현하였다. 시 속에서 여자 아이는 앵두나무 아래에서 인
형을 데리고 소꿉장난하고 있다. 그 아이는 쑥을 뜯어다가 떡을 만들
면서 엄마를 흉내내며 "중. 중. 쟷대중./우리 애기 상제로 사갑소."라
며 인형을 어른다. 지금은 사라져 버렸지만, 어린 시절 부모들이 자
녀를 무등 태우며 부르던 노래를 그대로 시 속에 인용하여 시어의 사
실성을 획득하고 있다. 작품 속으로 풍속을 끌어들이는 것은 독자를
향한 시인의 진지한 대화 행위이다. 더욱이 타민족에 의해 전래의 풍
속이 괴멸되거나 훼손되던 시기였으므로, 시인이 낯익은 소재를 취

택한 배경은 주목되어야 한다. 그러한 시도는 불가피하게 다소 진부한 이미지 효과를 야기하기도 하지만, 당시의 독자 수준을 고려할 때 시인의 취지에서 상당히 도전적인 의도를 포착할 수 있다. 왜냐하면 풍속의 시적 수용은 일회성으로 그치지 않고, 그의 여타 작품에서도 발견되기 때문이다.

어적게도 홍시 하나.
오늘에도 홍시 하나.

까마귀야. 까마귀야.
우리 남게 웨 앉었나.

우리 옵바 오시걸랑.
맛뵐라구 남겨 뒀다.

후락 딱 딱
훠이 훠이!

—「홍시」(『학조』, 1926. 6)

원제가 「감」인 이 작품은 그가 초기에 애용한 민요풍의 시를 읽으려 할 적에 디딤돌 역할을 수행한다. 그 이유인즉, 당시 촌가에 전래되어 오던 아름다운 풍속, 즉 민속적 유산을 문자 언어로 편입시켰다는 데 있다. 이런 풍의 동시류는 그가 어쩔 수 없이 농촌 출신이라는 출신 성분을 드러내 주면서, 그의 시심의 근원이 겨르로운 농촌에 있다는 사실을 노정시켜 준다. 예로부터 민중들은 홍시 하나를 '까치

밥'으로 남겨 두었다. 두 발 달린 날짐승의 겨울 양식까지 걱정해 주던 조상들의 섬세한 마음 씀씀이를 헤아릴 수 있는 장면이었다. 그러나 정지용은 이것을 변형시켜서 독자들의 고정관념을 도로로 만든다. 여성 화자를 등장시켜 오빠를 향한 그리움을 표출하거나, 오빠를 내세워 누이에 대한 애정을 표현하는 것은 정지용 동시의 상투적인 발상법이다. 물론 이러한 방식은 그만의 고유한 것은 아니지만, 두 화자는 시의 시점을 적정하게 유지시켜 주는 데 기여한다. 누이동생은 4연에서 출향한 오빠가 집에 돌아오는 날을 기다리며 감나무에 동그마니 붙어 있는 홍시 하나를 노리는 까마귀를 쫓는다. 그녀의 행위는 오누이간의 우애를 지키려는 음성적 발화이며, 그 행위 속에서 남매의 유년기 시간은 고스란히 유지된다. 소리를 통해 오누이간의 유대는 더욱 긴밀해지고, 시간적 결속은 더욱 촘촘해진다. 이것은 정지용의 동시에서 찾아볼 수 있는 일종의 이미지 효과이다. 이 점에서 위의 작품은 당대 최고의 이미지스트로서의 시적 장기가 현저하게 표출된 사례라고 할 수 있다.

    하늘 우에 사는 사람
    머리에다 띠를 띠고,

    이땅우에 사는 사람
    허리에다 띠를 띠고,

    땅속나라 사는 사람
    발목에다 띠를 띠네.

                    —「띠」(『학조』, 1926. 6)

독자에게 선명한 이미지를 제시하는 보기는 정지용의 동시에서 두루 살펴볼 수 있다. 이 작품의 각 연을 하나로 이으면 비로소 사람의 형상이 된다. 1연은 머리에 해당하여 하늘과 닿아 있고, 2연은 허리로 땅과 이어져 있으며, 3연은 다리로 지표면과 닿아 있는 형국이다. 마치 천지인을 연가름한 듯한 이 작품은 '띠'라는 매개물에 의하여 세 공간이 이어지고 있다. 이러한 시적 발상법은 정지용의 사유 체계가 지극히 전통적인 기반에 입각하였다는 사실을 보여준다. 천지인이 조화된 세상은 조상들이 소망했던 가장 이상적인 사회이다. 천부적인 역할 분담에 의해 각자의 고유한 영역을 존중하며 상생하는 우주적 질서는 외족의 침략으로 상실되었다. 이에 시인은 '띠'를 매개로 삼자의 영토 회복을 간접 발화 방식으로 언급한 것이다.

한국인들이 가장 선호하는 3이라는 숫자는 인류학적 측면에서 볼 때, 무의식의 심층부에 깊이 뿌리박힌 숫자이다. 예로부터 '삼세판'이라는 민중들의 언술이나, 3자를 높이 쳐주는 통속적인 숫자 개념

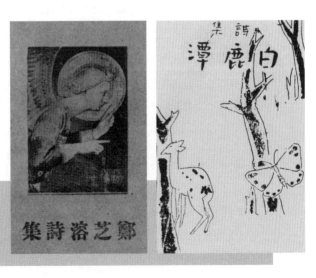

정지용의 첫 시집 『정지용시집』(1935, 시문학사)과 『백록담』(1941, 문장사).

은 차라리 주술적이다. 지금까지도 한민족의 심정적 논리에서는 한 집에서 3대가 생활하는 것을 가장 이상적인 가족 구조로 파악한다. 그리고 3이라는 숫자는 금기를 가리킬 때에도 자주 나온다. 수 상징론에 의하면, 모든 기수는 남성의 수인데, 그 중에서 3은 첫번째 남성 기수이고 1의 역동태로, 시간과 운동을 상징하는 수이다. 프란쯔에 의하면 1, 2, 3은 반복되고, 4는 추가수이며 정지 상태를 가리킨다고 하였다. 그는 3을 깨끗한 수로 높이 평가하였다. 이와 같이 정지용은 인류의 무의식 속에 튼튼하게 자리한 숫자 개념을 도입하여 소품에 불과한 동시에서도 전래되는 사유체계를 내면화시키고 있다.

대부분의 연구자들은 동시의 장르 개념을 자의적으로 재단하여 시대의 강력한 압력 앞에서 시인이 차선책으로 선택한 유화적 제스처로 치부해 왔다. 하지만 시대의 상황은 문학 장르의 어느 부문에도 동일한 영향력을 발휘하는 것이다. 아울러 그들은 동시의 독자를 지나치게 협소하게 범주화하여 그것의 본질적 특성을 '순진무구한 동심의 구현'으로 한정하고 있지만, 이러한 접근 자세 역시 온당하지 못하기는 마찬가지이다. 어린이이건 동심이건, 시대 상황에 노출되기는 한가지이다. 어린이도 식민지 현실의 무게를 온몸으로 감당하는 것이며, 동심은 더욱 그러한 현실 속에서 훼손되기 십상이다. 이러한 이유로 정지용이 보여주는 전통적 풍속에 대한 집요한 탐구는 새롭게 조명되어야 한다. 그는 외래 민족의 점령으로 손괴되어 가는 전통적 질서 체계를 안타까운 안목으로 시화하고 있는 것이다.

할아버지가
담배째를 물고
들에 나가시니,

굿은 날도
곱게 개이고,

할아버지가
도롱이를 입고
들에 나가시니,
가믄 날도
비가 오시네.

—「할아버지」(『신소년』, 1927. 5)

　할아버지는 일기예보관처럼 날씨를 잘도 안다. 화자가 철저하게
동심적 시선을 잃지 않고 있으면서도, 조손지간의 다정한 일면을 훈
훈하게 담아내고 있다. 이 작품은 대칭되는 구조를 지니고 있다. 1연
과 2연이 자수조차 똑같을 뿐만 아니라, 정반대되는 상황을 묘사하
여 할아버지의 경험에 의한 예언 능력을 신비화하고 있다. 정지용의
전통적인 사유방식은 한유한 농촌 풍경을 포착한 시편에서도 여지없
이 사실로 증명된다. 그는 할아버지와 손자의 '보여주기'와 '말하기'
를 통해 농촌의 정경을 대비된 이미지로 보여준다. 기성세대를 대표
하는 할아버지에게 행위를 부여하고, 신세대 손자의 진술을 통해 풍
속의 전습을 말하고 있다. 이것은 사유의 끊임없는 세대간 계승이며,
현실 상황에 대한 시적 대응 방식이다.

　산넘어 저쪽에는
　누가 사나?

뻐꾹이 영우에서
한나잘 울음 운다.

산넘어 저쪽에는
누가 사나?

철나무 치는 소리만
서로 맞어 쩌 르 릉!

산넘어 저쪽에는
누가 사나?

늘 오던 바늘장수도
이봄 들며 아니 뵈네.

—「산넘어 저쪽」(『신소년』, 1927. 5)

이 시를 발표했던 당시 문예월보사에서는 제목 없이 수록하였다. 정지용의 시에서 상실의 의미는 각별하거니와, 그의 개인적인 혈육상실과 맞물려서 독자를 숙연하게 만든다. 시 속의 정경은 당시의 사회적인 궁핍상과 한데 어우러진 고독감이 극심하게 묘사되어 있다. 이 시기는 일제의 침략 정책이 제도화되면서 농촌의 해체와 유이민의 대량 발생, 소작농의 빈민계급으로의 재편성 등, 식민지 원주민들의 사회적 신분 이동이 급속도로 이루어지던 때이다. 그런 시대 상황 속에서 구매자를 찾을 수 없는 판매자, 곧 바늘장수는 겨우내 전업하게 되고, 전통적으로 형성되었던 시장의 유통 질서는 신속히 파괴될 수밖에 없었다.

시인의 집에 늘 오던 바늘장수는 '산넘어 저쪽'의 소식을 전해 주던 전령사이다. 그로부터 외지 소식을 들을 수 없는 시인의 상태는 고립된 자의 우울을 징표한다. 바늘장수가 오지 않는 상황은 시대 상황을 담보하면서, 작품의 시적 상황을 함께 드러내 준다. 마침 울리는 '쩌 르 릉!' 나무 치는 소리는 시인의 초조한 기다림을 일순간에 불안감으로 변전시킨다. 소리없는 기다림과 소리나는 나무 소리의 대조 속에서 작품의 시간은 촘촘해진다. 이와 같이 조성된 팽팽한 긴장감은 작품의 내적 긴밀도를 고양하면서, 작품의 주제의식을 선명하게 드러내 준다. 그런 점에서 이 작품은 작품 외적 상황을 유효적절하게 처리한 동시의 모범사례이다.

2) 누이 콤플렉스

한국의 주권을 침탈한 일제는 전통적인 풍습을 척결해야 할 제일의 구악으로 규정하였다. 일제의 치밀하고 정교하게 조직된 식민 담론은 식민지 원주민들에게 정치적 예속과 물리적 복종을 강요할 수 있었지만, 그들의 무형 자산이었던 습속은 쉽게 제거할 수 없었다. 이에 일제는 한국인들을 분할 통치하여 피지배 계급간의 갈등을 조장하면서, 자국의 침략 논리를 식민지인들간의 상호 감시와 반목 속에서 은폐시켰다. 그들의 교활한 책동에 의해 지주계급은 기득권의 수호를 위해 관헌에 협력하고, 소작인들은 고율의 소작료와 수탈 위기에 노출되었다. 일제는 자국의 경제 공황 여파를 식민지 민중들에게 부담하도록 강제하였고, 더 이상 경제적으로 감당할 수 없는 한국 민중들은 고향을 버리고 먹을 것을 찾아 계급적 재편성 과정을 선택해야 했다. 일제는 식민지 고유의 풍속을 파손시키는 동시에, 풍속의 주체를 분열시킴으로써 식민 담론의 확대를 시도한 것이다.

일제의 간악한 식민지 통치 전략에 의해 가족의 해체는 가속화되었다. 가정의 구성원들이 동일한 거소에서 분산된 채 상호 대면의 기회를 박탈당하게 되면, 그들은 서로를 그리워하며 가정의 복원을 향한 열망을 내재화한다. 그것은 가족의 해체가 사회적 요인으로부터 초래된 현상이지만, 비단 타율적 의지에 의해 산화된 가정에 국한되는 것은 아니다. 정지용처럼 조실부모한 입장에서도 가족 성원들을 사모하는 정은 현저하게 표출된다. 특히 그는 누이에게 각별한 애정을 느끼었다. 그의 문우였던 박용철의 「書傳」(『박용철전집·2』, 시문학사, 1939)에 의하면, 정지용은 강화도 어느 학교의 교원이었던 누이를 그리워하며 시 「五月消息」을 썼다고 한다. 이외에도 그의 누이에 대한 애모의 정은 시편의 도처에서 확인할 수 있다.

해바라기 씨를 심자.
담모룽이 참새 눈 숨기고
해바라기 씨를 심자.

누나가 손으로 다지고 나면
바둑이가 앞발로 다지고
괭이가 꼬리로 다진다.

우리가 눈감고 한밤 자고 나면
이실이 내려와 가치 자고 가고,

우리가 이웃에 간 동안에

해썹이 입마추고 가고,

해바라기는 첫시약시인데
사흘이 지나도 부끄러워
고개를 아니 든다.

가만히 엿보러 왔다가
소리를 꽥! 지르고 간 놈이
오오, 사철나무 잎에 숨은
청개고리 고놈이다.

―「해바라기 씨」(『신소년』, 1927. 6)

이 시는 정지용의 동시관을 극적으로 드러내 준다. 화자는 누이와
함께 담 밑에 해바라기 씨를 심었다. 마침 그 광경을 고양이와 강아지
가 보고 장난을 친다. 두 동물은 상극지간이기 때문에, 해바라기 씨의
파종 지점 부근에서 각각 놀았을 것이다. 아마 바둑이는 앞발로 그 지
점에서 장난쳤을 것이고, 고양이는 그곳에 앉았을 것이다. 시인은 그
장면을 한 연에 수용하되, 행가름을 달리하여 제시하였다. 그의 면밀
한 시적 구도에 의해 '누나, 바둑이, 괭이'는 각기 행위 주체로 자리매
김되고, 삼자의 다지는 행위에 힘입어 구도의 입지점은 안정감을 획
득하였다. 누나와 화자는 해바라기 씨의 싹이 트기를 학수고대하지
만, 좀체로 씨앗은 발아하지 않았다. 시인은 풍부한 일조량에도 불구
하고 "사흘이 지나도 부끄러워" 세상 밖으로 나오지 않는 해바라기
씨를 '첫시약시'로 명명한다. 이 비유는 어른스러운 것이 사실이지만,
주목할 대목은 '사흘이 지나도'이다. 시인은 반가의 규수가 시집온 지

사흘이 지나야 안팎 출입이 허용되던 옛 시절의 풍속을 교묘하게 시적 배경으로 장치하였다. 거듭하여 전통 풍습을 작품 속에 끌어들였던 정지용의 시작법이 드러난다. 나아가 새색시의 낯을 숨어서 구경하던 풍경을 청개구리의 속성에 의탁한 6연의 표현은 익살과 함께 대상의 사실적 묘사를 소홀히 하지 않았던 그의 시작 태도를 보여준다.

이 시를 읽노라면 관능적인 어휘가 얼마나 아름다울 수 있는가를 재확인할 수 있다. 누나와 화자가 한밤을 같이 '자고' 나면, 이슬조차도 따라와 '가치 자고' 간다. 이들의 동침 행위란 누나와 화자 그리고 이슬의 일체화를 의미하는 것으로, 누나의 '있음'으로서만 그의 밝음은 유지될 수 있는 것이다. 곧 누나의 부재시에는 삼자의 조화가 어긋나게 되고, 자연의 조응은 아예 기대할 수 없다. 정지용은 이 작품을 통해 누나의 존재가 차지하고 있는 비중을 말하고 있는 것이다. 그것은 누나의 부재 상황을 예상하는 시인의 불안한 심리적 징후를 드러낸 것에 다름 아니다.

부헝이 울든 밤
누나의 이야기

파랑병을 깨치면
금시 파랑바다.

빨강병을 깨치면
금시 빨강바다.

뻐꾹이 울든 날

누나 시집갔네

파랑병을 깨트려
하늘 혼자 보고.

빨강병을 깨트려
하늘 혼자 보고.

—「병」

원제가 「한울 혼자 보고」인 위 작품은 어린 남동생의 뇌리에 떠오
르는 시집 간 누나에 대한 추억이 정조를 이루고 있다. 누나와의 아
련한 기억을 뚜렷하게 되살리고자, 정지용은 철저히 이항대립 구조
를 설정하였다. 예컨대 '부헝이/뻐국이', '깨치면/깨뜨려', '밤/날',
'빨강/파랑'이 그것이다. 이러한 대립 양상은 1연과 4연, 2연과 5연,
3연과 6연의 힘겨루기에서도 분명하게 나타난다. 어김없는 2보격의
율격을 구사하면서, 화자는 누나와의 추억 회상에 몰두하고 있는 셈
이다. 추억은 다른 대상과 견주어질 때 가장 선명하게 연상되는 심리
적 현상으로, 이 시편은 '나'와 '나와 누나'라는, 곧 혼자 있음과 같
이 있음의 차이를 극명하게 드러내 준다.

또한 각각 대칭되는 연들에서는 어휘의 반복과 반대적 사용으로
대비 효과를 자아내고 있다. 가령 1연의 '부헝이 울든 밤'과 대칭되
는 4연의 '뻐꾹이 울든 날'의 기묘한 배열을 주목해 보라. 그것은 누
나의 있고 없음을 지지해 주는 시적 기교에 속한다. 그리고 시인은
'—면'이라는 조건부 서술과 '—려'라는 의도적 행위를 대조시키고
있다. 이러한 작품 내적 장치들은 누나와 시인의 친밀성을 담보해 주

며, 시적 분위기의 전환을 재촉하는 데 기여하고 있다. 따라서 누나의 부재는 강고한 시대 상황에 노출된 정지용의 고독한 내면 심리를 추측할 수 있는 단서가 된다. 그는 누나의 존재 여부에 따라 심리의 극심한 기복 양상을 보여주었을 뿐만 아니라, 그것의 정도는 고스란히 작품 속에 투영되어 있다.

> 서낭산꼴 시오리 뒤로 두고
> 어린 누의 산소를 묻고 왔오.
> 해마다 봄쌔람 불어를 오면,
> 나드리 간 집새 찾어 가라고
> 남먼히 피는 꽃을 심고 왔오.
>
> —「산소」

　앞에서도 언급했듯이, 정지용의 시편에 등장하는 누이는 유년기의 추억이나 전통적 풍속을 형상화하는 데 빈번하게 동원된다. 화자를 누이로 삼은 것은 동시의 성격에 부합하는 것으로, 독자를 강력하게 끌어들여 자신이 느낀 바와 말하고자 하는 바를 옹골지게 실어내는 데 유효하다. 정지용에게 '어린 누의'의 죽음은 실로 대단한 상처였다. 누이 계용은 그에게 어머니의 분신과도 같았다. 누이의 죽음은 친자의 죽음과 함께 그에게 커다란 상흔으로 남았다. 그러나 같은 죽음일지라도, 위 「산소」에서 볼 수 있는 아픔의 직정적 표현과 「유리창」의 긴장된 절제력 사이에는 상당한 간극이 있다. 감정의 되새김을 몸소 실천한 후자에게 더 끌리는 것은, 시가 감정의 자연스런 유로이어야 한다는 명제로부터 실로 많은 뒷걸음이 필요하다.
　풍속의 소멸과 누이의 죽음을 목도하면서 정지용의 시편에서는 상실의 이미지가 지속적으로 출현하게 된다. 상실의 이미지는 이후 그의 시세계를 구성하는 굳건한 심리적 상흔으로 작용한다. 물론 상실의 이미지는 일제 시대의 시에서 두루 발견되고 있지만, 정지용의 경우에는 개인사적 상처와 맞물려 더욱 증폭되고 있다.

우리 옵바 가신 곳은
해님 지는 西海 건너
멀리 멀리 가셨다네.
웬일인가 저 하늘이
피 썻 보담 무섭구나!
날리 났나. 불이 났나.

—「지는 해」(『학조』, 1926. 6)

정지용이 남겨 준 동시 가운데 가장 오래된 것으로, 원래의 제목은 「서쪽한울」이다. 서쪽 하늘의 낙조 광경을 불난리로 표현한 것은 그리 신선한 발견이 아니다. 아무리 동시라고 하여도 독자의 상상력을 자극하기에는 불충분한 것이 사실이다. 그러나 작품 속의 일몰 모습에서는 일방적으로 찬미하는 시인의 태도나 완상객의 여유를 찾아볼 수 없다. 그것은 전적으로 시인에 의해 조성된 극적 상황에 기인한다. 그는 첫 행에서 서쪽을 "우리 옵바 가신 곳"으로 단호하게 설정함으로써, 이 작품에서 낙조의 아름다움을 예상했던 독자들의 기대를 충족시키지 않는다. 이로부터 시편의 슬픔은 점차 고조되다가, 낙조가 핏빛보다 무섭다는 진술에 이르러 절정에 달한다. 그것은 오빠 없는 방안에서 들려오는 시계 소리처럼 "서마 서마 무서워"(「무서운 時計」, 『문예월간』, 1932. 1)와 동일한 두려움이다.

정지용에게 동시는 육친의 없음을 채워 줄 수 있는 유력한 정신 공
간이었다. 비록 그는 현실 속에서 "누가 난줄도 모르고/밤이면 먼데
달을 보며 잔다"(「말·1」, 『조선지광』, 1927. 7)는 말과 자신을 동일시하
기도 하지만, 동시를 통해 구축된 세계에서는 평화를 꿈꿀 수 있었
다. 그의 평화한 공간은 누이와의 유년기 추억이 온전하게 유지되는
곳이며, 세상의 비난으로부터 벗어날 수 있었다. 그러나 신체 발달과
함께 이루어지는 정신 발달은 그로 하여금 식민지 현실에 대해 정확
한 인식을 요구하였고, 이에 따라 그는 성인시의 세계로 나아가게 된
다. 그가 찾아가게 된 신세계는 참혹한 핍박과 절박한 호흡으로 신음
하고 있었다. 그 세계는 마치 '어머니 없이 자란 나'의 처지와 유사한
곳이었다.

　　삼동내 얼었다 나온 나를
　　종달새 지리 지리 지리리……

　　웨저리 놀려 대누.

　　어머니 없이 자란 나를
　　종달새 지리 지리 지리리……

　　웨저리 놀려 대누.

　　해바른 봄날 한종일 두고
　　모래톱에서 나홀로 놀자.

　　　　　　　　　　　　　　　　　　　　—「종달새」

이 시는 정지용의 자서전이다. 그가 자신에게 어머니가 없다는 사실을 비로소 인식하기 시작할 무렵의 작품이다. 그는 어머니가 없다는 결핍을 충족시키기 위하여 '바다—산—카톨리시즘'을 찾아 방황하였다. 이것은 그 스스로 흉내내고자 노력하였던 현해탄 숭배사상이 한낱 부질없는 식민지 인텔리겐챠의 망령이라는 것을 깨달은 뒤, 모더니즘에 대한 반동적 행위를 시화하였음을 뜻한다. 그는 이 무렵 다도해를 기행하면서 김영랑에게 조국의 자연에 대한 애정을 표현한 서한을 보냈었다. 그러므로 우리나라의 모더니즘은 본질적으로 실패를 예비하고 있었던 것이며, 모던보이이기에는 그의 태생이 너무 촌스러웠던 것이다. 그것은 정지용 자신의 본적지가 충청도 옥천의 개울가라는 것을 깨닫는 데 한평생을 바쳤다는 것의 확인에 불과하다. 그에게 '어머니(누의, 옵바) 없음'은 가족사적 사실과 복합되어 조국상실의 미학으로 승화되고 있다. 그는 이 사실을 깨닫고자 '바다(현해탄), 산(백록담, 장수산)'을 찾았던 것이며, 마침내 홀로서기를 시도한 것이 카톨리시즘에 귀의한 것으로 나타났다. 그에게 카톨릭은 '어머니 없이 자란 나'를 받아주는 유일한 종교적 거처였을 뿐만 아니라, 시를 쓰지 않아도 되는 무이한 정신적 거소 공간이었던 셈이다. 그곳은 그가 더 이상 민중들의 삶이나 꿈에 관심을 기울이지 않아도 되는 형이상학적이고 외래적인 세계였다.

그렇다면 그가 해방 후에 쓴 작품에서 아무리 목청을 높였다고 할지라도, 그것은 가성에 지나지 않았다. 그는 태생부터 어미 없음에서 한 발자국도 나아가지 못했으며, 해방된 조국이 어미의 대체물로 자리잡기에는 그의 어미 체험이 전무하였다. 그는 이러한 상실을 예견하지 못한 채 숱한 정신적 방황을 거듭했던 것이다. 이로써 한 시인에게 부모와 조국의 있고 없음이 얼마나 커다란 상흔으로 자리하는

지 추측할 수 있다. 어미의 사랑을 제대로 받지 못한 정지용이 조국이라는 어미의 모습을 제대로 파악하기에는, 그의 육친의 없음으로 생긴 상처가 너무나 깊었던 것이다.

3. 결어

이상에서 정지용의 동시류를 현단계에서 재검토한 이유는, 한국의 현대 동시가 안고 있는 갖가지 문제점을 극복하기 위한 방법론적 원조 가능성을 모색하려는 데 있었다. 그는 역사적 전망이 불투명하던 식민지 시대에 전래 풍속을 시작품 속에 적극적으로 수용하여 시대적 대응 방식을 보여주었다. 그의 동시 작품들은 외적으로 사회적 응전력을 못 갖춘 것으로 판별되지만, 내적으로 살펴보면 동시 속에 민족적 자산과 시대적 아픔을 시적 용기에 알맞도록 변용하는 데 게으르지 않았다. 더욱이 그가 발표한 작품에서는 시대와의 대결 국면에서 동시인들이 취해야 할 자세를 시사받을 수 있다. 그것은 동시에서 사회적 요소를 제거하고 순수성만 고집하는 접근 자세를 교정시켜주는 데 기여할 것이다.

고향 의식과 조형미의 결합
—김상옥 동시론

1. 서론

초정 김상옥(1920~2004)은 1939년『문장』지에 시조「봉선화」가 추천되고, 1941년에는『동아일보』신춘문예에 시조「낙엽」이 추천되어 등단한 이후로 60여 년에 걸쳐 활동하였다. 그는 일제 시대에 피체되어 수형 생활을 했으며, 노년에는 정부의 훈장 수여조차 거부할 정도로 평생 동안 개결한 신념을 훼절하지 않고 살았다. 근래에 보기 드물게 시·서·화에 두루 능통했던 그는 동요, 동시와 동시조의 창작에도 심혈을 기울였다. 그는 1928년 학교의 월사금을 납부하지 못하여 산에 갔다가 동요「삐비」를 창작한 이래, 교지와 공모전 등에 동시를 출품하여 당선되기도 했다. 그후에 그는 동시집『석류꽃』(현대사, 1952)과『꽃 속에 묻힌 집』(청우출판사, 1958)을 상재하는 등, 동시에 대한 관심을 지속적으로 표명하였다. 그는 시조로 출발했으면서도 시와 동시 등 각종 장르를 넘나들면서 다량의 작품을 발표한 것이다. 이처럼 그의 장르의식은 시조의 전통적 장르관에 대한 도전으로 글씨와 도자, 전각 등에 이르기까지 다방면에 걸친 활약상과 대응된다. 그에게 장르란 고정되고 준수해야 할 규범적 형식이 아니라, 끊임없이 해체되고 상호 교섭되어야 할 통합 양식이었던 셈이다. 이런 인식선상에서 그가 생전에 시조집보다는 시집이라고 명칭을 선호하고, 동시조를 동시로 분류하는 데 주저하지 않았던 장르관을 이해할 수 있다.

그렇지만 활발한 활동에 비해 김상옥의 시세계, 특히 동시에 대한 연구 성과는 거의 제출되지 않았다. 그것은 그가 최근까지 생존했던 시인이라는 점, 문단의 움직임과 거리를 유지하며 초연하게 살았던 점, 시조와 동시에 대한 연구자들의 편견 등이 복합적으로 작용한 결과로 보인다. 지금도 연구자들은 시에 비해 시조와 동시에 관심을 덜 기울이고 있으며, 특히 동시에 관한 언급을 자제하는 것이 연구의 품격을 손상하지 않는 양 알고 있다. 아울러 동시인들이 시와 장르상의 교섭을 거북하게 생각하고 있는 것도 동시 연구를 침체시키는 주요 원인이다. 그들은 동시를 동시인들의 전유물로 오인하고 있으며, 시인들의 동시 창작에 대하여 관대한 태도를 보이지 않는다. 동시인들의 협량한 장르관은 도리어 동시의 소외현상을 부추기는 데 기여할 뿐만 아니라, 동시의 세속적 위상을 저하시키는 요인으로 작용하고 있다. 왜냐하면 동시란 고유한 장르적 자질에 따라 분류된 것이 아니라, 전적으로 대상성에 기인한 편의적 분류에 지나지 않은 까닭이다. 결국 동시에 대한 하대는 문학사적으로 풍부한 시적 자산에 대한 소홀로 이어지고, 시와 동시를 겸행한 시인에 대한 온전한 이해를 방해할 위험을 내포하고 있다. 이에 본고에서는 김상옥의 시세계를 온전

하게 재구하는 노력의 일환으로서, 우선 그의 사후에 간행된 『김상
옥시전집』(창비, 2005)에 수록된 동시 세계를 분석하고자 한다.

2. 시론과 동시의 일체화 현상

1) 동시적 조형미의 추구

한국시단에 만연한 습벽 중의 하나로 동시와 시의 구분법을 들 수
있다. 근대문학이 태동하던 시기만 해도 이러한 구분법은 존재하지
않았다. 현대시의 효시로 인정받는 최남선의 「해에게서 소년에게」
(『소년』 창간호, 1908)를 시단과 동시단에서 함께 강조하는 것만 보아
도, 시와 동시의 시원은 동일하다. 시와 동시를 함께 창작했던 1930
년대의 모더니스트 정지용이나 그를 사숙한 윤동주의 시작품에서도

김상옥 사후에 간행된 시전집(창비, 2005).

이러한 분류는 찾아볼 수 없다. 그들이 남긴 동시들은 시세계를 온전하게 분석하기 위해 반드시 분석해야 할 대상이다. 시와 동시의 창작을 병행하면 동시적 상상력의 도움으로 시적 토양을 윤택하게 확장할 수 있고, 또한 시작상의 기법을 동시에 도입하여 동시의 형식적 요소를 심화할 수 있을 것이다. 그럼에도 불구하고 동시는 아동문학가들의 영역으로 분류된 채 시인들과 연구자들에게 철저히 외면되었다고 해도 과언이 아니다. 그들의 태도는 동시에 대한 시의 우월적 지위를 전제한 폄하 행위일 뿐이다. 그들의 그릇된 생각처럼 동시가 만만한 것일까. 그에 대하여 김상옥은 다음과 같이 명쾌하게 대답한다.

　　나는 이제까지 시다 시조다를 구분하지 않았어요. 그저 가락을 강조해야 하는 작품은 시조로 썼고, 이미지 중심일 때는 자유시를 쓴 거지요…… 사람들은 동시라 하면 취급을 안해요. 동시야말로 아무나 함부로 쓸 수 없는 것이고, 마구 쓴 글은 전혀 순수한 맛이나 천진한 느낌이 들어가 있지 않게 되지요. 내가 옛날 동시집을 냈는데, 그때 청마가 '눈초리를 찢고 보아야 한다'는 말을 서문에 썼어요.
　　　　　　　　　　　　—김상옥·장영우, 대담 「시와 시인을 찾아서 ⑲ : 초정 김상옥」,
　　　　　　　　　　　　　　　　　　　　　　　　『시와 시학』, 1996. 가을호.

　　김상옥은 동시를 제대로 취급하지 않는 태도를 이해하지 못한다. 그가 볼 때 동시는 '아무나 함부로 쓸 수 없는 것'이다. 동시는 '아무나' 쓸 수 있는 것이 아니라, 어린이에 대한 지극한 사랑의 바탕 위에서 그들의 세계를 온전하게 이해하는 '시인'만 쓸 수 있다. 이것은 시인의 주관적 만족에 치중하는 시에 비해 동시가 생리적으로 갖고 있는 난점을 지적한 것이다. 그러므로 그는 "꽃둘레 사방에 햇빛 같은 아이들, 궁둥이를 깐 햇빛 같은 아이들"(「꽃 곁에 노는 아이들」)의 세계를 올바르게 이해하지 않은 채, 동시를 낮추어 보고 '마구 쓴 글은 전혀 순수한 맛이나 천진한 느낌이 들어가 있지 않'다고 보았다. 동시는 시의 형식적 특성을 정확히 이해한 시인이 동심으로 쓰는 것이다. 그것이야말로 '눈초리를 찢고 보아야 한다'는 청마의 지적에 동의하는 것이고, 김상옥의 동시관에 접근하는 첩경이다. 그는 '가락을 강조해야' 하는 작품은 시조로 쓰고 '이미지 중심일 때는 자유시를 쓴 거'처럼, 대상에 따라 시와 동시를 구분하여 썼다. 그의 동시들은 한결같이 시조의 성격을 탈피하고 자유시 형식을 차용하고 있다는 점에서 '이미지 중심'으로 쓴 것이다. 그런 작시 태도는 동시에 명증한 이미지를 확보하도록 만들었고, 나이 어린 독자들의 이해를 돕는데 이바지하였다.

이처럼 김상옥은 이미지를 중시하며 동시를 창작하였다. 그가 감각적 이미지를 중시하게 된 동기는 "시는 언어로 빚은 '도자기'라고 말할 수 있다면, 도자기는 흙으로 빚은 '시'"(「시와 도자」)라는 발언에서 찾아볼 수 있다. 시와 도자기를 동일시하는 그의 태도는 평소에 도자기 공방을 운영하면서 빚고 감상하며 체득한 경험에서 형성된 것이다. 그는 명품 「白磁賦」와 「靑磁賦」 등에서 '언어로 빚은 도자기'를 선보인 바 있거니와, 한국의 도자기에 관한 유별한 애정을 드러내기를 주저하지 않았다. 이 점에서 그의 시관은 시를 '잘 빚은 항아리'로 표현한 형식주의 비평관과 닿는다. 시를 도자기의 일종으로 파악하기 위해서는 무엇보다도 작품에 조형미가 확보되어야 한다. 조형미는 조각 등의 공간예술이 추구하는 심미적 가치이다. 그것은 시간예술에 속하는 문학이나 음악에서 중시하는 소리를 소거해 버리고, 그 대신에 형상으로서의 조형물을 추구한다. 김상옥은 동시에서 조형미를 구현하기 위해 선명한 이미지를 적극적으로 탐구하였다. 그가 시적 조형성을 확보하기 위해 기울인 구체적 관심도는 다음 시편의 작품을 통해서 살펴볼 수 있다.

따스한 햇빛이
마루 위에 비칩니다.
아기가 햇빛을
빨래처럼 주무르고 앉았습니다.

장독간 울타리에
제비가 앉아 놉니다.
자줏빛 목덜미로
저리 햇빛을 마구 휘젓습니다.

따스한 햇빛이
아기 눈에 눈부십니다.
아기는 햇빛을
한아름 꼬옥 안고 있습니다.

―「햇빛과 아기」 전문

동시조의 정형성을 파괴해 버리고 자유시형을 취한 동시이다. 이것은 시조의 형식적 한계를 인식하고 있는 김상옥이 시의 조형성을 확보하기 위해 노력한 증거이다. 소리가 완벽할 정도로 소거된 작품 속의 아이는 햇빛을 '빨래처럼' 주무르고, 제비는 자줏빛 목덜미로 햇빛을 '마구 휘젓고' 있으며, 아기는 햇빛을 '꼬옥 안고' 있다. 그는 회화적 이미지를 통해서 포착한 광경을 '보여주기'에 충실할 뿐, 결코 '말하기'에 나서지 않는다. 그것은 시에서 소리가 '감응의 울림 자체'가 아니라 자체로서는 내용 가치를 띠지 못하는 단순한 기호로 전락한다는 사실을 그가 충분히 인식하고 있다는 반증이다. 소리는 작품에서 표상의 기호이다. 곧, 소리는 시작품에 틈입하는 순간에 고유한 자질을 잃어버리고 시적 기호의 하나로 장치될 뿐이다. 이렇게 소리의 기능을 변화시킬 수 있다는 가능성을 주목한 김상옥은 가시적 미를 추구하는 조형예술로서 시를 받아들이고 있다. 그러한 태도는 시각을 비롯한 감각적 인지 과정을 우선시하는 어린 독자들을 위한 섬세한 배려인 동시에, 자신의 시적 신념을 구현하기 위한 심미적 전략으로 보인다. 그의 동시집 『석류꽃』에서 시조의 정형성을 전혀 찾아볼 수 없다는 사실과 함께, 시조에서 가창 기능을 제거하고자 노력했던 일관된 신념을 방증하는 범례이다.

2) 고향의식의 형상화

고향은 인간의 귀소 본능을 자극하는 공간 표지이다. 인류는 정착 생활을 시작한 이래, 특정 공간을 중심으로 생활 영역을 확대하며 살아왔다. 고향은 한 인간의 출발점이면서 귀착점이다. 그는 출향과 귀향의 변증법적 지양을 통해 삶의 국면을 타개한다. 공간은 그에게 기억된 과거적 경험의 처소이다. 그는 공간의식에 기반하여 유년기의 기억을 회상한다. 이런 점에서 고향은 인간의 성장 과정을 담보하는 시간 표지이다. 그가 고향에서 체득한 시간관은 성장 후에도 지속적으로 작동하면서 그의 물질적 시간의식을 조종한다. 시골에서 출생한 사람들일수록 계절의 순환에 근거한 순환적 시간관에 지배된다. 그는 만물의 이치를 순환론적으로 파악하며, 인간과 사물의 공존 상태를 지향한다. 그러므로 고향은 이웃과 더불어 살던 과거적 추억을 재생시켜 주는 공간으로 기능한다. 고향은 인간의 생장 과정을 함축하고 있는 심리적 기제이다. 인간은 고향에서 경험했던 내용을 기반으로 정신적 사상과 물질적 생애를 형성한다. 그는 살아가는 동안에 고향에서 학습한 경험을 활용하여 각종 문제 사태를 해결한다. 그러므로 고향은 한 시인의 사상을 배태해 주고, 정서적 기반을 형성해 주는 곳으로 각별히 주목되어야 한다.

김상옥의 고향의식은 통영 지방의 지명에 얽힌 내력을 수용한 작품에서 살필 수 있다. 그에 의해 고향의 특정 장소는 거주민과 비거주민을 구분하는 정서상의 변별점이다. 그곳은 거주민들에게 영속적으로 기억되어 "마을가에 저녁 연기 꿈결인 양 떠오르고, 갈미봉 언덕길로 접낫을 든 초동들이 송아지를 앞세우고 내려올 무렵엔, 먹이를 물고 둥주리를 찾아들어 지친 죽지를 쉬는 복된 안식"(「멧새알」)을 제공하면서, 주민 상호간에 친밀감을 형성하도록 자극한다. 그뿐만 아니라 그곳은 그들에게 충성심을 요구하는 대신에, 정서적 안락함과 집단적 기억의 장소로서 이정표이다. 이정표는 고향 사람들에게 출입 자격을 승인하는 비표로서, 타향 사람들과 구별되는 소속감을 안겨 주어 고향의 추억들을 재구성하는 심급으로 작용한다. 향리의 지명에 애착심을 보이는 시인의 태도는 당연히 옛사람들의 생활방식에 대한 호기심으로 연결된다. 이런 측면에서 원시적 질서를 옹호하는 동시가 그의 시관을 구현하는 데 적합한 장르로 선택되었다. 그의 고향에 대한 남다른 애정과 사라져 가는 옛것에 대한 애착은 다음의 예에서 구체적으로 나타난다.

옛날도 그 옛날
봉숫골에는
봉수지기 영감님
혼자 살았네.

낮이면 더덕 캐어
볕에 말리고
달이 밝은 밤이면
피리나 불고,

인적 없는 봉숫골
밤이 울어도
봉수지기 영감님
혼자 살았네.

—「봉숫골」 전문

   시인은 고향의 봉수지기를 추억한다. 봉수지기는 봉수대를 지키는 사람이다. 시대의 변화에 밀려서 봉수 작업이 폐기되자, 그는 졸지에 직장을 잃는다. 평생 봉수에 봉직했던 그로서는 마땅한 일터를 찾지 못하고, 봉수터에서 삶을 계속한다. 1연과 3연은 봉수지기 삶의 단조로움을 보여준다. 1연의 혼자 삶은 그가 오래 전부터 혼자 살았다는 사실을 알려 주고, 3연은 지금도 혼자 살고 있다는 사실을 알려 준다. 아마 평생 동안 혼자 살았을 법한 그의 삶은 1연과 2연의 사이, 낮과 밤의 지루한 반복 사이에 존재한다. 그는 "어느 王朝의 가지 않는 시간"(「가지 않는 時計」) 속에서 낮에는 더덕을 캐고, 밤에는 피리를 불면서 살아간다. 그에게 밤은 홀로 노동하는 낮의 적막과 함께, 피리'나' 부는 외에 달리 할 일이 없어서 무료한 시간일 뿐이다. 또한 "대낮은 밤중처럼 이웃마저 不在"(「不在」)하기 때문에, 그는 하룻내 고독한 일상을 영위한다. 봉수대에서 봉화를 올리던 밤은 봉화를 전달받은 다른 봉수대의 점화에 의해 이웃의 존재를 확인하는 시간이다. 그렇지만 더 이상 봉수대에서 봉화를 피우지 않으므로, 봉수지기는 낮이나 밤이나 이웃의 부재 속에서 '혼자' 산다. 김상옥의 시선은 사람들의 물질적 삶을 규정해 주는 고향의 지명을 검색하고, 그곳에 얽힌 역사적 사연을 작품의 말미에 부기하는 방향으로 나아간다.

봉숫골: 봉수가 있는 동네 이름. 옛날 높은 산봉우리마다 대(臺)를 모아 나라에 위급한 일이 일어나면 이 산에서 저 산으로 낮에는 연기를 피우고, 밤에는 불을 놓아 서울에까지 그 급보를 알렸다.　　　—「봉숫골」

판데목: 임진난에 쫓겨가던 적군이 여수 쪽으로 도망하려고 막힌 목을 파낸 곳. 판데목 저쪽엔 그들이 떼죽음을 당했다는 송장나무가 있다. 지금은 이곳에 운하가 트이고 물 밑에는 동양에서 최초로 지었다는 해저터널이 있다.　　　—「마눌각시」

통제사: 통영은 그 통제사의 영문이란 데서, 판데목은 파낸 곳이란 뜻에서, 송장나루는 적군의 시체가 떠다녔다는 데서 유래한 지명들이다.
　　　　　　　　　　　　　　　　　　　　　—「마눌각시」

달롱개산: 아이들이 저희끼리 이웃 친구의 이름처럼 익혀 부르던 산 이름. 저자의 향리에 있음.　　　—「달롱개산」

명정골: 명정리(明井里). 통영 서문 밖, 충무공 사당을 모신 마을. 사당 앞에 늘어선 고목엔 겨울에도 동백꽃이 빨갛게 핀다. 그리고 드높은

홍살문 아래엔 어떠한 가뭄에도 마르지 않는 샘이 솟고 있다.   ―「동백꽃」

　　고향을 추억하는 김상옥은 가족공동체의 평화한 의식을 시화하였
다. 그는 "어린 것을 찾던 목소리의 부드러움"(「音響」)으로 가득한 가
족들의 단란한 모습을 포착하는 데 심혈을 기울였다. 가족 중에서도
그는 누나와 어머니에 대한 존경심과 사랑을 작품으로 남겼다. 이러
한 사실은 그의 사랑이 가족에서 애향심으로 확장해 가는 점진적 현
상을 이해하는 데 도움을 준다. 누나는 남성 시인들에 의해 빈번하게
화자로 설정되거니와, 그것은 누나의 다함 없는 사랑과 포용성으로
부터 비롯된다. 누나는 동생의 어린양을 싫은 표정없이 다 받아주고,
부모와 자식간의 갈등 사태에 직면하면 남동생의 입장에 서서 두둔
해 준다. 동생은 누나를 통해 어머니의 부족한 사랑을 보전한다. 누
나는 격의 없는 대화를 통해 동생의 소망을 부모에게 전달해 주고,
부모의 교훈을 동생에게 가르치는 중간자의 역할을 담당한 것이다.
그녀는 보수적 질서가 엄존하던 이전의 시대에는 동생에게 어머니를
대신하는 존재로서, 남동생을 이성의 세계로 안내하는 임무를 수행
하였다. 그녀의 친절한 인도에 의해 동생은 이성에 대한 호기심을 충
족하는 한편, 장래의 이성관을 형성하게 된다.

　　비 오자 장독대에 봉숭아가 반만 벌어
　　해마다 피는 꽃을 나만 두고 볼 것인가
　　세세한 사연을 적어 누님께로 보내라.

　　누님이 편지 보며 하마 울가 웃으실가
　　눈 앞에 삼삼이는 고향집을 그리시고

손톱에 꽃물 들이던 그날 생각하시라.

—「봉숭아」 전문

그의 등단작이자 널리 알려진 시조이다. 누님은 "처녀로 늙는 누나"(「석류꽃 환한 길」)의 재출현이다. 김상옥은 봉숭아 꽃물을 들이던 누님과의 애틋한 추억을 시화하고 있다. 그는 새로 핀 봉숭아꽃을 보고 자상한 누님의 성품을 떠올리며, 지난 시절의 정경을 회상한다. 봉숭아꽃은 물리적인 과거와 현재의 시제상 거리를 일거에 축소시키고, 남매간을 심상으로 이어 주는 가교 역할을 담당한다. 시인은 누님과 봉숭아 꽃물을 들이던 추억을 마치 눈앞에 보여주듯이 생생한 시각적 이미지로 포착하고 있다. 더욱이 '반만' 번 봉숭아의 개화 상태는 시인의 회상이 당분간 지속될 것이라는 점을 암시하여 시적 여운을 조성한다. 그 지속의 시간 속에서 누님은 '손톱에 꽃물 들이던 그날'을 생각하며 고향집의 풍경 속으로 달려와서 남동생과 재회하게 될 터이다. 하지만 누나는 나이 들면서 시집을 가게 되고, 동생은 "어린 것 품에 안고 젖꼭지 쥐어준 채"(「누나의 죽음」) 죽어 가던 누나와의 이별을 통해 세계로 투기된다. 그러기 위해 화자는 동시에서 시의 세계로 진입할 만큼 성숙해야 한다. 미래를 향해 나아가는 그는 누나 잃은 슬픔을 승화하기 위해서 대과거의 세계로 진입한다. 그곳은 미시적 차원의 원시성이 보존된 곳이라기보다는 거시적 차원의 질서가 기록으로 살아 있는 곳이다.

3) 설화적 세계의 동경

김상옥이 누나를 비롯한 가족과 동네 사람들과의 추억을 되살리기 위해서는 예스런 사유가 옹호되어야 한다. 그런 측면에서 그의 고향 회귀의식이 조상들의 사유방식이 질서화된 역사와 문화에 대한 관심으로 확대되는 것은 당연하다. 예컨대 그의 시「靑磁賦」,「白磁賦」,「鞦韆」,「玉箸 新羅 三寶의 하나」 등은 문화유산에 대한 관심의 표명이고, 시「十一面觀音 석굴암」,「大佛 석굴암」,「多寶塔」,「矗石樓」,「善竹橋」,「武烈王陵」,「鮑石停」,「財買井 김유신 장군의 집터」,「艅艎山城」 등은 역사에 대한 자긍심의 표현이다. 더욱이 이들 작품들이 그의 첫 시집에 수록되어 있다는 점에서, 역사와 문화에 대한 그의 관심은 등단 시절부터 예비되어 있었던 것으로 볼 수 있다. 그는 국권을 강탈당한 식민지의 원주민으로서 찬란한 과거의 사실들을 통해 조국의 광복을 염원하였고, 그것들을 지속적으로 형상화하여 역사의 진보를 확신하는 신념을 드러내려고 노력하였다. 그가 고향의 전설을 위시한 설화적 소재들을 시작품에 인용한 까닭인즉, 익숙한 소재를 통해 구성원들 간의 정서적 공유를 기도하고, 나아가 구비문학적 유산의 현재적 가치를 재발견하는 데 있다. 그의 노력은 누나를 보낸 남동생의 입장에서 나라 잃은 소년으로 신분을 변경시켜 준다.

이월달은 할만네
오신답네다.
초성께라 저녁은
달도 없는데

팔모초롱 색초롱
초롱불 켜고,

물 긷는 누나 앞을
밝혀줍네다.

이월달은 할만네
가신답네다.
그믐께라 바람이
몹시 불 텐데

성아 떠난 뱃길은
잠잠하구요,
누나들 바느질도
솜씨납니다.

— 「할만네」 전문

　이 풍습에 대하여 시인은 작품의 끝부분에 "앞대(남쪽) 머언 갱변
(해안)으론 해마다 음력 2월이면 몹시 바람이 분다. 바다를 의지하고
사는 순박하고 가난한 어민들이 그 두려운 바람을 풍신(風神)으로 섬
겨 부르는 이름이다. 아득히 씨족의 세상이 부족의 시대로 옮아 오면
서 지배계급이 생기고, 또 조왕(竈王), 용왕(龍王), 제석(帝釋)이란 존
엄한 신이 생겼으나, 풍신만은 원시의 샤머니즘을 그대로 간직한
'할마니'란 이름으로 부르는 것에서 가족적 친애를 엿볼 수 있다. 그
리고 이 할머니께 정화수를 떠놓고 빌면 처녀들 바느질이 늘고 좋은
곳에 혼담이 트인다고들 한다"는 자세한 설명을 붙이고 있다. 그의
설명은 독자들의 이해를 돕고자 배려한 것이지만, 그보다는 자신의
기억을 영구보존하기 위한 의도로 보인다. 그는 '가족적 친애'에 바

탕하여 '바다를 의지하고 사는 순박하고 가난한 어민들'의 집단적 기억이 사멸되어 갈 것을 예견하고, 후대를 위한 기록으로 "풋보리 피는 고향 山川"(「안개」)의 풍습을 세세한 사족으로 부기한 것이다. 그의 사례는 다른 작품의 말미에 첨기한 설명을 통해서도 반복적으로 찾아볼 수 있다.

우닥방망이: 옛날 전설에는 두드리면 마음대로 되는 방망이가 있었다고 한다. ─「우닥 방망이」

마눌각시: 마눌각시, 비당캐각시는 마눌이나 비당캐라는 풀잎으로 만든 인형을 말함. ─「마눌각시」

침 바르고 갔다올 게: 어머니나 할머니를 따라가려는 아이들을 달래어 손가락에 침이나 물을 찍어 마루끝 같은 데 발라 놓고, 그것이 마르기 전에 다녀올 것을 다짐하는 즐거운 놀이 ─「동백꽃」

진신: 진날 신기 위하여 가죽을 기름에 절여 만든 신. 고무신이 생기기 전에는 이것을 신었었다. ─「진신 짓는 영감님」

배애배 코초야: 아이들이 서로 장난삼아 놀려주는 소리

─「배애배 코초야」

오줌 싸면 키 쓰고 소금 얻자, 주개뺨을 맞으며 소금 얻자: 키와 주개 (주걱)은 재미있는 이 땅 고유의 민속이다. ─「배애배 코초야」

과일이 처음으로 열리는 어린 나무는 그 열매를 함부로 따지 않고, 잘 익기를 기다려서 아이들로 하여금 큰 섬(그릇)에다 따서 담게 하면 반드시 그 다음해 그 다음해에는 차츰 더 많이 열린다고 한다. 그리고 또 과일이 해거리로 여는 연륜이 오랜 나무는 동네 아이들을 그 주변에 들러세우고, 꼬부랑할머니가 도끼를 들고 나무의 발목쯤을 찍으려는 시늉을 한다. 그러면 아이들은 나무를 대신하여 할머니 팔목에 과일처럼 졸망졸망 매

달리며, 명년에는 아무리 가물고 바람이 불고 벌레가 엉기어도, 즉 한재(旱災), 풍재(風災), 충재(蟲災), 그밖에 어떠한 환난이 닥쳐도 잘 견디어서 가지마다 취도록 많이 열리겠다고 갖은 사설(辭說)을 섞어가며 언약한다. 그래도 할머니는 한번에 들어주지 않고 두 번 세 번 다짐받다가 드디어 슬그머니 놓아준다. 그러면 그 다음해에는 꼭 이 언약대로 과일이 많이 열린다고 한다. 우리 조상들은 이렇게 자연의 예사로운 현상마저 귀중히 빌려다가 우화와 같은 극적 장면을 연출하여 어린 아이들과 더불어 함께 꿈꾸고, 함께 노닐며 아름다운 성품을 길러왔다. 벗들이여! 슬프지 않은가? 이 습속(習俗) 전래의 연대와 그 동심 발로의 연원이 실로 까마득할 것을 느끼게 하거니와, 오늘날 우리의 이 슬픈 정상(情狀)을 생각하면 절로 눈물겹다

—「포도」

김상옥은 통영 지방에 전래되는 여러 가지 풍속들을 작품에 되살리고자 노력하였다. 그것은 전래되는 집단적 기억을 나이 어린 독자들에게 전승시켜야 할 선대로서의 의무감이면서, 동시에 풍속의 수용 가능성을 모색하기 위한 시적 탐색이기도 하다. 이러한 노력들은 김상옥이 해방 후에 향리를 떠나 정착한 서울에서 "대낮에도 門을 안으로 잠그는 사람들"(「지난 해 初春에 서울에 올라와서」)을 목도하고 난 뒤부터, 원시적 질서가 공존하는 설화의 세계에 대한 그리움으로 변주되어 나타났다. 그는 사멸되어 가는 예스런 풍습을 시 속에 수용하여 전대와 후대를 잇는 매개물로 제시한 것이다. 풍습을 통해 고향 사람들은 의식상으로 연대할 수 있고, 과거적 사실을 오늘에 되살려서 전통의 의미를 부여할 수 있는 정당성을 확보할 수 있다. 풍속은 과거 시대에 대한 재현으로 나타날 수밖에 없으므로, 시인이 그것에 관심을 표명하는 것은 현실세계에 대한 불만에 기인한다. 그가 새로

이사한 서울은 삭막한 인정에 기초하여 이기적 관계를 지향하는 대처이다.

그와 같이 김상옥은 도회지의 삶에 익숙해질수록 유년기의 추억을 회상하였다. 그의 작품에 구현된 고향의식이 현실적 세계에 대한 물리적 그리움이라면, 설화적 세계를 향한 동경은 내면의식의 본래적 지향이었다. 특히 그가 국권이 상실되었던 등단 초기부터 옛것을 명백하게 회고하고, 고향의 놀이 공간과 특정 지명을 시화하게 된 사실은 그의 회귀의식을 편재적인 것이 아니라, 식민지 원주민의 고토 회복 의지로 뜻매김하도록 시사한다. 이 점은 여느 시인들의 고향시편들과 구별되는 점이고, 그의 강직한 시정신과 함께 시사적으로 독립된 영지를 부여하지 않을 수 없게 만든다. 김상옥은 개결한 시정신으로 예토의 문란한 생활로부터 자신을 지켜냈으며, 그의 노력에 힘입어 설화적 세계는 이상적 공간으로 자리잡을 수 있었다. 그는 고향 사랑을 몸소 실천하였을 뿐만 아니라, 작품상으로도 고향의 공간성을 드러내고자 조형미를 추구하였다. 그의 고향시편들이 새삼 주목되어야 할 이유도 그로부터 기인한다. 그는 시조의 정형성을 조형성으로 대체하였을 뿐만 아니라, 일관되게 '이미지 중심'의 시를 추구하여 설화적 세계를 구체적으로 형상화하였다.

3. 결론

이상에서 살펴본 것과 같이, 김상옥은 시 장르를 넘나들면서 다수의 작품을 발표하였다. 그는 동시 작품 속에서 통영 지방에 전래되는 여러 가지 풍속들을 작품에 되살리고자 노력하고 있다. 그것은 전래되는 집단적 기억을 나이 어린 독자들에게 전승시켜야 할 세대의 의무감이면서, 풍속의 시적 수용 가능성을 모색하기 위한 시도였다. 그의 노력에 힘입어 고향의 설화적 세계는 길이 보전되어야 할 당위성과 함께 역사적 의의를 획득하게 되었고, 그곳에서 시인은 심리적 위안을 구할 수 있게 되었다. 그가 집중적으로 천착한 고향의식은 동시의 원형성과 결부되어 정서적 기반을 이루는 데 기여하였다. 그것은 등단 초기부터 지속되었던 남다른 애향심으로부터 발원한 것이고, 그의 정서적 동선이 통영의 풍광과 풍습을 따라 계속되었음을 반증한다.

김상옥은 동시 작품에서 시각적 이미지를 중시하였는바, 그것은 나이 어린 독자의 이해 가능성을 우선시하는 동시의 특성을 고려한 작시상의 세심한 배려이다. 그는 동시 작품에서 명료한 이미지를 애용하여 독법상의 장애를 제거하는 한편, 동시에 '시는 언어로 빚은 도자기'라는 자신의 일관된 시적 견해를 작품상으로 실천하였다. 그의 노력에 의해 시의 조형미는 확보될 수 있었고, 시조의 현대화를 도모하던 시적 신념은 동시에서도 구체적인 결과를 도출할 수 있었다. 따라서 김상옥의 시세계를 온전하게 연구하기 위해서는 그의 시론에 대한 전반적인 검토 작업이 선행된 물적 토대 위에서 동시에 접근하려는 자세를 견지해야 한다. 그는 시와 시조 그리고 동시를 동일한 비중으로 인식하고 있었으므로, 삼자는 동일한 시각으로 분석되어야 정당할 터이다.

그리움이 무쳐진 공간
—유경환론

1. 앞에 쓰는 말

한 시인의 시적 편력을 찾아나서는 여행의 방법은 여러 가지일 수 있다. 가령 그가 즐겨 구사하는 시어의 춤사위를 구경한다든지, 아니면 줄곧 그의 소매를 잡아끄는 테마의 변화에 눈썹을 치켜뜬다든지 하는 따위의 여러 방법이 동원될 수 있다. 이러한 방법론 중에서 당해 시인의 시편들에 내재된 공간을 넘보는 일도 퍽 의미로우리라 생각된다. 더욱이 그가 시력이 만만찮고 비중이 무거운 시인이라면, 그의미는 증폭될 것이다. 그럴 때 시적 공간은 과학적으로 금 그어지느니보다는 시적 상상력이 활동하는 공간으로 중점이 찍혀야 마땅하리라.

문학작품 속의 공간은 현실 세계와 유추적 관계에 놓인다는 점에서, 실재 여부를 떠나 구체적인 사물을 통하여 드러날 수밖에 없다.

이런 차원에서 시인이 추구하는 시적 공간은 어떤 의식의 지향처라 보아야 할 것이다. 나아가 시인의 공간에 대한 인식은 자아와 세계의 상호관계 안에서 시대적 상황이나 정신사적 추이를 검토하는 계기로 이해되어도 무방한 것이다. 우리가 공간을 천착한다고 할 때, 그것은 시인의 내면적 삶의 공간에 대한 조직적인 심리적 연구를 달리 부르는 데 지나지 않는다. 이만치 한 시인의 공간에 대한 인식은 당해 시인의 의식상의 지향성을 해명하는 데 유효하다.

2. 유경환 시의 공간 의식

이 글은 유경환의 시에 나타나는 공간 의식을 기웃거리고자 겨냥한 것이다. 다만 앞에 제시된,[1] 전체적으로 하나의 소품과 같은 10편의 시를 텍스트 삼아 그것을 고찰하는 것으로 한정하기에 얼마간의 경직성이 도사릴 위험이 있다. 그로부터 벗어나기 위해서는 초기 시편에서부터 지속되는 공간어에 주목할 것이다.

해석상의 보편성을 담보하기 위한 편의의 소산이라 받아 주었으면한다. 열 편의 시 무리에서 추출한 주요 공간어는 '길', '산', '숲', '집', '고향' 등이다. 이 다섯 가지의 어휘가 안고 있는 의미를 아우르는 단어로는 '어머니'를 상정하였다. 따라서 논의의 순차는 앞에 적힌 어휘의 차례에 따를 것이다. 가설을 구체적으로 적자면, 유경환은 어머니를 찾아가고자 산 속에 있는 고향집을 향하여 길을 떠난다는 것이다.

---

1) 이 글에서 인용한 작품은 연작시 「바람없이 맑은 날」을 비롯하여 「고향」, 「불 비치는 집」, 「달」 등이다.

1) 길의 미학: '쓸다'의 의미

유경환의 시에서 '길'은 매우 상징적인 의미를 갖고서, 문단에 선을 보인 초기의 시편에서부터 줄곧 등장한다. 길을 걷는 사람은 고독한 사람이다. 그것도 한길이 아닌 골목길, 오솔길 따위의 자그마한 이미지를 띠는 길을 걸어갈 때, 사람은 실존적 자아가 세계와의 대결에서 빚어내는 고독의 심연 속에 잠기게 된다. 유경환은 길을 걷는 재미를 높이기 위하여 곧은 길보다 굽은 길을, 신작로보다 오솔길을 택한다(「동시의 오솔길」, 새벗, 14쪽)고 말한 적이 있다. 이런 발언은 죠르쥬 상드(G. Sand)가 작은 오솔길 가에서 삶이 흘러가는 소리를 들으며 썼던, "길보다 더 아름다운 것이 무엇이랴. 그것은 바로 동적이고 변화스러운 삶의 상징이고 이미지가 아니랴"는 대목을 연상하게 한다. 이 두 사람의 언급은 자신의 일상적 고독감을 승화하려는 일종의 고백성사이다. 고독이 그리움을 낳고 상상력의 근거가 된다는 허술한 진리를 주목하면, '길'은 시인이 신 앞에 홀로 서기 위하여 찾아가는 '오두막집'으로 뻗은 길이고, 그 '오두막집'은 고독의 중심점에 놓이게 된다. 인간에게 고독의 모든 공간은, 그가 고독을 괴로워하고 만끽하거나 위험시하였던 공간은, 우리들의 내부에 지워지지 않고 오래오래 잠재되는 것이다. 무의식이나 잠재의식은 공간 깊숙이 닻을 내리고 쉬므로, 그는 오솔길을 거닐면서 시작의 실마리를 풀어 가고 있다고 이해되어도 괜찮으리라.

시력 40년을 '작은' 길을 찾아 거니는 그의 의지는, 작은 대상에도 연연해 하는 다감하고 정약한 심지의 발로이다. 크다의 반대 켠에 서는 작다가 주는 분위기는 아늑함과 평화일 것이다. 이런 점에서 그의 시편들은 다소곳하다. 작고 여린 사물에 깊은 애정을 갖는 그의 따뜻한 정감이 시적 상상력을 자극하여 오솔길을 거닐며, 시상에 잠겨 있는 그의 감각을 불러 줄을 세우는 것이다. 그는 길 위에서 그리움을 느끼고 기다리면서도 그것을 굳이 표면으로 부유시키지 않는다. 가슴속에서 수없이 새김하여 창작하는 까닭에 그의 시는 잔잔한 호수의 물결과 같다. 그 잔잔함이 바로 시적 정조를 구획하여, 독자를 아늑한 평화의 세계로 이끄는 인도자의 역할을 맡는다.

그가 인식하는 '길'은 쉬 두 가지로 구분할 수 있다. 하나는 그가 '길'을 별리에서 오는 그리움이나 안타까움의 공간으로, 다른 하나는 누군가를 기다리는 공간으로 파악하고 있다는 점이다. 전자로는 「갈림길 산길」을 들 수 있고, 후자로는 「골목 쓸기」를 꼽을 수 있다. 그는 앞의 시에서 '갈림길에 들어서/한번 더 돌아보니//꽃 있던 그 자리에/보고 싶던 그 뉘의 얼굴'을 환각으로나마 보고 있다. '갈림길'이라는 시어는 이별의 내음이 너무 강하거니와, '한번 더'라는 빈도 어휘의 아쉬움은 '돌아보니'라는 추회어린 동작에 의하여 그 쓸쓸함이 더욱 강조되고 있다. 이 쓸쓸함은 이미 시제에서 마련되어 있던 것이고, 그것이 1연에 와서 강렬한 색조로 다가선다. 첫째는 모든 연이 2행씩으로 짜여 안정감을 획득하고 있는 데 반하여, 유독 1연만은 동그마니 한 행으로 갈랐다는 점을 들 수 있다. 둘째로는 두 그루 나무 '사이로'라는 시어의 배열이 예사롭지 않거니와, 이후의 시적 정조를 예징하고 있다는 점이다.

이제 「골목 쓸기」를 읽을 차례이다. 골목이란 그에게 일상적 삶의 출발을 향한 통로이면서, '집'으로 돌아가기 위한 수단이다. 이 시에서 골목을 쓰는 이유는 누군가, 구체적으로 '님'이 밟고 오시라고 쓰는 것이다. '님'이 누구를 지칭하는지는 직접 드러나지는 않았으나, 필요조건인 것은 분명한 듯하다. 하지만 "끝내 아니 오시면/해님이라도 밟고 오시겠지"라는 다음 연을 읽고 나면, 그 '님'은 오지 않는다고 하여도 그리 대수로울 것은 없는 '님'인 듯하다. 이렇게 풀이할 양이면, 해님'이라도'라는 충분조건에 매달린다면, '해님'마냥 날마다 시인이 기다리는, 그러나 올 수 없어 도리어 대수로운 '님'일 수도 있다. 이 전혀 상이한 두 시각에 답하기 위해서는 '쓸다'라는 시어의 의미를 따져 보아야 할 것 같다. 화자가 골목을 '쓰는' 이유인즉, '고운 님'이 밟고 오시라는 기대에 찬성의 표시이다. 그 '님'이 오시지 않을 경우에는, 차선책으로 '해님'이라도 밟고 오시겠지 하는 기대를 드러낸다. 여기서 우리는 논의의 관점을 통속적인 차원으로 환치시킬 필요가 있다. 길을 쓰는 가장 큰 이유는 골목이 깨끗해지라고 쓰는 것이다.

아울러 화자처럼 고독감에 사로잡혀 있는 사람에게는, 기다리는 님이 어서 오라는, 또는 상쾌한 기분으로 밟고 오시라는 공들인 마음에 있다. 마치 불가의 산화공덕에 닿는 듯한 정성어린 행동은, 시인의 기다림이라는 정서가 구체적 동작으로 외현화한 것에 다름 아니다. 그렇다면 '님'이라는 존재는 특수한 인물이 아닌 일반화한 인물, 보살행의 대상인 골목길 안의 사람들로 보아야 될 것이다.

2) 산 혹은 숲에 안기기

산과 숲은 둘다 모성적 이미지를 갖는다. 산을 이루는 구성분인 숲은 다분히 자궁의 대치물이다. 그 숲을 구성하는 나무는 수직적인 형상에서 추측할 수 있듯이 남근을 연상시키는 부성적 존재이다. 시드러운 남정네를 받아 주는 우리들의 어머니처럼 산과 숲은 너무 아늑하다. 우리가 산이나 숲을 찾는 근본적인 이유를 내쳐 들어가면, 무의식의 심층에 튼튼하게 자리잡고 있는 불안의식의 발현, 또는 인간 본연의 평형성이 움직인 것이라 보아야 할 것이다. 산과 숲은 인간의 영혼이 위로받고 안식할 수 있는, 가장 접근하기 손쉬운 공간인 것이다. 일상사에 찌든 때를 삼림욕으로 씻겨 주면서, 마치 어머니의 품에 안긴 듯한 기분을 느낄 수 있는 곳이다. 그런 차원에서 메이나르가 "숲 속에는 그 세기의 고통이 잠들어 있고 쉬고 있다"고 한 발언은, 당대의 우주적 운동성을 감안한 뒤의 진술일 터이다.

가스통 바슐라르(G. Bachelard)의 제자인 질베르 뒤랑(G. Durand)은 모든 이미지를 양분하여 체계화하였는바, 주성 체제(regime diurne)와 야성 체제(regime nocturne)가 그것이다. 전자는 상승을 후자는 하강을 지향한다. '집'을 안아 주는 '숲'이 우주적 몽상에 잠기기 위해서는 밤이 되어야 한다. 양자를 아우르는 '산'은 집이 우주와 교혼하는 중간자이다. 따라서 한 시인이 '숲'을 찾아가는 행위는 '산'의 힘을 빌어 우주의 움직임을 들으려는 몸부림으로 파악되어야 한다. 그러므로 유경환이 새벽이면 숲으로 가는 이유는, 그가 「숲에 먼저 와」에서 말하듯이, 자연으로 축소된 우주의 운동에 참가하기 위해서 그럴 것이다.

3) '집' 또는 고향 찾아가기

'집'은 우리가 태어나서 최초로 경험하는 공간이며 우주이다. 우주의 은밀한 평화처럼 집 역시 우리에게 안온한 처소이다. 그런 까닭에 집은 우리의 몽상을 보호해 주고, 평화한 꿈을 꿀 수 있도록 도와준다. 실존주의를 피해 말하면, 우리 인간은 세상에 투기되기에 앞서 집이라는 우주적 요람에 놓여지는 것이다. 이 집에 의하여 우리는 자신의 몽상을 복원시키고, 집에 의하여 우리의 사상과 추억과 꿈을 하나로 통합시킬 수 있는 것이다. 어떤 대상을 추억한다는 행위는 세밀한 디테일보다는 차라리 단순한 환기일수록 그 가치의 정곡을 두드리기에 용이하다. 왜냐하면 외관의 화려함은 처소가 풍기는 내밀한 평화를 가리거니와, 금간 평화는 유년 시절의 몽상을 되살리려는 노력에 장애가 되는 까닭이다. 이미지가 단순하면 단순할수록 그것은 현실에 대한 표상성으로부터 해방될 수 있고, 그만치 상상력은 자유로워지고 원초적인 이미지를 창조하게 되는 것이다. 우리가 '집'이 나온 시를 읽는 찰나에, 뇌리에는 어느새 추억어린 옛날의 집을 기억하는 것이다. 이렇게 시가 읽는 이에게 꿈을 되살려 주는 본래의 직분에 충실할 때, '집'은 그냥 집이 아닌 꿈의 집적체로 다가서는 것이다. 집적체를 이루는 회로도는 단순하여야 조립하기 쉬운 것은 자명한 이치이다.

유경환이 찾아가는 집은 '작은 집'이다. 작은 집이나 오막살이는 그의 초기 시에도 나오는 집이다. 예를 들어 「고향」에서는 '작은 오막살이'로, 「불 비치는 집」에선 '오막살이'로 등장한다. 그럼 그가 어이하여 시골스런 이미지를 담뿍 풍기는 '집'들만 골라 찾아가는가. 도회지의 '집'들은 근대화에 힘입어 극도의 외부적 높이를 갖고 있다. 이 말을 뒤집으면, 내면적인 안락함을 상실하였다는 이야기이다. 가스통 바슐라르의 적확한 지적대로, "대도시의 집에 있어서 수직성의 내밀한 가치가 없다는 사실에, 또 우주성이 없다는 사실을 더해야할 것이다. 대도시의 집들은 이젠 자연 속에 있지 않다"고 보아야 옳으리라.

이런 전차로 십 년을 네 번씩이나 넘기면서도 잊지 못하는 '작은 집'에 살고 있는 사람들은 '따뜻한 사람들'이며, '훈훈한 사람들'이다. 창도 집도 작지만 따뜻하고 훈훈한 사람들의 이야기가 있는 집이 그가 찾아가고자 하는 집이다. 그의 이런 작은 집에 대한 사랑은 '불'을 매개로 삼고 있다는 점에 주목하여야 한다. 불은 고래로 정화를 뜻한다. 그런 '불'을 바라보며 상념에 잠기는 사람은 '불'을 갖지 않은 사람이다. 재언하면, 정화의 '불'을 갖지 아니한 사람은 남의 '불'을 응시하는 동안에 자신을 정화하는 것이다. 그 자기 정화의 시간이 흐르는 사이에 관망자의 몽상이 존재한다. 보는 이의 '불'에 대한 기웃거림이 잦을수록 그리움이나 보고픔의 농도는 그만큼 심화하는 것이다. 이 심화의 깊숙한 곳에서 비로소 '불'은 커다란 기다림의 표지로 자리바꿈한다. 자신이 고운 '님'을 맞이하기 위하여 골목을 쓸 듯이, 누군가 자신을 기다리며 '불'을 켜놓았으리라는 가슴 벅찬 기쁨으로 혹은 그런 기대 심리의 후원 위에서 이 「작은 집 작은 창」은 쓰여졌을 것이다. 그는 50년대 초에 쓴 「불 비치는 집」에서 '불 비치는 종이 창/오막살이 안에선/무얼 하고 있을까' 하고 궁금해 하였는데, 90년대에 이르러서는 위에서 볼 수 있는 바와 같이, 자기의 의문에 대한 답을 스스로 얻게 된 것이다. 그 답은 순리주의자다운 품성에 터한 것이고, 서정적 시작 태도에서 비롯한 것이고, '오솔길' 따위의 작은 길을 즐겨 산보하는 습관에 기인한 것이며, 연치가 더할수록 발동하는 원초적 회귀심리가 복합된 결과이다. 어쩌면 유경환은 테오필 브리앙(T. Briant)의 기도처럼 "마지막으로 초가집이여, 내가 보잘것 없는 벽과 그리고 내 고통의 색깔을 띤 그 벽의 그림자에까지 입맞추도록 해다오"라고 말하고픈 심정이었는지 모를 일이다.

4) 어머니 부르기

유경환이 집을 찾아가는 이유는 무엇인가. 발리프(Balif) 부인은 "어린이들에게 집을 그리라고 하는 것은, 그에게 그가 그의 행복을, 그 속에 보호하고 싶어하는 가장 은밀한 꿈을 보여 달라고 하는 것과도 같다"고 갈파하였다. 이 말을 폭넓게 인용하면, 그가 집으로 돌아가려 하는 근원적인 이유를 짐작할 수 있을 것이다.

그의 집에는 '달을 보며 몰래 울으셨던'(「달」) 어머니가, 오막살이 같은 '작은 집'에 난 '작은 창'에 '불'을 비치며, 기다리고 계신 것이다. 유경환의 내면 깊은 곳에는, 이처럼 소박하면서도 고귀한 사모의 정이 단단히 뿌리내려 있는바, 가히 시원적이고 원형적이라 볼 만하다. 덧붙여 그가 도회지의 집이 주는 분위기를 마다하고, 시골스러운 오두막에 애정을 갖는 이유는 다음과 같이 추측될 수 있을 것이다. 첫째, 30년대 출신들의 성장 배경이 거의 농촌에 집중되어 있다는 공간적인 이유, 둘째 일상적 체험의 시화에 지원되는 습벽이 시골 냄새나는 오솔길이나 산길 따위를 산책하는 일에 치우쳐 있다는 개인사적 이유, 셋째 무엇보다도 '어머니'를 그리워하고 우주적 몽상에 잠기기에는 산중의 집이 효과적이라는 창작상의 이유 등을 들 수 있다.

3. 아우르는 말

이상에서 우리는 유경환이 데뷔 초기와 작금의 서정적 공간에 대한 인식 방법을 견주어 보았다. 고찰한 바를 아우르자면, 그는 초기에 궁금해 하였던 문제에 대답을 구하였고, 일관되게 작고 보잘것 없는 대상에 깊은 애정을 주고 있으며, 시적 공간에 대한 인식이 더욱 깊어졌다는 결론에 다다랐다. 이러한 변함없는, 더러는 지리하리만치 일관성 있는 작시 태도는 서정시의 구경적 공간에 대한 시인 나름의 집요한 탐구이면서, 변덕스런 일군의 전위적인 시론자들에 대한 무언의 항변이다. 이제 앞으로 남은 과제는 그가 줄기차게 쳐놓는 공간의 울타리를 이루는 싸리대, 곧 심리적 원형 구조가 구명되어야 할 것이다.

'목각오리'의 동심의식

—선용의 『불꽃놀이』론

1. 서론

선용의 '동심기행시집' 『고향은 고향에 있더라』(글숲, 1991)에 머릿글을 쓴 조유로 시인은, 그의 시집에는 '동시의 타성'인 "어른 어린양"한 구석이 없다고 적었다. 필자가 보아도 그런 구석은 없는 것으로 미루어, 그는 허약한 동심의 소유자는 아닌 것 같다. 지금까지 이 나라의 동시작품들에 튼튼하게 남아 있는 것은 '어린이인 체하기'의 못된 습관이다. 필자가 예전에 어느 글에서 지적한 것과 같이, 이 나라의 동시인들은 '가난'과 '농촌' 그리고 '전쟁'의 상흔으로부터 초월하여야 한다. 디지털 세대의 어린이들의 정서와는 전혀 이질적인 농경문화적 감수성을 바탕으로, 이 나라의 동시인들은 여전히 시작활동을 전개하고 있다. 그렇지 않은 이들은 일상적 삶의 형상화를 핑계로 가정이나 놀이터에서 벗어나지 못한다. 이러한 현상은 쉰 세대

어른의 '어린양'에 불과하며, 하루 속히 타파되어야 할 못갖춘마디이다.

선용은 시집을 낼 적마다 '동심시집'이라는 다소 생경한 말을 붙이는 습관이 있다. 그가 동시를 가리켜 굳이 '동심시'라고 부르는 것도 그만의 고집이다. 이러한 용어가 관용례로 쉽게 자리잡기는 난망한 듯 보이는 것이 현실인데도, 그는 여전히 예전의 용법을 내세우고 있다. 이만 하면 현시적인 과욕이라고만 하기 어려워진다. 그의 자세가 사뭇 진지하기 때문이다. 곰곰 생각해 보면 그는 시를 쓴다기보다는, 도리어 시를 통한 동심의 확산에 노력하고 있다는 느낌이 든다. 그것은 그의 시작품에서는 시스러움보다 동심의 실체가 구체적인 형상으로 발견되기 때문이다.

2. 시의식과 이미지의 확산

이미지는 원래 심리학적 개념이 문학의 세계로 도입된 것이다. 이미지 역시 언어로 표상될 수밖에 없는데, 이것은 문학의 한계이면서 강점이기도 하다. 이러한 시어의 숙명적 조건에 초점을 겨누면, 그 속에 용해되어 있는 시인의 상상력과 조우할 수 있다. 상상력은 자연이 분리해 놓은 것을 결합시키고, 자연이 결합해 놓은 것을 분리시키는 힘이다. 이미지는 신체의 감각기관에 직접 호소하여 심상을 불러일으키는 것을 가리키며, 시인이나 독자의 상상력은 이미지의 결합에 의해 가능하다. 이미지는 시작품 속에 언급되는 감각이나 지각의 모든 대상이나 특질들과 연결되어 있고, 그것은 한 편의 시작품을 구성하는 요소의 총체이며, 동시에 단어들로 만들어진 그림에 비유되기도 한다. 이미지는 그것이 지시하는 사물의 특성을 청각적, 촉각적, 후각적, 미각적, 근육감각적 속성들에 의지하여 시각적으로 재생시키면서, 특정한 관념을 드러내기도 한다.

한 작품의 이미지는 서로 하나의 유형을 형성하는 까닭에 시인이 선택하여 일정한 질서 체계에 따라 조직하는 순간에 그 작품 세계를 상징하게 된다. 시인은 자신의 작품에 현실 세계를 단순히 반영하는 것이 아니라, 생산 과정에서 일정하게 변형시키고 굴절시킨다. 따라서 한 시인의 시세계를 조감하기 위해서는 그의 관점을 파악하는 일이 선결 과제이며, 그것은 이미지가 표상하는 세계의 양상을 추적하는 일에 다름 아니다. 근본적으로 시는 언어를 매개물로 삼아 세계를 인식하는 형식이므로, 시인에 의해 동원된 시어는 이미지와의 관련하에서 이해되어야 한다. 그것은 시인의 심층심리 혹은 창작의 정신적 배사 구조를 탐사하는 데 유효하게 동원될 수도 있다.

1) '동심여선'의 시적 실천

선용의 『불꽃놀이』에는 시적 의식의 확산과 변주 양상이 두드러지게 검출된다. 그에게 시적 의식이란 "동심은 바로 사랑이다"는 동심여선의 투철한 현현이다. 그에게 시적 작업은 '동심시'를 통해 "순진무구한 어린이 마음을 배워 다함께 손잡고 밝은 내일을 이룩하는" 문학적 실천일 뿐이다. 물론 이러한 시작 태도는 공리주의적 문학관을 배태케 하는 거름이 된다. 그것은 동심의 확산을 삶의 궁극으로 삼는 그의 시적 신념에서 나온다. 그가 "아이들의 푸른 동심을 갖고 싶"다고 선언하는 것은, '동심시'를 쓰는 도중에 자신의 영육에 동심이 번지기를 기대하는 말이다. 그래서 그의 시작품에는 확산의 이미지가 현저하게 발견된다.

첫째, 그가 도모하는 확산의 모습은 정서의 확산으로 나타난다. 인간끼리의 정서적 연대에 기초한 이 변주 양상은 인간관계의 측면에서는 슬픔조차 함께 나누는 감정의 확산으로 변주된다.

친구 보낸/슬픔/함께 나누자고//

연못도/그렁그렁/눈물이 가득//

—「연못」

인용된 작품에서 볼 수 있듯이, 유년기의 정서적 특징이 동일시라는 점을 감안하면, 그가 시작품에서 그 시절의 가장 큰 아픔인 친구간의 헤어짐을 수용하는 것은 자연스럽다. 아마 친구를 보낸 슬픔은 전학으로 인한 것일 텐데, 잠정적 독자인 아이들의 체험에 근접한 것이다. 아이들에게 친구가 떠나 버린 허전함은 커다란 상실감으로 기능한다. 아이들은 친구 생각에 "눈감으면 친구가 보"이거나 "자다가도 때로는 눈을 뜨"거나 "걷다가도 생각나면 하늘"을 본다. 아이들이 길을 걷는 것은 친구와의 가상적 만남을 담보해 주는 행위이며, 아이들의 시간 개념을 과거적 상태로 되돌리어 시제상의 일치를 시도하는 몸짓이다. 아이들은 친구를 그리워하는 마음을 길섶의 꽃에게 투사하면서, "서쪽 하늘/발갛게 물이 들 때/친구와 손잡고/걸어가는 길섶"(「달맞이꽃」)에서 달바라기를 하며 노란한 꽃을 피워내는 월견초 옆에 서 보기도 한다. 마침내 그의 슬픈 정서는 계절적인 경계나 낮밤의 시간을 허물어 버리고 마냥 그리워하는 경지에 이른다. 그는 "다가가면 콕 쏘고/멀어지면/보고픈"(「선인장」) 친구를 향한 그리움은 더욱 깊어져서 "눈물이/글썽글썽/눈이 큰 보름달" 아래서도 "보고 싶은 친구"를 생각하면서 눈물 흘린다. 마침내 시인은 친구를 그리워하는 마음에 새봄에는 "미운 사람은 가고/고운 사람/찾아왔으면"(「봄에는」) 하고 바라는 원망을 얻게 된다. 이것은 그의 '동심시'가 비단 아이들만을 대상으로 추구되는 것이 아니라, 다 큰 어른들까지 아우르고 있다는 사실을 드러내 주는 지시적 표현이다.

둘째, 그의 시작품에서는 소리가 확산되는 모습을 들을 수 있다. 생리적으로 놀이지향적인 아이들에게 소리는 아이들을 불러내는 매개물이면서, 아이들의 살아있음을 알려 주는 움직이는 표지이다. 아이들의 소리는 다른 아이들의 소리를 불러들여 더욱 커다란 메아리로 울려 퍼진다.

> 뻐꾸기가/불다버린/빨간 나팔   —「진달래」
>
> 널따란 얼음벌판/스케이트를 타고/달린다.   —「구름 위에서」
>
> 할아버지 기침소리에/문풍지도/목이 아프게 운 날   —「겨울낮」
>
> 끝없는 둑길/하염없이 내리는/비 사이로   —「그 친구」

그가 「진달래」에서 듣고 있는 뻐꾸기 소리의 확산은 'ㅃ'음의 반복적 출현에 의해 속도가 배가된다. 온 산을 울리면서 제 목소리를 배설하는 뻐꾸기의 주둥아리는 '빨간 나팔'이 되어, 소리를 듣는 이들을 소리를 보는 이들로 변환시켜 버린다. 이 작품을 읽는 이들은 뻐꾸기 소리의 요란한 변주에 의해 진달래를 보는 것이 아니라, 뻐꾸기의 '빨간 나팔'을 보게 되는 것이다. 시적 대상에 대한 시인의 강조는 "하염없이 내리는/비 사이"를 포착해내는 그의 시안에서 연유한다. 그렇게 섬세한 심미안은 "할아버지 기침소리에/문풍지도/목이 아프게 운 날"(「겨울낮」)을 기억해낼 줄 아는 남다른 회상력에 기댄 바 크다.

셋째, 색깔의 확산이다. 이 특성은 그를 이미지를 중시하는 시인으로 자리매김하게 재촉한다. 앞의 소리의 확산에서 살펴보았듯이, 그는 시작품 속에 형상화한 이미지가 확산될 수 있도록 노력한다. 더욱이 색깔은 확산의 모습이 시각적으로 포착된다는 점에서, 윤동주의 「소년」에서 볼 수 있는 '번짐의 미학'을 감각할 수 있다.

노란/파도를 타고/일렁인다 　　　　　　　　　　—「제주도」

수평선에/고개 내미는/사과빛 아침해 　　　　　—「아침바다」

황국이 피어선지/바람도/노랗다. 　　　　　　　—「가을」

풀물이 들어도/벌나비 친구하고/뒹굴고 싶다 　　—「들판」

그가 제주도의 유채밭에서 바라보았던 "일하는 엄마의 웃음"은 "벌나비의 춤"에 묻혀서, 관찰자의 착시현상을 초래하고 있다. 유채밭의 노란 빛깔이 파도를 타고 출렁이는 것과 같이, 가을에는 노란 국향이 번져서 들판을 가로질러오는 "바람도 노랗다." 그의 확산은 「들판」에서 "풀물이 들어도" 뒹굴고 싶은 유희 본능에 기초한 것으로, 동심의 사실적 국면을 적절히 묘파한 것이다.

2) 침묵의 대화현상

선용의 시작품에 나타난 이미지는 질베르 뒤랑식으로 말하자면 '하강적 이미지'이다. 낮의 '상승적 이미지'에 대비되는 하강의 이미지는 그의 시적 태도를 침묵 속에 존재케 한다. 그의 시에 침묵의 세계가 자주 출현하는 것은 이러한 심리 기제의 통제 탓이다. 그의 시작품에서 하강적 이미지를 표나게 확인할 수 있는 작품들이 부처님 연작이다. 불당에서 만나는 부처님 앞에 서면 누구나 침묵하게 된다. 그는 항상 중생들의 구체적 삶에 관심을 갖고 있으므로, 그의 자세와 눈매는 언제나 중생들이 살아가는 '낮은 데'로 향해 있다. 그는 굽어다 보면서도 말하는 법이 없다. 그에게 침묵은 유일한 언어이며, 중생과의 대화에 참여하는 소통수단이다. 그에게 침묵은 존재 방식이며, 하나의 실체이다. 하지만 중생은 침묵의 깊이와 무게를 가늠하기에는 너무 어리석으며 영악하다. 그들에게 침묵은 인류가 발명한 것 중에서 가장 쓸모없고 원시적이며 효용가치가 없는 언어현상일 뿐이다. 그러나 침묵은 세계의 사물들을 분열된 효용의 세계로부터 온전한 현존재의 세계로 되돌려 보냄으로써, 사물들이 다시금 온전한 상태를 회복하도록 거들어 준다. 그것은 차라리 성스러운 무목적성을 지닌 존재로서, 침묵은 오직 존재만이 있는 한 상태, 곧 신적인 상태를 보존해 준다.

그러므로 인간은 침묵을 통해 사물의 원시적 상태를 깨닫게 되며, 이 순간에 인간은 시인이 된다. 시인에게는 침묵이 언어보다 선행한다.

꾸짖지 않고/빙그레 내려만 보시는/큰 법당 부처님   ―「부처님」
산을 닮아/태조산 좌불도/눈감고 앉아 있다.   ―「좌불」

부처님의 침묵은 언어를 버리고 활연대오를 데불고 온다. 침묵의 상태는 "꾸짖지 않고" 무념무애의 미소로 "내려만 보시는" 것이다. 그에게 '산'은 부처님의 침묵과 자비가 체현된 구체물로 수용된다. 그의 시에 등장하는 산들은 부처님 연작의 현상적 외연일 뿐이다. 부처님의 '내려만 보는' 눈이 "엄마처럼 말없이 안아주"는 포옹의 자세로 바뀌었을 뿐, 본질적으로는 별반 달라진 것이 없다. 그것은 산의 미덕을 유별하게 강조함으로써, 침묵의 의미가 깊어지는 만큼 확산되기를 바란다.

산은/제 가슴만큼/나무를 안고 있다.   —「산」
안개에 안긴 산   —「산 위에 올라」

그가 「좌불」에서 "태조산 좌불"이 "산처럼/꼼짝 않고/앉아 있다"고 말한 것은, 산이 부처님의 손바닥 안에 있다는 사실을 침묵으로 포착한 것이다. 결국 산은 부처님의 대리물이며, 침묵의 응고물이다. 대상 앞에서 침묵의 언어로 대화하는 그의 시작 태도는, '산'과 '부처님'의 침묵의 언어를 사부대중에게 전달하는 매개자의 자세이다. 침묵이 갖고 있는 확산적 속성은, 그가 추구하는 침묵의 대화 현상 속에 은닉된 확산적 이미지를 무언으로 드러내는 방식을 빛나게 한다.

3) 존재의 이미지

『불꽃놀이』에서 선용의 시세계를 대표할 만한 작품은 「목각오리」이다. 이 작품은 점차 심화되어 가는 침묵의 자리를 빼놓지 않고 마련하였다는 점에서, 이 시집을 대표할 만한 작품이라고 할 수 있다. 시인이 작품집의 제목으로 삼은 「불꽃놀이」가 그의 의식상의 특징인 확산의 국면을 뚜렷하게 요약하고 있는 점은 사실이다. 그렇지만 그 시작품보다 「목각오리」가 현실세계를 조망하는 침묵에 근거한 시인의 자의식을 확산시키고 있다는 점에서 자전적 작품이다.

아울러 이 작품은 2음보를 기본 율격으로 하였고, 4연 구성에 각 연은 3행씩 이루어져서 형태상의 안정감을 얻고 있다. 그것은 마치 '목각오리'가 선반 위에서 "숨을 멈추고"서 "잠시" 얻어진 안정감과 같다. 안정적인 것 못지않게 불안하다는 것이다.

> 잠시
> 숨을 멈추고
> 선반 위에 앉아 있다.
>
> 파란 들판
> 끝없는 하늘
> 출렁이는 강
>
> 가슴 속
> 깊숙이
> 묻어 놓고
>
> 잠시
> 쉬고 있다.
> 꿈꾸고 있다.
>
> ―「목각오리」 전문

이 작품은 피노키오 이야기를 연상시킨다. 선반 위에 전시된 목각 오리의 슬픈 처지를 자신과 동일시한 뒤, 복잡한 자신의 심리적 풍경을 투사시켰다. 더욱이 이 작품의 분위기를 제어하는 형용사 '있다'

는 매우 주목할 어휘이다. 이 어휘는 서정시의 시제가 어찌하여 현재형이어야 되는지를 알려 주면서, 2연과 3연을 확실하게 통제하고 '있다'. 내면적으로는 어릴 적 뛰어 놀던 고향의 "파란 들판"과 "끝없는 하늘"과 "출렁이는 강"을 연모하지만, 현실적으로 실현할 수 없는 관념적 차원의 유희공간이기 때문에 "가슴 속/깊숙이/묻어 놓"을 수밖에 없다. 그래서 이 어휘는 '지금 여기'에 머물러 있는 상태를 가리키는 동사로 이름을 바꾼다. 그것은 선반 위에서 과거를 돌아보는 행위에 의해 대과거의 '있음'이 되살아나고, 현재적 '있음'의 근원이 연속적 시간선상에 놓여 있음을 가리키는 표지이다. 이러한 시간의 변주 과정을 통해 형용사적 '있다'는 동사적 '있다'로 전환된다.

아울러 '잠시'라는 부사어는 인간에게 부여된 시간의 허망함을 알려 주기에 충분하다. 그가 '남의 땅 그곳'을 떠나와서 정착하도록 한 과거의 시간과 이곳을 떠나지 못하게 현실적 삶을 구속하는 현재의 시간은 모두 청산되어야 할 잠재적 시간이다. 고향이라는 영원한 심리적 공간을 향해 숱한 위족을 뻗어 보지만, 그것은 나무로 만든 촉수에 지나지 않는다. 그의 시간 개념 속에는 향수로 인해 생겨난 관념적 시간과 향수를 야기하는 현재의 물리적 시간이 병존한다. 이것이 그의 시간 개념을 혼란케 하는 요인이면서, 그의 심리적 불안을 빚어내는 기제가 된다. 그러므로 부사어 '잠시'는 시인을 대신한 목각오리가 '지금 여기'에 '있음'으로서 파생된 불안한 심리 상태를 나타내기에 적합하다. 시인이 고향 아닌 타향의 땅에 '있다'는 점과 목각오리가 "출렁이는 강" 속을 유영하지 못한 채 선반 위에 '있다'는 사실은, 시인과 목각오리의 정체성의 혼란을 야기하면서, 그야말로 '잠시' 동안 머물 줄 알았던 현재적 공간의 고착성을 반추하게 하고 있다. 시인은 이승의 삶이 '잠시'이듯이, 이곳에서의 삶도 '잠시'일

줄 알았으나, 종국에는 '지금 여기'라는 공간을 떠나지 못하는 시간의 교차적 굴레 속에서 살아야 한다. 그는 공간과 시간이 만나면서 자아내는 접점 위에서 항상 '있다'는 의미를 되물을 수밖에 없게 된 것이다.

3. 결론

시작품에서 관념은 그것이 전달하고자 하는 전체 경험의 일부에 지나지 않는다. 작품의 가치는 관념 자체의 진리나 고결함이 아니라, 전체 경험에 의해 결정된다. 그러므로 시작품의 가치는 제시되는 관념의 진리가 아니라, 오히려 의미 있는 전체 경험을 전달하는 힘에 의지하고 있다. 그 힘은 이미지를 구성하는 시인의 고유한 상상력에서 비롯된다. 시인의 관념은 언어로 표현된 이미지에 의해 전달되기 때문에, 일차적으로 시작품에 활용된 어휘 현상에 주목해야 한다. 본질적으로 시적 언어는 일상어의 지시적 기능을 거부하고 환감적 기능에 주목하며 사용된다. 이미지는 어떤 사물을 감각적으로 정신 속에 재생시키도록 자극하며, 독자의 상상력에 호소하는 방법으로 시인의 상상력에 의해 언어로 만들어진 그림이다. 그러므로 시인의 감각적 체험과 관련 있는 일체의 단어는 모두 이미지를 통해 그것의 내적 의미를 표상할 수 있다. 시적 이미지를 탐색하여 한 시인의 작품에 나타난 일반적인 분위기나 어조, 주제의 근원을 밝히는 일은 작가론에서 필수적인 과정에 속한다. 이미지는 시인의 무의식이 자기를 계시한 것이기 때문이다. 시는 이러한 의식의 존재가 드러나는 공간이므로, 시적 이미지의 탐구는 시인의 세계 인식 태도를 분석하는 것과 같다. 왜냐하면 한 시인의 시작품은 불만스런 현실 세계의 응시에서 배태된 갈등과 그 극복을 위한 치열한 내면적 풍경화이기 때문이다.

이런 맥락에서 이 글에서는 선용의 『불꽃놀이』에 나타난 시적 이미지들을 탐색하고자 하였다. 그 결과 선용의 시작품에는 확산의 이미지가 두드러지게 검출되었다. 그것은 "동심은 바로 포용이며 사랑이다"(「책머리에」, 『해바라기와 아이들』, 먼동, 1998)는 신념의 시적 실천의지의 발로였다. 아울러 이 글은 순전히 필자의 선용 시인에 대한 경의의 정표이다. 그는 자주 갈 수 없는 타국에서 태어난 뒤, 부산이라는 항구도시에서 바닷바람을 마시면서 살아왔다. 더욱이 일제에 의한 국권침탈기에 그가 식민지 종주국에서 출생했다는 사실은, 그의 정체성에 커다란 혼란으로 작용하였다. 그는 여느 소년들이 자아의 정체성 확립에 몰입했을 시기에, 코 흘리던 유년기의 추억을 식민지 본국에 남겨 두고, 또 하나의 이국땅이자 갓 해방된 식민지에서 소년기를 보내야 했다. 그 뒤로는 나이든 세대가 모두 자신의 의사에 반하여 강제적으로 체험해야 했던 한국전쟁과 혼란한 정치 상황, 개발 독재와 그 타도를 위한 민주화 투쟁의 시대적 격랑 속에 서 있어야 했다. 이런 점에서 선용을 비롯한 한국인은 개개인이 하나의 역사이다.

이러한 개인사적 사실들은 그의 시작품에서 '있다'는 것의 의미의 천착으로 나타나게 되었다. 그리하여 그의 시작품에서는 자기 존재에 대한 실존적 물음들이 연속적으로 출현하게 되었고, 현실세계를 향한 시적 이미지의 확산을 가져오게 된 배경적 요인이었다. 그는 마침내 '목각오리'라는 시적 대체물을 발견하고, 자신의 실존적 생애의 팍팍함과 애끓는 향수를 수용하고자 하였다. 그런 점에서 '목각오리'가 함의하고 있는 이미지는 자전적인 것이다. 더욱이 시작품 속의 이미지는 심리적 국면으로, 시인이 주제를 드러내는 방식에 속한다는 사실은, 이 작품에 짙게 밴 자전적 요소들을 건성으로 읽는 행위를 차단하고 있다.

가난한 날들의 시적 기록

―공재동론

1. 유년기의 기억

공재동의 시는 슬프다. 그것은 그가 "아름다운 것은 사라져"(「아름다운 것은」) 버린다는 사실을 표나게 내세우고 있기 때문만은 아니다. 그의 시에서는 동시류의 발랄한 생기보다는, 풀잎이나 새싹의 가녀린 숨결이 도드라져 보인다. 이러한 식물성 이미저리는 불가피하게 농촌의 과거 모습을 연상케 한다. 또한 그것들은 본능적으로 연약한 속성을 담보하기 때문에, 보는 사람으로 하여금 항시 가슴 졸이도록 만든다. 이 점에서 그의 시는 미래지향적 상상력에 의지하고 있다기보다는, 과거적 기억의 고스란한 회고에 중점을 두고 있다. 그러므로 그의 시를 읽으면서 과거로의 여행을 떠나는 것은 솔직히 슬프다.

그가 작품집의 서두에 얹어 둔 "어린이와 함께 있을 때 가장 행복했다"(「책 머리에」)는 고백은 두 가지 사실을 암시한다. 하나는 그의 전기적 생애와 관련된 것이고, 다른 하나는 현실적 삶과 관련된 것이다. 먼저 전자는 그가 끊임없이 어린 시절을 그리워한다는 사실의 에두른 표현에 다름 아니다. 그리고 후자는 그가 "어린이를 위한답시고 30년 가까운 세월을 동시를 써왔"지만, 스스로 판단하기에 아직까지 주목할 만한 작품을 발표하지 못했다는 겸사와 함께, 어린이들과 단절된 직장 생활에 대한 아쉬움의 일단이다. 곧 이 발언은 그의 시력을 압축한 것으로서, 독자들로 하여금 그의 시세계에 대해 궁금증을 자아내도록 만든다. 이에 본고에서는 공재동의 시선집 『별이 보고 싶은 날은』(양업서원, 2002)을 텍스트로 삼아서 그의 시세계의 변모 양상을 살피기로 한다.

2. 가난의 미학적 형상화

가난은 사람들을 힘들게 한다. 그것은 사람을 주눅 들게 하면서, 인생살이의 전국면에서 사람을 불편하게 만든다. 가난은 당자로 하여금 견딤의 미학을 실천하도록 강요한다. 그러한 견딤은 시인들에게 이르러 자연 현상이나 사회 현상에 대한 응시를 부추긴다. 이 경우에 내적 성향의 시인들은 자연물에 자신을 투사하기를 그치지 않으면서, 동시에 자신의 가난한 견딤을 시적 에너지로 승화시킨다. 그 결과, 시인의 시적 성취는 견딤의 강도에 의해 내공으로 단련됨과 동시에 겹겹으로 장치된 은유를 통해 구체화된다.

공재동 세대에게 가난은 편재적이며 버리고 싶은 유산이었다. 하지만 그들은 자신을 키워 준 것은 팔할이 가난이라는 사실을 수긍한다. 그들은 가난 때문에 힘들어하면서도, 정작 그것을 탓하지 않는다. 도리어 그것을 극복하기 위해 전신을 다해 노력한다. 그러다가 힘들고 팍팍할 때마다, 자연 현상을 응시하며 자신의 노력이 부족함을 반성한다. 이것은 그들 세대의 숨길 수 없는 미덕이며 실존적 조건이다. 공재동의 시에서 자연물에 대한 각별한 애정이 허다히 출현하는 것은 죄다 이 때문이다.

한국 동시에서 자연 중시 풍조는 과거의 일이 아니다. 고대 가요 「서동요」로 대표되는 고대의 동시에서는 자연친화적인 작품보다, 현실지향적인 내용의 동시 작품이 훨씬 많았다. 그러한 역사적 전통은 근대 계몽기까지 면면히 이어졌다. 당대의 신문지상에 널리 유행했던 '사회등가사'에 수록된 내용을 살펴보더라도, 이러한 지적은 쉽게 수긍할 수 있다. 그러다가 일제의 식민 통제가 극정을 향해 달리고, 세계사적 정치·경제 상황의 악화에 따른 현실적 삶의 고단함 속에서 시인들은 자연을 찾아 시적 안식을 취하였다. 해방 후에도 그러한 움직임은 크게 달라지지 않은 채, 한국문학사의 전통적 경향으로 자리매

공재동의 시선집 『별이 보고 싶은 날은』(양업서원, 2002)과 『별을 찾습니다』(인간사).

김되면서 현재까지 계승되고 있다. 이러한 경향 속에서 발견되는 공통점은 시인들이 현실세계와 일정한 거리를 유지하고 있다는 점이다.

공재동의 시에서도 자연에의 경사 태도는 예외가 아니다. 더욱이 그가 성인시가 아닌 동시라는 갈래를 선택하는 순간, 자연친화적 전통은 주저없이 선택해야 하는 출발조건이었다. 그러므로 그에게 자연물은 하나의 정신 현상으로 인식되어 취급되고 있다. 그것은 그를 구속하는 가난의 문제와 함께, 가난한 현실의 대체물로 작용한다. 비록 그가 가난의 문제를 직접적으로 다루지 않더라도, 가난은 그의 정신세계를 지배하면서 작품의 화자를 자연물과 친밀한 관계를 유지하도록 만들어 준다. 그는 가난의 문제를 "맨손 불며 학교 가는"(「털장갑」) 모습이나, 밤중에 "도토리묵 싸서 들고"(「심부름」) 심부름 가는 아이의 심정을 통해 표현하지만, 그것을 정면에 내세워서 궁상떠는 법이 없다. 이러한 시작 태도는 그의 장기이기에, 그것의 근원을 찾아보는 일은 유의미한 일이다.

짝지와
싸우고
울며 울며 돌아와

아무도 없는
빈방에서

식은 밥을
먹는다

그 눈물

아귀아귀

볼우물에 고인다.

—「식은 밥」 전문

  화자는 학교에서 "집도 없는 주제에 큰소리냐고"(「물구나무」) 짝꿍
과 싸운 뒤 위로해 줄 이 없는 빈집에서 혼자 밥을 먹는다. 자신의 눈
물을 닦아 줄 부모님이 없는 화자가 눈물에 식은 밥을 말아먹는다.
아무도 없는 집에서 자신의 슬픈 사연을 녹여야 하는 화자에게, 도처
에 산재한 자연은 아무 때나 찾아가도 반겨 주는 대화 상대이다. 자
연 속에는 그에게 시비를 걸 친구도 없으며, 무엇보다도 눈물을 흘리
게 만드는 원인이 삭제되어 있다. 따라서 그는 학교에서 무슨 일이
생겼을 때마다 자연을 찾는 습관을 갖게 되고, 그러한 버릇은 그의
사유 체계를 고정시켜서 내성적 발화방식을 채택하도록 만들어 준
다. 예컨대, 친구와 개울에서 놀다가 "고무신 한 짝 떠내려보내고"
(「달」) 집에서 쫓겨난 아이는 달에게 하소연하며, 또 "울고 싶은 밤"
(「별·2」)에는 별을 우러르며 눈물 흘린다.
  시인의 눈에 비친 별이 완상물은 아닐지라도, 시인의 투정을 받아
주고 힘나게 해주는 대상이란 점에서 수동적이다. 그것은 시인의 상
상력의 근간이 식물적 상상력에 기인하고 있는 데서 비롯된 것으로
보인다. 그가 가난한 날들의 기록에 충실한 시작 생활을 영위하는 동
안, 그를 지탱해준 시적 원동력은 농경사회의 기억이었다. 농촌 하늘
을 온통 수놓은 별을 바라보며 자랐던 유년기의 체험은 그가 어른이
되어서도 온갖 세상사를 겪으면서도 순수를 잃지 않도록 지켜 주는
버팀목이 되었던 것이다. 과거에 대한 집착은 시인으로 하여금 시

「아라가야의 옛터」에서 고향의 내력에 대한 시적 발언을 부추긴다. 시인의 고향 예찬은 새삼스러운 일도 아니고, 그리 높이 평가받을 일도 아니다. 그것은 도리어 시인의 시세계에 지방성을 부여할 뿐만 아니라, 그의 시적 성취면에서도 권장할 만한 것은 아니다.

　그보다는 "올해도 그 언덕엔/아카시아 핍니다…… 떠나간 친구는/다시 오지 않습니다."(「아카시아」)라는 진술이 훨씬 향수를 자극한다. 그것은 전적으로 '—도'와 '—엔' 그리고 '다시'에 의해 조성된 분위기에 힘입은 것인데, 이 어휘들은 반복성과 불변성 그리고 기대감을 동시에 충족시켜 주면서 시적 분위기를 고조시키는 데 기여한다. 아울러 이러한 서술 방식이야말로 공재동에게 적합한 발화 체계로 보인다. 그는 "손바닥 뒤에 숨은"(「아무도 찾질 못해요」) 이야기를 찾아낼 줄 알고, 소라 속에 "집채보다 더 큰배가 들었지요"(「소라」)라고 이웃에게 알려 줄 수 있는 촉수를 가진 시인이기에, 소란한 외향적 발화보다는 꽃씨 속에서 "그리움을 꺼내어"(「꽃씨」) 별을 바라보는 내성적 발화가 잘 어울린다.

별이 보고 싶은 날은
너의 환한
얼굴을 본다.

별이 보고 싶은 날은
너의 맑은
눈을 본다.

별은 떠서 어둠에 묻혀도

어둠 속에서
빛나는 것.

마음 흐린 날은
어둠을 뚫고
너의 고운
눈을 본다.

　　　　　　　　　　　　　　—「별이 보고 싶은 날은」 전문

　이 작품에서 별과 '너'는 동격이다. '너'는 별과 속성을 공유하는
존재물이다. 그 본래 모습은 시인에게 별의 속성을 포착할 수 있는
어린이라고 보아야 한다. 그는 별이 어둠 속에서 빛나듯이, 어린이로
하여금 별과 같이 어둠 속에서 빛나기를 바라고 있다. 그것은 "엄마
는 없고/술 취한 아버지의 호통에 밀려"(「별아」) 빈 주전자 하나 들고
밤길 가던 소년기의 버림받은 추억을 그가 아직도 잊지 못하기 때문
이다. 그는 어린 시절의 가슴 아픈 기억을 바탕으로 별을 바라보며
이 땅에서 "엄마 찾는 아이들의 울음소리"(「어린이날에」)가 그치고,
어린이들이 모여서 "은하수 긴 강은 서쪽으로 기울고 직녀성 밝은
별도 서쪽에서 보인다. 은하수를 중심으로 잔잔한 별들이 더욱 많아
지고 페가수스와 카시오페아가 눈부시게 빛난다"(「별을 찾습니다」)는
숙제를 하는 세상을 꿈꾼다. 그것은 '무작정 아이들이 좋아서' 시작
했다가 이제는 '버리지 못하는 유산'이 되어 버린 그의 시업을 판단
해 줄 최종 심급이다.
　공재동 시인이 천체를 우러르며 독백하는 행동의 시제가 밤이라
면, 아침과 낮 시간대에는 새싹과 이슬을 통해 자신의 사연을 토파한

다. 이미 부모 없는 빈방에서 찬밥을 먹은 그는 "꽃대궁이 마디마디 후두둑후두둑 머리를 터는"(「소낙비」) 꽃밭에 나가기를 그치지 않는다. 그곳에는 "낯익은 풀벌레의 노래"(「이슬」)와 "풀잎에 글썽이는 이슬"(「풀꽃」)이 그를 반겨 준다. 인기척 없는 빈집의 꽃밭에서 혼자 노는 동안, 그는 "미운 얼굴"과 "싫은 이름"(「미운 얼굴」)을 잊을 수 있다. 그에게는 꽃밭만이 쉼터요, 친구이며 교사인 것이다. 따라서 그의 시작품에서 꽃밭과 관련된 새싹이나 꽃씨, 이슬 등이 무더기로 출현하는 것은 충분히 예상할 수 있는 자연스러운 현상이다. 그는 꽃밭에서 놀며 성장한 시인이다.

풀잎을 보았니
바람에 흔들리며
풀꽃을 피우는 작은 풀잎을.

풀잎을 보았니
햇볕에 그을리며
풀씨를 키우는 작은 풀꽃을.

풀씨가 싹 터 풀잎이 되고
풀잎이 자라
풀꽃을 키우듯

우리들 몸
어딘가에는
엄마가 있고 아빠가 있고

세상 하나가
온통 들어 있지.

―「풀잎을 보았니」 전문

이 작품에 이르러 공재동은 비로소 어른이 된다. 시인은 풀잎을 바라보면서 풀이 자그마한 꽃을 피우기 위해서 바람과 햇볕을 필요로 하듯이, 자신의 성장 과정에 깊이 연루된 부모님의 사랑과 흔적을 온몸으로 느낀다. 그러한 깨달음은 전적으로 꽃밭에서 놀았던 소년기의 경험이 적층된 결과이다. 그는 자신이 아버지의 나이에 이르러서야 "능금이 익을 그때서야/아버지의 깊은 주름살이/왜 아름다운지를"(「능금이 익을 때」) 알게 된다. 그것은 그가 물리적 나이 먹음에 따라 '풀씨―풀잎―풀꽃'의 성장 과정을 인생살이와 견주어 본 데서 비롯된 것이다. 그 경지에서 비로소 그는 "채송화 네 꽃씨를 딸 때면/세상 사는 일이/참 조심스럽다"(「채송화 꽃씨」)는 인식을 얻게 된다.

이와 같이 공재동은 꽃밭에서 놀았던 소년 시절의 경험을 근간으로 시적 성취를 확보하고 있다. 그가 꽃밭에서 다가섰을 때, 곧 "지난 얼굴 하나하나"(「꽃씨」)를 떠올릴 수 있으며, 험난한 세파에 "어리둥절한 표정"(「저녁때」)을 지을 수 있다. 그러므로 공재동의 시에는 자연의 이미지가 자주 등장하게 된다. 이것은 그가 한국 현대시의 성향을 충실하게 계승하고 있다는 시사적 사실을 증거한다. 이 점에서 그의 시는 당대의 시대적 가난의 무게를 동시라는 용기에 담았다고 할 수 있다.

3. 가난한 것들을 위하여

이상에서 살핀 바와 같이, 공재동의 시는 가난한 날들의 기록에 다름 아니다. 그는 등단 이후 줄기차게 궁핍했던 과거사를 시화하고 있는 셈이다. 그것이 새싹과 별 이미지를 통해 간접적으로 발현되었다고 할지라도, 그의 시세계를 관통하고 있는 가난의 주름살은 부인할 수 없는 사실이다. 그는 고유한 내성적 발화 방식에 의지하여 소년기의 황폐했던 기록을 시적 이미지로 남기고 있다. 그가 가난을 과거의 추억 속에서 회고하면서 "눈물로 얼룩진 기다림"(「꽃씨를 심어 놓고」)으로 "이름없는 것들을 위하여"(「이름없는 것을 위하여」) 기도하는 한, 그의 시는 "머리카락 쓰다듬는 바람의 손"(「강가에서」)이 될 수 있을 것이다.

망설임, 인간의 실존적 존재 방식

—박두순론

1. 흔들림, 망설임의 전주

인간은 방황하는 존재이다. 그는 불완전한 존재론적 한계 때문에 불안하다. 불안은 인간의 행동을 부자유하게 하고, 사유의 폭과 깊이를 좁히어 삶의 우선적 가치를 소유에 둔다. 불안은 죽음에 이르는 병이고, 인간의 존재론적 회의의 남상이다. 그래서 현대인들은 근대가 강요한 속도로부터 해방되고자 한다. 그들이 추구하는 원시적 안정은 냉철한 이성의 부산물인 현대의 황막한 물량 문명으로 인하여 박탈당한 인간성을 되찾아서 심리적 평형 상태를 유지하는 것이다. 인간의 숙명적 갈망은 평화한 안정이고, 원래적 공포는 안정된 상태의 붕괴이다. 인간은 영원히 기대하는 희망의 존재이면서, 동시에 영원히 실망하는 자이다. 그는 근본적으로 방황하지 않으면 안 된다.

문학은 독자들을 내면적 방황의 세계로 이끈다. 문학은 인간에게 사유의 고통을 안겨 주는 불온한 제도이다. 더욱이 시는 짧은 길이 안에 하고 싶은 말을 다하는 장르상의 속성 때문에 읽는 이들에게 간단없는 사유를 재촉한다. 그런 점에서 시는 독자를 편안하게 놓아 두지 않는 귀찮은 존재이다. 시인은 작품 안에 생각의 갈피를 많이 만들어 놓고, 독자로 하여금 시의 행간을 음미하면서 비워 둔 여백을 채워 넣도록 요구한다. 시는 독자들을 위무하지 않고, 더 힘들게 하는 것이다. 시를 제대로 감상하려는 독자들은 꼼꼼한 읽기를 거치면서 영혼의 흔들림을 체험하게 된다. 그 체험의 순간에 독자들은 자신의 심리적 방황의 실체를 인식하게 된다. 그런 이유에서 인간에게 방황은 아름답다. 세상의 숱한 어휘 중에서 이 단어보다 순결한 낱말은 없다. 인간은 방황을 통해 자신의 실존적 한계를 인식하게 되고, 자신의 영혼을 키워 가게 된다. 독자들은 시읽기를 통해 시인의 정신적 방황을 간취하게 된다.

1977년 등단한 이래 '산'과 '사람' 사이에서 끊임없이 흔들리던 박두순이 일곱번째 시집 『망설이는 빗방울』(21문학과문화, 2001)을 출간하였다. 필자는 이미 그의 시세계를 성글게 조감하여 「흔들림의 시학」(『조선문학』, 1993. 9)이라는 글을 쓴 바 있다. 따라서 이 글은 그 글과 짝을 이루면서, 이전에 썼던 글의 보유편에 해당한다. 새 시집에는 새롭게 변모하려는 시인의 움직임이 눈에 선하다. '흔들림'과 '망설임'이라는 내면적 방황의 이중주 속에서, 그가 응시했던 물상에 대한 관조의 흔적을 바라보는 것은, 놀의 고혹적인 이미지를 바라볼 때의 무심한 사유의 모습을 연상하게 된다. 이 시집을 일독해 보면, 예전의 작품에서 그가 빈번하게 보여주었던 흔들림이 문면 속으로 들어가고, 자꾸만 망설이는 표정에 직면하게 된다. 그러므로 이 글의 의도는 이 시대의 방황하는 시인 박두순이 흔들리고 망설이는 표정을 자세히 구경하는 데 있다.

2. 망설임, 속으로 흔들리기

새 시집을 내기 이전까지 박두순의 시적 관심은 등산과 하산 사이에 머물러 있었다. 그는 시쓰기를 시작한 이래 들꽃의 피어남과 산의 침묵 사이에서 인간의 존재 조건에 대한 시적 물음을 부단히 던져 왔다. 실존적으로 그는 산에 도달하기 위하여 쉼없이 길 위를 오가며 흔들림을 되풀이하였다. 그것은 인간이 생래적으로 갖고 있는 존재론적 고독의 몸부림이었으며, 그의 작품 속에서 불안하게 흔들리는 모습으로 투영되어 형상화되었다. 그가 방황 속에서 터득하여 세인들에게 들려 주고 싶었던 전언은 "흔들수록/짙은 향기를 내뿜는"(「들

박두순 시집 『망설이는 빗방울』(21문학과문화, 2001)과 『들꽃과 우주통신』 (아동문예사, 1989).

꽃」) 들꽃의 본모습에 집약되어 있다.

그가 천명을 알아듣는 나이임에도 불구하고, 흔들리다 못해 망설이게 된 이면은 무엇인가. 그 구체적인 증거로는 그가 들꽃에서 들과 꽃으로 인식안을 심화시키고 있는 데서 찾아볼 수 있다. 지금까지는 산행을 하는 과정에서 그의 눈길을 사로잡았던 불특정 식물인 들꽃의 세계에 머물러 있었다면, 이제부터는 들꽃에서 들과 꽃을 분리해서 찬찬히 바라본다. 그만큼 그의 대상을 바라보는 인식안이 넓어지고 깊어지고 포근해졌다는 표지이다. 그의 시작 활동에서 들판은 우주와의 유일한 의사소통이 이루어지는 공간이며, 그곳에 피어난 꽃은 그와 우주 사이의 조응적 상상력이 작동하는 대상이다. 따라서 그의 시적 상상력은 항상 들판 위에서 발동하게 된다. 독자들은 그 증거를 이 시집의 서두를 장식하고 있는 작품에서 확인할 수 있다.

들이 심심해 하고 있을 때
꽃이 한 송이씩 피었습니다.
들의 눈길이 온통 그리로 쏠리고
들의 귀가 온통 그리로 열렸습니다.

꽃이 심심해 하고 있을 때
나비 한 마리가 날아왔습니다
꽃들의 눈길이 온통 그리로 쏠리고
꽃들의 귀가 온통 그리로 열렸습니다.

들과 꽃은
셈을 하기 시작했습니다.

더하기 고요함

더하기 평화로움

더하기 아름다움…….

온통 더하기 더하기만 했습니다.

—「더하기」 전문

초기부터 그의 시작품에서 중핵적 지위를 차지하고 있는 시어는 들꽃이었다. 그의 시집 『들꽃과 우주통신』(아동문예사, 1989)은 벌판에 피어난 들꽃을 통하여 우주와 교감하려는 그의 심리적 움직임을 보여주고 있었다. 그러나 이 시에 이르러서는 들을 채우는 꽃의 피어남으로 깊어지고 있다. 그가 들에서 망설이는 동안에 만나게 된 들꽃의 개화는 두 가지 차원에서 법열의 순간으로 다가온다. 하나는 시인에게 우주의 이치를 체험하는 순간이고, 다른 하나는 들꽃이 세계와 처음으로 만나는 순간이다. 꽃이 피어남으로 인해 들판은 나비가 날아오고, 꽃과 나비가 하나가 되고, 끝내 들판은 비로소 생명의 공간으로 자리바꿈하게 된다. 따라서 들판은 더없는 "고요함/평화로움/아름다움"으로 충만하게 되며, 시인은 들에 꽃이 피어나는 순간을 뺌이 없는 '더하기'의 시간으로 인식한다. 물론 그 인식이 하나의 심상으로 빚어지는 동안은 그의 시안이 망설이고 있는 시간이다.

이 작품은 세상이 '온통' 더하기를 통해 어깨동무가 되는 순간을 노래한 것이다. 봄은 어둡고 차가웠던 지난 시절의 온갖 반목과 갈등이 치유되는 계절이다. 그래서 봄은 용서와 화해의 계절이다. 봄은 집중적인 개화 현상 때문에, 빼기가 없고 온통 더하기만 이루어진다. 이 시에서 망설임을 통해 오히려 더하기를 익힌 그에게 망설이는 순간은 결코 외롭지 않다. 왜냐하면 그는 우주와 교감하는 들이라는 공간에서 우주의 분신인 꽃과 '함께' 있기 때문이다. 또 그에게는 "숨길수록 빛을 내는" 별 같은 친구와 "언제 만나도 같은 가슴으로 안겨오는" 바다 친구가 있다. 그의 정신적 친구인 바다는 들판의 다른 이름에 불과하다. 그는 들과 바다를 공간적으로 동일시하는 인식 과정 속에서 대상을 일체화하고, 대상의 존재 의식에 대한 답을 찾아낸다. 별이나 바다가 존재하는 이유와 자신의 존재 이유를 동일하게 인식하는 것이다.

친구야
숨길수록 빛을 내는 넌
어둔 밤에 별로 떠 내가 밝아진다

—「친구에게」 부분

언제 찾아와도
같은 마음으로
반짝여 주는 너.

—「다시 만나는 바다」 부분

들과 바다를 동일한 공간으로 인식하는 시인에게, 바다와 한밤중의 별은 한결같이 변함없는 친구이다. 따라서 들의 대체 공간으로서 별이 있는 하늘과 바다는 그에게 더하기가 이루어지는 곳이 된다. 그는 이곳에서도 심리적 동반자를 찾아내기 때문에 외로움을 타지 않는다. 도리어 별과 바다와의 대화를 통해 자신의 내면을 풍요롭게 만든다. 이 두 공간은 꽃을 피워내는 들처럼, 그에게는 시적 매개물로 작용하는 것이다. 그러므로 그는 친구가 있는 바닷가의 조약돌을 보고서도 반가워서 친구의 안부를 묻는다.

잊혀졌던 친구의 다정한 목소리도
물결처럼 내 귓가에 밀려와요.

—「조약돌」 부분

그가 물결처럼 밀려오는 친구의 음성을 듣는 순간, 헤어졌던 두 사람은 동일 공간에 위치하게 된다. 이와 같은 시적 상상력을 통해 그는 그 자리에 없는 친구까지도 한자리로 불러낸다. 친구는 그가 "언제 찾아와도" 항상 "같은 마음으로" 그의 귓속으로 밀려 들어오는 것이다. 이 시에서 보는 것과 같이, 돌에서 "잊혀졌던 친구의 다정한 목소리"를 찾아내는 것은 그의 개인적 상상력의 표정이다. 그런 보기는 그가 한때 '문경 영강 굽이'에서의 수석 채집 경험을 살려 썼던 「돌밭에서」(『마른 나무 입술에 흐르는 노래』, 은행나무, 1984)도 발견된다. 그런 측면에서 이 시집은 독자들로 하여금 그가 발표했던 예전의 시편들과 연속선상에서 파악하기를 권유한다. 그것은 한갓 소재적 차원의 무료한 반복적 출현을 지칭하는 것이 아니라, 그의 작품에 나타나는 시적 상상력의 구체적 형태를 파악하는 방식을 가리키는 것이다. 그런 점에서 선조적 읽기의 중요성이 대두되고, 촘촘한 시읽기가 강도된다.

어디서 본 듯한 얼굴의
둥실둥실한 돌들이
편한 자세로 이리저리 누워 있었다.

어디서 보았을까?

누굴 닮았을까?

잠자리에까지 따라와 누운

돌들.

아하,

내 고향

봉화 산꼴짜기 사람들 얼굴이었구나.

—「돌밭에서」 부분

　이 작품은 박두순 시인의 성품이 그대로 드러난 작품이다. 그는 하
찮은 돌을 보고서 수많은 만남을 기억해낸다. 무심코 지나치는 돌을
보고, 어디서 많이 본 듯하여 생각하다가, 그래도 떠오르지 않아서
잠자리에 들어서까지 돌을 생각한다. 그는 강가에 나뒹구는 둥실둥
실한 돌을 보고서 "내 고향 봉화 산꼴짜기 사람들"의 얼굴과 동일시
한다. 그것은 그에게는 그리움의 정서가 한 대상을 구체적 매개물로
활용하여 이루어진다는 사실을 드러내 준다. 이제 박두순은 그리움
으로 둘러싸여 있다. 그는 인간들이 본초적으로 갖고 있는 그리움으
로 인하여 결국 하나될 수 있으리라고 믿는다. 인간의 본연에 자리잡
고 있는 원시적이고 소박한 그리움의 정서야말로, 그러한 신뢰를 낳
게 한 근원이었다. 그는 그리움에 젖어 있기 때문에 온누리의 만물들
에 관심을 쏟는다. 그것이 그를 들판 위에서 망설이게 만든 정서적
요인이다. 그가 보기에 자연은 인간 세상의 도처에서 '더하기'를 행
하고 있고, '별' 같은 친구를 마련해 두었으며, 친구의 다정한 음성을
화석처럼 간직한 '조약돌'을 널려 놓았다. 그러므로 친구는 큰 길에

만 있는 것이 아니라, 곳곳에 산재해 있다.

큰 길만 다니는 게 아니다

꽃 속
오솔길에서
한나절 놀다 가고

—「태양의 길」 부분

태양의 길은 그가 망설이면서 찾아낸 것이다. 이름도 없는 한적한
들녘에서 꽃을 바라보듯이, 세계에 대한 차분하고 따뜻한 시선이 그
길을 발견해낸 힘이다. 그가 찾아낸 태양의 길은 쉼없다. 태양은 "큰
길만 다니는 게" 아니고, "꽃속/창턱/물결/들"을 찾아다니며 온기를
나눠 준다. 우주가 소유한 가장 강력하고 유일한 큰 빛이 가는 길은
삼라만상에게 생명과 휴식을 나눠 주는 길이다. 일상적인 광선의 나
아감을 베풂의 길로 파악하게 된 것은, 그가 망설임의 시학을 터득했
기 때문에 가능한 것이다. 이 점에서 망설임은 이전까지 그를 방황케
했던 흔들림의 심화된 국면이다.

여기도 하느님 마을 한 귀퉁이
흙마당에 봄비가 다녀가고 있다
몇 개 발자국도 다녀갔다, 누구의 것일까

—「마당」 부분

구겨졌던 마음 한 쪽이

펴지는 게 보이고,

—「더러운 걸 없애니」 부분

　지구상 어느 공간도 하늘의 소유가 아닌 것이 없다. 갠 날에 잰걸음으로 다니면서는 눈에 띄지 않았던 발자국들이 듣는 봄비를 긋고 보니 드러나게 된다. 비에 의해 비로소 드러나게 되는 물상의 본모습을 보고서, 시인은 흙 속에 묻혀 있는 발자국을 통해 과거의 인연을 헤아려 본다. 자신이 무심코 밟고 선 발 밑에 이전에 그곳을 오갔던 이들의 흔적이 묻혀 있다는 사실은, 그에게 새삼스럽게 인연의 소중함을 일깨워 주었다. 세상에 존재하는 물상과 사람들을 소중하게 받아들이면서도, 한편으로는 자신만의 독특한 삶을 꾸려 가야 한다는 것은 회피할 수 없는 인간의 몫이다. 그는 빗물을 바라보면서 체득하게 된 망설임 속에서 세계의 자그마한 소리조차 귀를 세우고 경청하게 된다. 그의 "귀기울임 흐트리지 않"는 자세는 이러한 망설임이 낳은 예정된 자세이다.

바람이 가끔
옷깃을 흔들어도
귀기울임 흐트리지 않고

가을까지
걸어가야 한다.
힘들수록
숨소리 가다듬어 걸어가야 한다.

—「초여름 들판」 부분

바람에 흔들려 힘들더라도 숨소리 가다듬으며 '걸어가야' 한다는 곳이 종국에는 들판이라는 점에서, 이 시편의 다짐은 박두순이 목표하고 있는 의식상의 귀착지를 드러낸다. 그에게 들판은 들과 꽃으로 이루어진 우주와의 소통 공간이기 때문에, 이 경우에 우리가 눈여겨 읽어야 할 것은 걸음걸이이며, 그것은 "마음을 온통 거기에 쓰고"서 귀를 기울이는 행위조차 용납하지 않을 만치의 '흐트리지 않는 몸가짐'을 가리키는 것이다. 이런 자세는 그의 현실적 삶의 태도에서 기인한다. 자신이 가진 것을 모두 나누어 주더라도, 결코 자신의 본디를 잃지 않는 것. 이야말로 박두순을 지탱해 준 원동력이며, 모든 인간들이 지켜야 할 벼리이다. 그는 인간의 마땅한 자세를 여름과 가을이라는 계절의 변화를 통해 보여주고 있다.

예로부터 사계절은 흔히 인간의 성장 과정에 비유되었다. 여름의 무성한 더위 속에서 노동하는 모습은 청년기에 비견되었고, 가을의 수확은 장년기의 결실을 나타내었다. 그러나 박두순은 종래의 시편에서 되풀이 출현했던 관습적 용례를 벗어나서 참신한 이미지를 보여주었다. 은성한 더위에 지치지 말고 선선한 바람부는 가을까지는 가야 한다는 것. 그것은 인생 여정과 흡사하다. 세파에 유혹당하지 말고, 묵묵히 자신의 길을 가는 자세는 그의 삶에서 우러나온 것이며, 그의 시쓰기 태도에서 비롯된 것이다. 그는 목소리 큰 시들이나 몸 가벼운 시들이 유행하던 시절에도, 일관되게 흐트러지지 않는 몸가짐을 보여주었다. 비록 그의 노력은 소리 없는 움직임이었지만, 그것은 올곧은 서정시의 광휘를 드러내는 데 힘을 보태 주었다. 그는 한 철의 울음을 장만하기 위해 30년 가까운 세월 동안 가슴떨림으로 지냈던 것이다. 그는 울어야만 집을 가질 수 있다는 사실을 알고 있다.

매미는 울어서
숲을 가진다.

우리도 좋은 말 들을 때는
가슴 숲이 온통 흔들린다.

—「매미 노래」부분

  우는 자만이 숲을 가질 수 있다는 것, 그것은 비단 매미의 절절한
통곡에만 소용되는 것이 아니다. 매미의 속성은 미물과 더불어 세상
을 구성하는 '우리'도 말을 들을 때는 온통 흔들려야 하는 것이다. 독
자들은 그의 시에서는 좀체 등장하지 않는 '우리'라는 낯선 어휘 앞
에서 읽기를 멈추게 된다. 지금까지 그가 시 속에서 말하는 방식은
자신의 음성을 드러내지 않는 것이었다. 그런 점에서 매우 이질적인
어감을 띠는 이 낱말의 출현은, 거꾸로 그의 시쓰기가 독자의 반응을
요구하고 있다는 사실을 말해 준다. 그것은 외현적인 행동의 참여가
아니라, "가슴 숲이 온통 흔들"리는 내면적 감수의 반응을 가리킨다.
위의 시가 박두순의 시작 태도를 알려주고 있다면, 다음 시편은 이
시집에 내재된 그의 심리적 움직임을 고스란히 드러내 준다.

들판에 가득 내린
빗방울들

들판이 넓어
너무나 넓어

어디로 갈까?
망설이네요

이리저리 살피며
떠다니네요

넓은 세상 어디쯤에
걸어가는 나처럼

―「망설이는 빗방울」 전문

　이 작품에서 볼 수 있는 바와 같이, 이 시집에서는 유독 비가 주요
모티프로 등장한다. 박두순은 비를 통해서 지금까지 미처 발견하지
못했던 세계를 찾아내게 된다. 따라서 이 시집에서 그가 빗속에서 망
설이게 되는 이유를 알아차릴 수 있다. 빗방울은 한 지점을 향해 수
직으로 낙하한다. 그것이 떨어지는 지점을 몰라서 망설일 필요는 없
다. 그러나 박두순의 빗방울은 한 지점에 낙하하는 것조차 마다한다.
이미 '태양의 길'을 알고 있는 빗방울로서는 자신을 필요로 하는 물
상을 향해 낙하하려고 한다. 거기서 한 걸음 더 나아가 지상에 착륙
한 빗방울은 또 다른 지점을 향해 떠나가기 위해 "이리저리 살피며"
떠다니는 고행을 선택한다. 그 힘든 고난의 여정을 끝내는 순간까지
도, 자신을 필요로 하는 대상을 향하여 빗방울은 "어디로 갈까" 망설
이는 것이다. 그러나 독자들은 빗방울이 선택할 길을 알고 있다. 그
길은 '태양의 길'이며, 세상에 '더하기'를 체현하는 길이다.

3. 망설임, 나아가기 위한 흔들림

위에서 읽어냈듯이 박두순의 시편들을 동일한 초점 안으로 모으면, 이 시집에서는 단 하나 망설임이다. 그가 지금까지의 흔들림을 통해 들판에서 "홀로 크는 나무"를 찾아냈다면, 이 시집에서는 그 나무를 키워낸 빗방울을 발견하는 데 이르렀다. 그런 점에서 그는 이 시집에 이르러 자신의 삶의 방식을 내밀하게 드러내고 있으며, 인간의 실존적 조건에 대한 이전의 물음을 심화시키고 있다. 일찍이 만남은 "속으로 깊어지는 강"이라고 하였던 그로서는, 앞으로의 시쓰기를 통해 강의 깊이를 얼마나 더하게 될지 독자들은 눈여겨 지켜볼 필요가 있다. 그런 측면에서 박두순의 새 시집 『망설이는 빗방울』은 매우 무겁게 읽혀진다.

강원도의 힘
—김진광을 위한 세 개의 글

1. 지역 정서의 수용

김진광은 현재 활발하게 활동하고 있는 삼척 태생의 중견 시인이다. 지금까지 자기가 자란 고향땅을 떠나지 못하고, 그곳에서 교편을 잡고 있는 것으로 미루어, 매우 정약하고 향토애가 두꺼운 사람이다. 이 말만으로도 시인 김진광을 모두 아우를 수 있다. 먼저 향토애가 두껍다는 것은, 그의 시에 줄기차게 출현하거나 숨어 있는 강원도의 서정성과 동해 바다의 파란한 물결을 바라볼 수 있다는 것이다. 둘째, 정약하다는 것은 그가 세심한 눈길로 이웃들에게 자상한 애정어린 눈을 쏟고 있다는 것이다. 셋째, 그가 교사시인이란 점은 그의 시를 구속하거나 자유롭게 하는 것인데, 전자는 그의 직업 윤리가 동시라는 시의 갈래상의 특수성과 상승 작용하여 그의 시에 다소 '교사스러운' 화자를 등장시키게 만들고, 후자는 동시의 독서 대상들의 자유한 삶을 직정적으로 시화할 수 있도록 거들어 준다. 이 세 가지는 다시 잘게 나누어, 향토애가 밴 시에는 동해 혹은 강원도의 서정성이 우러나오고 있다는 것이며, 또 정약하다는 것은 그가 여지없이 시인이란 사실을 증빙하며, 또 그가 교사시인이란 사실은, 그의 말마따나 '생각하는 시'를 쓰게 만들어 주는 요인으로 작용한다.

그는 『소년』과 『월간문학』을 통하여 문학 동네에 전입신고를 마쳤다. 그간의 분주한 작품 생산욕에 대한 보상으로 '강원아동문학상'과 '한국동시문학상'이 수여되었다. 그는 지금 '감자', '조약돌', '솔바람', '관동문학회', '두타문학회' 등의 동인 및 회원으로 적을 두고서, 정열적인 창작 활동을 전개하고 있다. 그런 결과로 근래에 1984년 발행한 시집 『바람개비』 이후의 106편을 모아 『물새는 이쁜 발로 시를 쓴다』(새남, 1991)라는 동시집을 상재할 수 있었으리라. 이 시집은 제목부터 순수 서정이 듬뿍 배인 책으로, 장정이나 속그림이 산뜻하고 조촐한 느낌을 갖게 한다. 그런 점에서 일단 독자의 주의를 끌어 모은다. 하지만 여기서 논의할 사안은 북 디자인이 아니라 마땅히 작품일 따름이다.

김진광이 향토애를 시화해내느라 고생하고 있다는 증거는 그에게 상복을 안겨 준 『시루뫼마실 이야기』에 뚜렷하거니와, 아울러 본고에서 집중적으로 읽고자 하는 『물새는……』에서도 금방 구경할 수 있다. 여기서 운위하는 향토애란 강원도의 서정성, 즉 산악과 동해안의 서정성을 아우르는 말이다. 예컨대, 시제만 죽 훑어보아도 「물새」, 「조약돌」, 「바다 1~9」, 「옥수수밭」, 「갯바람일기 1~5」, 「탄마을 이야기 5」 등 수두룩하다. 이 가운데서 「탄마을 이야기 5」는 '오늘도 무사히'라는 부제가 암시하듯, 매우 불길한 정조에 휩싸여 일상을 살아가는 강원도의 특정 지역 사람들의 세상사는 이야기를 들려 주고 있다.

어머니께서 꿈이 안 좋으니
조심하시란다.

도시락 들고 출근하시는
아빠의 발걸음이 무겁다.

까아만 냇가에
까아만 까마귀떼 날아와 운다.

까악까악
'오늘도 누가 사고 날란가?'

—「탄마을 이야기 5」1~4연

위 작품은 시적 분위기의 연출에 애쓴 흔적이 역력하다. 먼저 1연
에서 꿈을 빌어 예시된 불길한 분위기는 발걸음이 무거운 아빠의 힘
빠진 출근길 표정에 의하여 확산된다. 그 불길함은 아버지의 걸음에
힘입어 시공간으로 확대되면서 탄광 사고라는 예기치 못한 그러나
항상 예측 가능한 돌발 사태를 연상시켜 독자를 까만 글자와 함께 긴
장케 하는 것이다. 독자의 두근거리는 가슴은 마침내 3연에 나오는
흉조인 까마귀의 울음소리에 휩싸이게 만들어 극도의 불안 상태로
치닫게 된다. 그러한 불안 의식은 4연의 오늘 '도'라는 토씨의 용법과
누가 사고 '날란가?'라는 어법과 맞물려서, 최고조에 다다를 수밖에
없다. 그것은 곧, 상시 생명을 담보한 채 살아야 하는 막장 인생의 신

산어린 삶의 모습이면서, 기층 민중의 더 이상 기대거나 갈 곳 없는 정서적 극한 상황인 것이다. 탄광 마을의 불길한 삶의 형상화를 통하여 김진광이 노리고자 하는 바는 지역민의 정서를 보편적 체험으로 승화하여 시화하는 데 있다.

한편 이들을 나누기 위하여 다시 읽으면, 크게 '산악'과 '바다'로 나뉜다는 것을 알게 된다. 말하자면 시인의 향토애는 이 두 가지에 집중되어 있다고 할 수 있다.

2. 생각 없는 세상에서 생각 있는 시쓰기

요즘 세상을 일컬어 '키취의 시대'라 한다. 가벼운 생각을 바닥에 깔아놓고서 남의 사유방식이나 결과를 혼성모방 따위의 이름으로 차용하여 번듯한 문학상을 타내며 등단하거나, 얼마간의 상업적 타산과 맞닿아 출간하는 일이 유행하고 있다. 한쪽에서는 그런 일조차 이른바 포스트모던이즘이라는 자를 들이대어 합리화시켜 주는바, 한국문학의 두께를 마뜩찮게 여기는 태도로 보인다. 이러한 움직임이 성인문학 쪽에서는 설령 대세를 이루지는 못한다손 치더라도, 엄연한 현실적 조류인 것은 분명하다. 고개를 돌리어 아동문학 쪽에서도 그런 시도는 가끔 눈에 들어온다. 근자에 유행하는 흑인 대사 음악의 일종인 소위 '랩 뮤직'의 물결을 타고, 동시(요)에까지 공들여 실험하는 부류가 있다. 내가 그들을 향하여, 그보다는 한국 전래의 가락을 공부하여 어린이들에게 한국적인 정서를 심어 주는 일이 더 바람직한 일이라 말한다면, 나를 일러 좁은 국수주의적 민족주의자라고 비난할까. 한국문학은 세계문학 속에서 보면 하나의 지역문학일 따름이다. 이것은 어느 나라의 문학도 공유하는 공통적 특성인바, 그야말로 한국문학을 세계문학 속에서 유난스럽게 돋아보이게 만든다는 사실을 강조해 두고자 한다.

이 시대는 분명히 생각이 가볍고, 삶의 질이 얇은 세상이다. 그렇지만 문학이 그런 일에 복무하려 해서는 아니 된다. 문학은 그런 '터취'의 차원을 넘어서 존재한다. 우리가 문학작품을 읽는 이유 중 하나는 읽어서 괴로워하자는 데 있다. 인간을 사위에서 억압하는 압력의 실체를 직시하고, 그것을 정면에서 극복하려는 당찬 자세를 갖추자는 데 있다. 문학 작품을 읽는 행위는 인간에 대한 총체적 질문의 방식이며, 부단한 자기 확인 행위이기도 하고, 미래를 위한 전망이기도 하다. 더군다나 문학 감상의 초기 단계에 있는 아이들을 잠재적 독자로 상정하면서 써가는 아동문학은, 그쪽 편에 끄떡없이 서 있을 수 있는 다리힘을 길러야 한다.

바로 이런 점 때문에 『물새는……』의 머리말에서 김진광 스스로 '어린이가 읽으면 동시가 되고, 청소년이 읽으면 철학이 되고, 늙은이가 읽으면 인생이 되는 시쓰기'에 골몰하고 싶다는 고백으로 인하여 이 시집은 일독할 필요성을 갖는다. 우선 전제하여야 할 것은, 시인의 언급은 그가 교훈 중심의 시쓰기로 나아갈지 모른다는 염려이다. 한 시인이 쓴 시편이 동'시'나 '인생'이 되자는 데 시비할 사람은 없겠으나, 욕심스럽게 '철학'이 되는 것을 목표로 삼는다면, 그것은 독자들에게 버거우리만치 곤혹스런 일이란 사실이다. 김진광이 이런 우려를 감안하지 않았으리라 본다면, 우리는 그가 말하는 '철학'을, 속 편하게 삶의 범주 안으로 좁혀서 읽어낼 수 있으리라.

우리가 이 점에 눈독을 들이며 읽어 가노라면, 김진광이 희원하는 '생각하는 시'는 소품에 많다는 사실을 알게 된다. 특히 '시치미떼기를 통하여 독자를 사유의 강가로 인도하는 시인의 수법은 매우 따뜻하다.

    소나기가 내리자
    길 가던 개미에게

    얘, 이리 들어와.

    사알짝
    우산을 받쳐 주고 있다.

—「버섯」전문

이 작품은 철저히 주관을 배제함으로써, 달리 말하여 객관적 사실만 진술한 채 시인의 목소리는 감추어 버렸다는 점에서 도리어 성공적이다. 따뜻함을 전하기 위해서는 적어도 온도를 전달해 주는 어떤 매개체가 필요한 법인데도, 시인은 두 눈 딱 감고 버섯과 개미의 행위만 진술한 뒤 마감하고 있는 것이다(이 시편에 대한 필자의 주목은 『아동문학평론』제66호에 실린 「가벼운 시대에 무거운 시쓰기」라는 글에서도 이루어지고 있다). 그럼으로써 독자로 하여금 버섯의 행위에 대하여 빈칸을 채워 넣지 않으면 안 되게 하고 있다. 이것은 대단한 힘이다. 생각을 요하는 시라면 통념적으로 난해시나 관념시 따위를 연상하는 우리의 독법상의 버릇으로서는, 동화적 상상력이 데리고 온 사유의 여백을 채워 넣기가 용이할 것이다. 그것은 마치 이준관의 따뜻한 시편 「가을 떡갈나무숲」이 주는 포근한 분위기를 떠올리게 한다.

위에서 읽었던 것처럼, 김진광의 고유한 '시치미 떼기'를 대할 수 있는 작품들을 얼른 들자면, 「청소부 아저씨」, 「탄마을의 강」, 「모래=바위」, 「장화 2」, 「첫눈」 등이 그 실례로 꼽힐 수 있다. 이들 작품들은 한결같이, 짧게는 두 줄에서 길게는 다섯 줄에 그치고 있다. 또 「첫눈」을 빼고는 모두 홑 연으로 한 편의 시를 완성시키고 있다는 점을 들 수 있다. 따라서 김진광이 겨냥하고자 하는 '생각하는 시쓰기'란 단시에서 성공하고 있다고 할 수 있겠다. 교과서적인 연과 행의 가름을 견지한 그의 여느 작품들이 향토적 정서를 노정시키거나 '늙은이들이 읽으면 인생이 되는 시'의 차원에 머물고 있음에 비추어 볼 때, 독자들은 이런 방향에서 김진광의 후속 시편을 기대하여야 할 듯하다.

3. 민속에 대한 시적 관심

김진광의 시집에는 민속을 모티프로 삼은 시편들이 눈에 들어온다. 이 점은 물론 나의 책읽기상의 잠재적인 습벽 중의 하나이지만, 이 나라의 시인들이 자칫 놓쳐 버리기 쉬운 소재 가운데 하나가 우리의 고유한 민속이다. 근래에 문삼석이 산문시의 형식을 차용하여 그의 가작 모음인 『빗방울은 즐겁다』의 뒷편에 묶어 본 바 있기도 하지만, 이런 소재들은 시를 시답게 하는 데 여러 모로 시사를 준다. 특히 민속놀이에 묻어 있는 가락을 현재적 관점으로 끌어들이노라면, 독자인 아이들이 얼마나 신나게 읽어대겠는가.

김진광은 민속을 하나의 놀이의 차원이 아닌, 삶의 과정으로 파악하려 한다. 이런 시각은 이 땅의 거름으로 변해 간 무수한 조상들의 눈높이와 같은 것일진대, 끄덕만 하면 가벼운 놀이로 삶의 허접대기들을 잊으려 하는 우리들을 꾸짖으려 한다. 그 대표적인 보기시를 다음에 따오기로 한다.

나는 지름길로 빠져 끝발을 날 수 있고
나는 윷밭을 빙 돌아 돌아갈 수 있고
나는 가다가 덜미 잡혀 쓰러질 수 있고.

—「윷놀이＝삶」전문

윷이 어찌하여 삶과 동일한 것인가에 답하기 위해서는, 그것의 기원이나 거기 담긴 선조들의 철학을 묻는 일이 선행되어야 할 듯하다. 윷판이 벌어지는 날은 어느 날인가. 한 조상의 피를 나눠 가진 이들이 모두 모여서, 29점으로 이루어진 놀이판 위에서 나무토막 네 개를 이용하여 같이 웃고 떠들며, 한 해 동안의 묵은 때를 씻어 버리고, 다가선 새해의 소망을 싣는 정월 초하루가 아닌가. 이날에 벌어지는 유희적 환희가 윷판을 중심으로 나누어진다는 것. 이것은 윷놀이가 어쩔 수 없이 이 나라 이 민족의 공간적 기반인 농촌적 삶, 즉 도작문화권의 산물이라는 사실을 말해 주는 증거가 된다. 이것의 기원에 대하여는 부여나 백제에서 시작되었다는 추측들이 있다. 두 나라의 어디에 근원을 두든, 그것은 항상 농삿일과 연관을 맺고 있다는 점에서 공통점을 갖는다. 부언이지만 이 가운데 부여기원설이 가장 신빙성이 있다는 걸 밝혀 두고, 윷에서 사용하는 말들은 모두 부여의 관직명인 5가에서 차용되었다는 것과 백제에 뿌리를 두더라도 결국은 동일한 발상이란 것을 아울러 밝혀 적는다.

윷판의 내력을 밝혀 보기로 하자. 윷판의 말판이 둥근 이유는 하늘을 상징하는 것이고, 28개의 점은 한가운데 추성(樞星)을 중심으로 둘러 늘어서 있는 28수(宿)를 상징하고, 네 개의 점은 동서남북의 사방의 공간과 춘하추동의 네 계절이 순환하며 흘러가는 시간을 상징한다. '한동내기'니 '넉동내기'라는 말을 써서 놀이판을 가장 빨리 빠져나오면 이기게 되는데, 여기서 '동'이란 한번 '돎(廻)'의 변형일 뿐이다. 또 스물아홉 점에 의하여 사분된 가운데의 공간을 두고 앞밭이니, 뒷밭이니, 쨀밭이니, 날밭이니 하는 말도 결국 알뜰한 농경사회적 삶의 철학을 견지하려는 인생살이의 자세에 기댄 바 크다고 할 것이다. 그러므로 우리네 조상들은 윷놀이를 통하여 일년 농사를 시작하게 되었던 것이며, 그 놀이의 과정 속에서 두레공동체의 동아리 의식을 다졌던 것이다. 이처럼 윷놀이의 근원을 염두에 두면서 이 시를 읽노라면, 조금 성급하지만 시인이 어찌하여 제목을 「윷놀이=삶」이라고 이름하였는지 어림할 수 있으리라.

그의 제목 선정을 이런 관점에서 약간 비켜서서, 말이 '끝발을 날 수도 있고, 돌아나갈 수도 있고, 잡혀 쓰러질 수도 있'다는 놀이의 속성에 눈을 멈추어, 윷놀이를 흡사 인생의 축소판이라 본 것이라 읽을 수도 있다. 이에 대해서는 굳이 부연하지 않아도 수용 가능하거니와, 윷놀이는 개인의 입장에서 보면 작은 삶의 과정이고, 놀이에 참가한 사람들의 더불어 잘 살기 위한 공동체 의식의 발현 과정인 것이다. 그러므로 양자는 다른 관점이라기보다는, 한 갈래에서 난 잔가지일 뿐이다.

옆길로 빠졌을 때 본 세상 이야기

—박혜선론

1. 서론

한국 현대시사를 읽다 보면, 숨이 턱턱 막힐 때가 있다. 그것은 자신의 정치적 신념을 실천하기 위해 시의 형식적 특성을 훼손하거나, 시를 목적 달성의 도구로 사용한 시인에게서 느끼는 안타까움이다. 특히 절망하게 되는 경우는 투박한 언어와 경직된 사고를 앞세운 이념지향적 시편들을 읽는 순간이다. 이러한 경향은 대체적으로 윤리적 염결성을 확보한 시인들의 작품에서 산견된다. 동시대는 1980년대 이후 거대담론이 소멸한 후유증으로부터 벗어나지 못하고 있다. 무이념과 무사상으로 특징되는 이 시대의 사회 현실은 시인들을 곤혹스럽게 만든다. 더욱이 인터넷 문화의 창궐로 문화의 경계가 허물어지고, 하이퍼텍스트의 생산으로 텍스트의 의미가 예전같지 않은 현실은 도리어 시인의 사회적 관심을 촉구한다. 특히 인터넷 강국답게 게시판의 댓글이 여론을 장악해 버린 현단계는 사회 각 부문의 본질적 국면에 대한 전면적인 재검토를 요구한다. 시사적으로 문학과 현실은 상호작용하며 일정한 거리를 유지해 왔다.

거리의 시학은 시인의 개성에 의해 다양하게 변주되었지만, 모든 시작품은 사회적 범주로부터 자유로울 수 없다. 자연주의적 세계관을 일거에 변모시킨 생태시나 개인적 서정의 끝까지 파고드는 시들이 시단의 주류로 행세하는 이 판국에, 사회적 상상력을 거론하는 것은 불온하다. 그렇지만 '청록파' 시인들처럼 사회현상으로부터 격절된 공간을 추구하는 행위도 엄격하게 말하여 정치적이다. 또한 시의 자율성을 강조하여 정치적 무관심을 명백하게 표명하는 '무의미 시'의 경우에도 동일하게 정치적이다. 정치 담론은 사회의 각 부문을 지배하며 시인의 사유를 제한한다. 시인이 이것에 저항하거나 외면하는 행위가 정치적일 수밖에 없으므로, 사회현상은 시인의 작품세계를 규정하는 구성 요소로 기능한다. 사회현상은 구성원으로 하여금 탈출하거나, 외면하거나, 항복하거나, 정면 대응할 것을 요구한다. 그러나 이러한 태도는 현상의 실체를 바로 인식하기에는 역부족이다.

살아가다 보면 "잘못 든 길이 지도를 만든다"(「비단길·2」, 『잘못 든 길이 지도를 만든다』, 문학세계사, 1994)는 강연호 시인의 말처럼, 가끔 잘못 든 길이 새로운 의미를 안겨 줄 때가 있다. 물론 길을 잘못 들었을 때 행자가 느끼는 당혹감은 이루 말할 수 없을 정도로 난처하다. 인생 또한 이와 같아서 범박한 삶을 산 사람의 기록보다는, 수기한 역정으로 점철된 자서전이 훨씬 흥미진진하다. 그렇지만 행자가 겪은 고통은 온전히 그의 몫이다. 그가 보여주는 다종다양한 삶의 굴곡면은 무수한 좌절과 시행착오를 행간에 삭제하고 있다. 그는 켜켜이 쌓인 과거적 삶의 적층으로부터 미래적 전망을 획득한다. 그의 기록이 주는 감동은 바로 전망을 제시하는 방식에서 비롯된다. 다만 그가 갖은 역경을 견디고 살아남은 과정을 술회하는 구절마다 진정성으로 전화되어 기술되어야 한다. 그러기 위해 행자는 현상으로부터 일정한 거리를 유지할 필요가 있다. 거리의 유무에 따라 서사의 의미가 결정된다.

　본고는 박혜선의 동시집 『텔레비전은 무죄』(2004, 푸른책들)를 분석한 글이다. 그녀는 두 번째 동시집에서 사회적 상상력에 바탕을 둔 깔끔한 작품들을 발표하고 있다. 지나간 시대에 이러한 상상력은 일정한 세력을 형성하고 있었다. 그러나 정치 환경의 변화로 인해 그들의 시적 방황은 시작되었고, 지금은 정신적 진공 상태에서 정체되어 있다. 근본적인 이유는 외재적인 요인에 있는 것처럼 보이지만, 사실인즉 시의 형식적 특성을 소홀하게 취급한 내재적 요인에서 찾는 것이 타당하다. 박혜선의 시는 이에 대한 하나의 대답을 제시하고 있다.

2. 사회적 상상력의 시적 구현 양상

　지금까지 이 땅의 주류로 대접받았던 동시들은 대부분 자연친화적이고, 무조건적으로 농촌을 예찬하는 성향을 보여주었다. 사회 구성원들이 산업화를 부르짖는 동안에 동시인들은 오불관언하는 태도로 과거지향적 공간의식을 끈질기게 추구하였다. 한때 그러한 태도는 원시적 질서의 파멸을 우려하는 애정으로 고평되었다. 그러나 변화를 두려워하는 수구적 태도는 어린 독자들로부터 외면당하기 일쑤였고, 동화의 약진에 기세가 눌려 마침내 주도적 위치를 내어 주게 되었다. 물론 현대는 부인할 수 없이 산문의 시대이다. 그동안 엄정한

박혜선의 동시집 『텔레비전은 무죄』
(2004, 푸른책들)

자기비판을 촉구하는 평단의 질책에도 동시인들은 끄떡하지 않았다. 그 사이에 신인은 중진이 되고 중진은 원로가 되어 시단을 좌지우지할 만큼 권력을 향유하고 있다. 그들은 여전히 가난한 날의 삽화를 그리거나, 옛날의 금잔디를 회상하며 현재적 권위에 만족한다. 불행하게도 현재적 공간은 공동체적 질서가 해체된 지 오래고, 공간의 시대적 의미가 확연히 변모했다는 사실이다. 시인은 작품으로 진검승부하는 외에 달리 선택할 무기가 없다. 묘지명에 새겨지는 직함보다는, 문학사에 당당하게 이름 한 줄을 남기는 것이 시인의 올바른 태도일 터이다. 그것은 사회적 변화의 징후를 제대로 포착하는 일에서 시작된다.

『텔레비전은 무죄』라는 다소 도발적인 제목에서 짐작할 수 있듯이, 이 시집에서는 박혜선의 참신한 사유를 구경할 수 있다. 그녀의 재치 넘치는 발랄한 상상력은 작품에 생기를 불어넣는다. 그녀의 세계 인식은 독특하다. 그녀는 세계를 정면에서 응시한 뒤에, 그것의 실체 중에서 속살만 취택하고 나머지는 전혀 아깝지 않다는 듯이 폐기한다. 그녀는 현미경적 인식안을 소유하고 있다. 그녀는 미시적 접근 방식을 통해 사물의 특성을 사로잡고, 그것을 세계의 대체물로 환원시킨다. 그녀는 일상의 변화에 민감하게 반응하여 세계의 변모 양상을 포획한다. 그러한 보기는 그녀가 과학기술의 발전이 야기하는 시대적 조건을 민첩하게 시화하는 모습을 통해 살펴볼 수 있다. 그녀는 '이데올로기의 종언'에 이은 산업문명의 시대적 특성을 예리하게 작품화한다.

일찍이 기술복제시대의 예술에 대한 사유를 보여준 사람은 발터 벤야민이다. 그는 특히 사진의 복제성에 착안하였고, 최근에는 수잔 손탁이 『사진에 관하여』에서 사진의 폭로성에 의탁하여 자신의 정치적 견해를 개진한 바 있다. 이에 비해 마샬 맥루한은 미디어의 출현에 많은 관심을 쏟았다. 특히 텔레비전은 지금까지 미디어를 대표하면서 인류의 생활 방식을 순식간에 바꾸어 놓았다. 하지만 텔레비전의 일방적 소통 체계는 언제나 사회적 시비거리를 제공하였다. 그 중에서 텔레비전의 역기능을 중점적으로 부각시키는 사람들은 바보상자라는 별명으로 부르기를 선호한다. 그들의 발언은 종국에 자신들의 행위를 규정한다. 언어의 자기 규정성은 발화자의 의도를 필요조건으로 내걸고, 그것의 수행 결과를 충분조건으로 삼는다. 따라서 텔레비전을 바보상자라고 부르는 사람들은 자신들의 발화 행위에 저촉되어 바보로 재규정된다. 이러한 추세는 언어의 도구성에 함몰하여 경박하게 언어를 사용하는 사람들에게 보편화되어 있다.

박혜선의 표제시 「텔레비전은 무죄」는 사람들로부터 애증의 대상으로 규정된 텔레비전이 재판정에 출석하여 적극적으로 자기를 변호하는 작품이다. 그녀는 이 시편에서 '기계만도 못한 인간'의 왜곡된 시선을 지적한다. 겉으로는 무심한 듯하지만, 속으로는 작심한 듯 강력한 사회적 발언을 함의하고 있다. 변호사의 도움도 없이 진행되는 텔레비전의 변론은 어조의 변화에 따라 상대에 대한 반박과 신세 한탄으로 계속된다. 그것은 설득의 수사학으로 시적 전언을 효과적으로 전달하는 데 적합하다.

　　사실 저도 쉬고 싶습니다
　　사람들은 꼬박꼬박 휴일에 일요일까지 챙기지만
　　전 밤늦도록 윙윙대며 떠들어야 합니다.

　텔레비전 재판은 인간의 오만이 야기한 예정된 결과이다. 텔레비전은 자신을 원망하는 원고/시청자/사람들을 향해 항변한다. 텔레비전은 정보를 일방적으로 제공하는 죄와 덕을 동시에 갖고 있지만, 시청자들은 텔레비전의 속성을 인지하고 시청했으면서도 그를 가리켜 온갖 험담을 퍼붓는다. 특히 '사람들은 꼬박꼬박 휴일에 일요일까지 챙기'며 텔레비전을 켜고 휴식하지만, 정작 텔레비전에게는 쉴 틈을 주지 않는다. 텔레비전으로부터 필요한 정보를 수집하고도 그것을 향해 정보의 편향성을 힐난하는 사람들은 이중적이다. 이와 같은 사람들의 위선적 태도는 텔레비전에게만 책임을 묻는 인간 위주의 일방적 법률 체계에서 기인한다. 박혜선은 텔레비전의 이유 있는 항변을 통해 사람들의 이중적 잣대와 일방적 여론몰이 행태를 개탄한다. 그녀는 이 작품에서 만인의 일인에 대한 폭력을 문제삼고 있는 것이다. 사회적 소수를 향한 다수의 언어 폭력은 물리적 폭력보다 심각할 뿐만 아니라, 이미 사회 전역에 미만해 있다. 더욱이 발화할 수 없는 대상에 대한 발화 가능한 인간의 심술은 불공평하다. 인간이 설정한 범주에 의해 텔레비전은 공과에 대한 평가를 받지 못한 채 수세에 몰린다. 졸지에 사회의 폭력 앞에 노출된 텔레비전은 과거의 영화를 연상하면서 심리적 충격을 완화하고자 한다.

> 옛날이 좋았습니다
> 마당에 멍석 깔고 동네사람들 다 같이 보던 시절
> 내가 조금만 웃겨도 손뼉치며 깔깔대고
> 조금만 슬퍼도 금방 눈물짓던 그땐
> 정겨운 소식도 참 많았는데, 갈수록 더 웃겨야 하고
> 더 무서워져야 하고 더 끔찍해져야 하고
> 더 새로워져야 하고……
> 사람들 입맛에 맞춰 살아가는 제 자신이 저도 싫습니다.
> 사람들에게 묻고 싶습니다. 절, 왜 태어나게 했나요?

시인은 텔레비전 한 대를 두고 '마당에 멍석 깔고 동네사람들 다 같이 보던 시절'을 그리워한다. 가히 텔레비전 공동체라고 불러도 손색 없을 정도로, 그 시절에는 텔레비전 수상기 앞에 모여 앉은 동네 주민들의 수다가 골목까지 흘러나왔다. 시인이 그때를 회상할수록 시적 시간은 과거의 공간으로 진입한다. 그녀는 거스른 시간의 도움을 받아 "텔레비전에서 하는 재방송처럼"(「엄마 떠난지 일년」) 엄마를 보고 싶은 간절함과 "텔레비전 보며 가랑가랑 기침하던"(「할머니방」) 할머니를 추억하며 그리워한다. 그녀의 상상력은 과거와 현재의 시간적 배경 속에서 텔레비전을 매개로 이루어진다. 그러면서도 박혜선은 과거의 시점에 안주하지 않는다. 텔레비전이 회상하는 화려했

던 과거의 모습은 그것의 순기능을 역사적 사실로부터 인출하려는 시인의 의도에 따라 제시된 것이다. 그녀는 텔레비전에게 인간의 역할을 부여하여 과거의 사회현상으로 존재했던 기억의 흔적을 되살려서 상대의 오류를 지적한다. 이에 대한 보답으로 텔레비전은 시인의 추억을 공고하게 지켜 준다.

시인은 피고와 대립하고 있는 원고를 등장시키지 않음으로써, 소통 체계의 단절 상태를 보여준다. 그녀는 시작품의 전문에 원고를 전혀 출현시키지 않으며, 텔레비전의 최후 진술로 일관하고 있다. 그것은 사회적 갈등에 대한 시인의 인식 태도를 추측케 한다. 곧, 이 세상의 갈등은 쌍방간의 의사소통이 원활하지 못해서 일어나는 것이고, 그것은 위 작품처럼 상대방을 인정치 않는 인간의 추악한 거만에서 기인한 것이다. 사회의 갈등 해결 과정을 살펴보더라도, 이러한 처리 사례는 흔하다. 당연히 갈등의 원인을 제공한 자의 책임을 과중하게 물어야 마땅할 터인데, 현실적으로는 언제나 양비론이 우세하다. 그러한 사례는 언론의 사안 보도 행태와 법원의 판례에서 극심하다. 차라리 고착화되었다고 할 만큼, 신문의 사설과 법률적 판단은 양자에게 공히 책임을 묻는다. 이것은 엄연히 그릇된 것이다. 이 작품에서 볼 수 있는 것처럼 판결에 내재되어 있는 본래적 불공정성은 판사가 '텔레비전은 무죄'라고 판결했더라도, 시인의 주제의식에 그대로 반영되어 있다. 인간이 인간을 단죄하는 사법적 행위는 천부인권설에 어긋나며, 설사 법률적 근거에 의할지라도 최소한의 판언으로 제한되어야 한다. 또한 그것은 지배계급이 정치적 정당성을 확보하기 위해 국민적 동의 과정을 생략한 채 일방적으로 제정한 법률에 의해 재생산된다. 하지만 인간이 다른 인간보다 우월하다는 과학적 증거는 전혀 없다.

그러므로 판사는 재판을 주재할 만한 합리적인 인물이 아니다. 그는 원고측의 처지에서 보면, 전적으로 피고측의 진술에 의존하여 편파적인 판결을 내린다. 텔레비전의 주장이 백 번 옳더라도, 원고의 불출석 상태에서 언도한 판결은 불법이다. 당초부터 성립되지 않은 불합리한 법리 공방은 패소한 원고의 승복을 받아낼 수 없는 근본적인 한계를 갖고 있다. 이런 측면에서 시인이 원고를 배제한 채 피고측 진술로 일관한 태도는 주의를 요한다. 그녀는 애초부터 재판의 정당성을 인정하지 않았던 것이다.

또한 텔레비전이 '사람들 입맛에 맞춰 살아가는 제 자신이 저도 싫습니다'라고 항변하는 발언은 모순이다. 본질적으로 텔레비전은 철저하게 사람들에 의해 통제되고 생산되어 재현되는 이미지를 제척할 수 없도록 생산된 조립품이다. 그러므로 시인이 작품에서 제시하고 있는 이미지 역시 온전하지 않다. 왜냐하면 사물의 인격화는 주체화를 전제로 성립하는데, 텔레비전은 주체적 삶을 영위할 수 없는 상품에 불과하기 때문이다. 시인은 실제적으로 불가능한 텔레비전의 인격화를 비가시적인 이미지로 왜곡하여 제시함으로써, 도리어 사람으로 하여금 타인의 논리에 길들여지는 허약한 모습을 돌아보도록 권면한다.

위 작품에서 보았듯이, 박혜선의 장기는 사회적 상상력이다. 특히 텔레비전은 그녀에게 상상력의 원천이다. 이것은 텔레비전이 각종 사회 현상을 집약적으로 보여주는 매체라는 점에서 지극히 당연하다. 그렇지만 지금까지 발표된 텔레비전 관련 작품들은 도식적일 정도로 스테레오타입화되어 있었다. 이에 비해 박 시인은 텔레비전을 통해 화자의 사회에 대한 시선을 정확하게 포착하여 보여주고 있다. 이런 점에서 그녀가 "집값 안정, 쌀값 안정"을 보도하는 뉴스와 체감

물가 사이의 괴리를 야유하는 「뉴스는 엉터리」, 공여자도 수령자도 기억이 없다는 뇌물 관련 수수 뉴스를 희화화한 「기억상실증」, 그리고 "친구랑 싸움이나 하고/약속도 안 지키는 너"가 자라서 국회의원이 되겠다고 큰소리 치는 「장래 희망」 등은 동시의 나아갈 길을 타개한 수작으로 보인다. 이 작품들은 만만찮은 사회적 전언을 내포하고 있으면서도, 동시적 관점에서 유화적인 형상으로 구현되어 있다. 무릇 동시란 아이의 수준에서 세상을 바라보고 묘사하는 것이라면, 박혜선은 이런 점에서 성공을 거두고 있다.

지하방 우리 집
눅눅한 구석 찾아 몰래 피더니
살금살금 벽을 타고 올라가
천장까지 얼룩덜룩
피어나는 꽃
햇볕 한 줌 없어도
끈질기게 피는 꽃

'내 방이야, 나가!'
곰팡이꽃이 내 방을 점령하고
나까지 쫓아내려 한다.

—「곰팡이꽃」 전문

시인의 사회적 상상력이 돋보이는 작품이다. 그녀가 추구하는 시적 비판은 이처럼 철저하게 시의 형식성에 의지하고 있다. 종전의 시 작품에서 빈번하게 검출되던 구차한 인물 표정이나 억센 음성은 들리지 않는다. 사회의 어두운 단면을 포착하여 제시하면서도, 그녀는 전혀 궁색한 몸짓이나 듣기 싫은 소리를 내지 않는다. 신인이라고 하기에는 너무 세련된 포즈로 할 말 다하는 박 시인의 말주변이 놀랍다. 예전에 발표되었던 사회비판적 성향의 작품들에 비해 이 작품이 훨씬 윗길에 속하는 이유가 여기에 있다. 그녀는 노회한 헤겔의 "보편적인 것은 특수적인 것을 통해서 현실화되어야 한다"(『역사 속의 이성』)는 명제를 시적으로 구현한다.

곰팡이꽃에 밀려나는 '나'의 신세는 지배 담론에 의해 주변부로 전락하는 사회현상을 은유한다. 시사적으로 지하방은 1930년대의 서울 근교에서 유행했던 토굴에 비견된다. 당시의 토굴은 일제의 간악하고 치밀한 소위 '농촌 진흥정책'에 의해 삶터를 쫓겨난 농민들이 도회지의 주변부로 편입되면서 거주했던 곳이다. 달동네의 판잣집은 유신 이후의 정치적 춘궁기에 도시로 진입한 농촌 출신자들의 처소였다. 이에 비해 지하방은 가난의 대물림으로 인해 계층 상승을 실현하지 못한 변두리 인생들의 아기자기한 삶터이다. 이것은 시대의 진행에도 불구하고, 기층 민중들의 물적 토대는 전혀 개선되지 않았다는 사실을 증명한다. 그 눅눅한 방에 곰팡이가 스는 것은 당연한 자연현상이다.

시인은 반지하방에 핀 곰팡이라는 사회현상을 '꽃'으로 전화시켜 자연현상으로 치환한다. 그녀의 시도에 힘입어 반지하방의 사회적 의미는 감소된다. 이전의 현실지향적 시편들에서 두루 발견되는 사회적 요소의 우위를 이 작품에서 찾아볼 수 없는 이유는 바로 이와 같은 시인의 노력 덕분이다. 또한 그녀의 시가 선배 시인들의 작품보다 우수한 점이다. 꽃으로 신분 상승을 꾀한 곰팡이는 떼어내야 하는 혹이 아니라, 어엿한 공간을 필요로 하는 주체인 양 허세를 부린다.

그렇다고 하여 반양반음의 지하방이 격을 달리한 것은 아니다. 곰팡이는 여전히 '꽃'이 아니라 곰팡이이고, 반지하방에 거주하는 삶의 경제적 조건을 규정한다. 다만 그녀가 동시의 장르적 속성을 명확하게 인지하고, 자연현상과 사회현상의 마찰 부위를 최소화했기 때문에 '꽃'이 될 수 있었을 따름이다. 순전히 동시의 대상을 고려한 그녀의 진술 방식은 시집 전편에서 고루 살펴볼 수 있다.

곰팡이가 '꽃'이 되었다고 하여 '곰팡이꽃이 내 방을 점령'한 상황은 호전되지 않는다. 곰팡이꽃은 급기야 '나까지 쫓아내려' 한다. 나는 어느덧 야금야금 내 방을 점령하게 된 곰팡이의 습격에 궁지로 몰리고 만다. 시인은 구차한 살림의 세목을 묘사하지 않고, 길거리로 쫓겨날 나를 동정하지도 않는다. 그저 담담하게 혹은 냉연한 객관적 자세로 상황을 진술할 따름이다. 이 작품과 시인의 매력은 이러한 시치미 떼기에 있다. 그녀의 독특한 화법은 주목 대상을 옆으로 빠져서 바라보는 습관에서 기인한다.

이러한 시선은 박혜선이 인간의 위선을 고발하는 작품에서도 여실히 확인할 수 있다. 인간의 위선에 대한 그녀의 참을 수 없는 분노는 시 「전화기는 엄마를 얌전하게 해」에서도 계속된다. 공부 못하는 아이를 큰 소리로 꾸중하다가, 전화벨이 울리면 금세 "다정한 목소리"로 변신하는 엄마의 이중적 음성은 기성세대의 어린이관과 함께 가치관을 상징한다. 부모가 아이의 학업 성취에 대해 과도하게 기대하는 현상은 동시대의 사회적 화두이다. 부모들은 교육의 목적을 아이의 자아 실현에 두지 않고, 대를 이은 계층 상승의 수단으로 인식한다. 한국 사회에서는 거의 한풀이에 가까운 부모의 이기적인 집착이 자식에 대한 애정으로 미화되어 보편적인 덕목으로 수용된다. 이러한 사회에서 아이는 들뢰즈의 표현을 차용하자면 '공부-기계'로 전락하며, 부모는 자신의 행동을 합리화하고 그것을 부모의 존재 이유로 둔갑시킨다. 이러한 왜곡된 교육관에 대해 박혜선은 "책가방을 학원에 보내자"(「책가방을 학원에 보내자」)는 극단적인 제안으로 맞서면서, 부모들의 이중성을 고발하기에 이른다. 이 점에서 그녀의 작품은 사회적 의미를 확보하고 있으며, 그녀는 동시의 형식적 범주 안에서 하고 싶은 말을 다 한다.

나아가 박 시인의 사회적 발언은 현실 가능한 과제로 대두된 복제 인간에게 미친다. 그녀는 「과학자 박똘똘씨는 왜 기절했을까」에서 복제 박사의 일상을 형상화하고 있다. 과학의 미래상을 포착한 이 작품은 사회적 이슈에 대한 구성원들의 관심을 제고하면서, 동시에 복제 시대의 부정적 측면에 대한 시적 우려를 표시한 것이다. 그녀의 특기는 이 작품에서도 여실히 발휘된다. 그녀는 복제 전문 과학자의 동선을 취재하여 가감없이 보여주면서도, 생기발랄한 어린 아이의 시선을 유지하여 어두운 면을 밝은 시선으로 보여준다. 복제 박사는 아기고양이를 위해 "인정많고 튼튼한 엄마"를 만들어 주고, 혼자 노는 원숭이에게 "예쁜 여자친구"를 복제하며, 불임 사자 부부에게 "쌍둥이 남매"를 선사하고, 퇴근길에 아이들에게 줄 케익과 게임 시디를 구입하는 평범한 가장이다.

아침에 벗어둔 파란 반바지에
아내가 선물한 연두색 티셔츠를 입고 있는
저기 저기 저 남자
"아빠, 저도 태워줘요 저도."
아이들과 말타기를 하고 노는 저, 저, 저 남자는?
— 「과학자 박똘똘씨는 왜 기절했을까?」 부분

다정다감한 과학자가 현관문을 여는 순간, 자기를 복제한 인간이 그를 맞는다. 어느덧 일상의 세계로 편입된 과학기술의 모습이다. 복제 전문가는 복제하는 동안에 자신이 복제되고 있다는 사실을 모른다. 이것은 소설적 가능성으로 언급되던 '빅 브라더'의 출현이 멀지 않으리라는 시인의 우려를 나타낸다. 지금 한국 사회는 어느 나라 못지 않게 범정부적 차원에서 국민을 통제하는 각종 정책을 실현하고 있다. 기업들은 유비쿼터스의 편리성을 내세워 가정의 정보를 장악하려고 시도한다. 특히 정부는 전세계적으로 유례없는 주민번호제를 시행하여 개인의 신상정보를 무차별적으로 수집하고 있다. 또 요즈음에는 국민들의 인터넷 열망에 편승하여 사용 정보를 관리하고, 마침내 은밀한 사적 영역에 해당하는 출산까지 통제하려고 여론을 선도하고 있다. 기업은 이윤 창출을 위한 수단으로 개인을 이용하고, 정부는 국가 우선의 구시대적 망령에 사로잡혀 개인을 국가 소유로 인식하는 것이다. 이러한 움직임은 '국민으로부터의 탈퇴'를 욕망하는 선지적인 집단을 대량 생산하게 될 터이다.

박혜선은 이 시대의 징후를 섬세하게 포착하고 있다. 그녀가 이 작품에서 과학자 박똘똘을 희생양으로 제시하는 것은, 과학문명의 생산자로서의 과학자가 동시에 그것의 희생자라는 사실을 널리 알리기 위한 의사 표시이다. 그녀는 시대의 복잡한 사정을 말하기 위한 방안으로 중성적 화자를 동원하고 있다. 작품 속의 화자는 딱히 어린이도 아니고 그렇다고 어른이라고도 할 수 없는 애매한 성격을 감당한다. 그렇지만 그는 불분명한 자신의 성격에 비해 다부진 말투로 시적 전언을 또박또박 전달한다. 이러한 화자는 시인이 '옆길로 빠졌을 때' 습득한 세계 응시의 소산이다. 그녀는 대상을 정면에서 관찰하지 않고, 이른바 심미적 거리를 확보하기 위해 옆길로 빠진다. 이것을 일러 스스로 호기심이라고 검사를 달았지만, 시인은 세계를 정확하게 인식하는 방법을 터득하고 있는 것처럼 보인다. 옆모습이 그 사람의 단면을 제대로 표현하듯이, 대상을 올바로 파악하기 위해서는 이와 같이 옆길로 빠지는 지혜가 필요하다. 허두에서 인용한 대로, 잘못 든 길이 지도를 만드는 법이다.

조개랑 놀던 바닷가 모래
우리 아파트
놀이터 모래가 되어
아이들이랑 논다

깜박깜박 등대 대신
환한 가로등
파도 소리 대신
자동차 소리

가물가물 헤아리던 별 대신
아파트에 켜진 불
한 층 한 층 세며
도시의 모래가 되어간다.

— 「놀이터의 모래」 전문

모래의 이동은 아이의 이사와 비견된다. 시골 아이의 도시 진입처럼 공간의 이동은 아이에게 당혹스러움을 안겨준다. 그것이 비록 어쩔 수 없는 어른의 선택 결과일지라도, 공간의 변화는 적응 기제를 발동시켜야 하는 아이에게 번잡스러운 심리적 대응 자세를 요구한다. 이런 경우에 아이들은 공간 체험 기회가 적어서 쉽게 적응하는 것처럼 보인다. 하지만 인간의 공간애는 동물적 본능에 속하는 욕망의 일종이므로, 공간의 변화는 주체의 적응 기제와 부적응 기제를 동시에 자극한다. 양자는 상호 길항하면서 아이의 공간 적응을 어렵게 만든다. 더욱이 아이들은 적응 기제를 표출하는 일에 서툴다. 그러므로 아이의 공간 적응을 위해 어른들은 헌신적으로 도와줘야 한다.

이와 같은 차원에서 바다모래가 도시 놀이터에서 뭍의 모래와 살을 섞는 일은 힘든 과정을 수반한다. 그것은 아이의 갑작스러운 이사처럼, 바다모래로 하여금 공간의 변화에 따른 환경적 요인의 변화에 적응하는 일이다. 바다모래는 '깜박깜박 등대/환한 가로등, 파도 소리/자동차 소리, 가물가물 헤아리던 별/아파트에 켜진 불'을 교차 수용하면서 시나브로 도시의 모래로 변모한다. 바다모래의 적응은 주위의 도움에 힘입어 가능하였다. 박혜선은 바다모래의 적응이라는 낯선 소재를 통해 아이들의 공간의 변화에 적응하는 과정을 시화하고 있다. 비록 그녀가 시행 사이에 아이들의 움직임을 은폐했다고 할지라도, 바다모래는 아이를 대체하기에 충분한 조건을 갖추고 있다. 이러한 시적 징후를 발견하는 것은 그녀의 사회적 상상력이 구축한 세계로 출입하는 인증서를 확보한 것과 진배없다. 그런 이유로 시골에서 자란 그녀에게서 농촌의 삶을 수용한 작품보다는, 도회지의 풍경을 포착한 작품에 기대를 걸고 싶다.

흔하게 핀다지만
우리 동네 둑길에 핀
달맞이꽃은

막차 타고 오는 언니 위해
가로등 대신 피어 있고

아무데서나 들을 수 있다지만
우리 집에서 우는 풀벌레들은
언니가 올 동안 심심한 내게
째르륵 째르륵 말을 거는 거예요.

—「언니를 기다리는 동안」 전문

박혜선은 사연 많은 자매의 형편을 형상화하면서도 슬프지 않도록 서술한다. 이전의 선배 시인들에게서 흔히 볼 수 있었던 일하러 간 부모의 귀가를 기다리던 동시보다 훨씬 서사적인데도 불구하고, 그녀는 밤늦도록 언니를 기다리는 동생의 처지만 언급한다. 화자는 둑길이 있는 도시의 주변부에서 부모 없이 언니와 단둘이 살고 있다. 그녀에게 유일한 기다림은 '막차 타고 오는 언니'를 맞는 것이다. 또래의 아이들과 달리 고작 야근하고 귀가하는 피곤한 언니를 기다리는 그녀가 처한 상황은 전형적인 가난의 모습이다. 그 아이는 언니를 기다리느라 끼니조차 해결하지 않았을 터이다. 그러므로 마침 들려오는 '째르륵 째르륵' 우는 풀벌레 소리는 '꼬르륵 꼬르륵'의 음성 변조에 해당한다. 박혜선은 소리를 변주하는 방법으로 궁한 티를 내지 않으면서도 자매의 궁핍한 현실을 시화하고 있다.

이외에도 그녀는 유년기의 삶을 담보하고 있는 농촌의 정경을 형상화한 작품에서도 고른 성취 수준을 보여준다. 예를 들어 그녀는 할머니와 개, 소가 동그마니 "셋이서 저녁을 먹는"(「외딴집」) 쓸쓸한 풍경이나, 지아비나 자식보다도 "더 좋다는 물파스"(「엄마와 물파스」)로 농부병을 다스리는 작품에서 볼 수 있듯이, 농촌의 가난한 실상을 포착하는 데도 능숙하다. 특히 「비 온다」에서 보여주는 비 내리기 전의 개미와 지렁이의 부산한 표정은 아이의 시선이 아니면 얻기 힘든 절묘한 이미지이다. 이러한 모습은 그녀의 철저한 공간 인식을 드러내 준다. 결국 그녀가 옆길로 빠져 본다는 것은 풍경의 발견자로서의 관찰이 아니라, 공간의 주체로서 세계를 전망하는 태도를 겸손하게 표현한 말에 불과하다.

끝으로 박혜선은 「산이 제일 무서워하는 것」에서 나타나는 것처럼 예정된 어법을 지양해야 한다. 아무나 기대할 수 있는 언술은 기존에 존재하던 화법의 판박이에 불과하다. 구태여 말하자면 현재의 시점에서 '산이 제일 무서워하는 것'은 '사람의 발자국'이 아니고 무엇이겠는가. 판에 박힌 그 대답이 시어의 행간 배열에 의해 상쇄될 것을 기대했을지라도, 상투적인 이미지의 재판과 다르지 않다. 시인은 문장부호와 어휘의 시각적 배치로 소기의 효과를 노린 것처럼 보이지만, 이 작품에서 볼 수 있는 태도는 '희미한 옛사랑의 그림자'일 뿐이다. 전대의 학습 결과에 기대는 편한 사유를 멀리 하고, 불투명한 미래의 시형식에 고뇌할 필요가 있다. 그러한 긴장감이야말로 그녀에게 새로운 사유방식을 체득시켜 줄 것이다. 그녀의 세 번째 시집이 기다려지는 것은 이러한 전례를 극복하는 모습이 나타나기를 갈망하는 기대감의 발로이다.

3. 결론

이상에서 살펴본 바와 같이, 박혜선의 시집 『텔레비전은 무죄』는 사회적 상상력에 기반을 둔 작품들이 돋보이는 작품집이다. 지금까지의 시작품에서 보기 드물게 그녀는 시적 문법을 손상시키지 않으면서도, 사회적 전언을 분명한 어조로 표백하고 있다. 그녀의 노력은 여전히 자연 편향적 성향에 안주하거나, 생경한 이미지로 사회현상을 비판하는 동시단에 상큼한 충격을 안겨준다. 이런 측면에서 그녀의 작품이 침체된 동시단의 위기 국면을 타개할 수 있는 방법론적 사유를 제공하리라 기대한다.

아울러 시인은 「'호기심'이라는 즐거운 이름으로」에서 자술한 바와 같이, 옆길로 빠져서 세상을 응시하는 자세를 꾸준히 견지하기 바란다. 다만 옆길에서 바라보는 세상의 풍경은 시시각각으로 변화한다는 점을 잊어서는 안 된다. 세상은 매양 비슷한 날들의 반복처럼 보이지만 하루도 같은 날이 없다는 것, 그것은 시인에게 사유의 심화와 시적 외연의 확장을 간단 없이 요구하는 세계의 압력에 다름 아니다. 아울러 동시단의 장래를 걱정하는 사람들은 그녀가 옆길로 빠지도록 내버려 둘 일이다. 그녀는 남들과 다르게 잘못 든 길이 지도를 만드는 요령을 알고 있으니 말이다.

옛길과 새길 사이에서

—신예시인들을 위한 변명

1. 서론

일찍이 헝가리의 부르주아 비평가 게오르그 루카치는 "길이 끝나
자마자 여행은 시작되었다"는 유명한 명제를 내놓은 바 있다. 비단
그의 은유가 아니더라도, 길은 문학사적으로 오랜 동안 소재로 애용
되어 왔다. 길의 이어짐과 끊어짐, 곧게 뻗음과 구불거림은 대립적
이미지를 양산하면서 시인들의 상상력을 자극하였다. 그 이유는 크
게 두 가지이다. 하나는 길과 삶의 유사성, 곧 인생을 여행으로 파악
한 관습적 상상력의 여파로 인해 길은 시인들의 삶에 관한 사유를 드
러내는 데 유효하였다. 다른 하나는 길의 풍경이 주는 낯섦과 낯익음
은 시인들의 시선을 주목하도록 만들었고, 그로 인해 길은 묘사와 관
찰의 대상물로 수용되었다. 이로서 길은 수많은 이미지를 양산하면
서 문학작품 속으로 깊이 들어올 수 있었다. 아울러 길은 문학작품의

분위기와 정조를 결정하거나, 작품의 주제를 좌우하기도 한다.

주지하다시피, 국민시인 김소월의 시적 상상력은 길 위에서 전개된다. 그의 명품 「가는 길」에는 도저한 절망 속에서 여행을 계속할 수밖에 없는 나라 잃은 나그네의 비탄이 배어 있다. 그는 이산과 이향의 비극적 현실을 '길' 모티프로 탁월하게 형상화했거니와, 그의 시가 시대를 초월하여 범국민적으로 애송되는 이유 중의 하나가 여기에서 비롯된다고 해도 과언이 아니다. 동시단에서도 길은 유경환에게는 향수와 그리움을 불러일으키는 역할을 수행하였고, 이준관의 초기시에서는 외로움을 각성시키는 매개물이었다. 그렇지만 본고에서 살피고자 하는 유미희와 신새별, 조두현은 그들과 다른 길 이미지를 선보이고 있다. 세 시인은 길을 매개로 세계와 소통한다. 유미희의 길은 집으로 돌아가는 길이고, 신새별의 길은 화자를 감춘 길이며, 조두현의 길은 산책가의 길이다. 그들이 형상화한 길은 사유의 시각을 가르면서, 각자 고유한 길 이미지를 구축하는 데 기여한다.

2. '길 위'에서 보는 풍경의 모습

1) 유미희, '집으로 가는 길'

유미희는 첫 시집 『고시랑거리는 개구리』(청개구리, 2004)에서 다소 곳한 목소리를 선보이고 있다. 여느 시인들처럼 그녀에게도 길은 상상력의 통로이다. 이 점에서 그녀의 상상력은 관습적 용례를 충실히 재현한다. 예로부터 길은 인생의 은유로서 숱한 작품에서 인용되었다. 길은 언제나 사람으로 하여금 떠나도록 부추겨서 숱한 망설임에

유미희의 첫 동시집 『고시랑거리는 개구리』(청개구리, 2004)

빠지도록 유혹한다. 마치 관능에 가까운 길의 유혹은 행자로 하여금 곁길로 새도록 꼬드긴다. 그렇지만 유미희의 서정주체들은 어떠한 유혹에도 흔들리지 않는다. 해가 지면 그들은 어김없이 집으로 돌아간다. 이러한 모습은 그녀의 작품에 안정성을 담보해 주는 요인으로 작용한다. 길 위에서 벌어지는 여러 장면에 좀처럼 한눈 팔지 않을 듯한 오똑한 걸음걸이에 독자들은 차분한 안도의 숨을 쉴 수 있다. 요즘처럼 경박한 세태에 이만큼 자신의 보폭을 유지하며 행길을 걷는 자세도 유의미하다. 아마 세상 물정을 대강 꿰뚫고 있음직한 안정감은 "집으로 가는 길"(「지켜보기」)의 안락함에서 오는 것인지도 모르겠다. 일과를 마치고 귀가하는 사람의 표정은 대체로 여유롭고 편안하다. 그는 거리의 이곳 저곳을 기웃거리며 평안과 충동을 동시에 체험한다. 정처가 있는 그는 비로소 시간의 주체가 되어 흐르는 시간조차 마음먹은 대로 통제할 수 있다. 사방을 해찰하는 동안에 그는 절로 발동하는 호기심으로 인해 가슴졸임과 망설임에 현혹되기 마련이다. 그런데 유미희의 시에서는 그러한 갈등의 흔적이 보이지 않는다. 길 위에서 쓴 시라고 하기 어려울 만큼, 그녀의 표정은 침착하다.

종일 걸어온
저녁이
발 씻는 개울에

서둘러
집으로 가는 송사리떼

"얼마나 재밌게 놀았길래
해 지는 줄도 몰랐니?"

달빛이
살짝살짝
물길 밝혀준다.

—「달밤」 전문

시인의 시작 태도를 여실히 드러내 주는 작품이다. 이 작품을 통해서 그녀가 애용하는 안정적인 시형, 모나지 않는 언어, 다정다감한 어조, 대상의 친밀한 포옹 자세 등을 살펴볼 수 있다. 이러한 시적 원만함은 시집 전량을 관통하며 도처에 배어 있다. 그것은 그녀의 시작품에 드러난 시간이 대부분 석양이라는 점과 관련된다. 작품 속의 '종일 걸어온 저녁'은 "먼 길/밤낮없이 달려온/어린 냇물"(「겨울 강」)

처럼, 피곤한 상태의 육신에게 휴식이 필요함을 암시한다. 저녁 무렵의 육신은 휴식을 필요로 하기 때문이다. 이처럼 그녀의 작품 속에서 대상은 언제나 누군가의 힘을 빌려 한가롭게 편안하다. 하루의 피곤을 덜어내는 휴식 속에서 시인은 사유의 모를 깎고 다듬는다. 그녀는 모가 닳아지는 동안, 세계의 조화로운 질서를 생각한다. 좀처럼 흔들리지 않는 견고한 자세로 그녀는 어둡고 보기 싫은 세계의 무질서를 사상한다. 그녀의 시에서 우러나오는 단정한 몸가짐은 시인은 "살아 있는 것은 모든 것은 귀하다"(「지켜보기」)는 박애로부터 남상된 것이다. 이 박애에 힘입어 그녀는 거칠 것 없는 사랑으로 세계의 물상을 포용한다. 그 결과, 그녀의 자상하고 따뜻한 시선 속에서 대상은 촉촉한 아늑함으로 충만된다.

> 달빛은 강물을 데리고
> 강물은 달빛을 데리고
> 굽이굽이
> 같이 걷지요.
>
> ─「같이 걷지요」 부분

시인은 세계의 화목을 지향한다. 이 작품에서 볼 수 있듯이, 유미희는 달빛과 강물의 '함께 가고 싶은 마음'을 중시한다. 양자의 교교한 조응 속에서 시인의 감정 상태는 평화, 그 자체이다. 왜냐하면 그녀는 '집으로 돌아가는 길'이기 때문이다. 그녀는 "이 세상 엄마 마음은 하나라는 것"(「넌 아니?」)을 전제하고 있으므로, 부정한 세계를 단호히 거부한다. 어머니의 눈으로 바라보는 세상은 항상 자식을 염두에 두고 있기에, 자연의 질서가 존중되는 평화한 세상이다. 이런 이유로 이 시집에 나타난 '길'에서 세상과 불화하는 모습을 찾아보기 힘들다. 김소월의 길에서 볼 수 있는 의식의 불안을 전혀 찾아볼 수 없다. 그녀는 조숙한 것일까, 동시의 장르성에 포위된 것일까, 아니면 세상살이의 시름으로 인해 벌써 지쳐 버린 것일까?

그러한 안정감은 병렬적 이미지를 선호하는 시작 태도에서 살필 수 있다. 이러한 태도는 시 「못과 망치」, 「강물과 햇살」, 「꽃과 아이」, 「풀밭과 소」, 「꽃과 농부」, 「밀물과 썰물」, 「바람과 햇살」 등의 제목에서 추측할 수 있듯이, 그녀의 이미지 구축 방식을 고스란히 담보한다. 무릇 이미지는 시인의 세계에 대한 인식의 결과이다. 유미희는 세계의 물상 중에서 포착한 두 가지 이미지를 병치시킨다. 그녀의 태도는 이미지의 반목보다는 배열에 치중하기 때문에, 작품의 형태적 안정성과 포즈의 통일에 기여한다. 그녀의 시에서 느껴지는 안정감은 혹은 식상함은 이런 작법에서 초래된 결과이다. 대개의 신인들은 고유한 시형을 획득하기까지 상당한 시일을 요구한다. 물론 중견시인들의 예에서는 극심한 매너리즘을 살펴볼 수 있기도 하다. 그럼에도 불구하고 유미희는 등단년도를 고려할 때, 너무 이를 정도로 신인답지 않은 시형을 고수하고 있는 우려를 감출 수 없다.

2) 신새별, '길없음'의 시

신새별의 동시집 『별꽃 찾기』(아동문예사, 2005)는 제목부터 추상적이다. 그녀가 관습적 상상력의 굴레를 의식하면서도 굳이 천상의 '별'을 '꽃'의 반열에서 살피는 것으로 미루건대, 그녀의 시적 관심은 현실을 추상화하는 데 있는 듯하다. 더욱이 동시라는 장르상 특성을 무시할 수 없었을 시인이 추상적 어휘로 표제를 삼은 것은 예사롭

신새별의 동시집 『별꽃 찾기』(아동문예사, 2005)

지 않다. 예컨대 "푸른 박수"(「여름 나뭇잎」), "하늘 유리창"(「바람·1」), "금빛 운동회"(「금빛 운동회」), "보름달의 징소리"(「우리나라의 가을·3 강물」) 등을 찾아나서 그녀의 비밀한 행적을 굽어볼 양이면, 요즘 동시단에 부족한 이미지를 찾아나선 듯해 잠자코 지켜볼 맘이 든다. 그렇다면 그녀에게 구체적 현실은 시적 효용성을 상실한 것일까?

결론부터 말하자면, 그녀의 시편들은 '길없음'을 특징으로 한다. 그녀가 길 위에 있다는 사실을 의도적으로 망각하는 순간, 세계와 정서는 찰나적 만남을 갖는다. 시인은 세계의 물상과 맞부딪치는 순간, 우주와 교응하는 황홀감에 젖는다. 이것이 시를 추상적 구조물로 만드는 요인이다. 시인에 의해 추상적 논리로 수용된 자연은 당해 순간의 질서를 고스란히 담보한다. 이런 측면에서 길이 있어도 길이 없는 그녀의 시에 등장하는 나이어린 화자들은 적격이다. 그들의 눈높이에서 보면, 세상의 호오나 선악은 심각한 사유의 결과물이 아니다. 그것은 단지 일회의 응시로 얻어지는 직관의 산물에 불과할 따름이다.

바퀴가 많이 달려 있으면
더 빨리 달리겠지?

아빠 회색 자동차를 봐
형 두발자전거보다 빠르지.

엄마의 두발시장바구니차보다
내 세발자전거가
더 빠르잖아.

—「동생의 말」 전문

바퀴의 숫자에 따라 속도를 규정하는 동생 앞에서 길은 필요치 않다. 오직 바퀴가 많으면 되는 동생의 판별 준거는 시인의 의식적 지향을 솔직하게 드러낸다. 그와 유사한 보기는 "땅따먹기 할 때만은/민규네 집보다/우리 집이 더 크다"(「땅따먹기」)는 시편에서도 확인 가능하다. 신새별의 시에서 길이 드러나지 않는 이유인즉, 그녀의 사유가 그 위에서 진행되지 않는다는 데 있다. 그녀는 위 작품에서 보는 바와 같이, 세계의 우위를 설정하는 척도를 화자의 물리적 나이에서 찾는다. 감정이 미분화된 화자의 입장에서는 길의 있고 없음은 무시해도 될 성싶거니와, 시인조차 화자의 생각에 동조하니, 길의 존재는 애초부터 관심의 대상이 아니었던 셈이다. 그녀는 '동생의 말'처럼 길을 잊고 세계를 관람하는 데 주력한다. 그녀가 애써 구경꾼의 자리를 유지하는 것은 화자의 감각을 상실하지 않기 위한 노력이다. 나아가 그녀는 화자의 역할을 최소한으로 한정하여 세계의 대상성을 충실히 보여주는 데 치중한다. 그러한 노력에 힘입어 대상간의 연결고리가 확보된다.

수은등 아래 핀 풀꽃들이
별빛 찾기 내기라도 한다면,

비행기가 깜빡깜빡 불을 켜고 날아가도
'날으는 별빛이야.'
아기풀꽃들은 속삭일 테지.

총총 맑은 별빛들도
풀꽃 찾기 내기를 한다면,

파란 꽃대궁 끝에 달린 꽃들을 보고도
'풀밭에도 별들이 열렸네.'
꼬마별빛들은 속삭일 테지.

'창문마다 별빛이야.'
아기 손님들 중엔 누군가가 속삭일 테지.

'하늘에도 꽃초롱이 달렸네.'
꼬마풀꽃들 중엔 누군가가 속삭일 테지.

—「별빛 찾기 풀꽃 찾기」 전문

신새별의 세계 인식 태도를 정직하게 보여주는 작품이다. 그녀에
이르러 풀꽃은 별빛이 되고, 별빛은 풀꽃이 된다. 그 모든 것이 작은

따옴표로 묶인 속삭임에 의해 혼화되는 경지에 주목할 뿐, 시인은 풀꽃이 뿌리내린 땅과 별빛을 응시하는 길은 문제삼지 않는다. 이러한 시각은 그녀가 추구하는 온전한 질서를 담보해 주는 전제조건이다. 그녀는 길 없는 길 위에 서 있기 때문에, 별빛과 풀꽃의 대화는 길을 의식하지 않은 채 진행될 수 있다. 따라서 신새별이 딛고 선 길은 옛길일 수도 있고, 새 길일 수도 있다. 이런 관점에서 그녀는 앞으로 길에 대한 집요한 자기 갱신과 선수학습을 이행해야 할 터이다. 그녀가 길을 바라보면 구체적 풍경들이 선명하게 보일 것이고, 길을 삭제해 버리면 추상적 논리들이 새로운 길을 만들 것이다. 그렇다면 신새별에게 '길없음'은 길 위에 선 것보다 훨씬 위험스럽고, 동시에 매우 신선한 여정일 수 있다.

3) 조두현, '호기심 여행길'

소설가 박태원은 명저 『소설가 구보씨의 일일』에서 고현학적 방법을 차용하여 하룻동안 걸어다니며 바라본 세상의 풍경을 묘사하여 제시한 바 있다. 1930년대 경성의 풍경을 카메라에 담듯이 세밀하게 묘사한 그의 작품을 읽노라면, 새삼스럽게 작가의 관점과 시선의 중요성을 깨닫게 된다. 그의 눈에 비친 당대의 모습을 서술한 이 작품은 식민지시대의 역사이며, 지식인의 일기장이라고 할 만하다. 그는 뛰어난 관찰안으로 이 소설 말고도 『천변풍경』에서 청계천 주변의 세세한 일상을 거듭하여 보여준 바 있거니와, 단순히 사물을 응시하는 안목 외에도 경성의 모던보이로서 갖추어야 할 세심한 관점을 잃지 않은 그에 의해 한국 소설은 또 하나의 귀중한 보고서를 수확할 수 있었다.

비단 소설가가 아니더라도, 길을 걷는 자는 호기심으로 가득하다. 길 위에서 바라보는 낯선 풍경들은 당연히 나그네의 시선을 자극하고, 낯익은 풍경도 구경할 '거리'를 제공하기는 마찬가지이다. 그것은 나그네의 시선에서 기인한 결과이다. 그는 세계의 풍경들을 산책자의 관점에서 바라보기 때문에, 안전에 펼쳐지는 광경마다 새로운 눈으로 바라보기를 그치지 않는다. 이윽고 그의 눈은 카메라를 대신하여 포착된 물상들을 기억의 공간에 저장하는 역할을 수행한다. 신인 조두현은 길 위에서 세상을 관찰한다. 그의 첫 동시집 『어디서 봤더라?』(모아북스, 2006)는 호기심으로 촬영한 세상의 풍경화이다. 그는 이 시집에서 아이의 눈을 빌어 세상의 온갖 물상과 세상사를 관찰한다. 그는 아예 "나도 한 줄기 바람이 될 거야"(「바람처럼」)라고 선언하는데, 그 바람은 "개구쟁이 바람"(「추운 날」)이라서 '나그네는 길에서 쉬지 않는다'는 명제를 작품으로 구현하기에 적당하다. 호기심은 아이스러움을 구성하는 으뜸가는 덕목이다. 그들은 호기심을 무기로 "학교길에 반듯반듯 보도블럭"(「보도 블록」)을 장기판 삼아 등하교하고, 세계의 일상을 놀잇감으로 가지고 놀며, 사람들 사이에서 일어나는 모든 일에 관심을 표명한다. 그에 힘입어 눈에 익숙한 사물들이 새로운 모습으로 재발견되고, 명명 과정을 거쳐서 전혀 낯선 물상으로 규정된다.

호기심 하나 쏘옥
목을 내밀고
호기심 하나 또 길게
팔을 뻗는다.

자꾸만 자꾸만 기어올라가
기어이 엿보고 싶어하는
담쟁이넝쿨.

2층 창문에 턱걸이 하고
몰래 들여다보다
다시 3층 창문으로
살살 기어오른다.

담벼락 하나 가득
담쟁이넝쿨들의 파릇한
호기심 여행길

—「담쟁이넝쿨」전문

　호기심은 일정 기간 지속되지는 않지만, 그로 인해 아이다움을 드
러낸다. 아이들은 호기심으로 가득한 눈을 통해 세상의 풍경을 바라
보고 응시하여 인식한다. 그에게 포착된 세상의 물상은 온통 의문부
호투성이로 미만하게 되는데, 호기심을 통해 아이는 자신의 관점을
확대한다. 담쟁이넝쿨에 의탁한 시인의 호기심은 아이들의 그것으로
대체되어도 무방할 정도로 천진하다. 담쟁이넝쿨은 마치 내시경의
카메라처럼 건물의 내밀한 공간 풍경을 '몰래 들여다보다'가 다시금
그 대상을 포착하고 '파릇한' 여행길을 떠난다. 시인이 아이들의 호
기심 빛깔을 파릇하다고 규정하는 한, 그의 '호기심 여행길'은 앞으
로도 지속될 것이다. 예의 버릇처럼, 그는 "신기한 듯 왔다갔다"(「서
울에 온 시골 파리」)하면서 이집 저집과 이곳 저곳을 향해 기꺼이 가벼

운 여행길을 떠날 것이다.

　　까치발로 아름이네 담장 안을
　　기웃기웃 넘겨다본다.
　　웃자라 시든 잔디 위에
　　제멋대로 나뒹구는 나뭇잎들
　　꼭 다문 입처럼 굳게 닫힌 창문
　　아름이는 아직도 병원에 있나 보다.

—「아름이네 집」 부분

　아름이의 소식을 듣고 싶은 호기심의 까치발, 기웃기웃, 나뒹구는 나뭇잎들, 굳게 닫힌 창문은 '웃자라 시든 잔디'에게 소리를 흡수당한다. 담쟁이넝쿨의 호기심은 "봄비 맞고 며칠간 몸살 앓은 누나"(「봄비」)처럼 소리하는 것이 아니다. 그간의 사연을 표정으로 보여줄 뿐, 환자의 숨소리조차 들리지 않는다. 산책자에게는 세상의 구성물로서의 풍경이 우선시될 뿐, 구체적 현실이 조성하는 제반 현상은 후순위로 밀려난다. 그러므로 궁금증은 친구의 병후에 집중되는 것이 아니라, 아름이가 어디에 있는지를 살피는 데 초점을 맞추게 된다. 이와 같이 산책자의 카메라는 소리를 담지 못한다. 그의 관심은 세상의 풍경을 포착하는 데 치중하기 때문에, 풍경이 빚어내는 세상의 소리를 제거해 버린다. 소리없는 세상은 비정상적이다. 시선이란 무엇인가? 그것은 결국 세상을 바라보는 시인의 세계관이 예정한 결과가 아닌가. 소란하지 않은 풍경이 나그네의 시선을 언제까지 붙잡을 수 있을까? 그의 시에서 "맑디맑은 풍경소리"(「절에는」)가 들리지 않는 이유가 여기에 있다.

3. 결론

현대인이 공통적으로 소망하는 것은 일상으로부터의 탈출이다. 일상은 그들의 삶을 구성하는 주요 인자이면서도, 정작 삶의 주체로부터는 환영받지 못한다. 일상성은 현대 사회의 성격을 규정한다. 일상은 현대인들의 삶을 규격화하며 시간을 분절하여 사유를 구속한다. 이러한 일상의 특성을 파악한 현대인들은 자꾸 일상으로부터의 도피를 꿈꾼다. 일상의 세목들은 길에 의해 규정된다. 현대인들은 길을 통해 나아가고 돌아가며, 세계를 인식하고 풍경을 구경한다. 그들은 길을 매개로 탈출하고 귀환하는 여로에 익숙해져 있다. 길이 끝나자마자 여행은 시작된 것이다.

신인들에게 과도한 기대를 거는 것은 금물이지만, 앞의 논의를 바탕으로 동시단의 수확을 위해 조심스럽게 의견을 개진하도록 한다. 먼저 유미희의 시는 안정적이다. 그녀에게 요구되는 점은 세상의 추악함을 굳이 들추어낼 필요는 없다고 할지라도, 적어도 세상은 혼자 살아가는 것이라는 사실은 발언해야 한다. 신새별의 시는 추상적이다. 물상의 추상화를 도모하기 위해서는 구체적 현실에 대한 면밀한 비판이 선행되어야 한다. 조두현의 시는 새롭다. 그것은 전적으로 호기심의 동선을 추적하는 카메라기법에 의한 소득이지만, 한편으로는 소리가 들리지 않는 허물을 생리적으로 내포하고 있어서 이에 대한 시인의 치열한 고민이 수반되어야 할 터이다.

이런 측면에서 이들의 앞길에 거는 기대는 남다르다. 그들이 길에 관한 선배시인들의 시적 성취를 의욕적으로 거부하지 않는 한, 자칫 동어반복의 오류를 되풀이할 수 있다. 신인에게 요구되는 자세는 선배 시인들에 대한 도발적인 맞섬이다. 그것은 기존의 시인들이 구축한 각종 문법의 해체로 구현되어야 한다. 예컨대, 이미지의 전복, 어법의 왜곡, 뒤틀린 비유, 의도적 오독, 운율의 파격, 동일 사유의 거부 등이다. 세 시인이 타개할 전망의 정도에 따라 동시단의 품격이 일층 상승하는 발판을 마련할 수 있을지 기대해 보기로 한다.

제3부
동화의 현실 대응 방식

자아 찾기의 동화적 형식

—마해송의 『멍멍 나그네』론

1. 서론

마해송이 본격 동화 「바위나리와 아기별」을 발표하여 문학적 천재성을 자랑했을 때, 이 작품에는 1920년대에 쓰였다고 믿기에는 고개를 갸우뚱거릴 정도로 놀라운 대목이 많다. 예컨대, 그의 장기인 서정적 문체, 환상적 요소, 치밀한 구성, 탁월한 장면 묘사, 말하기보다는 보여주기에 치중한 태도 등은 방정환의 문학적 성취 수준을 단숨에 초월한 경지라고 할 수 있다. 그에 이르러 비로소 동화가 구연의 수준을 넘어서 읽기의 차원으로 편입되었다. 이 작품은 또한 전래되는 모티프를 적절히 반복함으로써, 독자의 시선을 친근하게 끄는 장점이 있다. 별이 천계에서 추방당하는 것은 고래로 숱하게 거듭되는 이야기이거니와, 이 작품에서는 아기별이 바위나리와의 만남으로 인하여 하늘로부터 쫓겨나고 괴로워하는 역할을 수행하고 있다. 또 같은 해 발표된 「어머님의 선물」은 계모형 모티프를 차용하고 있다. 동화가 민족 전래의 심리적 원형을 탐색하는 데 쓸모있는 장르라면, 마해송은 동화의 문학적 효용에 제대로 주목한 것이다.

이와 같이 그는 전통적 소재를 발굴하여 작품에 수용하였다. 본고에서 논의하고자 하는 장편동화 『멍멍 나그네』도 예외가 아니다. 마해송은 이 동화에서 다양한 구전설화를 차용하고 있다. 그는 익숙한 소재를 채택하여 독자와 친밀감을 형성하는 한편, 정서의 공유를 통해 사회현상에 대한 관심을 효과적으로 드러낼 수 있었다. 이 작품은 1960년 『한국일보』에 인기리에 연재되었다가, 이듬해 현대사에서 출판되었다. 본고에서 인용하는 텍스트는 마해송 탄생 100주년을 맞이하여 계림(2005)에서 재출판된 것이다.

동화의 각 장은 '베쓰의 일기', '골초 영감' 그리고 '슈슈 선생'의 3

1960년 『한국일보』에 인기리에 연재되었다가, 이듬해 현대사에서 출판된 마해송의 장편동화 『멍멍 나그네』.

장으로 이루어져 있다. 각 장은 제목 아래 묶여 있지만, 장마다 여러 개의 이야기가 삽입되어 있는 독특한 형식을 갖고 있다. 각 이야기들은 주네트의 겹이야기 구조와 달리 변형된 액자 형태로 존재한다. 액자는 속이야기를 도입하고, 그것을 객관화하여 이야기의 신빙성을 담보해 주는 기능을 수행한다. 이러한 이야기 방식은 이야기 밖에 다른 서술자의 시점을 배치했기 때문에 다각적으로 이야기를 전개할 수 있는 장점을 갖는다. 작가는 이에 주목하여 베쓰의 일기 등, 이른바 인증적 액자 형태를 추구하고 있다. 이 방식은 독자에게 서술된 속이야기에 대한 진실성을 배가하기 위해 일기와 책 등 동기적 부가물을 전제한다. 이에 본고에서는 이 작품을 통해 마해송 동화에 나타난 이야기의 형식적 특성을 살피고자 한다.

2. 『멍멍 나그네』의 형식적 특성

1) 액자의 변용과 자아의 발견 : 〈베쓰의 일기〉

〈베쓰의 일기〉는 '개성 흰 개 이야기(30~34쪽), 오수 의견담(36~41쪽), 일제시대 검정 개 이야기(42~29쪽)'라는 세 개의 작은 이야기를 품고 있다. 이 이야기 단위는 개 이야기라는 점에서 공통점을 갖고 있다. 이야기 속에 등장하는 개들은 각별한 충성심으로 주인의 목숨을 건진다. 그들은 자신의 본분에 충실한 인물들이다. 하지만 대부분의 개는 이들처럼 직분에 충실해도 사람들로부터 '똥개'로 불린다. 이러한 사례는 작품에서도 마찬가지이다. 베쓰는 엄마로부터 '보배둥'으로 불리지만, 정작 주인으로부터는 '똥개'로 불린다. 동일한 대상을 가리켜 전혀 상이한 이름으로 부르는 것은, 대상을 응시하는 시선의 차이를 선명하게 드러내준다.

베쓰는 장소가 바뀜에 따라 '메리/보배동(큰집) 베쓰(우리 집) 창수(무지개마을)' 등으로 이름이 바뀐다. 곧 '베쓰의 일기'는 큰집에서 우리 집으로 분양된 후까지 벌어진 사건이 서술되어 있다. 그가 이름없는 메리에서 베쓰로 명명되는 과정은 사람들에게 사랑의 대상으로 자리잡았음을 알려준다. 명명은 대상에게 적절한 지위와 역할을 부여한다. 베쓰는 이름을 얻게 되는 순간에 주인에게 충성을 다해야 하는 의무감을 동시에 부여받는다. 이것을 예견한 어미 개는 충성의 표상이었던 세 개의 이야기를 들려줌으로써, 자식에게 "주인에게는 순하고 상냥해야 한다"는 처세술을 내면화시켰던 것이다.

"옛날 할아버지, 할머니들이 잘한 이야기를 알아두는 것은 그것을 알아서 자랑을 하자는 것만이 아니다. 그런 일을 잘 알아두고, 본받아야 한다는 말이다. 조상 자랑만 하고 저는 훌륭하지도 못하고 착하지도 못하면, 그것은 오히려 조상을 부끄럽게 하는 일이지. 그러니까 옛날 할아버지, 할머니들보다도 더 훌륭한 일을 할 양으로, 잘 알아두어야 할거란 말이다. 알겠니?" (28~29쪽)

어미 개가 베쓰에게 조상들의 혁혁한 무용담을 들려 주기에 앞서 교훈조의 잔소리로 역사를 알아야 하는 이유를 설파하는 대목이다. 그녀는 아비없이 자라는 자식이 험한 세파로 인해 겪게 될지도 모를 좌절을 예상하고, 가문의 역사를 자식에게 전수하려고 노력한다. 그것은 모자간의 이별을 준비하는 의식이며, 사랑하는 자식을 떠나보내고 홀로 남아 가족을 그리워할 자신의 처지를 돌아보는 예행연습이기도 하다. 또한 그녀의 구술은 역사적 사실의 전달 기능을 수행하는 부모세대의 임무이기도 하다.

어미 개로부터 학습한 대로 베쓰는 충실하게 임무를 수행하였다. 그의 활동상은 5월 5일의 일기에 기록되어 있다. 그가 스스로 "내 역사에 빛나는 날이다"고 기세를 올릴 수 있었던 것은, 다름 아니라 집에 침입한 도둑을 쫓아내어 주인으로부터 칭찬을 듣게 된 공로 덕분이다. 그의 활약은 비공식적 경로를 통해 면면히 계승되었던 구비설화의 전승 방식과 흡사하다. 조상들의 문화 유산을 당대에 복원하려는 작가의 보이지 않는 의도는 작품의 도처에서 이렇게 미덕으로 작용하고 있다.

작가의 음성은 어미 개를 통하여 전달된다. 작가는 어미 개가 자식에게 훈계하는 방식을 차용하여 인간을 향한 전언을 우회적으로 표백하고 있다. 해방과 한국전쟁 후에 외국 문물을 추종하거나 외세에 편승하는 세태를 외면하기에는 그의 신념이 허락지 않았던 것 같다. 그는 사회에 만연된 이러한 현상을 경계하고, 정국의 격변 속에서 자신감을 상실한 자국민들이 찾아야 할 진정한 자아를 제시하고 싶었던 것이다. 그는 기층민중들의 삶의 원형인 설화를 차용하면서도 자국 우월주의를 주장하지는 않았다. 단지 "이 나라는 참 좋고, 또 사람들도 좋은 사람들인데, 요즈음 나쁜 바람이 들어서 그렇다"고 낙관적 견해를 표명함으로써, 조국의 미래에 대한 긍정적 전망을 내놓을 뿐이다.

이 장에서 작가는 창수를 통해 베쓰의 일기를 보여줌으로써, 이야기의 사실성을 획득하려는 전략을 택하고 있다. 일기는 지극히 은밀한 사적 영역의 기록이다. 일기는 자기 자신과의 대화록이라는 점에 주목하면, 작가가 일기 형식을 도입한 의도가 분명해진다. 그는 이 작품을 통해 자아의 발견을 문제삼고 싶었던 것이다. 그가 작품의 초반부에서 되풀이하여 어미 개의 말을 빌어 "옷감도 외국 것을 좋아하고, 담배도 외국 것을 좋아하는" 인간의 행태를 열거하며 비난한 이유도, 결국 자아의 혼란을 방기하지 않으려는 작가적 소신의 결과로 보인다.

> 5월 24일
> 나는 인제 일기를 쓰지 못하게 되었다.
> 밤에는 쓸 수 있지만, 온 집안을 돌며 도둑놈을 지켜야 하니 일기를 쓸 시간이 없다.
> 낮에는 쇠사슬에 매여서 가운데 기둥에 매여 놓으니 일기를 쓸 시간이 없다. 축대에서 꺼벅꺼벅 자야 한다.
> 어서 겨울이 와서 사냥에나 데리고 가 주었으면 좋겠다.(97쪽)

베쓰 일기는 가죽목도리를 착용하는 순간에 멈춘다. 그는 자기의 고유한 임무에 복무하기 위해 사적 기록을 포기하는 것이다. 그것은 어미 개로부터 학습한 바를 되살려 구체적 경험의 세계로 진입하기 위한 필할 수 없는 결단이다. 베쓰는 방범 활동을 통해 실체적 자아를 형성하기 시작한 셈이다. 하지만 베쓰는 이미 도둑을 쫓아낸 성과를 거두었기 때문에, 새로운 경험의 세계로 나아가고 싶은 욕망을 드러낸다. 그의 바람대로 주인은 겨울이 되자 사냥터에 그를 동반한다.

2) 액자의 이완과 자아의 확장 : 〈골초 영감〉

〈골초 영감〉은 '고양이와 개의 원수 된 이야기(150~159쪽), 웅녀 신화(165~178쪽), 거짓말쟁이 마을 이야기(179~193쪽)' 등 세 개의 이야기를 거느리고 있다. 세 이야기 중에서 '웅녀 신화' 외에 개와 관련된 것은 없다. 곧, 이 장에 이르러 액자의 기능은 이완되기 시작한다. 앞 장의 〈베쓰의 일기〉에서 엄마 개가 강조했던 주체성과 관련된 이야기의 출현 빈도가 낮아지고, 곁이야기의 출현이 두드러진다. 그것은 자아의 구체적 형성기에 접어든 베쓰에게 다양한 체험을 제공하기 위한 작가의 배려로 보인다. 작가는 엄마를 대신한 골초 영감의 옛이야기를 통해 세계의 이야기성, 곧 삶의 여러 국면들을 제시한다. 비록 그것이 이야기를 통해 구술되고 있지만, 이야기의 원화는 삶의 단면이라는 점에서 골초 영감의 이야기는 이야기인 동시에 삶이다.

'웅녀 신화'는 〈베쓰의 일기〉에서 어미 개가 들려주던 조상의 자랑스러운 역사와 비견된다. 곰은 이 신화를 통해 한민족의 조상으로서 곰이 갖는 우월감과 인간의 이기적 사고방식을 대비적으로 제시한다. 그는 '단기 4290년/30,000년 전', '무지개마을/거짓말쟁이마을' 등으로 곰과 인간을 대비시키고, 나아가 '단군의 자손'을 '내 조상의 아들'로 규정하기에 이른다. 그것은 "언제까지나 옛날 자랑만 늘어놓고" 있는 인간의 허세를 힐난하기 위한 작가의 수사적 책략이다.

"살아 있는 보배!"
"훌륭한 사람이 살아 있는 보배지 뭐냐? 재주 있는 사람도 살아 있는 보배고! 살아 있는 보배가 수두룩하지만 살아 있는 보배 살아 있는 자랑은 굶어 죽어도 아랑곳없이 땅속만 파고 다니지! 옛날 자랑만 내세우려고!"(28쪽)

이 말은 작품의 초반부에서 어미 개가 베쓰에게 들려주던 말이다.

작가는 "훌륭한 사람이 살아 있는 보배"라는 문장으로 당대의 외국 문물 추종 성향을 비난한다. 사람들을 향한 어미 개의 힐난은 인간보다 오랜 전통을 가진 곰의 역사에 의해 반복적으로 진술되고 있다. 이것은 "옛날 자랑만 내세우려고" 노력하는 당대 인간의 과거지향적 역사의식에 대한 비판적 태도이다. 작가는 '살아 있는 보배'를 외면하는 세태를 꾸짖기 위해 인간에 의해 창조된 '웅녀 신화'를 독자들에게 제시한 것이다.

곰 영감이 살고 있는 무지개마을은 베쓰가 '보배동'과 '똥개' 사이에 처한 자아의 실체적 모습을 깨닫게 되기까지 유의미한 체험을 제공해 준다. 그 마을의 구성원들은 도둑의 위협으로부터 벗어나 있었고, 단란한 가정의 소중한 의미를 간직하고 있었다. 이런 곳에서는 사적 영역이 존재하지 않는다. 마을 구성원들의 일상은 상호 공유되고, 베쓰처럼 외지인도 마을의 규범에 동화되어 버린다. 따라서 베쓰는 무지개마을에서 일기를 쓰지 않아도 된다. 이것은 〈베쓰의 일기〉에서 어미 개가 아비 개가 팔려간 서울을 가리켜 '나쁜 사람들이 많이 사는 곳'이라고 규정한 바와 대조된다.

"훗! 무슨 글자가 있다."
골초 영감은 베쓰의 가죽 목도리를 눈여겨봅니다.
"그게 무어야!"
"창수가 무어야?"
골초 영감은 생각합니다.
"아마 이게 강아지의 이름인가 보다. 창수라는 이름야. 좋은 이름이지? 미미, 베쓰는 어쩐지 냄새가 나는 것 같구. 창수라는 이름이 좋다! 창수라고 불러라."(120쪽)

베쓰의 이름이 창수로 바뀌는 장면이다. 베쓰는 주인을 따라 사냥하러 갔다가 그만 길을 잃고 곰들이 살고 있는 무지개마을로 가게 된다. 개의 목도리에 쓰인 창수, 미미, 베쓰 중에서 마을의 주인 곰 영감은 창수라는 이름을 고른다. 그의 선택은 "이 나라의 요새 사람들은 모두 마음이 들떠서 제 고장 것보다는 무엇이든지 외국 것을 좋아한단 말야"라고 말하는 어미 개의 자존적 발언과 맥락을 같이 한다. 이것은 작가의 관심을 드러내주는데, 여러 논자들이 동의하듯이 그는 사회현상의 동화적 수용에 남다른 관심을 표하였다. 특히 「떡배단배」와 「토끼와 원숭이」 등은 그의 사회적 관심도를 살피는 데 유용한 작품들이다.

곰 영감의 일방적인 선택에 의해 주인 소년의 이름을 자기 이름으로 갖게 된 베쓰는 무지개마을에서 새로운 경험을 겪는다. 이에 조력자로 설정된 인물이 도로와 두루이다. 이 두 개구쟁이들은 창수를 데리고 다니며 갖가지 놀이로 창수의 그리움을 잊도록 돕는다. 또한 창수는 이 마을에서 곰 영감으로부터 여러 가지 이야기를 들으면서 경험의 세계를 확장한다. 그는 곰 가족의 생활 모습을 바라보며 어미 개를 그리워하고, 주인 소년과 소녀를 생각하기도 한다. 그렇지만 그것은 찰나에 지나지 않는다. 왜냐하면 그에게 베쓰 시절의 얘기는 벌써 추억이기 때문이다. 그는 이제 주인집에 갇혀 사는 신세가 아니라, 숲 속에서 곰이라는 낯선 동물과 어울려 살면서 새로운 세계로 진입하였다.

창수는 주인 소년과 개의 이름이다. 지금까지 메리에서 베쓰로 바뀌었던 개의 이름은 곰에 의해 소년과 동일 인물이 된다. 곰의 명명은 이야기의 진행 방향이 단지 개에 한정되지 않을 것이라는 사실을 예정한다. 그러기 위해서는 베쓰에게 유년기의 흔적으로부터 탈피할

만한 사건이 발생해야 한다. 그 상징적 사건이 보배동이라는 아명의
뜻을 알게 된 것이다.

"엄마! 엄마!"

도로와 두루가 큰 소리를 질렀습니다.

"아이구! 우리 보배동이 고기를 많이 잡았구나!"

골초 영감이 눈을 번쩍 떴습니다.

"웅, 웅? 고기가 도로를 잡았어?"

"아이구! 영감은 무슨 잠꼬대요?"

엄마 곰이 웃었습니다.

창수는 보배동이라는 말에 귀가 번쩍 뜨였습니다.

창수는 보배동이라는 말을 듣고, 창수를 부르는 줄 알았습니다. 창수가
시골에 있을 때에, 엄마가 보배동이라고 불렀기 때문입니다.

창수는 오래간만에 제 이름을 듣고, 반가웠습니다. 그러나 엄마 곰이
보배동이라고 부른 것은 창수를 부른 것이 아니라는 것을 곧 알았습니다.

엄마 곰은 도로와 두루를 보며 보배동이라고 부른 것입니다.

창수는 본체도 하지 않았습니다. 창수는 헐끔했습니다.

'보배동?'

창수는 이상하다고 생각했습니다.

'보배동이란 말은 이름이 아니구나! 착한 아기, 예쁜 아기, 내 새끼 보
배동이란 말이로구나!'

그렇게 짐작하게 되자, 창수는 웃음이 터졌습니다.(143~144쪽)

창수가 '보배동'이라는 말의 뜻을 알게 되는 순간이다. 창수는 엄
마 곰의 말을 통해 보배동이 자기에게만 국한된 고유한 명칭이 아니

라 일반화한 명칭이라는 사실을 깨닫는다. 이러한 인식 과정을 통해 그는 세상의 부모 자식간에 편재하는 사랑의 의미를 체감하게 된다. 그는 이제 '사회적 동물'로 다시 태어나는 것이다. 이런 측면에서 이 작품은 성장 동화의 요소를 갖고 있다.

3) 액자의 해체와 자아의 모색: 〈슈슈 선생〉

〈슈슈 선생〉은 도입된 이야기가 겉이야기를 점령해버리는 결말부이다. 특히 3장은 앞 장들에 비해 슈슈 선생의 비중이 지나칠 정도로 낮다. 작가는 앞 장들과 달리 슈슈 선생에게 옛이야기를 들려줄 수 있는 권위를 부여하지 않았다. 작가는 작품의 전반부에서 개 이야기를 장치하여 생활과의 관련성을 확보하고, 중반부에 이르러 곰과 염소로 관심을 이월시켰다. 그 과정에서 그는 뱀, 까치, 까마귀 등을 등장시켜 소재의 영역을 넓히는 한편, 이야기를 이끌어가는 역할을 등장인물들에게 고루 분배하고 있다. 그것은 자아의 발견이 비단 개에게 국한된 문제가 아니라, 숲 속의 모든 구성원들에게 해당된다는 작가의 전언을 함의한다.

창수는 또 개울로 뛰어가서 몸을 풍덩 담갔습니다. 꼬리도 듬뿍 적시었습니다.
그리고 또 뛰어와서 곤드레가 된 두루의 얼굴을 적시어 주었습니다.
"뚜르르! 창수는 참 머리가 좋다! 이번에는 내가 한다! 창수가 지켜라!"
그래서 창수가 지키고, 도로가 개울로 뛰어갔습니다. 되뚝되뚝 뛰어가서 몸을 풍덩 담갔습니다. 되뚝되뚝 뛰어오는 동안에 물이 다 말랐습니다.

꼬리는 쥐꼬리만도 못합니다. 없다시피 한 꼬리를 두루의 얼굴에 대고 비비대기(마구 비비는 일)를 치니, 두루는 버럭 소리를 질렀습니다.

"뚜르르! 누구얏?"

두루는 큰소리를 질렀지만, 일어나지는 못했습니다.

눈도 아주 뜨지는 못했습니다.

꿀을 너무 많이 먹어서 아주 취한 것입니다. 술에 취한 것이나 마찬가지입니다.(213쪽)

곰 형제와 창수가 꿀단지놀이를 하는 장면이다. 여기서 주목할 점은 〈베쓰의 일기〉에서 서술되었던 '오수 의견담'이다. 창수는 꿀을 과다하게 복용한 두루를 위해 의견의 행동을 재현한다. 그는 꼬리에 물을 적시어 두루의 얼굴에 발라줌으로써, 꿀로 인한 과열 상태를 진정시키기 위해 혼신의 힘을 다한다. 그 모습은 도로에게 그대로 모방되는데, 이러한 모방 행위는 창수가 어미 개로부터 습득한 학습 경험이 도도에게까지 일반화된 결과이다. 이러한 모습은 구비문학적 유산의 세대간 전승 현장을 보는 듯하다. 그러므로 학습 경험이 더욱 확산되기 위해서는 교육의 장으로서 학교가 출현하는 것이 당연하다. 이 장의 늙은 염소가 슈슈 선생으로 이름된 이유가 여기에 있다.

〈슈슈 선생〉은 '소지왕 이야기(218~226쪽), 은혜 갚은 까치 이야기(226~232쪽), 오작교 이야기(233~235쪽), 목 도령 이야기(245~269쪽)' 등 네 개의 이야기를 갖고 있다. 보은담에 속하는 이야기들은 이 작품의 성격을 규정하는 데 시사점을 제공한다. 작가는 거듭하여 보은 관련 설화를 차용하고 있다. 앞 장의 것과 다른 점이 있다면, 후반부로 올수록 개와 관련된 이야기의 비중이 약화된다는 점이다. 그렇지만 이것은 예정된 수순이다. 왜냐하면 베쓰는 창수라는 주인 소년의 이름을 갖게 되었으므로, 더 이상 개 이야기를 필요로 하지 않기 때문이다.

그럼에도 불구하고 작가는 반복적으로 구전설화를 인용하고 있다. 그 이유는 두 가지로 집약된다. 하나는 설화의 단순성과 친밀성을 통해 동화의 심미적 목적을 달성하려는 것이다. 이것은 단순성이라는 동화의 미학적 심급을 최우선적으로 전제한 작가의 서술 전략이다. 다른 하나는 설화의 본질과 연관된 것으로, 교훈적 요소와 흥미를 동시에 만족시킬 수 있는 설화의 효용성을 최대한 활용하는 것이다. 이것은 독자의 대상성을 고려한 것으로, 작가는 설화를 통해 이야기를 지연하거나 재촉하면서 서술 속도를 조절하고 있다.

'소지왕 이야기'는 정월 보름날 약밥을 먹는 풍속의 유래와 관련된 신라의 설화로 『삼국유사』에 전해 온다. 사금갑(射琴匣) 488년 왕이 천천정(天泉亭)에 거동하였을 때, 까마귀와 쥐가 와서 울다가 쥐가 "이 까마귀가 가는 곳을 따라가 보라"고 하였다. 왕의 명을 받은 신하가 까마귀를 좇아 남쪽 피촌에 이르니 돼지 두 마리가 싸우고 있어 이를 구경하다가 까마귀의 향방을 잃어버리고 말았다. 이때 못 속에서 한 노인이 나타나 글을 올렸는데, 그 겉봉에 "열어 보면 두 사람이 죽고, 안 열어 보면 한 사람이 죽는다"고 쓰여 있어서 왕은 열어보기를 꺼렸다. 일관이 두 사람은 서민일 것이요, 한 사람은 왕일 것이라 하며 읽기를 재촉하므로, 왕은 그제야 열어 보았다. 거기에는 "금갑(琴匣: 거문고갑)을 쏘라"고 적혀 있었으므로, 이상히 여긴 왕이 궁으로 돌아가 금갑을 쏘니 그 속에서 왕비와 사통하고 있던 중이 나왔다. 왕비를 유혹하여 왕위를 찬탈하려고 했던 중은 왕비와 함께 처형되었다. 이로부터 조정에서는 정월 보름날을 오기일(烏忌日: 까마귀 제삿날)이라 하고, 찬밥으로 제사를 지내기 시작했다는 설화이다.

또 '목 도령 이야기'는 큰 홍수가 났을 때, 참나무를 아버지라 부르던 목 도령이 아버지나무를 타고 떠내려가다가 지상동물(개미, 뱀), 공중동물(모기), 산중동물(여우) 그리고 인간을 구해주었다. 나중에 다른 동물들은 은혜를 갚는데, 오직 인간은 배은망덕하였다. 그리하여 "머리 검은 짐승(인간)은 구해 주지 말라"는 속담이 생겼다고 한다. 이러한 설화는 독자의 흥미를 지속시키는 데 기여하며, 인물의 자아를 모색하는 데 필요한 정서적 목록으로 작용한다.

특히 작가는 후반부에 접어들수록 개의 이야기를 제거하고, 다른 동물담을 삽입하여 이야기의 영역을 확장하고 있다. 그것은 새로 듣게 된 이야기들이 개와 상관없다는 사실과 함께 창수와 관련된 이야기의 분량이 지속적으로 감소하고 있다는 사실에서 추측할 수 있다. 사회의 구성원들이 진정한 자아를 발견하기를 기대하는 작가의 의도는 슈슈 선생의 장광설을 통해 구체화되고 있다.

"슈슈! 착한 마음씨도 어질 인자고, 남을 아끼는 일도 어질 인자고…… 가난한 사람을 돕는 일도 어질 인자고, 병구완도 어질 인자고……. 슈슈! 우는 아이를 잘 달래어 주는 것도 어질 인자고, 슈슈! 나쁜 짓을 안 하도록 말리거나, 타이르는 것도 어질 인자고…… 먼 길을 갈 때에, 다리 아픈 사람을 부축해 주는 일도 어질 인자고…… 싸움을 말리는 일도 어질 인자고……." (276쪽)

위 인용문에서 슈슈 선생이 설파하는 '인(仁)'은 전통적인 이상적 덕목이다. 그가 말하는 대로 인은 삶의 도처에 존재하는 실천 덕목이다. 인 자는 "작대기 4개를 이리 놓고 저리 놓고 하면 된다"지만, 실제 생활에서 실천하기는 여간 어려운 일이 아니다. 따라서 인의 온전한 실현을 위해서는 좀더 많은 노력이 요청된다. 이 장에서는 숲의 구성원들이 인이 실현되는 구체적 장면을 학습하는 것으로 마치고 있는데, 그것은 작품의 형식에서도 여실히 드러나 있다. 작가는 작품의 결말부를 열어 둔 채 종료하였다.

이와 같이 작품의 결말부가 액자에 의해 갇히지 않았다는 점은 작가의 주제의식을 가늠케 해준다. 인은 창수에게 '보배동'이라는 말이 자신에 대한 호칭이 아니라는 사실을 깨달으면서 갖게 된 이웃에 대한 동류의식을 확대하는 심리적 기반이다. 인의 중요성을 설파한 슈슈 선생의 강의에 청중들이 화답하면서 작품은 결말에 이른다. 어느새 액자는 사라지고, 독자들은 속이야기 속에서 결말을 맞게 되는 것이다. 이와 같이 작가는 열린 공간으로 독자들을 인도하면서, 자아를 찾기 위한 도정을 권유하고 있다.

3. 결론

지금까지 마해송의 『멍멍 나그네』에 나타난 이야기의 형식적 특성을 살펴보았다. 작가는 이 작품에서 구비문학적 유산을 적극 수용하고 있다. 그는 낯익은 소재를 차용하여 독자와의 거리를 좁히고 있으며, 그 이야기들은 작품의 주제의식을 달성하는 데 효과적으로 배열되어 있다. 그는 설화를 통해 풍속의 기원을 알려주기도 하고, 조상들의 삶을 보여주기도 한다. 이러한 노력은 외래문물을 추구하는 당대인들이 상실했던 자아를 찾아가는 데 도움을 주었을 공산이 크다.

다만 기술적 측면에서 지적될 만한 점이 있다. 베쓰가 일기를 쓰게 되는 대목을 가리켜 "개가 일기를 쓰고 그 일기장이 등장하는 것은 어쩐지 억지스럽고 부자연스럽"(박상재, 「마해송의 『멍멍 나그네』에 대하여」, 『멍멍 나그네』, 계림닷컴, 2005, 282쪽)다는 비판은 타당하다. 액자가 속이야기를 보여주기 위해서는 현실계에서 상상계로 나아가는 방식은 자연스러워야 한다. 이런 점은 그의 다른 작품들과 상호 검토 과정을 거치면서 생산적으로 논의되어야 할 것이다.

세대적 책임감으로 글쓰기
―강정규론

1. 서론

세상이 하루가 다르게 변하고 있다. 불과 한 세대 전만 해도 전국의 도처에서 볼 수 있었던 한가로운 풍경들은 농경사회의 유물이라는 오명을 쓰고 사라져 버렸다. 그 자리에는 낯선 패러다임들이 고유한 양 자리잡았고, 사람들은 저마다 시류를 따라가느라 부산하다. 이런 움직임을 바라보는 시각은 세대에 따라 다르다. 젊은이들이야 자신들의 트렌드로 수용하기를 마다하지 않으며, 중년들은 세대의 위치 때문에 어정쩡한 포즈로 구경하는 데 한눈을 팔게 되고, 나이 든 세대는 세태의 변모 양상에 황망한 표정을 감추지 않는다. 이러한 변화는 인류의 문화 발달 과정에서 불가피하게 반복되는 지극히 당연한 현상에 속한다.

문제는 중간층에 부여된 책임이다. 그들은 양 세대의 사이에서 어쩔 줄 모르거나, 나름대로 부과된 책임감을 수행하는 방안을 모색한다. 강정규는 이러한 책임의식에 충실하다. 그는 해방 전에 태어난 작가이다. 그 세대들이라면 모두 그렇듯이, 그는 식민지하의 참담한 세상 형편을 몸소 겪으며 자라다가 해방정국의 혼란상을 목도하는 동안에 한국전쟁이라는 미증유의 사건을 체험하였다. 그는 어수선한 사회의 구성원이라는 시대적 원죄 속에서 학업과 성장을 병행해야 했던 고단한 세대이다. 그러므로 그가 이 시기에 험난했던 지난 시대의 고생담을 애써 담담한 필치로 작품화하게 된 것은, 중견작가의 책임감을 다하기 위한 실천적 글쓰기로 보인다. 이런 측면에서 그의 작품은 자전적 성격을 강하게 띨 수밖에 없고, 시대의 사정을 배경으로 삼을 수밖에 없었을 터이다. 이에 본고에서는 강정규의 동화에 나타난 세대감을 작가의 책임의식으로 보고, 그것의 실제적 구현 양상을 살펴보려고 한다.

2. '하얀 낮달'을 본 소년의 기억

1) '갈꽃' 같은 사람들

강정규의 『토끼의 눈』(푸른책들, 2004)에는 어린이나 청소년들이 자라서 "전쟁을 하지 않게 할, 그런 작품을 쓰고 싶다"(「낮달이 걸려 있는 풍경」)는 작가의 바람이 삼투된 세 편이 수록되어 있다. 전쟁을 바라지 않는 그의 발언은 별로 유의미한 것이 아니다. 세상의 모든 문학 작품들은 전쟁을 증오할 뿐만 아니라, 동화나 소년소설에서 전쟁은 인간, 특히 어른들의 추악한 면모를 한꺼번에 드러내줌으로써, 전쟁의 비인간성과 폭력성을 고발하는 데 국한되기 때문이다. 그러므로 전쟁은 작품의 주제의식을 휴머니즘으로 귀착시키는 속성을 발휘하게 된다. 곧, 이런 경우에 문제시되는 것은 주제의식이 아니라 전쟁의 야만성을 형상화하는 작가의 서술 전략일 터이다.

이 작품집에 수록된 「두껍아 두껍아」는 그의 처녀작이다. 그의 후기에 의하면, 이 작품은 우연한 기회를 통하여 발표하게 되었다고 한다. 작품의 배경은 한국전쟁 전후이다. 강정규의 작품들에 빈번하게 출현하는 흰색의 이미지는 이 작품에서도 예외가 아니다. 그만큼 그에게 소년기의 창백한 상흔은 전쟁과 뗄 수 없이 상호 연루되어 있다. 그렇지만 그의 작품에서 두드러지는 것은 전쟁의 직접적 서술보다는 인물의 표정과 배경의 묘사에 치중하는 서술 전략을 채택한다.

그해 겨울, 방학 동안 누나는 눈이 내리는 밤마다 털목도리를 하고 키 큰 청년과 만났다. 나무다리에서 만난 두 사람은 강둑을 무한정 걷곤 했다. 밤중에 돌아와 부리 손을 꼭 쥐는 누나 손은 얼음장같이 차가웠다. 누나 얼굴은 날로 하얗게 야위어 갔다.

다시 여름, 부리는 강둑을 오르내리며 갓 핀 갈꽃을 뽑고 있다.

쪽, 쪼그르르!

찌, 찌그르르!

물총새가 포물선을 그으며 날고 있다.

"뿌리야!"

누나가 나무다리 난간에 기대 서 부리를 부른다.

청년이 전쟁터로 가 버린 뒤, 누나는 걸핏하면 나무다리에 나와 서 있곤 했다.

"왜? 누나, 갈꽃을 이만큼 뽑았어!"

"뿌리야, 전쟁이 끝났대. 그런데, 그런데……. 그 사람은 왜 안 오지?"

서정적 문장으로 서술되고 있는 전쟁 전후의 장면이다. 전장에 나간 사랑하는 사람을 기다리는 여인의 안타까운 모습과 그녀의 마음을 알 턱이 없는 어린 동생의 대화를 통해, 작가는 전쟁의 허무와 살아남은 자의 슬픔을 그리고 있다. 남매간의 대화에서 두드러지는 소통의 부재 현상은 전쟁의 참화로 인해 발생한 것이며, 서술자는 '누나, 갈꽃을 이만큼 뽑았어!'라는 동생의 의문을 통해 양자간의 정서적 거리감을 제시한다. 전쟁 전에 연인들의 산책로를 장식해 주던 '갈꽃'은 남자의 죽음을 암시하는 문장에 힘입어 고유한 색깔을 잃어버린다. 전쟁은 이처럼 사람들로 하여금 고유한 성정을 상실하게 하고, 전전의 질서 체계를 온통 전복시킨다.

강정규가 전쟁의 비극성을 드러내는 방식은 이와 같다. 전쟁의 고통이 개인적 차원의 사랑에 개입한 위의 문맥을 보더라도, 작가의 서술 전략은 짐작할 수 있다. 전쟁은 발발 이전의 평화한 질서를 훼손할 뿐만 아니라, 개인간의 관계에도 막대한 영향을 끼친다는 평범한 사실을 그는 위의 대화에서 말하고 싶었던 것이다. 나아가 어른들에 의해 일어난 전쟁이 후대에서는 반복되지 않기를 바라는 심정에서 누나와 동생의 대화적 간극을 마련한 것이다. 그것은 또한 작품 중에 인용한 '두껍아 두껍아' 노래의 표제화와도 관련된다. 헌집과 새집의 교환 행위를 통해 액땜을 소망하는 민중들의 집단적인 가사는 전쟁의 불모성을 타파하고 싶은 작가의 의지를 간절히 담기에 안성맞춤이다.

작가는 「흰무리」에서 적군까지 포용하는 할머니를 등장시켜서 모성성의 실체를 보여준다. 그는 모성성이야말로 세계의 야만스러운 폭력성을 무력화시키고, 사람들 사이의 갈등을 해결하는 원시적 수단이라는 사실에 의미를 부여한다. 이러한 그의 의지는 언어적 책략에 의해 효과적으로 달성된다. 이 작품에서 그는 능청스러운 충청도 사투리를 구사하는 모자간의 대화를 통해 구술성이 지배하던 세계의 질서를 보여준다. 근대의 합리적 이성을 대표하는 문자성은 피아의 구별이 명확하지만, 구술적 세계에서는 미분화된 사고에 힘입어 뚜렷하게 분간하지 않는다. 소위 포괄적 사유 속에서 모든 사람들은 화해 가능성을 지니고 있으며, 곳곳의 대화 장면에서 화해는 실시간으로 작동한다.

> 아버지가 방문을 열었다가 다시 닫았다.
> "누가 있구먼."
> "사람유?"
> "응, 군인인개벼."
> "군인? 혹시 작은아 아니더냐, 애비야."
> "저 쪽인개뷰, 부상당혔내뷰."
> 아버지가 몽둥이를 찾아 들었다.
> "아서, 애비야! 나두 가자."

한국전쟁 말기에 공습을 피해 숨은 주인공의 가족 앞에 부상당한 적군이 나타난다. 그들은 아버지로 하여금 사대독자를 면하게 해준 할머니의 작은아들 같은 모습이다. 그녀는 큰아들의 말에 '작은아 아니더냐'고 물을 정도로, 삼촌의 무사귀가를 학수고대하며 전쟁이 어서 끝나기를 바라고 있다. 할머니는 일찍이 징용으로 끌려갔던 큰 아들이 불구자로 돌아올 때처럼, 날마다 '마른 빨래'를 기둥나무에 걸고 천지신명에게 작은아들의 무사귀환을 기도한다. 할머니는 집에 돌아오지 않는 아들이 "지팡이를 짚고 돌아오는 꿈"을 꾸고 있던 차였다. 그녀는 비록 적군이지만 부상한 적병을 자식처럼 여겨 부상을 치료해 줄 뿐만 아니라, 큰아들의 중의적삼을 입혀 주고 귀대길의 허기를 채워 줄 흰무리떡까지 싸준다. 그녀에게는 아군과 적군의 구별이 불필요하며, 오로지 아들처럼 생각될 뿐이다.

또한 강정규는 '달밤, 사기대접, 흰무리떡' 등, 작품의 색조를 온통 흰색으로 채색하여 아군과 인민군의 공통적 속성을 드러낸다. 그것은 할머니의 행위가 개인적 차원을 뛰어넘어서 민족적 차원으로 승화되기를 바라는 작가의 소원이다. 흰색은 민족의 고유색이라는 점에서, 동일 민족간의 전쟁이 어서 종전되고, 신속히 화해하기를 갈망하는 그의 심리를 대변하는 색깔이다. 아울러 흰색은 전쟁의 창백한 표정을 묘사하기에도 알맞다. 그는 의도적으로 흰색을 강조하여 주제의식을 드러내는 한편, 자신의 유년기 체험 속에 자리잡고 있는 전흔의 무게를 무의식적으로 표출하고 있다.

그리고 「토끼의 눈」 역시 '토끼. 달밤' 등을 통해 작가의 무의식의 심연을 보여주는 작품이다. 이 작품은 "문장이나 형식면에서 새로움의 추구랄지, 실험 등을 염두에 두고 쓴 것"(「낮달이 걸려 있는 풍경」)이라는 그의 고백처럼, 작품의 중간부에 「별주부전」이 차용되기도 하고, 운문적 문장도 눈에 띈다. 그러나 이런 것들보다 중요한 점은 작품의 배경으로 전쟁이 개입되어 있다는 것이다. 토끼라는 약한 동물을 잡기 위한 사람들의 광기에 휩쓸린 어린 '나'의 행동을 통해, 작가는 전쟁놀이의 광기를 은유한다. 겨울철의 토끼몰이는 동네마다 벌어지던 한바탕의 소동이었지만, 그것이 전후라는 사회적 배경 속에 놓이게 되면 예사 의미를 초월하게 된다.

주인공 나는 비록 식구들로부터 구박받는 머슴이지만 "토끼덫을 만드는 솜씨나 꿩 잡는 재주는 따갈 사람이 없었"던 올챙이 아저씨를 부러워하는 소년이다. 나는 아저씨에게서 토끼용 올무를 얻을 요량으로 할아버지의 궐련을 빼돌린다. 나는 가족으로부터 위임받은 업무를 수행하는 동안에, 자신의 욕망을 성취하기 위해 할아버지의 궐련을 은밀히 비축하기 시작한다. 그러므로 나의 욕망은 조손지간의 원만한 관계를 왜곡시키는 시발점 행동이다. 마침내 아저씨와 흥정할 양의 궐련이 쌓이자, 나는 서슴지 않고 아저씨를 향해 사립문을 열고 들어선다.

"니 퇴끼 올무 얻으러 왔쟈?"
아저씨가 콩알과 송곳을 내려놓고 꾀죄죄한 조끼 주머니에서 쌈지를 꺼내며 물었다.
"응."
나는 고개를 끄덕이며 무릎걸음으로 다가앉았다.

토끼 올무를 구하기 위한 소년의 집념이 성취되는 순간이다. 나는 토끼몰이가 전쟁놀이의 축소판이라는 사실을 모르는 철부지 소년이다. 하지만 올무를 입수하기 위해 아저씨를 찾아가는 그의 행위는 이미 전쟁놀이에 개입된 상황과 대유된다. 나의 행동은 할아버지의 궐련과 올무를 맞바꾸는 철없는 짓에 불과하지만, 다른 한편으로는 전쟁이 욕망의 산물이라는 점과 동궤에 놓인다. 더욱이 '토끼'는 호랑이와 함께 한반도의 지형을 은유하는 동물이라는 사실을 전제하면, 집요하게 기획된 나의 올무 획득은 전쟁을 일으키기 위한 욕망의 실현에 다름 아니다.

한편 "이마는 벗겨지고, 다리는 짧고, 올챙이처럼 배만 나온 데다가 늘 무엇이 불만인지 상을 찌푸리고 다닌다"는 아저씨는 토끼 잡는 기술이 뛰어난 머슴이다. 그는 세상을 향한 불만으로 가득차 있으며, 미처 묘사되지 않은 불만은 그의 처지를 한층 신비롭게 만들어 준다. 그에게 부과된 인물 형상은 "논둑을 깎다가 개구리를 잡아먹고, 나무하다가 도마뱀도 꿀꺽, 갓난애처럼 무엇이나 보이는 대로 널름 입에 넣는 그런 사람"이다. 곧, 그는 자신의 식탐을 충족하기 위해 존재하는 인물에 불과하다. 이런 아저씨와 나의 결탁은 오로지 토끼 올무를 매개로 이루어진다. 두 사람 사이에 놓인 신분상의 차이는 물물교환에 의해 무화되어 버리고, 양자는 동일한 욕망을 매개로 긴밀하게 연결된다.

이와 같이 「토끼의 눈」에서 작가는 자신의 의도와 상관없이 연루되는 전쟁의 비극을 드러내고 있다. 그는 이 작품에서 하얀 토끼와

강정규의 동화집 『토끼의 눈』(푸른책들, 2004)과 『짱구네집』(문원, 2006).

빨간 눈의 대조를 통해 순백의 소년이 피 흘리는 전쟁에 개입하게 되는 과정을 세밀하게 그려낸다. 특히 작가의 시각은 하얀 빛을 잃어버린 '토끼의 눈'이 되어 일상화된 전쟁의 무감각성을 고발하는 데 기여한다. 그는 고발의 사실성을 획득하기 위해 「별주부전」을 차용하기도 하고, 전쟁의 복합적 의미를 어린 시각에서 인식할 수 있도록 토끼몰이라는 전래의 놀이를 동원하기도 하지만, 이러한 세목들은 근본적으로 전쟁의 비인간성을 고발하기 위한 작가의 치밀한 서술전략에 의해 채택되었을 뿐이다. 이런 측면에서 강정규의 전쟁 동화를 읽기 위해서는 불가피하게 다양한 독법을 필요로 하게 된다.

2) '나무 같은 사람들'의 이야기

강정규가 최근에 재간한 동화집 『짱구네집』(문원, 2006)은 가난한 날의 삽화이다. 그는 이 작품집에 표제로 삼은 『짱구네집』 외에 6편의 동화에 지난날의 아픈 추억과 아름다운 사람들의 군상을 수록하였다. 앞에서 살핀 『토끼의 눈』이 전쟁 체험에 집중되었다면, 이 책에 수록된 작품들은 그 이후의 이야기를 다루고 있다는 점에서 구별된다. 그런 까닭에 두 작품집은 한꺼번에 읽어야 제격이다. 전쟁과 그로 인한 가난의 중첩 현상은 두 권을 일관하면서, 전쟁의 피해와 시대의 우울을 고스란히 재현하고 있다. 곧, 두 작품집은 동시대인들이 잃어버린 과거사를 통해 가족의 중요성과 세대간의 대화 방식을 보여주기에 충분하다.

서양의 격언에서 가난은 동정의 대상이 아니라 잠시 불편할 뿐이라고 하지만, 한국인들에게 가난은 원초적인 본능까지도 억제할 만큼 견디기 어려운 고통이었다. 한국의 현대사는 가난으로부터의 해방이라고 해도 과언이 아닐 정도로, 한국인들은 가난을 추방하는 일을 시대적 과업으로 받아들였다. 곧, 가난은 한국인이라면 누구나 감당해야 했던 일상사였으며, 그들의 주름살 아래에 매장되어 있는 시대적 풍경이다. 작가가 굳이 "『짱구네집』은 여덟 남매 건강히 키우신 우리 어머님께 바치는 작품"(「금학산 옻나무」)이라는 서언에서 자전적 성향을 표내지 않았더라도, 이 작품집의 내용은 전적으로 우리 시대의 언덕 저편에 고스란히 퇴적되어 있는 경험담이다.

가난을 극복하는 태도는 크게 두 가지이다. 하나는 가난에 굴복하지 않고 의연히 대처하는 태도이고, 다른 하나는 가난을 숙명으로 받아들이고 순응하는 태도이다. 전자는 지금의 한국을 추동한 원동력이 되었고, 후자는 봉건적 덕목의 유습으로 폐기하기까지 상당한 기일이 소요되었다. 그러므로 가난은 역사이다. 역사는 끊임없이 현재적 관점에서 기억해야 하는 과거의 경험이다. 가난이 역사적 사실이 아니라 서사적 경험으로 서술될 때, 우리들은 가난의 허구적 실체를 확인할 수 있는 기회를 확보하게 된다. 이런 측면에서 강정규가 집중적으로 서술하고 있는 가난 체험은 의미를 획득할 수 있다.

작가의 가치관을 담보하고 있는 인물이 짱구이다. 짱구는 예전에 여느 집에서나 머리가 큰 아이를 가리키던 이름이다. 주위에 흔했던 짱구라는 별명은 작품의 리얼리티를 확보하는 데 기여한다. 독자들은 그를 통해 아스라한 과거의 추억을 오늘에 되살리면서, 이전에 짱구가 감당했던 가난의 경험을 공유하게 된다. 더욱이 그는 여러 작품에서 거듭하여 출현함으로써, 독자들에게 인물의 성격에 대한 선지식을 선사해 준다. 말하자면 작가는 낯익은 소재와 인물을 등장시켜 독자의 공감을 쉽게 얻게 되고, 독자들은 작가의 세계관 속으로 한층 가깝게 다가서게 되는 것이다.

그는 「짱구네집」에서 일어나는 사건의 중심에 위치하고 있으며, 그의 어른스러운 행동은 작가가 갖고 있는 애정의 강도를 추측케 해준다. 그는 동생을 업어 주고 물고기를 낚아서 반찬을 제공하며, 길에 떨어진 빵을 주워 동생의 시장기를 덜어 주지만, 정작 자신은 "논둑에 말라비틀어진 채 놓인 그런 개구리"같이 토굴 속에서 신음하는 어머니를 위해 배고픔을 참는다. 짱구는 어머니를 위해 빵을 주워 갔다가 가족들로부터 꾸중을 듣지만, 그의 행동은 병자인 어머니를 향한 효도의 실천에 다름 아니다. 그의 어머니는 만성질환으로 앓아누워 있으면서도 치료비가 없어서 토굴 속에서 군대 간 큰아들을 기다리며 살아간다. 어머니에게는 장남을 보고 싶은 마음이 우선이고, 짱구가 배고픔을 참고 빵을 주워온 것은 비난의 대상일 뿐이다. 자신의 배고픔보다 어머니의 배고픔을 우선적인 고통으로 수용한 짱구는 전통적인 가치관을 온몸으로 체현한 인물이다.

"엄마는 돌아가시지 않아. 우리가 이렇게 지키고 있는 한 엄마는 돌아가실 수 없어."

둘째 형이 말했습니다.

"그래. 짱구야. 우릴 바르게 키우시려구 애쓰시는 엄마는 강해. 엄마의 마음은 죽음도 물리칠 수 있어."

누나가 짱구의 다른 한 손을 잡으며 말했습니다.

"일등 할게. 일등 할 수 있어."

짱구가 갑자기 누나와 둘째 형의 손을 각각 힘있게 쥐며 대답했습니다. 그리고 나서 짱구는 방을 나왔습니다.

그는 어머니의 신병 치료와 가문의 영광을 위해 큰형의 휴가와 제대를 기다린다. 마침 휴가를 얻은 큰형의 도움으로 어머니의 지병이 치료됨으로써, 짱구의 자잘한 일상적 효행은 서사의 이면으로 묻혀 버린다. 그는 지속적으로 서사를 진행하면서도, 자신은 서사의 가장 자리로 밀려난다. 그가 일상생활에서 보여준 어린아이답지 않은 행동과 서사의 진행 과정에서 보여주는 행위는 작가의 체험이 강하게 주입된 결과이다. 곧, 짱구의 역할은 작품의 전편에서 서사의 진행 방향을 좌우하며, 주제의식을 발현하는 데 적극적으로 개입하도록 부과된 것이다. 이 점은 그의 성장 후 이야기가 서술 대상에서 제외된 사실과 관련되어 있다.

작가의 세계관이 숨김없이 드러난 것이 「까치집」이다. 이 작품은 1970년대 새마을운동이 한창일 때 농촌 곳곳에서 벌어졌던 갈등 사례를 다루고 있다. 짱구 할아버지는 머슴살이로 모아 마련한 쇠똥배미 논을 내놓으라는 마을 사람들의 성화에 극렬히 저항한다. 그들에게는 마을 진입로를 확장하는 데 필요한 평범한 논에 불과하지만, 할아버지에게는 필생의 파노라마를 보여주는 목숨과 같은 논이다. 당연히 양자간에는 갈등이 생기게 되고, 일반적인 싸움의 양상을 따라 일인을 향한 만인의 강요로 전개된다. 이것은 이성적 논리보다는 심정적 논리를 우선하는 한국인의 고유한 싸움 판세였다. 문제는 이런 싸움에서 언제나 사회적 약자로 전락한 일인의 갈등이 도드라진다는 점이다.

짱구의 할아버지는 논을 길에 편입시키려는 만인의 설득에 포위되어 있다. 그는 마을 사람들의 두런거림 속에서 사유재산을 지키지 못하는 비극적 상황을 향해 서서히 나아간다. 그 진행 속도를 지연시키며 할아버지의 고독감이 돋보이도록 서사적 상황을 조절하는 인물이 손자 짱구이다. 그는 「짱구네집」의 짱구처럼 "사람들이 머리통이 크

다고 짱구"라고 불린다. 그는 막연하지만 할아버지가 식음을 전폐하
고 고집을 부리는 이유를 알고 있다. 그 일로 인해 학교에서도 고개
를 숙이고 다니며, 동네의 또래집단에도 끼지 못한다. 그는 할아버지
와 함께 만인으로부터 소통관계를 단절당한 것이다. 그에게는 까치
새끼를 구경하는 일 외에 소일거리가 없다.

검정 고무신짝이 하나씩 떨어졌습니다. 미처 신을 벗을 겨를도 없었던
모양입니다. 그제야 손바닥에 번갈아 침을 뱉었습니다. 어른들은 어안이
벙벙합니다. 아이들도 눈이 휘둥그레졌습니다.
"이 나무 꼭대기에 까치가 새를 깠어요. 이 나무는 벨 수 없어요."
명구는 나뭇가지에 걸터앉은 채 소리쳤습니다.
"저 녀석이?"
"내려와라. 이 나무를 베야 차가 들어올 수 있다."
누군지 달래는 말투입니다.

그렇지만 손자 최명구는 작가의 가치관을 담보하고 있는 소년이
다. 그는 새 길이 뚫리면 까치집이 있는 미루나무가 베어질지 모르는
두려움 속에 나무에 올라가서 밤새 내려오지 않을 정도로 우직하다.
그는 할아버지의 행동에 동조할 만큼 성숙한 인물이 아니기 때문에,
미루나무의 까치집을 보호하는 어린이다운 행위를 통해 마을 사람들
과 맞서게 된다. 하지만 그는 할아버지의 고집을 옹호하면서도 농장
집 은희와 우정을 나눔으로써, 할아버지로 하여금 농장집 사람들과
더불어 살 수 있는 물질적 토대를 제공한다. 이것은 조손지간의 화해
와 협력관계를 상징적으로 나타내는 서사적 표지이다.
짱구의 행동에 힘입어 할아버지는 결국 작품의 결말부에서 논에

흙을 메꾸어서 신작로로부터 마을로 진입하는 차량들이 오갈 수 있도록 배려한다. 마을 사람들에게 그는 재산에 집착하는 옹졸한 인물처럼 보이지만, 내심으로는 공동체의 현안 과제를 해결하는 단초를 제공하는 조력자이다. 마치 커다란 느티나무 한 그루가 그늘을 만들어 동네 사람들에게 휴식공간을 제공하듯이, 자신의 전생애를 투사하고 있는 논을 희사하는 그의 선행은 아무도 모르게 밤에 이루어진다. 물론 손자에 의해 그의 음덕은 발각되지만, 그의 희생은 "죽으면 한 그루 느티나무가 되고 싶구나. 고단한 사람들에게 시원한 그늘을 만들어주고, 온갖 새들이 날아와 노래하는 커다란 느티나무가 되고 싶어"(「언년이 할아버지」) 하는 언년이 할아버지의 행동과 유사하다.

이러한 결말은 전적으로 한국적인 풍경이다. 자신의 재산을 마을 공동체를 위해 희생하지 않으면 안 될 정도로, 한국인들은 선공후사의 도덕적 담론에 익숙하다. 또한 전통적인 가치관에 충실한 작가의 윤리의식을 살펴보기에 충분하다. 강정규는 짱구 할아버지와 언년이 할아버지를 통해 이 땅의 역사 속에서 진정으로 공동체를 위해 살았던 민초들의 삶을 형상화하고 싶었던 것이다. 이런 의도를 달성하기 위해 그는 이 작품에서 「짱구네집」에 등장하는 짱구의 본명을 밝혀주고, 「언년이 할아버지」의 삶을 반복하는 방식을 채택하고 있다. 그의 서사적 노력은 동화집 전반을 관통하면서 주제의식을 형상화하는 데 기여한다.

이와 같이 강정규는 실체적 경험에 기반하여 동세대의 실존적 조건들을 점검하는 방안으로 『짱구네집』에서 '나무 같은 사람'의 이야기를 담았다. 그가 지향하는 인물 형상은 전적으로 세대감의 발로로 보인다. 그 세대는 동시대의 현기증 나는 정치적 아귀다툼에 혀를 끌끌 차며 훈수를 하고 싶지만, 세상이 자신들의 앞에 나섬을 싫어하는 줄 잘 안다. 그의 세대가 갖고 있는 한계는 바로 이러한 상황과 연루되어 있다. 하지만 세대의 문제는 항상 시대 상황으로부터 야기되는 것이다. 하지만 그 세대는 동화 「늙은 기관사」에 등장하는 은퇴한 기관사의 음성을 통해 알 수 있듯이, 전대와 후대의 문화적 전달자의 역할을 수행한 사실에 대해 정당한 평가를 받고 싶어 한다. 그들의 주장은 이른바 신세대의 부모로서의 쉰세대의 실존 이유이다.

3. 결론

이상에서 살핀 바와 같이, 강정규는 시대의 음화를 동화의 문법으로 변용하는 데 탁월하다. 그는 작품집 『토끼의 눈』과 『짱구네집』에서 살펴볼 수 있듯이, 세대의 의무감을 지속적으로 동화작품에 용해하고 있다. 그는 동시대의 사람들이 잃어버린 과거적 고통의 기억과 화목한 질서를 작품의 내적 형식에 삼투시킴으로써 작가적 책무를 충실하게 수행하는 한편, 세대간의 중매자로서의 소임을 다하고 있다. 따라서 그의 동화집에 수록된 일군의 윤리지향적 작품들이 동시대에 갖는 의미는 소중하다. 그것은 사회의 발전에 따라 점차 사라지는 지난 시절의 풍경들이 미래의 세대에게 더없는 역사적 흔적으로 자리하게 될 것이기 때문이다. 인류의 역사가 과거의 부단한 적층이라는 점을 고려할 때, 강정규가 보여주고 있는 일련의 가난한 날의 삽화는 이런 점에서 유의미한 평가를 받게 될 것이다.

비인간스러운 인간의 역사

—이상배의 역사동화론

1. 서언

문학과 역사의 만남은 오래되었다. 문학은 역사로부터 무수한 소재와 주제를 차용하였고, 역사는 문학작품의 성과를 수용하여 서술상의 오류를 바로잡는 데 활용하였다. 문학과 역사의 주고받기는 앞으로도 계속될 사업이다. 하지만 언제나 밑지는 것은 역사가 아니라문학이다. 왜냐하면 문학은 과거로부터 앞으로의 전망을 시도하지만, 역사는 겨우 현재적 시점에서 기술한 채 '역사는 과거와의 끊임없는 대화'라고 변명하기 때문이다. 역사는 기술되지 않으면 안 되지만, 문학은 서술되지 않아도 문학이다. 문학은 말과 글이라는 두 가지의 언어를 갖고 있지만, 역사는 글 외에는 역사로 취급하지 않는다. 그러므로 정사는 언제나 책으로 기술되었다. 이 점에서 문학과역사는 갈린다. 문학은 정사의 편이 아니다. 역사는 '아름다움 없는 내용'을 추구하지만, 문학은 '내용 없는 아름다움'을 추구한다.

　문학은 내용의 미망을 경멸하는 대신에 형식을 선택한다. 그러므로 문학의 형식적 논의는 해를 거듭하면서도 반복되며, 작품의 형식미학에 관한 숱한 질문들이 되풀이된다. 본고에서는 이상배의 『별이된 오쟁이』(배동바지, 2004)에 수록된 「북치는 소년」과 「부엌새 아저씨」를 중심으로 역사적 사건의 동화적 수용 방식에 대해 살펴보고자한다. 작가에 의하면 이 작품들은 "나의 아버지와 아버지께서 기억하는 선조들과 나로 이어지는 나의 아이들과 다같이 느낄 수 있는 뿌리 얽힌 정과 슬픔과 아름다움"(「아름다움의 뿌리를 캐며」)이라고 한다. 따라서 그가 두 작품을 통해 추구하려고 한 '슬픔과 아름다움'이야말로, 문학의 역사에 대한 우위성을 증거하기에 충분한 것으로 판단된다. 그는 작품에서 문학적 형식에 기초하여 역사의 위선을 폭로하는 동시에, 어떠한 명분의 전쟁도 반대하는 의지를 피력하고 있다.

2. '북치는 소년'의 내용 없음

　기껏해야 "피 묻은 백지, 마초 한 다발"(강인한, 「저녁 悲歌」)에 불과한 역사를 돌아보는 것처럼 무료한 일은 없다. 더욱이 고구려가 이국의 영토 안으로 사라지고, 백제가 마멸된 이 나라에서 사라진 왕국의 역사를 재론하는 것은 당치 않다. 특히 백제는 '잃어버린 왕국'이다. 한국의 오천년 역사 중에서 백제 왕조처럼 국가의 정체성과 자존심이 능멸된 사례는 없다. 신라는 이민족의 무력을 빌어 제 민족을 치고 나서도 부족하여 역사의 기록에서 그 나라를 배제하였다. 신라의 후손들은 총명하기 그지없는 의자왕을 주지육림에 빠진 형편없는 군

주로 격하시킨 것도 부족하여 백제를 환락과 욕망의 나라로 폄하하였다. 그들은 신라군과 당군의 겁탈을 피하려고 부소산성으로 달아났다가, 더 이상 도망칠 곳이 없어 낙화암 아래 수장된 궁녀들을 임금의 성적 노리개로 비하하여 자기들의 비윤리적 만행을 은폐하였다. 신라인들에 의해 확립된 '지배와 배제의 원리'는 후발 왕조 고려에서 기승을 부렸는데, 경주에 기반을 둔 기득권층에 포위된 고려조는 신라의 논리를 더욱 공고하게 제도화하였다.

하지만 역사를 기록하는 언어는 역사 이전의 역사이다. 민중들은 제도권의 기록으로서의 역사가 아닌, 언어를 통해 자신들의 역사를 전승한다. 그 대표적 사례가 『삼국사기』와 『삼국유사』이다. 두 책은 편찬 방식부터 다르다. 김부식은 고구려의 역사를 계승한 발해의 강토를 고의적으로 배제하여 조국의 강역을 축소하고, 모조 조국 중국

이상배의 역사동화 『별이 된 오쟁이』(배동바지, 2004)

의 『사기』를 흉내내어 승자의 편에서 역사를 기술하였다. 그에 비해 일연은 여항의 서사물들을 수록하여 역사의 외연을 확장하였다. 그렇기에 역사가는 경주를 중심으로 한 지배층의 기득권을 옹호하는 데 치중한 『삼국사기』를 높이 평가하지만, 작가는 한민족의 사유방식을 총기한 『삼국유사』에 주목한다.

이런 점에서 백제의 역사를 동화 「북치는 소년」에 끌어들인 이상배는 어리석다. 더욱이 외세를 빌어 동일 민족을 정벌했던 신라에 의해 철저하게 마멸되어 버린 백제의 한을 '북치는 소년'의 내용 없는 타고 행위에 의탁한 그의 주제의식은 만만하다. 이미 나라는 스러져 가는데, 어린 소년이 북을 두드려 병사를 독려한다손 악화된 전황이 크게 달라지겠는가. 이 작품은 백제 멸망기에 살았던 북장이 3대의 비극적 이야기이다. 작가는 성명조차 가질 수 없는 할아버지와 아버지에 이어 손자까지 독전병으로 참가하게 된 한 가문의 사연을 급박한 호흡으로 소개하고 있다. 작품의 처음부터 끝까지 전쟁 기간 중이기 때문에, 작가는 빠른 속도로 이야기를 전개시킬 수밖에 없었을 터이다.

작품의 배경이 된 백제 부흥 운동은 역사적으로 백제 멸망 이후 4년간에 걸쳐 백제의 왕족, 유신, 유민들이 일으킨 왕조의 복원 운동이다. 서기 660년에 사비성을 함락시킨 당나라가 백제의 고토에 설치한 도독부의 통제력은 일부 지역 외에 미치지 못했고, 대부분의 지역은 백제 부흥군이 장악하였다. 특히 흑치상지는 수도 함락 직후 임존성(충남 예산)을 거점으로 3만 명의 병력을 수습하여 당군을 격퇴하면서 2백여 성을 회복하였다. 이때 무왕의 조카이며 의자왕의 사촌인 부여복신과 승려 도침은 일본에 가 있던 왕자 부여풍을 왕으로 옹립하고 주류성을 도읍지로 삼아 고구려, 일본과 연계하여 신라와

당에 맞서다가 663년 주류성마저 함락당하고 말았다. 풍왕은 고구려로 몸을 피하고 잔여 세력은 일본으로 망명길에 올랐다. 이때의 모습을 『일본서기』는 "백제의 이름은 오늘로 끊어졌다. 조상의 분묘가 있는 곳을 어찌 다시 갈 수가 있겠는가."라고 기록함으로써, 백제가 일본의 뿌리라는 점을 강조하며 조상의 나라가 멸망된 역사적 사실에 안타까움을 서술하고 있다.

이와 같이 백제 부흥 운동의 역사적 의미는 간과할 수 없다. 이상배는 사료가 풍부한 신라 이야기를 서술하지 않고, 자료가 멸실된 채 '내용 없는 아름다움'으로 사장된 백제의 부흥 운동을 다루고 있다. 할아버지는 백제의 명장 성충 장군에 배속되어 대야성 전투에서 신라군을 대파하는 데 일조하였다. 굳이 전장에서 독전병의 중요성을 강조하지 않더라도, 북장이로서의 그의 자존심은 "우리 집안은 북장 사하는 집안이 아니라, 북장이 집안이다"라는 일언에 배어 있다. 그가 나당 연합군의 사비성 침공 소식을 듣고 자식을 전쟁터에 보내는 것은 당연하다. 그는 불리한 전세 속에 전장에 나아가는 자식의 운명을 예감하면서도, 짚신과 북채 등을 꼼꼼하고 넉넉하게 챙겨 주며 하나뿐인 자식의 참전을 독려한다.

"독전병은 쉽게 낙오하거나 죽어서는 안 된다. 북소리가 끊어지면 군사들의 마음이 흐트러진다. 사기 떨어진 군사는 더는 싸울 수가 없는 법이다. 쉴새없이 북을 쳐대야 한다. 혹여 백제 군사가 패하더라도 도망치지 말거라. 항복해서도 안 된다. 죽을 때까지 북을 쳐야 한다. 알았느냐?"

평생 동안 전쟁에 참가하여 국가의 존립을 지켜낸 노병의 우국충정이 드러난 발언이다. 할아버지의 교훈은 그대로 전수되어 심약한 자식의 참전의지를 고양하는 데 도움을 준다. 그러나 아버지의 분부를 따라서 국가의 존망을 결정하는 중대 전투를 승리로 이끌겠다던 아들은 배고픔과 불리한 전황을 이기지 못하고 대오에서 이탈하고 말았다. 그가 전쟁터를 헤매는 동안 집안에서는 아버지와 처자식이 그의 귀가를 손꼽아 기다린다. 마침 등장한 약초꾼은 임존성을 거점으로 봉기한 백제 부흥 운동의 전말을 전해 주면서, 할아버지의 독전병 참여를 권유한다. 그는 모병꾼이었던 것이다. 그 이야기를 들은 손자 용이는 할아버지 대신 자기가 북장이로 나가겠다고 자청한다. 그리하여 용이는 백제 최후의 대혈전이었던 주류성 전투에 참전하게 된다.

작품 속의 주무대로 등장하는 주류성은 백제 말기의 성이다. 아직까지 백강과 주류성의 위치에 대해 학계의 합의는 이루어지지 않았다. 학계에는 대체적으로 이병도의 충남 서천 건지산성의 주류성설 및 금강 하류의 백강설과 일본인 사학자 이마니시〔今西龍〕의 부안 우금산성의 주류성설 및 곰소만의 백강설이 대립하고 있는 실정이다. 백제, 신라, 당, 일본의 4개국이 참전한 전장의 위치를 정확히 알 수 없는 것은 신라 정권의 고의적 누락으로 말미암은 것이다. 이것은 백제 멸망 당시의 정황을 『삼국사기』의 「신라본기」와 「백제본기」에 자세히 기록한 것과 대비된다. 또한 자국의 역사를 기록할 수 없었던 백제나 외국의 지리 사정에 어두웠던 당나라와 일본의 소략한 기술과도 비견된다. 그러므로 『삼국사기』 편찬자의 역사적 과실은 실로 크다. 그는 엄정한 사관이 아니라 정치적 입장에서 백제 부흥 운동을 지나치게 축소하고 왜곡하여 기록하였다. 그는 수년간에 걸쳐 진행된 국제전쟁의 의미를 애써 무시하고, 나라잃은 잔적들의 소요로 격하시켜 버린 것이다.

김부식 이전에 '삼국통일'의 위업을 달성한 신라의 협량한 정치 권력은 백제 유민들을 포용하지 않았다. 그들은 찬란한 백제의 문화 유적들을 극심하게 훼손하였으며, 유민들의 계급적 재분해 과정을 재촉하였다. 그리하여 동일 민족에게 버림받은 백제 유민들은 이익의 『성호사설』, 정약용의 『필언각비』 그리고 이능화의 『조선해어화사』 등에 나타난 바와 같이, 수척으로 전락하여 기생의 원조가 되었다. 이 점은 앞으로 작가들이 힘을 기울여야 할 백제의 비극사이며, 제민족을 제압하기 위해 이민족의 힘을 빈 신라의 씻을 수 없는 죄악이다.

한편 주류성 전투는 용이에게 크나큰 비극을 안겨 주었다. 그는 "독전병은 도망쳐서도 안 되고 죽어서도 안 된다"던 할아버지의 가르침이 생각났지만, 전제는 이미 돌이킬 수 없을 정도로 불행해져 있었다. 그 역시 아버지가 걸어간 후퇴의 길로 접어들지 않으면 안 되었다. 그가 굴 속에서 어머니 생각으로 조롱을 꺼내어 뺨에 부비는 순간, 귀에 익숙한 북소리가 들려 왔다. 그것은 바로 할아버지와 아버지가 한자리에서 치던 북소리였다. 그의 아버지는 살아 있었던 것이다. 용이는 경중경중 나는 듯 북을 치고 「방아노래」를 부르며 어머니를 생각하였다. 그에게 비극적 순간이 다가오고 있었던 것이다.

용이는 문득 그 날의 어머니 북 장단이 생생히 떠올랐습니다. 한 소절 한 소절 끊어질 듯 노래를 부르며 북을 치던 어머니……

그때, 주류성 성루에서 북을 치던 독전병이 작은북을 치며 다가오고 있는 어린 고수를 내려다보았습니다.

"용아, 용아!"

그의 입 속에서 짧은 외마디 소리가 터져 나왔습니다.

그때 어디선가 불화살 하나가 어린 백제군 북장이를 향해 날아갔습니다.

"용아!"

그 순간 성루 위의 독전병이 피를 토하듯 외치며 성 밖으로 몸을 날렸습니다.

북 소리가 점점 잦아들었습니다.

용이와 아버지가 북소리를 매개로 만나는 장면이다. 자식의 죽음을 목도하는 아버지의 투신 행위는 작품의 결말로 이어진다. 동화로는 보기 드물게 비극적 결말을 취택한 이 작품에서 작가는 전쟁의 의미를 묻고 있다. 또한 계속되는 남정네들의 주검 아래로 은폐된 과부들의 애통한 사연이 행간에 제시된다. 명분없는 전쟁에 끌려 나가 죽음을 맞은 지아비와 자식을 잃고 '살아남은 자의 슬픔'은 물리적 시간 속에서 한으로 응집된다. 물론 이 작품의 서사적 시간 속에는 여자에 대한 배려가 없으나, 지아비의 죽음으로 말미암아 통곡하는 여자의 처지를 통해 물리적 시간은 제시된다.

정치 권력의 하릴없는 땅따먹기 놀음 속에 동원된 북장이 조부손 삼대의 비극은 한 가문으로 국한되지 않는다. 외세와 결탁한 무력을 앞세운 정복자의 탐욕 앞에서 한 가문과 국가는 멸망했지만, 그들의 언어는 살아남아 문학으로 재생된다. 가난한 무명씨의 죽음은 내용을 중시하는 역사의 전면에는 등장하지 않지만, 그들의 아름다운 충성심은 문학의 언어로 되살아난다. 조국을 위해 산화한 이름 없는 북장이들의 혼령은 시공을 초월한 사서의 형식을 빌어 '지금 여기에' 육화된 것이다. 그들이 지키고자 했던 것은 국가뿐만 아니라 당대의 언어였으며, 마침내 백제어는 끈질긴 생명력으로 살아남아 이 나라의 '표준어'가 되었다.

3. '부엌새'의 후일담

역사를 믿는 것처럼 어리석은 일은 없다. 더욱이 전쟁이라는 가장 비인간적인 사건으로 연속된 인류의 역사에서 교훈을 찾아내는 것은 참말 덧없이 허무한 짓이다. 인간이 만들어낸 것 중에서 가장 배척해야 할 것은 이념과 전쟁이다. 양자 모두 이성의 이름을 차용한 광기로 약자를 철저히 짓밟는다는 점에서 공통점을 갖는다. 독일의 저명한 실존주의 철학자가 솔선수범한 바와 같이, 지식인들은 이성의 힘을 빌어 광기를 체계화하고, 나아가 정치인과 결탁하여 지식과 권력의 합종연횡을 획책한다. 그 결과로 이념은 인간의 영혼을 부패시켜 육체를 수단화하고, 전쟁은 인간의 육체를 불구화시켜 영혼을 황폐화한다. 둘 중에서 전쟁은 무조건적인 비난 말고 달리 받아야 할 평언이 없다.

이상배의 동화 「부엌새 아저씨」는 전쟁이 한 인간의 영혼을 얼마나 피폐화시키는지를 선연하게 보여주는 작품이다. 작가는 최덕봉이라는 본명을 숨기고, 일명 '부엌새 아저씨'로 불리는 인물의 후일담을 통해 전쟁의 비인간성을 고발하고 있다. 그의 세대는 한국전쟁이라는 미증유의 역사적 체험을 갖고 있다. 그들에게 전쟁 체험은 김종삼의 절편 「북치는 소년」의 거세된 리듬처럼 불구의 원죄의식으로 자리잡고 있다. 그래서 그들의 작품에서 한국전쟁의 흔적을 발견하는 일은 어렵지 않다. 그들이 애써 전쟁의 상흔을 서사화하는 것은 역사적 책무라기보다는, 차라리 전쟁의 목격자로서 선대의 아픔을 후대에 전해 주려는 증언자로서의 의무감에서 비롯된다고 할 것이다. 이 작품은 '나', 곧 창하가 자기 집에 부정기적으로 들르는 한 아저씨의 과거사를 캐묻는 형식을 취하고 있다. 이러한 전개 방식은 작가의 의도를 금세 드러내준다.

덕빙이는 가는 숨을 내쉬었다. 바지 주머니에서 얼른 부싯돌을 꺼냈다. 탁, 탁, 마주쳐 빛을 냈다. 부엌새였다. 참새보다 작은 몸통의 까만 새. 부엌 같은 어두컴컴한 곳에서 울며 산다고 해서 부엌새라 불렀다.

그 새는 은행나무 굴 속에서 살아왔다. 가끔은 굴 속에서 빠져나가려고 비행하다 나무 벽에 부딪쳐 상처를 입었다.

바보새 같으니. 눈이 보이지도 않니. 공중으로 날아야지. 하늘로 날아야지. 새는 하늘에서 날며 하늘에서 살아야지. 부엌새는 바보다. 덕빙이는 더는 움직이지 않는 부엌새를 한 구석에 놓아주었다. 그리고 나무 굴 속에서 나왔다.

부엌새 아저씨가 최덕봉(덕빙)이라는 본명을 감추게 되는 사건을 암시하는 구절이다. 덕빙이는 한국전쟁을 겪으면서, 어린 시절에 '바보새'라고 이름 붙였던 부엌새의 운명을 따라가게 된다. 그는 한때의 잘못으로 평생 동안 죄의식 속에서 살아가는 비극적 인물이다. 따지고 보면 그의 잘못은 잘못이라고 할 수 없다. 도붓장사였던 부모가 장에 나가고 형은 학교에 간 어느 날, 그는 심심해서 혼자 놀다가 전쟁을 만났다. 그는 동리 사람들이 모두 피난간 마을에 혼자 남겨진 채 워리와 함께 가족들을 기다린다. 아홉 살배기에게 죄의식의 단초를 제공한 것은 마을 사람들이었다. 그들은 소년을 홀로 두고 피난하면서 은행나무 밑에 숨어 있도록 당부한다. 하지만 그것은 자신들의 안녕을 도모하기 위한 임시방편일 뿐이지, 소년의 안위를 걱정한 조처가 아니었다.

마을 사람들이 피난간 금적산의 토굴은 원래 일제시대의 금광이었다. 금적산은 한 마을의 뒷산이라는 지리적 의미를 초월하여 역사적 사건을 간직한 공간으로 자리매김되어 상징적 의미를 획득하게 된 다. 일본인들의 감시 아래 창하의 할아버지는 동네 사람들과 함께 금 광 채굴에 동원되었다. 할아버지 세대의 강제 노역에 의해 조성된 토 굴이 아버지 세대의 피난 공간으로 활용된 것이다. 그러나 일제의 금 채취로 인해 "푸르던 산은 상처투성이가 되고, 산 속 여기저기에는 버려진 돌더미가 무덤처럼 쌓여 있었다"는 금적산은 전쟁통에 이루 어진 대량 학살로 말미암아 비석골로 변한다. 이 작품은 바로 돌이 많아서 이름지어진 금적산의 석비레 고개가 비석골로 변하게 된 사 건을 서사화한 것이다.

전쟁이 벌어진 뒤 집에서 가족들을 기다리던 덕빙이는 잠을 자던 중에 총을 든 한 떼의 무리에게 사로잡힌다. 그들은 덕빙이를 앞세우 고 마을 집들을 샅샅이 뒤진다. 감시하는 눈총들이 잠든 사이에 탈출 에 성공한 덕빙이는 어른들이 알려준 대로 은행나무 굴로 숨어 들어 간다. 그 속에 숨어 있던 덕빙이는 마을로 나가서 배를 채운다. 자신 이 왜 숨어야 하는 줄도 모르는 소년은 마을 사람들의 양식을 구하기 위해 하산한 야학 선생님과 천도 아저씨를 만나게 된다. 그들은 마을 사람들이 처한 상황을 자초지종 설명한 후에 덕빙이를 앞세워 양식 을 구하게 된다. 다수의 생존을 위해 소년의 목숨을 요구하는 그들의 행위는 위선적이다. 만일 적에게 발각되어 배후를 추궁당할 경우에, 일용할 양식을 소년의 도움으로 구하게 된 마을 사람들은 그를 배신 자로 낙인찍게 된다. 말하자면 소년에게 부과된 사명은 애초부터 지 켜질 수 없는 금기사항이었던 셈이다.

그리고 어른들의 무책임한 방기에 의해 주인 소년을 따라 남게 된 워리는 작가가 쳐놓은 올가미였다. 주인 아닌 낯선 사람을 보면 짖게 마련인 개의 충성심은 종국에 이르러 어린 주인을 인민군에게 잡히도록 만든다. 급기야 아홉 살짜리 덕빙이는 총으로 위협하는 인민군들의 강압을 못 이기고 동네 사람들의 피난처를 알려주게 된다. 그 댓가로 인민군의 손아귀에서 벗어난 덕빙이는 은행나무 굴에 숨어 있는 야학 선생님을 찾아 달아난다. 동시에 금적산에 숨어 지내던 마을 사람들을 향한 대량 학살이 진행된다.

　　"워리, 워리."

　　워리가 왈칵 달려들었다. 덕빙이는 워리를 안고 마을 쪽으로 뛰기 시작했다. 총소리가 몇 방 귀청을 찢었다. 그리고 잠잠했다. 정신 없이 달려 마을 뒷산 고개에 이르렀을 때 금적산 쪽에서 총소리가 들렸다. 쉴새없이 콩 볶듯이 들려왔다.

　　덕빙이는 울면서 뛰었다. 워리가 뒤를 따랐다. 은행나무 터로 달려갔다. 야학 선생님께 알려야 한다고 생각했다. 총소리는 계속 들렸다. 덕빙이는 땀에 전 런닝셔츠를 벗어 던졌다. 바지춤에 찔러 넣고 다니던 바람 총도 던져버렸다. 자꾸 벗겨지는 신발도 벗어 던졌다. 두 주먹을 불끈 쥐었다. 주먹등으로 눈물과 땀을 훔쳤다. 눈 속과 입 속이 쓰리고 따가웠다.

말하지 않아야 할 비밀을 누설한 소년의 다급함은 눈물과 땀으로 묻어난다. 소년에게 감당하기 어려운 금기를 부과한 어른들은 총소리에 묻혀지고, 소년이 부담해야 할 죄책감의 무게는 가슴속에 켜켜이 적층으로 쌓인다. 그가 아무리 주먹등으로 눈물과 땀을 훔친다고 해도, 한량없는 죄책감은 산 속의 나무들이 안겨준 쓰리고 따가운 상처만큼 그를 평생 동안 비석골을 떠나지 못하도록 옭아맨다. 덕빙이는 커서 어른이 되어도 자신의 이름을 불러줄 사람을 갖지 못한 채,

비석골과 고향마을 사이를 오가며 아홉 살 철부지 시절의 씻을 수 없는 죄업을 되새김한다. 이것이 그에게 부하된 운명의 무게이다. 비록 연소한 창하가 작가를 대신하여 "부엌새가 캄캄한 나무 굴 속에서 빛을 찾아 나오려다 몇 번이고 부딪치고 부딪쳐 상처를 입고도 마침내는 밖으로 나와 제 마음껏 날 듯이" 부엌새 아저씨가 어두운 과거의 기억으로부터 벗어나기를 고대한다고 할지라도, 덕빙이는 영영 부엌새의 운명을 떨어낼 수 없다.

이와 같이 전쟁은 소수의 위정가들에 의해 그럴듯한 명분으로 자행되어 다수 민중들의 영혼을 불구화시킨다. 세상의 어떤 명분도 인간의 생명보다 우선할 수 없다는 자명한 진리를 이 작품은 보여주고 있다. 철부지 아홉 살 소년의 인생을 바꿔 버린 전쟁은 부엌새 아저씨의 과거사를 전해들은 '나'의 미래마저 바꾸게 될 것이다. 5학년 소년 '나'보다 어린 나이에 감당하기 어려운 마음의 짐을 진 덕빙이의 인생을 망친 것은 인간의 비인간스러운 광기였다. 세상에서 인간을 억압하는 모든 제도와 법률이 인간의 이성적 체계라는 사실을 전제하면, 이성이란 인간의 야만성과 흉포성을 달리 부르는 말이라는 사실에 섬뜩해진다. 작가는 인간에게 내재된 광기를 폭로하기 위해 두 편의 전쟁 동화를 쓰게 된 것이다. 그것은 전쟁 체험 세대의 간절한 소망의 피력이며, 진정한 '이성'을 가진 사람들이 감내해야 할 숙명이다.

4. 결어

이상에서 살펴본 바와 같이, 이상배의 동화에서 전쟁은 가문의 입장에서는 멸문지화의 근원이고, 개인의 입장에서는 자아 정체성을 상실케 하는 흉기이다. 그는 전쟁의 명분에 대하여 전혀 언급하지 않았지만, 전쟁의 비극적 결과를 처참하게 보여줌으로써 세상의 모든 전쟁이 태생적으로 안고 있는 비인간스러움을 고발하고 있다. 인간이 고안해낸 무수한 제도들이 대개 그렇듯이, 전쟁은 인간의 영혼과 육체를 격리시키며 파괴하는 데 앞장서고 있다는 것이야말로 표 안 나는 작가의 주제의식이라고 할 수 있다. 더욱이 역사의 주름살을 고스란히 간직한 우리의 처지로서는, 작가의 세계관에 대해 아낌없는 찬동으로 화답하여야 할 것이다. 그것은 이 땅에 다시는 전쟁의 참상을 되풀이하지 않으려는 심리적 기대감의 표시이며, 인간성 옹호를 위한 만인의 동조 행위이다.

이상배는 작품의 도처에서 비극적 장면을 묘사하면서도, 세대간의 화해를 모색하고 있다. 가령 「북치는 소년」에서 용이와 아버지의 마지막 해후, 그리고 「부엌새 아저씨」에서 부엌새 아저씨가 과거의 기억으로부터 하루빨리 벗어나기를 비는 '나'의 바람은 그 사례이다. 비인간적인 역사적 사건으로부터 세대간의 인간성을 지키려는 작가의 따뜻한 배려는 전쟁의 참화를 딛고 다시 일어서는 밑바탕이 된다. 그것은 곧 내용이 없는 역사로부터 아름다움이 충만한 문학으로 회귀하는 작가의 서사적 역정이다.

식민주의적 의식과 식민지적 무의식의 동화적 수용

―손연자론

1. 서론

역사는 한 겨레의 주름살을 고스란히 보여준다. 역사는 언제나 주체의 소멸을 정면으로 취급하면서도, 객체의 특정 국면을 부각시킨다. 그것은 한편으로 역사에 대한 외면과 조롱을 야기하는 직접적 원인이다. 역사는 분명히 현재진행형인 미완의 서사이지만, 대부분 현실적으로는 과거완료형으로 인식된다. 이런 점에서 역사를 믿는 일처럼 쓸쓸한 것은 없다. 이미 목판본 빛깔로 퇴화해 버린 역사에서 무엇을 기대할 것인가. 하지만 우리들은 골방에서 곰팡이 슨 역사를 꺼내어 청동거울의 때를 닦아내며 자화상을 비추어 보는 수고를 마다하지 않는다. 그것은 살아가는 데 전혀 도움을 주지 못한다. 다만 주체에게 관념의 성채를 단단하게 고형화시킬 뿐이다. 무릇 역사란 교훈만 안겨 주는 애물단지에 불과하다.

1961년 E. 카는 캠브리지에서 행한 유명한 연설「역사가와 사실」에서 "역사란 역사가와 사실 사이의 상호작용의 부단한 과정이며, 현재와 과거 사이의 끊임없는 대화이다"라고 말했다. 그는 사실과 역사적 사실을 분명하게 구분하면서, 역사적 사실은 역사가에 의해 규정된 역사적 사건으로 국한시켰다. 곧 역사가는 무수하고 평범한 사실 중에서 특정 사실을 선택적으로 역사의 서술 대상으로 삼는 것이다. 이때 문제가 되는 것은 역사가의 역사적 사실에 대한 선택과 해석의 태도이다. 그러므로 그의 연설은 역사적 상대주의를 합리화시켜 준다.

동화단에서 일제 시대에 대한 동화적 관심을 지속적으로 표명한 작가는 손연자이다. 그녀의 노력은 동화집『마사코의 질문』(푸른책들, 1999)에 집성되어 있다. 이 동화집에는 '민족의 토네이도'였던 식민 치하의 갖가지 사건들을 적극적으로 수용한 9편의 작품이 수록되어 있다. 그녀의 역사의식은 이 책의 서두에 붙인「어린 당신들에게」에서 엿볼 수 있다. 그녀는 카의 정의를 확장시켜 역사를 "현재와 과거와 미래와의 끊임없는 대화"로 규정한다. 그녀에 의하면, 역사는 과거와의 대화를 넘어 미래적 전망을 획득할 전거를 확보케 해준다. 그렇지만 일본에 의한 주권침탈기를 형상화한 작품집에서 이런 언사는 적절치 않다. 대부분 역사적 상대주의는 서구의 강대국이 자신들의 침략의 역사를 옹호하는 수단으로 이용되어 왔기 때문이다. 이에 본고에서는 이 작품집을 중심으로 역사에 대한 동화적 대응 방식을 탐색하고자 한다. 그것은 역사와 문학의 상관관계를 검토하는 일이며, 역사는 세대간의 화해를 지향해야 한다는 당위적 명제를 확인하는 일이다.

2. 타자를 통한 자기 고백

1) 식민주의적 의식의 교육적 재생산

일본은 1868년 도쿄를 수도로 한 메이지 시대 이후 봉건제를 타파하고, 서구의 문물을 받아들여 제국주의적 기반을 구축하였다. 메이지 시대는 일본의 근대국가 건설을 위한 총력기였으며, 천황을 정점으로 하여 관료제도를 정비하고 사회의 전부문에 걸쳐 산업기술과 제도를 급속히 도입하기 시작하였다. 일본은 1871년 문부성을 설치하였으며, 이듬해 〈징병령〉과 학제를 도입하였고, 1879년 〈교육령〉, 1880년 〈개정 교육령〉을 잇따라 공포하면서 근대적인 의무교육제도를 확립하였다. 이어서 일본은 서구 수준의 근대산업국가를 건설하기 위해서는 인재 양성이 시급하다고 보고, 1890년 〈교육칙어〉를 발표하면서 국민교육 이념을 국가의 교육 방향으로 설정하였다.

식민지 조선에서 학교 교육은 근대적 사회 제도의 일종으로 비롯되었다는 데 문제적 성격을 함의한다. 일본의 식민 담론에 의해 이전부터 존재했던 관학과 사학들은 모두 혁파되어야 할 구악으로 규정되었고, 그것들이 철폐된 자리는 당국에 의해 설립된 학교로 대체되었다. 학교는 근대 주체를 생산하는 대표적인 공간으로 어린이들을 체계적으로 훈육하고 교육시키기 위한 제도적 기능을 수행하였다. 학교는 사회의 문화 규범을 후대에 전승시키는 역할을 수행한다. 그러므로 학교의 문화 생산성은 정치적 집단에게 항상 주목의 대상이었으며, 학교 교육은 식민지 담론의 정치적 선전장으로 활용하기에 적합한 대상이었다. 일본은 식민지에 학교를 설립하면서 어린이들을 식민지 원주민 부모의 품으로부터 격리시켰다. 학교에 다니기 시작하면서 어린이들은 부모의 자식이 아니라, 일본의 충실한 신민으로 재탄생되는 것이다. 이때 일본이라는 타자는 동화의 대상으로 자리매김된다.

손연자의 「꽃잎으로 쓴 글자」는 일본의 언어 침탈에 대한 주인공의 버거운 대항을 담고 있다. 하지만 그 싸움은 가족들의 든든한 배경 속에서 이루어지기 때문에 결코 외롭지 않다. 이 작품은 실화적 허구이고, 허구적 실화이다. 작가가 서두에서 "이 이야기는 나 오현지의 할아버지가 아홉 살이었을 때 이야기입니다. 그때는 일본이 우리나라를 빼앗고 말도 글도 못 쓰게 하면서 괴롭히던 때였습니다." 라고 소개글을 얹어 놓지 않았더라도, 이 이야기는 한반도의 도처에서 벌어졌던 식민지적 현상이었다. 그런데도 불구하고 작가는 서두에 고딕체로 석 줄을 더해 놓았다. 그것은 작가의 두 가지 의도를 짐작케 한다. 하나는 이야기의 리얼리티를 배가하려는 것이고, 다른 하

일제 시대에 대한 동화적 관심을 지속적으로 표명해 온 작가 손연자의 동화집 『마사코의 질문』(푸른책들, 1999).

나는 독자에 대한 세심한 마음씀으로 보인다.

1938년 3월 일본은 〈조선교육령〉을 개정하여 조선어 교과를 폐지하였다. 이로써 학교에서는 일본어가 공식적으로 '국어'의 지위를 획득하였으며, 조선어는 민중의 방언으로 전락하게 되었다. 이 조치는 언어에 혼이 있다고 믿는 한국인들에게 극심한 모멸감을 안겨 주었다. 역사는 언어로 진술되어 전달된다. 물론 음성언어와 문자언어를 포함하는 말이지만, 역사가 언어를 통해 세대간에 매개된다는 것은 미묘한 질감을 낳는다. 한 나라의 역사가 계속되기 위해서는 언어가 존재해야 한다는 당위를 생산하고, 그것은 필연적으로 언어에 마력적인 권위를 부여하게 된다. 비로소 언어는 언중들의 실존적 조건으로 존재하게 된다. 더욱이 외세에 의해 국권을 침탈당한 처지의 언중들로서는 타자를 향한 대립적 상관물로서 언어를 중시한다. 그리하여 언어는 한 겨레의 흥망성쇠를 상징하는 은유로 기능한다. 이 점을 남보다 앞서 알아차린 박은식은 『한국통사』에서 "나라는 形(形體)이고, 역사는 神(精神)이다…… 神이 존속하여 멸하지 않으면 形은 부활할 때가 있을 것이다."라고 주장했다. 그는 계속하여 국어를 국사와 함께 혼에 속하는 것으로 파악하고, 3·1만세운동과 그 이후에 전개된 독립운동의 원동력을 神과 혼에서 찾았다.

"얼과 말과 글이다. 너희들은 얼빠진 놈이라고 욕하는 소리를 들었을 게다. 맞는 말이다. 얼이 빠진 사람은 정신이 빠지고 없으니 온전한 사람이 아니다. 얼과 말과 글, 그것만 있으면 아무리 모진 비바람에 시달려도 언젠가는 반드시 살아나 꽃을 피울 것이다. 저 복숭아나무처럼. 마음에 새겨 두거라."

마치 알퐁스 도데의 명작 「마지막 수업」에 나오는 아멜 선생님의 훈시처럼 들린다. 주인공은 가족들의 한글 사랑 의지에 힘입어 일본어와 조선어의 이중언어를 획득하도록 교육받는다. 그것은 제도 교육에 대한 언어적 항의 표시이며, 당국에 의해 규정된 '국어'의 지위를 부인하는 심리적 저항 의지를 내면화시킨다. 그들에 의해 한글은 식민지 기간 동안 면면히 계승될 수 있었으며, 민족을 연대시켜 주는 혼의 역할을 담당할 수 있었다.

손연자의 「남작의 아들」은 일본의 조선 병탄에 협력하여 남작 칭호를 받은 집안의 아들이 겪는 자아찾기의 과정이다. 1939년 8월에 제2차 세계대전을 일으킨 일본은 이해 11월 10일 〈朝鮮人의 氏名에 關한 件〉을 명령하였다. 이것은 우리 민족의 창씨개명을 명령하고, 그 시행 일자를 1940년 2월 11일로 공포하였다. 이 조치에 의해 우리 민족은 강제적으로 창씨개명을 하였고, 일본의 '내선일체'라는 동화 논리에 노출되었다. 남작의 아들은 "일본 같은 선진대국과 하나가 된다는 것은 참으로 하늘이 내려주신 행운"이라는 아버지의 가르침대로 충실한 일본의 신민으로 생활한다. 담임교사 야나기는 그를 앞세워서 일본의 신민화 교육을 수행한다. 1937년 10월 조선총독이었던 미나미는 〈황국신민서사〉를 제정하고, 각급 학교와 관공서에서 암송하도록 강요한다. 심지어는 혼례식상에서조차 빠짐없이 낭송되어야 했다. 이것은 식민지 원주민들의 일본 천황에 대한 충성심을 재는 주요 척도였으며, 그들을 식민지의 규율 체계에 길들이는 데 유효한 담론이었다. 따라서 야나기가 가즈오에게 이것을 암송하지 못한 아이들에게 체벌권을 부여하는 것은, 일본의 식민주의적 의식을 끊임없이 주입시키기 위한 의식 조작이다.

가즈오는 식민주의 교육의 세례 속에서 당국이 요구하는 황국신민으로 양육되던 인물이다. 그는 남작의 아들로서 자기 가족에게 물질적 풍요를 누릴 수 있는 신민으로서의 자질을 함양하며 자기의 정체성에 대해 추호의 의심을 갖지 않는다. 그러던 어느 날 그에게 진석이가 당당하게 조선인이라고 선언하면서 그의 권위에 도전한다. 담임교사의 형벌권을 수임한 가즈오에게 저항하는 진석의 행동은 동일민족의 허상을 부인하도록 부추긴다. 그러나 화장실에서 자신을 비웃는 일본인 급우들의 얘기를 우연히 엿듣게 된 그는 심각한 자기 갈등에 사로잡힌다. 마침 하교길에 일본인 여자로부터 당한 모멸감은 그에게 조선인으로서의 자각을 일깨워 주는 계기가 되었다. 가즈오는 자신을 향해 가해지는 폭력을 순순히 수용함으로써, 피학적 심리를 체험한다. 조선인으로서 일방적으로 당해야 하는 폭력 앞에 노출된 그의 육체는 영혼을 움직여서 본명을 밝히도록 만든다.

"가즈오!"
진석이가 불렀다.
가즈오는 걸음을 멈추지 않았다.
"혼자 갈 수 있겠니?"
걱정이 깃들인 목소리로 진석이가 물었다.
"내 이름은 윤강이야, 송윤강."
가즈오는 그대로 걸으며 무뚝뚝하게 말했다.
"짜아식."
진석이가 씩 웃었다.
비 온 뒤에 하늘은 어느 새 씻은 듯이 맑게 개어 있었다.

대한제국을 강압적인 수단에 의해 병탄한 일본은 식민 통치의 제도적 기반을 공고히 할 목적으로 식민지의 주민들을 통치 대상으로 전략시키면서, 동시에 식민지적 질서 속에서 각 개인들을 스스로 그 것을 유지, 재생산할 수 있는 주체로 만들려고 시도하였다. 그것은 일본 열도와 한반도의 민족적 기원을 동일시하면서도 자국민의 우위 를 주장하는 '일선동조론', '내선일체론', '황국신민화' 등으로 구체 화되었다. 일본은 이러한 식민 담론을 생산하는 공간으로 한국내에 근대적인 학교를 설립하기 시작했다. 이것은 학교의 이데올로기적 성격을 정확하게 포착한 일본의 교활한 지배 정책의 실천 사례이다. 학교는 어린 아이들을 가정으로부터 단절시키는 '경험의 격리'를 통 해 국가의 지배 담론을 체계적으로 교육시킨다.

　가즈오는 이러한 식민지 교육을 받으며 양성되던 신민이었다. 그 러던 마츠시다 가즈오가 자신의 입으로 송윤강이라는 본명을 밝히는 것은 식민주의적 의식으로부터의 해방을 의미한다. 일본의 동화 논 리를 거부하면서 두 사람은 동일 민족으로 범주화되며, 민족적 정체 성을 공유하게 된다. 이후에 준비된 그들의 행동은 일본의 식민 담론 을 구축한 두 축, 곧 동화와 배제의 원리 중에서 배제를 통해 일본인 과 민족적 차별성을 갖게 될 것이다.

2) 식민지적 무의식의 자기 최면

　식민주의는 식민주의적 의식의 전파를 통해 식민지적 무의식을 내 면화시키는 것을 최종 목적으로 삼는다. 그러므로 식민지적 무의식 은 식민지 종주국에 의해 조정된 식민지 원주민들의 의식적 착각 현 상이다. 식민 정책에 의해 식민지 원주민들은 주변적인 것이 스스로 수입된 문화 속에 함몰되어 구체성보다는 보편성을 추구한다는 미명하에, 자신의 출신 성분마저도 거부하게 된다. 피식민지인들은 식민지 종주국으로부터 끊임없이 이데올로기의 조작을 경험한다. 그들은 피식민지인으로서 준수해야 할 식민지의 덕목과 의무에 대해 반복적으로 교육받는다. 이때 타자는 항상 배제의 대상이 된다.

일본의 고모리 요이치에 의하면, 메이지 유신 이후 식민지적 무의식과 식민주의적 의식이 동시에 발생하게 되었다고 한다. 그들은 한편으로는 서구 열강의 무력 시위 앞에서 일본 열도가 식민지화될지 모른다는 위기의식 속에서 서구 문명을 모방하기에 앞다투면서 그것을 '문명의 개화'라고 미화했다. 다른 한편으로는 서구 열강의 모방 행위 속에 내재된 자기 식민지화를 은폐하고 망각함으로써 식민지적 무의식을 구조화하였다. 비이성적인 자기 최면 상태에서 일본은 '문명/야만'의 대립항을 설정하고, 북해도의 아이누를 야만의 '舊土人'으로 규정하였다. 이에 대립된 호칭은 '샤모(和人)'였다. 이와 같이 문명과 야만의 대립적 구도 위에서 동화와 배제의 이중성을 생산하는 일본의 담론 전략은 현재까지 지속되고 있다.

일본의 재일본 조선인에 대한 차별은 어제오늘의 일이 아니다. 손연자의 「흙으로 빚은 고향」은 해방 후 재일본 소녀가 자아의 정체성을 찾는 이야기이다. 가나이 사치코는 일본에서 출생한 교포 3세이다. 그녀는 일본인 친구 유리코와 함께 합창대회에서 수상할 정도로 원만한 학교 생활을 영위한다. 이것은 일본의 학교 교육에 의해 부단히 훈련된 결과이다. 18세기에 이르러 인간과학의 통찰 및 기술로서의 '훈련(discipline)' 개념이 교육 부문에 도입되기 시작하였다. 이 시기는 중세 이래 지속되어 온 새로운 형태의 억압과 엄격한 규율의 결과로서 전체 전문가 집단인 교사, 의사, 목사, 정신병 의사, 심리학자, 교육학자 들이 점차로 형집행권자의 지위를 이어받는 시기였다.

또한 분석적 교수법이 형성되었는데, 그것은 세부적인 문제까지 매우 세심하게 개입하였다. 이 교수법은 교과 지식을 가장 간단한 요소로 분해하여 가르쳤으며, 각각의 발전 단계를 소단계로 위계화하였다. 이에 힘입어 분석적 교수법은 지식 혹은 교육과정 결정권자들의 세부적인 통제와 규칙적인 개입을 가능케 해준다. 이 과정에서 연습은 결정적 역할을 수행하면서 반복적이면서도 상이한, 그러나 항상 전진적인 과제를 신체에 부과하는 기법이다.

사치코는 학교의 체계적인 교육 속에서 일본인으로서 훈련받았다. 그녀에게 부과된 훈육은 물론 선대가 선택해 준 것이었다. 부모는 그녀에게 일본의 동화 논리 속에 편입되기를 희망하며 일본 학교에 입학시켰다. 학교에서 일본인으로서의 품성을 교육받으며 순탄하게 생활하던 어느 날, 하교길에 할머니가 우산을 들고 나타난다. 사치코가 초라한 행색의 할머니를 외면하는 찰나, 일본인 친구로부터 '바보 조선 할머니'라는 경멸어린 조롱을 듣게 된다. 이후 친구에게서 "우리 엄마가 말야. 하필이면 너하구 같이 노래를 부르냐"라는 말을 듣게 되면서부터, 사치코는 지금까지 '나와는 아무 관계가 없는' 줄 알았던 '조센징'이라는 낯선 단어에 대해 곰곰이 생각하게 된다.

"조센징은 바보, 야만인이라는 뜻이야. 돼지같이 더럽고, 냄새가 나고……. 일본 아이들이 우리를 멸시하고 조롱할 때는 언제나 그 말을 한단다. 그 말을 들으면 굉장히 화가 나. 하지만 부끄러워서 꼼짝도 못하게 돼."

주인공 사치코가 답답한 마음에 산새와 얘기를 나누는 장면이다. 그녀의 푸념은 제도적으로 차별을 받아 온 재일동포들의 입지를 대변해 준다. 그들은 일본인들로부터 부단히 '야만인'으로 재개념화되면서, 자신들의 처지에 분노하는 한편 '부끄러워'한다. 자신들을 배제하는 타인에게 분노하는 것이 아니라 자신에게 분노하는 행위는 피학적 심리 현상이다. 그것은 불가피하게 자신의 민족적 계보를 회의하게 만들고, 동일 민족과 역사에 대한 자학적 감정을 형성시킨다. 그는 마침내 자신의 민족적 이질성에 대해 수치감을 체계화하면서 귀화와 따돌림의 양자택일에 몰리게 된다. 대부분의 부모는 자식의 안정된 미래를 위해 일본의 동화 논리에 포섭당하지만, 그것은 전적으로 자의에 의한 선택이 아니다. 설령 일본인으로 귀화를 선택하였다고 할지라도, 일본인과 동일한 수준에서 안정감을 유지하기는 힘들다. 이미 식민지적 무의식을 내면화한 일본인들은 끊임없이 조선인들을 배제하면서, 그들의 완전한 귀화를 훼방하기 때문이다. 그래도 그것은 집단따돌림보다는 감당할 만하기에, 부모들은 자녀에게 귀화를 허용하며 자신의 고독감을 심화시킨다.

이와 같이 부모 세대는 일본 내의 국외자로 머물며 동화되기를 거부하고 자신들의 정체성을 보존하려고 노력한다. 그러나 사회내 존재가 동화를 거부하는 것은 현실적 상황에서 곤란한 지경을 자초한다. 사치코의 할머니도 예외가 아니다. 사치코는 일본인 급우로부터 자신의 가족사적 기원에 대한 비하의 발언을 듣고 난 후에, 할머니를 통해 고향의 의미에 대해 궁금증을 갖게 된다. 고향은 조손지간을 매개하는 공간적 조건이면서, 자신의 정체성을 찾게 되는 계기를 제공한다. 그녀가 자신의 이름을 김행자로 바꾸는 순간, 비로소 작품의 주제의식은 완성된다.

야마모토 선생님의 8·15와 아빠의 8·15는 조금도 같지 않았다. 아빠는 이 날이 '우리'가 해방된 날이라고 했는데, 지금 야마모토 선생님은 '우리'가 미국 때문에 전쟁을 끝낸 날이라고 한다. 그럼 나는 어떤 '우리' 속에 들어가야 하는가? 칠판에 써있는 8·15는 아무 설명도 의미도 없이 전자 손목시계판의 숫자처럼 거기 그대로 있었다.

사치코의 고뇌가 서사의 진행 방향을 암시하고 있다. 8·15는 우리에게는 이민족의 지배로부터 '해방된 날'이지만, 일본인들에게는 '종전기념일'일 뿐이다. 패전일이 아닌 '전쟁이 끝난 날', 이것은 일본의 식민지적 무의식이 내면화된 상태를 증거해 주는 상징적 표지이다. 8·15는 여전히 일본인들에게 '전자 손목시계판의 숫자'인 것이다. 그러한 식민지적 무의식이 일본인에게 내면화된 사례는 「마사코의 질문」에서 찾아볼 수 있다. 그런 측면에서 이 작품은 작품집의 주제의식을 함의하고 있다. 연합국은 1945년 8월 일본의 히로시마와 나가사키에 원자폭탄을 투하하여 제2차 세계대전을 종료시켰다. 어느 날 마사코는 할머니와 함께 히로시마에서 열린 평화 행사에 참가한다. 할머니의 미국에 대한 분노를 전해 듣던 손녀는 일본이 피폭된 원인에 대해 묻는다. 전쟁 세대인 할머니는 일본의 과오를 은폐하려고 시도한다. 그녀의 줄기찬 물음에는 이유가 분명하지 않다.

"그러니까 우리 일본도 가만히 있었으면 꼬마 같은 건 안 떨어뜨렸을 거야. 그렇지 할머니? 그치, 응?"
"마사짱, 하여튼 우린 당했단다. 우린 피해자란 말이야."
"글쎄 뭘 잘못해서 그랬냐니까? 아무 이유도 없이 그렇게 무서운 꼬마를 떨어뜨리지는 않았을 거 아냐, 할머니?"
흰구름이 담겼던 눈망울로 마사코는 또렷또렷 바라봅니다. 그랬지만 할머니는 속 시원히 대답을 안 합니다. 답답합니다.

조손지간의 대화 단절은 피폭의 원인을 둘러싸고 진행된다. 미국의 원자폭탄 투하 원인에 대한 할머니의 은폐 시도는 일본인들의 현실에 대응한다. 그러나 그녀의 노력은 손녀의 지속적인 의문에 의해 압도당한다. 작가는 역사가 이러한 서사의 진행 방향에 따르기를 희망하고 있다. 하지만 일본인들은 서구 열강에 대한 증오와 동경을 통해 자신들의 내면에 은폐된 식민주의적 의식과 식민지적 무의식을 은닉하려고 시도해 왔다. 소녀의 "아무 이유도 없이 그렇게 무서운 꼬마를 떨어뜨리지는 않았을 거 아냐"라는 진술 속에는 미래의 일본인들이 취할 태도가 내포되어 있다. 그들은 강국에 대해 침묵하고, 약국을 향해 발언한다. 일본인들에게 역사는 '과거와 현재의 대화'이기 때문이다.

3) 역사, 세대간의 화해 방식

문학 작품은 폭력을 조장하는 선동물이 아니다. 그것은 시대와 권력의 은폐된/노출된 폭력을 폭로함으로써, 인간의 폭력성을 고발하여 무력화시킨다. 폭력은 또 다른 폭력을 정당화할 뿐이다. 1923년 9월 일본의 관동 지방에는 대지진이 발생하였다. 거대한 자연의 재앙을 두고 일본은 재일본 조선인의 폭동 사건으로 호도하였다. 손연자의 「꽃을 먹는 아이들」은 당시의 한 소년소녀의 이야기이다. 작품의 제목이 상징하는 바가 잘 드러나지 않지만, 조선과 일본의 소년소녀의 체험담을 통해 일본의 폭력성을 실체적으로 묘사했다는 점에서, 이 작품은 여느 작품보다 윗길에 속한다.

겐지는 숨을 몰아 쉬었다. 땀이 비오듯 흘렀다. 엄마는 높다란 목소리로 천황폐하를 외웠었다. 귓가에서, 귓속에서, 그 때의 목소리가 맴돌았다. 그러나 유난히 높았던 엄마의 목소리, 그것만 자꾸 떠오를 뿐이었다. 겐지는 툭, 고개를 떨구었다.

"쥐새끼 같은 놈. 저 놈을 묶어."

죽창을 든 남자가 소리쳤다. 농부 같은 남자가 달려들어 손을 묶었다.

"안 돼! 난 일본 사람이야. 진짜야. 진짜란 말이야."

겐지가 발버둥치며 몸을 비틀었다. 죽창을 든 남자의 손이 공중으로 올라갔다. 후드득! 도라지꽃으로 피가 튀었다. 여자애가 긴 비명을 질렀다. 땅이 부르르 떨렸다.

그리고,

까마귀가 울었다.

일본인 소년 겐지는 혀가 짧아서 제대로 발음하지 못한다. 특히 'ㅅ'과 'ㅈ' 발음의 불분명한 구분은 마침내 그를 사지로 내몰게 된다. 그는 조선인으로 몰려 죽음을 맞는다. 국적을 초월한 소년소녀의 애틋한 감정은 죽음의 순간까지 미완으로 남는다. 세상에서 가장 소중한 사람 앞에서 죽어가는 이 장면은 조선인을 적대시하는 일본인들의 보편적 태도를 보여준다. 권력층에 의해 조작된 사실조차 가감 없이 수용하여 행동화하는 일본인들의 비이성적 행태는 규탄받아 마땅하다. 하지만 문학작품은 시국 선언문이 아니기 때문에, 폭력의 실체를 드러내는 동시에 양자간 화해를 모색해야 한다. 작가는 고독한 화해의 길을 처형장의 모습에서 찾는다. 작가는 몰이성적인 집단적 광기에 의해 삭제된 개인의 존엄성에 착목하지만, 소년의 죽음은 조선인으로 판명되어 집행되었을 뿐이다. 곧 소년이 조선인으로 오인되어 죽는 것은 무의미할 뿐이다.

이와 달리 손연자의 「긴 하루」는 패전 후 처지가 달라진 일본인 교사의 행동을 작품화한 것이다. 이 작품은 이웃과 자기 집안을 괴롭힌 사람에게 달아날 길을 미리 알려줌으로써, 끝내 그로 하여금 자신의 전과에 대하여 용서를 빌게 만들어 화해의 공간을 마련하고 있다. 이 작품에서 손연자는 발표한 일련의 역사물 중에서 가장 탁월한 성취 수준을 보여준다. 그것은 역사를 '현재와 과거와 미래와의 끊임없는 대화'가 아니라 세대 간의 화해로 규정하게 만든다. 이것이야말로 동화의 기본 속성이다. 또한 문학과 역사가 딴살림을 차리게 된 결정적 동기이다. 세계와 이웃에 대한 사랑은 아동문학의 전장르에서 부단히 상기되어야 할 불변의 주제인 것이다.

"선생님. 어서 나오셔서 진지 드세유. 그리구유 빨리 떠나세유."

순이의 말을 재촉이나 하듯 산비둘기가 구르륵 구르륵 울었습니다. 한참 뒤에야 선생님 내외는 굴 밖으로 나왔습니다. 선생님 내외는 어깨를 축 내려뜨리고 구부리고 섰습니다. 유령 같은 얼굴이었습니다. 순이랑 소쿠리를 번갈아 보던 선생님의 안경 속으로 주르륵 눈물이 흘러내렸습니다.

"시장허시지유? 어서 드세유."

순이는 당황해서 소쿠리를 선생님 앞으로 밀었습니다. 무너지는 산처럼 데라우치 선생님이 풀썩 주저앉았습니다.

"유르시데구다사이(용서해 주십시오)."

선생님은 무릎을 꿇었습니다. 사모님도 울음을 터뜨리며 꿇어앉았습니다.

작품의 마무리 장면이다. 이 장면의 제시로 인해 손연자의 동화에 신뢰감이 생긴다. 교사가 제자에게 항복하는 장면은 분명히 비극적이다. 그렇지만 이 장면은 밝은 미래를 담보해 주는 표지이다. 더욱이 용서를 비는 자의 신분이 교사라는 점, 그가 순이의 아버지가 아니라 순이에게 용서를 빈다는 점은 황홀한 종말이다. 자기 가족과 이웃에게 비극을 가져다 준 일본인 부부에게 탈출구를 알려주고 먹을 것을 제공하는 순이의 자비행은 최고 경지의 용서이고 지선의 화해이다. 또 '순이'라는 토속적 인명은 작품의 배경과 적절하게 조화되어 있을 뿐만 아니라, 창씨개명한 이름이 아니라는 점에서 상징적 의미를 띤다.

위에서 살펴본 바와 같이 여러 가지 문학적 성취에도 불구하고, 이 작품집에는 작가의 주제의식이 너무 표나게 강조된 측면이 많다. 예컨대, 윤동주의 비극적 죽음을 취급한 「잎새에 이는 바람」의 서술 방향은 두 가지 측면에서 잘못된 것이다. 첫째, 작가는 윤동주의 죽음을 둘러싼 의문의 주사 이야기를 두드러지게 강조하고 있다. 하지만 그가 한국문학사에서 중요한 것은 1940년대의 고통과 내면의 고뇌를 지독한 윤리적 염결성으로 형상화한 데 있다. 또 작가는 의사의 입을 빌어 "생각해 보게. 어디 조선이 독립되겠나? 앞길이 창창한 머리 좋은 재주꾼들이 이런 헛고생을 하다니! 조선이 독립된다는 건 자네들 꿈이네. 어서 꿈들을 깨게."라며, 윤동주가 모종의 독립운동에 사건에 연루된 것처럼 암시하고 있다. 하지만 분명한 것은 그가 독립운동에 가담하지 않았더라도, 문학사적 평가는 훼손되지 않는다는 사실이다. 식민지 시대의 시인들을 평가하면서 과도하게 문학적 엄숙주의를 견지하는 것도 문제지만, 그를 신화화하는 것은 더욱 경계할 일이다.

또 손연자는 「방구 아저씨」에서 "그래도…… 좋은 세상은…… 꼭

온다. 봐라, 밖은 지금…… 캄캄한 밤이다. 허지만…… 한잠 자고 나면…… 아침이 와 있지 않던."이라며 역사의 진보에 대한 신념을 드러내고 있다. 그렇지만 태평양전쟁시 진주만을 침공하고 죽은 일본 해군 병사의 무공을 칭송하며 김동환이 시「嗚呼 太平洋上의 軍神」(『매일신보』, 1942. 3. 9)을 발표하여 그들의 무공을 칭송하는 판국에, 시골 목수의 신분으로 이와 같은 미래적 전망을 내놓을 수 있다는 것은 격에 어울리지 않는다. 이것은 작가의 주제의식이 인물의 행동 반경을 초월한 데서 온 오류이다. 작가는 등장인물의 언행을 적절하게 통제하여야 한다.

3. 결론

문학은 역사가의 역사적 사건에 대한 선택적 서술을 회의하며 존재한다. 좀더 과격하게 말하면, 작가는 역사가의 말을 배척하는 태도를 취해야 옳다. 역사는 과거와의 대화나 미래와의 대화일 수 없다. 자칫 역사가들이 범하기 쉬운 전망의 오류이다. 역사를 통해 인류의 모든 것을 재단하거나 미래적 전망을 확보할 수 있다는 것은 위험한 생각이다. 현재조차 미래를 담보하지 못하는데, 더욱이 과거가 미래를 담지해 줄 수는 없다. 역사적 사실은 문학적 형식 안에서 적정하게 변형되고 왜곡되어야 한다. 역사는 문학의 주된 소재이다. 문학의 매재물인 언어를 사용하는 인간의 흔적이 역사이기 때문에, 역사는 곧잘 문학의 영역 속으로 편입되기를 그치지 않는다. 오죽하면 루카치가 명저『역사소설론』을 써서 지극한 관심을 기울였으랴.

작가들은 역사적 사건이나 인물을 소재로 선택하여 역사적 관심을 드러내려고 욕망한다. 그러나 역사의 동화적 수용 과정에는 불가피하게 작가의 교사의식이 개입될 소지가 농후하다. 그것은 현실적으로는 어른의 잔소리이고, 문학적으로는 서술자의 우위 상태를 확보케 한다. 그러므로 아이들을 위한 글을 쓰는 이들은 교사 흉내를 내는 거만을 떨지 않아야 한다. 그런 문학 태도는 자신이 들려줄 이야기의 무게에 스스로 눌린 나머지, 급기야 문학적 문법은 외면하게 된다. 주제에 형식이 밀리는 현상을 두고서도, 아동문학의 불가피한 교훈성이라고 얼버무릴 수는 없다. 아이들이 책을 읽는 행위는 문학교육이 이루어지는 실천적 과정이다. 따라서 어른들의 글쓰기는 아이들의 문학 학습에 초점을 맞추어야 하는 것이며, 이때 문제로 대두하는 것은 문학적 문법을 어떻게 전달할 것인가일 터이다.

이상에서 살펴본 바와 같이, 손연자는 『마사코의 질문』에서 일본의 국권 침탈 당시에 자행되었던 여러 가지 사건들을 다루고 있다. 그녀의 역사적 상상력은 주로 일제 시대에 집중되어 있다. 그 시기는 동시대의 모든 폐습과 악행의 근원이란 점에서, 그녀의 동화적 관심은 항상 시의성을 띤다. 이 점에서 그녀가 일본의 반인륜적 범죄 행위에 지속적으로 관심을 기울이는 것은 높이 평가받을 일이다.

사회적 타자와의 대화 방식
— 원유순의 『넌 아름다운 친구야』론

1. 서론

미셸 푸코는 『감시와 처벌』에서 패놉티콘을 통해 두 가지 권력의 모델을 추출하였다. 하나는 페스트의 모델로서 '분할/고정과 감시의 도식'이며, 다른 하나는 나병의 모델로서 '배제와 감금의 도식'이다. 국왕으로 대표되는 세속적 권력보다 상위에 자리한 중세의 교회 권력은 신의 저주를 받은 나환자들을 수용할 수 없었으므로, 이들을 배제하고 추방함으로써 사회의 정상성을 유지하려고 시도했다. 도시 외곽에 설치된 나환자 수용소는 사회의 경계선이었던 것이다. 이리하여 나병은 배제/추방/감금의 권력 모델을 생성시켰다. 중세 말기에 이르러 나병 환자가 거의 사라지게 되자, 17세기의 수용소는 부랑자, 가난뱅이, 게으름뱅이, 광인, 범죄자 등을 감금하였다. 이른바 '종합병원'이 탄생한 것이다. 이와 같은 역사적 경로를 통해 병원과 수용소는 동격이 되며, 환자는 언제나 '배제'되고 '감금'되어 '수용'된다.

한편 병원과 수용소는 환자들의 신체를 수용하고 있다는 점에서 또 하나의 사회적 신체이다. 개별적 신체의 자유를 허용하지 않는 사회적 신체는 국가 권력을 상징하며, 환자는 치료의 대상이 아니라 수용과 감금의 대상으로 재규정된다. 환자는 사회의 오염원이기 때문에 특정 공간으로 격리시키는 행정적 조치가 당연시되며, 그들을 응시하는 사회 구성원들의 시선은 국가 권력의 통제 기제에 의해 철저하게 조작된다. 환자의 신체는 근대 이후 국가 권력을 대체한 의학의 소유로 귀속되었다. 의학은 전문적 지식의 권위와 국가의 보건의료 정책을 후원자로 삼아서 환자뿐만 아니라, 비환자까지 의료 행위의 대상으로 포함시키고 있다. 의학권력의 비대화는 장차 도구적 지식이 본질적 지식보다 우위를 점령하여 인류의 미래를 결정하는 단계까지 나아가게 될 것이다.

질병에 대한 대부분의 속설들은 의학이 발달하기 이전에 생겨난 것이다. 그러므로 질병은 불가불 종교적 성격을 띠게 된다. 지금까지 남아 있는 민간요법들의 사례를 통해 충분히 유추 가능하거니와, 의학의 비조로 추앙받는 히포크라테스조차 아폴론 신전에서 신탁했다는 사실에서도 확인할 수 있다. 아울러 병원의 어원에 '손님(hospes)'이 함의되어 있다는 사실을 통해 예전의 치료 행위가 주로 수도원을 비롯한 교회에 부속된 숙박 시설에서 행해졌다는 역사적 사실을 알 수 있다. 본 건물이 아닌 부속 건물에서 이루어지는 '손님'에 대한 접대는 정상적으로 이루어졌을 리 없다. 치료자와 환자의 공간상 격리는 자연스럽게 질병을 둘러싼 각종 은유를 생산하게 된다. 그러므로 질병은 교회 성직자들에 의해 '도덕적 타락', '신의 심판' 등으로 재단되거나, 인류의 영적/육체적 타락에 의한 종말론 사상과 결부되었다. 그 대표적 일례로서 교회가 정한 금욕 기간을 지키지 않은 사람은 나병에 걸리거나 곱추가 된다는 것이다. 더 나아가 중세의 교회는 신자들에게 나병 유전설을 선전하여 나병에 관한 왜곡된 속설을 확대 재생산하였다.

나병에 관한 근거 없는 모략은 중세를 훨씬 지나서 '개화된' 일제에 의해서도 계속되었다. 일제는 1907년 〈나 예방에 관한 건〉을 제정하면서 부랑자와 걸식 환자 등을 격리 수용하고, 1915년 이래 이른바 우생 수술에 의한 낙태와 반인륜적인 단종 행위를 용납하였다. 이윽고 1931년 〈나 예방법〉의 제정으로 모든 나환자의 강제적 격리 수용은 합법화되었다. 그들은 합리적 이성의 상징 체계인 근대적 법률 제도를 앞세워 의학에 지배적 권위를 부여하였다. 계속하여 그들

나환자촌의 미감아를 다룬 원유순의 장편동화 『넌 아름다운 친구야』(푸른책들, 2001).

은 보건 의료 제도를 합법화하여 인간의 신체를 중점 관리 대상으로 복속시켰다. 나아가 군국주의화를 재촉하던 일제는 식민지 원주민 자원의 효율적 관리를 위해 매춘 구역을 설정하는 등 체계적인 보건 대책을 마련하였다. 이것을 식민지 내 자국민의 질병 오염을 예방하기 위한 행정 조치로 판단하는 것은 무지의 소산이다. 그들은 각종 환자와 정상인의 접촉을 차단함으로써, 피식민 자원의 안전한 관리와 인적 자원의 안정적 공급을 획책했던 것이다.

따라서 나환자 문제를 다룬 작품의 분석은 질병에 관한 정치적 접근과 역사적 사실 관계를 포함하게 된다. 원유순의 장편동화『넌 아름다운 친구야』(푸른책들, 2001)는 나환자촌의 미감아를 다룬 문제적 작품이다. 작가는 미감아를 담임했던 교단 경험과 소록도를 방문했던 추억을 바탕으로 이 작품을 발표하였다. 성인들에 비해 훨씬 감수성이 예민한 어린이들을 대상으로 삼는 동화에서 나환자 문제를 거론한 작가의 태도는 마땅히 주목되어야 한다. 왜냐하면 앞으로의 세상에서는 나환자를 비롯한 사회의 소수들이 신체적 이유를 포함하여 어떤 이유로도 사회로부터 격리되거나 소외받는 일은 사라져야 하기 때문이다. 이러한 것을 통칭 교훈주의라고 부를 수 있다. 아동문학 작품에는 불가피하게 교훈적 요소가 함의될 수밖에 없고, 그것은 도리어 권장되어야 할 요소이지 배척할 성질의 것이 아니다. 그러므로 본고에서는 작품의 분석 과정에서 교훈성의 형상화 방식을 덤으로 살피게 될 터이다.

2. 정치적 은유로서의 나병

1) 천대받는 나문학

지금까지 알려진 한국 최초의 나문학은 무명생의 장편소설 『혈루록』(『신동아』, 1933. 11~1934. 7)이다. 이 작품이 연재될 당시 편집자는 "작자 무명생은 금년 21세의 청년으로 불치의 병인 나병 환자"라고 소개하였다. 그의 자전소설이라는 이 작품의 마지막 연재분의 끝에는 『혈루록』 상권 종'과 '1934년 5월 27일'이라는 날짜가 쓰여 있다. 그 뒤에 심승은 장편소설 『애생금』(『신천지』, 1946. 6~1947. 4)을 연재하였다. 이 소설 속에는 소록도에 관한 이야기가 포함되어 있다. 심승은 정음사에서 『애생금』(상권, 1949 : 중권, 1950)을 출판하였으나, 생전에 소망하던 하권을 미처 탈고하지 못하였다. 두 작품의 유사성으로 미루건대, 무명생과 심승은 동일 인물인 듯하다.

위 작품들이 나문학의 존재 의의를 천명했다고 한다면, 현대문학사에서 본격적으로 거론되기 시작한 것은 한하운의 시집 『한하운시초』(정음사, 1949)가 발간된 뒤부터이다. 그는 해방 후 시 「전라도길」(『신천지』, 1949. 4) 등을 이병철의 선고로 발표하면서 한국의 나문학을 대표하는 시인의 반열에 올랐다. 이 시집은 전통적 서정의 세계를 시화한 작품들이 태반을 차지하고 있지만, 호사가들은 나환자의 시집이라는 사실에 더 관심을 표명하였다. 비록 대중들의 호기심이 비평적 접근보다 강렬했다고 할지라도, 나문학에 대한 사회의 관심을 고조시킨 것은 사실이다. 한하운은 시작 활동 외에도 나환자에 대한 사회적 관심을 촉구하는 등 구나운동에도 깊숙이 개입하였다. 이들 작품들은 모두 나환자에 의한 자전문학이라는 공통점을 갖는다.

이에 비해 이청준의 장편소설 『당신들의 천국』(문학과지성사, 1976)
은 전업 작가에 의한 서사물이라는 점에서 다르다. 이 작품에서 작가
는 소록도를 배경으로 병원장 조백헌과 나환자들의 방황과 갈등을
사실적으로 묘사하였다. 작가는 헌신적인 노력으로 소록도를 '우리
들의 천국'으로 만들려고 했던 조 원장과 나환자들 간의 갈등 해결
과정을 통해, 모든 사람들이 화해하고 차별받지 않는 이상사회 건설
에 대한 진지한 성찰을 보여주었다. 이 소설은 판을 거듭하면서 스테
디셀러로 자리잡으며 다수의 독자층을 확보하게 되었고, 나환자들에
대한 사회적 편견을 완화시켜주는 데 기여하였다.

그렇지만 아직까지도 한국의 나문학에 관한 논의는 활성화되지 못
한 편이다. 나문학은 작품의 물량적인 면에서도 적은 편이지만, 무엇
보다도 작가들의 관심 소홀과 비평적 접근의 결여로 인해 정상 궤도
에 오르지 못하고 있다. 이런 이유로 나환자에 의한 자전적 기록, 곧
무명생과 심숭, 한하운 등의 문학적 성과는 홀대받기 일쑤였다. 나문
학에 대한 천시 현상은 결핵문학과 견주어 보면 단박에 밝혀진다. 결
핵은 나병과 비슷한 균에 의해 발병하지만, 나병처럼 업심여김을 받
거나 소홀하게 취급되지 않는다. 도리어 유럽에서는 18세기 중반부
터 결핵에 걸리는 것은 낭만적이라는 관념이 확산되기조차 하였다.
한국에서도 결핵문학은 동일한 수준에서 식민지 시대의 문학적 메타
포를 분석하는 데 유효한 메커니즘으로 제시된다. 가령 이상의 문학
작품을 분석하거나 그의 사유 체계를 해명하는 단계에서 결핵은 필
수불가결한 키워드로 거론된다. 이러한 논리는 만약 이상이 결핵에
설리지 않았다면, 그와 같은 문학적 성과를 이룰 수 없었을 것이라는
극단적 추론까지 가능케 한다.

이에 반해 나병은 문학 연구자들에게 결핵과 달리 접근하기 거북한

질병이다. 그것은 한하운의 시적 성취에 비해 빈약한 성과를 제출하는 연구 현황을 통해서도 확인 가능하다. 물론 주권이 강탈된 시대의 작가들이 앓았던 결핵의 중의적 의미는 강조되어야 한다. 이민족에게 점령당한 나라의 형편과 결핵에 감염된 신체의 상태는 상호조응하기에 적합하며, 문학적 메타포를 생성하기에 충분하다. 그러나 그들을 사경으로 내몬 것은 병세의 악화와 함께, 환자의 무절제한 생활과 허약한 투병 의지도 지적되어야 할 터이다. 또한 유사한 질병에 대하여 판이한 연구 태도는 나문학의 존재 의의를 폄하하는 허물을 범하게 된다. 이러한 편향된 자세는 유명 작가에게 과도한 집착을 보여서 선행 연구를 되풀이하는 한국 문학 연구자들에게 만연된 실정이다.

2) 배제와 감금의 정치학

나병은 예로부터 속칭 '문둥병'으로 불리며 사회로부터 배척받는 고약한 병이다. 나병에 관한 사회학적 연구로 학위를 취득한 프랑스의 프랑스와즈 베리악에 의하면, 나병은 역사적으로 환자를 격리시킨 최초의 질병이었다. 나병은 기원전에 이집트 근방에서 발생하여 유럽 전역으로 전염되었다. 한때 라틴아메리카 크기의 지역에서 창궐했을 정도로, 나병은 유럽인들을 공포에 떨게 한 무서운 병이었다. 그러한 공포감은 동양에서도 마찬가지였던 듯, 하늘의 재앙으로 인식되어 '천형'으로 불렀다. 이 명명 행위를 통해 사람들은 당대 의술의 한계를 나환자들에게 전가시킨 것이다. 하늘이 내린 벌로 규정되면서 나병은 의술로 치유할 수 없다는 포기의 가/피학성 의미를 생성하였다. 나병은 1874년 노르웨이의 한센에 의해 백신이 발견되기까지 인류를 괴롭힌 '도덕적 질병'이었다. 그러므로 나환자들을 놀리거나 저주하는 행위는 도덕적으로 정당화되었고, 나환자들은 사회의 격리 조치를 숙명인 양 받아들여야 했다. 그 결과로 나병은 사회의 가학성과 환자의 피학성이 복합작용을 일으켜서 저주받은 질병으로 규정되었다.

한국의 나환자들도 서양과 같이 천대받기는 마찬가지였다. 예전에 두루 사용되었던 "저기 문둥이 온다"거나, "울면 문둥이가 잡아간다"는 어른들의 말은 우는 아이의 울음을 금세 그치게 하는 데 가장 효과 빠른 단방약이었다. 이 말 속에는 나환자에 대한 어른들의 일방적인 의미 규정이 은폐되어 있거니와, 그들과의 격리현상을 후대에 대물림하는 잠재적 효과까지 아우르고 있다. 언중들의 언어적 정의에 의한 격리와 함께 권력에 의한 정치적 격리도 이루어졌다. 예로부터 국가는 나병 같은 역병이 발생하면 마을을 전소시키거나, 환자들을 격리시켜서 병의 확산을 막으려고 했던 것은 동서양이 마찬가지였다. 나환자의 거주 지역은 반드시 소각하였으며, 환자는 마을로부터 멀리 떨어진 곳으로 격리되었다. 이러한 조치는 식민지 시대에 더욱 기승을 부렸다.

일제는 1916년 식민지 주요 도시에 자혜병원을 설립하고, 1930년 처음으로 나환자들을 소록도에 격리시켰다. 일제는 나병이 전염되지 않는다는 사실이 밝혀진 뒤에도 격리 조치를 해제하지 않았고, 당국에 의한 격리 행정은 해방 후에도 계승되었다. 1950년대부터 각 시군마다 나환자의 집단 거주지역을 설정한 것이 그 보기이다. 지금도 나환자들은 소록도 국립병원을 비롯한 정착촌에서 격리된 삶을 살고 있다. 나병은 완치 가능하고 전염력이 거의 없는 질병이지만, 사회의 통제는 계속되고 있는 것이다. 일반인의 무관심과 방심 속에서 나병은 신체를 규율하는 정치 담론에 의해 금기와 '촉수엄금'의 문법을 재생산하고 있다.

사람들은 정치적·사회적으로 다원주의와 계층간 통합을 표방하면서도, 사회와의 동화를 희망하는 나환자들을 여전히 창 너머의 타자로 자리매김하여 언제나 금 밖에 세워 둔다. 나환자를 사회로부터 배제하는 경향은 친밀한 사람 사이의 신체적 접촉을 차단하는 것으로부터 시작된다. 가족에 의해 나환자는 외부인과 단절되기 전에 혈육으로부터 절연당하는 고통을 체험한다. 질병을 매개로 유예된 인륜은 가족들과 나환자 사이의 친밀도를 급격히 이완시키며, 양자간에는 '레테의 강'이 흐른다. 나환자의 가족들은 국가 권력이 개입하기 이전에 육체의 정치학을 체현하는 것이다. 가족에 의해 가정으로부터 축출된 나환자는 사회적 타자로 규정되어 사회의 전부문에서 편입을 거부당한 채 부유하게 된다. 이와 동시에 가족들은 나환자를 둘러싼 각종 은유를 생산하며, 그와의 절연 의지를 행동화한다.

"어딜 만져?"

정석은 기겁을 하며 민석의 손을 뿌리쳤다. 그리고 얼른 펌프질을 하여 손을 부득부득 씻었다.

민석은 뜻밖의 형의 행동에 어쩔 줄을 몰라 멍하니 서 있었다. 그때 방에 있던 식구들이 문을 열고 나왔다.

"아, 아니. 민석이가 아니어? 네가 여기 웬일이어?"

시집을 갔다던 누나가 소리를 죽여 물었다. 이웃 사람이 들었을까 걱정하는 눈치였다.

어머니의 소식이 궁금하여 소록도를 나온 미우 아버지가 본가에서 냉대받는 장면이다. 형은 동생과의 신체적 접촉 후에 손을 부득부득

'씻고', 누나는 소리를 '죽여' 묻는다. 동기간으로부터 외면당하는 슬픔은 자아의 정체성을 뿌리채 흔들게 된다. 이 사건을 기화로 민석은 "이제는 나에게 가족이란 없는 거야"라고 탄식하며 가족과 혈육의 연을 끊는다. 그는 혈연관계의 단절을 통해 자신의 타자성을 확인하게 된다. 이러한 절망감은 당자뿐만 아니라, 그와 결연된 주위 사람들에게까지 확산되어 비극적 국면을 악화시킨다. 곧, 미우의 엄마 정순 씨가 민석과 결혼하기 위해 가족과 절연하는 슬픔은, 결혼을 앞둔 미우의 큰누나 미선이가 남자 집안의 반대로 헤어짐으로써 전승된다. 미선이는 양성 환자가 아니고 상대 남자도 그녀를 사랑하지만, 두 사람은 가족의 반대라는 관습적 장벽을 극복하지 못한다. 이와 같이 사회적 타자로서의 나환자는 완강한 관습 앞에서 누대에 걸쳐 좌절하게 되는 것이다. 그것은 나환자들의 사회 편입이 직접적인 자아해방의 경로를 밟지 않고 세대 교체를 통한 우회적 복귀였다는 사실과 동궤에 놓인다. 이 작품의 작가 역시 이러한 관습적 통로를 충실하게 재현하고 있다.

나병은 시간의 질병이다. 나병은 시간이 흐를수록 병세를 악화시키고 부위를 확대하면서 외부와의 단절을 심화시킨다. 결핵이 주로 폐 부위를 중심으로 한 영적 기관과 관련되어 있는 데 비해, 나병은 신체의 전 부위에 관련되어 있다. 특히 정상인들의 혐오감을 자극하는 나환자의 병든 사지와 피부는 감염 부위를 은폐한 결핵 환자와 대비된다. 이러한 감염 부위의 이질성은 나환자에게 극도의 수치심과 고립감을 체득시킨다. 결핵 환자의 공개된 눈물에 비해, 나환자가 암루를 흘리는 것도 이 때문이다. 외부에 공개할 수 없는, 자신 외의 모든 타인에게 발설할 수 없는 질병의 특성은 나환자에게 사회적 타자의 삶을 선택하도록 강권한다. 사회적 타자는 권력에 의한 자기 규정을 내면화하고, 외부의 차별을 당연시하며, 침묵하는 태도를 학습하게 된다. 이들에게 침묵은 자율적 선택과 타율적 강요라는 이질적 기제에 의해 조성된 이중 감정이다. 곧, 나환자들은 자의반 타의반으로 침묵을 이행함으로써, 사회의 규율에 복종하고 자신의 타자성을 확인하게 된다. 그것은 사회와의 단절 방식이면서, 동시에 자신의 질병을 내면화시키는 구체적 행위이다.

> 민석은 배가 닿는 바닷가에 나가서 하염없이 녹동항을 바라보고 앉았다 돌아오곤 하였다. 바다를 사이에 두고 빤하게 보이는 녹동항은 소록도와는 다른 별천지였다. 그곳은 성한 사람들이 살고 있는 세상이고, 바다건너 이쪽 소록도는 세상 사람들이 외면하는 환자들만의 섬이었다. 외부와는 단절된 외로운 섬에서 환자들은 땅을 일구어 꽃을 심고, 곡식을 가꾸며 하루하루를 견디어내고 있었다.

미우 아버지의 시선을 빌어서 서술자가 소록도의 처지를 전달하고 있는 장면이다. 작품 속에 제시된 장면이 작가의 주제의식을 암시하고 있는 것이다. 바다를 사이에 두고 '세상'과 '섬'은 마주보고 있다. 바다는 사회적 제도처럼 육지와 섬을 연결하는 자연적 제도이다. 바다는 끊임없이 나환자에게 사회인으로의 재진입을 훼방한다. 사회가 정상인과 병자를 구분하는 경계의 기획자라면, 바다는 사회의 기능을 대신하여 차안과 피안의 경계선으로 작용한다. 이 점에서 미우 아버지가 "외부와는 단절된 외로운 섬"에서 녹동항을 바라보는 것은 나환자의 사회적 위상을 정확하게 보여주고 있다. 바다는 뭍과 섬이라는 전혀 이질적인 특성을 소유한 정상인과 나환자를 형제로 낳은 자궁인 셈이다. 동기간과의 혈연관계를 차압당한 민석의 처지는 소록도와 대응하여 가족으로부터 '배제'된 채 소록도에 '감금'될 수밖에 없다.

3) 은유로서의 나병

결핵은 영혼의 질병이지만, 나병은 저주의 질병이다. 수전 손택이 『은유로서의 질병』에서 지적한 것처럼 결핵은 카프카를 비롯한 작가들에게서 "육욕을 묘사하고 열정의 증진을 요구하는 데 쓰이기도 했으며, 억압을 묘사하고 자기승화를 요구하는 데에도 쓰였던 셈"이지만, 나병은 일관되게 사회의 단절 조치를 정당화하거나 권력 집단에 의해 특정 국면을 전환하기 위한 정치적 기획 수단으로 활용되었다. 이런 측면에서 나병은 정치적이다. 일제의 격리 수용이나 해방 후 당국에 의한 나환자 정착촌 건설이 권력 주체의 상이에도 불구하고 동질적 차원의 통제 메커니즘으로 기능하는 것은, 바로 이러한 권력의 속성 때문이다.

물론 나환자들의 격리현상은 공동체의식을 함양하는 데 일정 부분 기여한 것도 사실이다. 그렇지만 그것보다도 그들의 소외감을 심화시켜 극심한 절망감을 안겨 주고, 집단촌으로부터의 탈출 욕망을 자극했던 것도 부정할 수 없다. 1963년 〈전염병 예방법〉의 개정으로 재가 치료가 가능해지면서 나환자의 집단촌 탈출은 가시화되었다. 탈출 욕망은 나환자들의 의식 속에서 적층되어 나타나는데, 본고의 분석 대상 작품 『넌 아름다운 친구야』의 초입 부분에서 주인공 미우의 단짝친구였던 용호로 하여금 "잘 살려면 희망농장을 떠나야 한다"는 엄마의 말을 되풀이하도록 하거나, 꽁맹이 영감의 "정 회장. 자네도 어서 이곳을 떠나게. 나는 그 지긋지긋한 문둥이 꼬리표를 자식에게까지 물려주고 싶지 않네."라는 이별사 속에서도 반복된다.

아울러 용호가 마을을 떠나가며 "전화를 한다고 하더니 2월이 가고, 새 학기가 되었는데도 전화 한 통 하지 않았다"는 서술을 통해 나환자들의 탈출 욕망이 얼마나 크고 깊은 것인지를 짐작할 수 있다. 집단촌을 떠난 자와 잔류자 사이의 연락 두절은 친밀한 관계를 전복시킨다. 동일한 사회적 타자로 생활하던 그들 사이에 친밀성이 거세되면서 소원한 관계를 초래하여 양자는 단절된다. 그만큼 나환자들의 탈출 욕망은 떠난 자의 행복, 곧 원만한 사회 적응 소식을 학수고대하는 잔류 환자들에게 이중의 고통을 안겨 준다. 가족과의 단절 체험에 이은 동류의식의 단절은 속절없는 헛수고를 수반하도록 재촉한다.

어느 새 아버지도 마당에 내려와 계셨다. 세수를 하고 난 아버지의 얼굴은 언제나 낯설었다. 눈썹이 없는 아버지는 여자처럼 눈썹연필로 눈썹을 그리셨다. 세수를 하느라 그렸던 눈썹이 지워진 얼굴은 그래서 늘 다른 사람 같았다.

아버지는 눈썹을 그림으로써 정상인의 얼굴을 모사한다. 그에게는 눈썹이야말로 사람의 형상을 갖추는 데 없어서는 안 될 신체 부위이다. 나환자는 없어진 눈썹 그리기를 통해 사회로의 편입 혹은 재진입과 집단촌으로부터의 탈출을 도모한다. 그의 내밀한 욕망은 화장술로 외현화되지만, 동일자를 모방하는 타자로서의 그의 행위는 "세수를 하느라 그렸던 눈썹이 지워진 얼굴은 그래서 늘 다른 사람 같았다"는 진술에 의해 욕망의 불가능성을 확인하는 도로에 지나지 않는다. 그럼에도 불구하고 미운 아버지에게 눈썹 그리는 일은 하루라도 거르면 안 되는 일상사이다. 그것은 자신의 존재 이유, 곧 자식 앞에서 정상적 아버지가 되고 싶은 소박한 바람과 희망농장으로부터 벗어나서 보편적 삶을 영위하고 싶은 간절한 기대감을 연장시키는 실존적 조건이다. 또한 큰누나가 "아니야. 문둥이라고 하면 안 돼. 그냥 끔찍한 피부병을 앓았던 사람일 뿐이야!"라고 말하며 동생을 포옹하는 장면도, 결국 나병을 심상한 피부병으로 대체하여 자신들의 고립된 삶을 정상인과 동일한 범주의 삶으로 치환시키고 싶은 심리적 방어기제의 표출일 뿐이다.

눈썹은 저주의 상징이다. 그것은 정상인과 나환자를 구별하는 신체적 기호이므로, 아버지의 병력은 자식에게 공개되어서는 안 될 비밀이었다. 미우는 아버지의 눈썹이 마을에 큰불이 나서 타버린 것으로 알고 있다. 가족들은 미우에게 마을의 화재로 인해 아버지의 눈썹이 소실되었다고 거짓말함으로써 은폐 행위에 동조한다. 그것은 자식에게 일반인과의 정상적 삶을 기대하는 기성세대의 배려이다. 이러한 선의의 은폐는 나환자 가족과 일반 가족과의 동질성을 확인시켜 준다. 가족들의 공모는 민석이 정우창 씨의 양자로 입적한 사실을 은폐하는 과정에서도 발휘된다. 그들은 미감아 미우를 나환자 아닌 일반 가정의 소년으로 자라기를 희망하며, 일사분란하게 은폐 행각을 벌인다. 미우는 가족사의 비밀을 알게 되기 전까지 가족 내 타자로 취급된다. 따라서 미우는 필경 가족들과 비밀을 공유해야 할 처지에 직면하게 되고, 그것은 이 작품의 서사적 결말과 연관되어 있다. 그 전까지 미우는 가족 내적 소외와 함께 외부세계의 놀림 대상으로 방치된다. 그는 왜곡된 은유의 세계와 버거운 싸움을 벌이도록 '던져진' 존재인 것이다.

"그렇단다. 그래서 잘 모르는 사람들은 아직도 그 병에 대해 좋지 않게 생각하기도 하지. 가령 유전병이 된다던가. 아니면 옆에만 가도 전염이 된다던가 하는. 하지만 이제 좋은 약이 발견되어서 그 병은 더 이상 불치의 병이 아니야."

한번 유포된 속설이 전복되기까지에는 숱한 시련과 많은 시일을 요구한다. 언어의 조작을 통해 이루어지는 사실의 왜곡은 당사자를 규정하는 사회의 지배 담론에 의존하게 되므로, 나병을 향한 언중들의 언어적 폭력은 제도화되어 행사된다. 그 결과 언중들에게 수용된 속설은 새로운 제도에 의해 '앙시앙 레짐'으로 제척될 때까지 지배적 권위를 유지하게 된다. 다슬이는 의사 엄마를 통해 자신과 주위 사람들의 그릇된 의학 상식을 바로잡는다. 다슬이는 객관적 지식을 통해 자신이 잘못 알았던 나병의 실상을 이해하게 되면서 친구들과 희망농장을 방문하고, 생일 잔치에 미우를 초대하는 등, 친구간의 화해를 마련하는 역할을 수행한다. 작품의 서두에서 등장한 다슬이가 주요 인물로 서사의 결말에 기여하는 셈이다. 이와 같이 나병의 은유는 오도된 지식과 실체를 은닉한 외부에 의해 만들어진 다음에, 사회라는 제도의 숙주에 기생하며 무수한 분열을 시도한다. 나환자들은 사회적 폭력과 함께 언어적 폭력에 무방비 상태로 노출된 채 이중적 고통을 감당하는 것이다. 그러므로 우리들이 기억해야 할 것은, 다시 수전 손택의 말대로 "은유를 폭로하고, 비판하고, 물고늘어져 완전히 쓸모없게 만들어야 한다"는 사실이다.

근래에 들어서 나병은 한센이 나균을 발견했다고 하여 한센병이라 부른다. 하지만 이러한 완곡어법은 나병에 관한 또 하나의 은유를 발생시킨다. 사람들은 오래 전부터 질병에 각종 의미, 곧 가장 두려운 공포의 의미를 부여하고, 해당 환자들을 사회로부터 격리시키려고 노력해 왔다. 오늘날의 대표적 사례로서 에이즈를 들 수 있다. 사람들은 병명의 변경으로 사회적 편견과 왜곡된 속설을 극복할 수 있다고 믿는다. 하지만 속설을 이기는 방법은 과학적 지식이 가장 효과적이다. 나병에 관한 각종 은유가 생산되었을 당시의 형편을 살펴보더라도, 종교와 정치 그리고 의학이 상호 결탁하여 권력화되었던 시기였다. 현대 사회에서도 의학의 권력화는 사회 구성원들로부터 비판받고 있다. 그렇지만 1992년 세계 나학회 서울 총회에서 한국의 나병 종료를 선언하였고, 한 해에 20여 명밖에 발생하지 않는 거의 소멸된 나병을 한센병이라고 굳이 에둘러 표현할 이유는 없다.

"우리 사회는 아직도 우리들이 사회의 한 구성원이 되는 것을 동의하지 않고 있습니다. 힐끔힐끔 쳐다보는 것은 만성이 됐지만 타고 가던 버스와 열차에서 강제로 끌어내려지거나 식당에서 밥이 다 떨어져 팔 수 없다고 거절을 당할 때는 차라리 죽고 싶은 심정입니다."

—『동아일보』, 2004. 10. 12.

지난해 국회 의원회관에서 열린 대한변호사협회 주최 '한센병 인권 보고 대회'에 참석했던 한 나환자가 토로한 울분이다. 비인간적 대우에 영혼이 피폐해진 환자들에게 병명의 개칭이 무슨 효용이랴. 그것은 논자들에게 소용될 뿐, 나환자들에게는 오로지 "사회의 한 구성원이 되는 것을 동의"해 주는 것이 필요할 뿐이다. 용어를 둘러싼 논쟁은 투쟁의 대상을 분산시키며, 논의의 효율성을 저하시킨다. 특히 용어의 정치성을 비판하는 논자들이 범하는 가장 큰 오류는 자기 용어에 은폐되어 있는 또 다른 이데올로기성을 간과한다는 점이다. 그것보다도 나환자들에게 시급한 것은 병명의 변경과 같은 관념 유희가 아니라, 일반인과 그들의 동일성을 확인하는 일일 터이다. 다시 말해 현시점에서 나환자에게 시급한 것은 또 하나의 은유를 선사하는 것이 아니라, 사회 구성원들의 '동의'를 구하는 것이 급선무라는 점이다.

4) 사회적 타자와의 공존 방식

본고에서 분석 대상으로 삼은 원유순의 『넌 아름다운 친구야』는 미감아 문제를 본격적으로 수용했다는 점에서 상당한 의미를 획득하고 있다. 우선 한국 현대 동화의 고질적 문제점으로 지적되는 낯익은 일상적 소재가 아니라는 점에서 관심을 끈다. 더욱이 사회적 소수가 다수의 대립항이 아니라 상호부조하는 공동운명체라는 사실을 확인시켜 주고 있다는 점에서, 이 작품의 가치는 정당하게 평가되어야 할 것이다. 그렇지만 장르 특성상 나병에 관한 정치적 접근이 미진된 채 미시적 접근에 그친 점을 비롯하여 몇 가지 아쉬움을 남겼다. 그것은 동화의 형식적 특성에 의탁하여 해결하기에는 난점을 갖고 있지만, 차후의 발전적 접근을 위해 여기에 제기해 두기로 한다.

첫째, 교회 권력에 대한 비판적 접근이 결여되어 있다. 교회는 나환자들을 현세의 현실 사회가 아니라, 내세의 사후 세계로 인도한 책임으로부터 자유로울 수 없다. 이러한 신앙은 현세의 고통을 감내하는 원동력이 되는 것이 사실이지만, 나환자들로 하여금 동시대의 일상으로 편입되지 못하는 타자성을 내면화시킨다. 희망농장의 정 회장의 "하나님. 이곳을 우리들만의 천국이 아니라 세상 사람들과 더불어 사는 천국이 되게 해 주소서."라는 기도는, 마치 『우리들의 천국』에서 조 원장이 건설하려고 했던 천국과 유사한 의미를 지닌다. 그렇지만 정상인들이 나환자 농장에 전입하여 더불어 살아가기를 기대하는 '희망'보다는, 도리어 나환자들이 사회에 복귀하여 살아갈 '희망'이 훨씬 값지고 전향적일 터이다.

둘째, 권력의 '보이지 않는 손'에 대한 비판적 접근이 누락되어 있다. 정우창 씨 부자가 소록도에 체재할 당시에 발생했을 법한 세칭 '오마도 사건'은 이러한 문제를 형상화하는 데 적절했을 것이다. 이 사건은 1960년대 초 소록도의 나환자들이 고흥군 오마도 북쪽 바다를 메워 330만 평의 농지를 조성해 자활촌으로 건설하려고 했으나, 완공을 앞두고 당국이 일방적으로 나환자가 아닌 지역 주민에게 간척지를 나눠준 데서 촉발되었다. 결국 오마도 사건은 당국이 앞장서 나환자들의 노동력을 착취하고, 인권을 유린한 대표적 사례이다. 그로부터 나환자들이 조 원장을 비롯한 육지 사람들을 불신하게 되었음은 물론이다.

셋째, 소록도 혹은 희망농장 구성원들간의 갈등에 대한 서술이 부족하다. 육지와 단절된 소록도와 육지 속의 소록도인 희망농장은 여러 가지 점에서 비슷하고 다르다. 이 작품에서는 혈육간, 친구간의 갈등에 그치고 있다. 하지만 갈등 중에서 가장 심각한 것은 내부의 갈등이고, 그 해결 과정을 통해 구성원들은 화해하며 내재된 문제점을 개선하게 된다. 정 회장이 동료의 집단촌 탈출을 방관하며 "나는 이곳을 떠나지 않겠네. 아니, 떠날 수 없어. 자식 없이 오갈 데 없는 동료들도 있고, 나만이라도 이곳을 지켜야 할 것 같네."라고 자탄하는 대목은 나약하기 그지없다. 이 발언은 그의 책임감에서 비롯된 것이기도 하지만, 은연중에 사회와의 동화를 갈망하면서도 거부하는 이중적 타자성이 내면화된 결과로 보인다.

이상에서 지적한 문제점들은 작가적 역량의 문제라기보다는, 동화의 장르상 속성에서 야기된 바 크다. 동화는 본질적으로 거대담론보다는 미시담론에 치중할 수밖에 없다. 그렇다고 하여 예측 가능한 비판을 우회하려는 태도는 바람직스럽지 못하다. 그것보다는 나병을 둘러싼 각종 담론들의 작동 과정을 적확하게 포착하는 것이 권장될 만하다. 부연할 필요도 없이 동화의 한계는 다음과 같은 화해의 장을 마련함으로써 상쇄된다. 그것은 동화가 동시대의 서사적 기록으로서 갖는 의의이기도 하다.

"이 꽃을 볼 때마다 늘 사람 사는 세상을 생각한단다. 꽃과 이파리가 사이좋게 어울려 살다가 저렇게 예쁜 열매를 맺듯이, 우리 사람도 못난 사람 잘난 사람 없이 함께 어울려 살다가 죽으면 얼마나 좋을까 하고……"

작가는 미우 할아버지의 말을 빌어 자신의 소회를 서술하고 있다. 그녀는 연둣빛 잎과 꽃이 한꺼번에 피어나는 돌배나무의 속성처럼, 일반인과 나환자가 "못난 사람 잘난 사람 없이 함께" 어울려 살아가는 공동체를 꿈꾸고 있는 것이다. 이러한 주제의식은 작품의 결말부에 이르러 미우 어머니와 친정 오빠의 화해를 마련하는 심리적 기반이 된다. 혈육간의 화해는 자식들에게 전달되어 "와아! 우리에게도 이제 외갓집이 있다."라는 감격적 선언으로 이어진다. 출가와 외가와의 관계가 정상화되면서, 탈고되지 않은 작품의 뒷이야기는 할아버지의 바람이 미구에 확산될 것이라는 믿음을 갖게 한다. 그 서사적 징후는 부모가 외가에 간 새에 무조건적 사랑을 다짐하는 미선이와 미라 자매의 수다, 추석 때 외사촌 형제를 만날 생각에 가슴 부픈 미우의 기대감 속에 예비되어 있다.

3. 결론

사회적 약자에 대한 관심이 고조되고 있는 이즈음에, 동화를 비롯한 문학 작품에서 나환자들의 비극적 삶에 관심을 표명하는 것은 바람직하다. 그동안에 원유순은 끊임없이 이 땅에서 소외받는 이들에게 관심을 기울여 왔다. 예컨대, 그녀의 「조금 늦어도 괜찮아」(『조금 늦어도 괜찮아』, 학산문화사, 2001)에 등장하는 지체부자유아 영만이의 달리는 모습은 얼마나 가슴 뭉클했던가. 그 연장선상에서 『넌 아름다운 친구야』는 그동안 아동문학에서 열외되어 있던 미감아 문제를 정면에서 다루었다는 점에서 유의미하다. 더욱이 그녀는 작품의 도처에 화해의 메시지를 장치하여 삼대간의 화해와 동세대간의 우정을 도모하고 있다. 이 점은 작가들이 기억해야 할 미덕이며, 동화의 교훈적 속성을 잊지 않은 결과이다.

끝으로 한국의 나문학에 관한 논의가 활성화되기 위해서, 우선 두 가지 측면에서 접근할 문제를 제기해 둔다. 하나는 나환자에 의한 자전적 글쓰기에 관한 논의가 이루어져야 한다. 예컨대, 심숭이나 한하운에게 글쓰기는 자신의 내면세계와 외부 사회를 연결하는 언로였다. 그들은 자신의 신체 변화를 통해 비인간적 '문둥이'로 규정되는 과정을 확인하였다. 사회적으로 격리된 그들의 글쓰기는 불가피하게 침묵을 강요하는 현실에 대한 불만으로 표출될 수밖에 없었다. 그러므로 그들의 글쓰기는 사회적 타자의 자기 연민인 동시에 자기 해방이다. 또한 그들의 글쓰기는 특정한 사회적 맥락 속에서 가능하다. 그들이 내면의 세계를 드러내기 위해서 선택한 텍스트의 생성 공간과 반응 집단에 대한 주밀한 연구가 필요하다.

다른 하나는 이종 텍스트간의 비교 연구가 필요하다. 무명생의 『혈루룩』, 심숭의『애생금』, 이청준의『당신들의 천국』, 그리고 원유순의『넌 아름다운 친구야』의 텍스트 비교 검토 작업이 따라야 할 것이다. 네 작품의 텍스트 비교를 통해 원 텍스트와 이종 텍스트 간의 공통점과 다른 점 등이 규명되어야 한다. 나아가 작품에 나타난 역사적 사건의 수용 태도, 나환자의 인물 형상화 정도, 주제론적 접근 방식, 텍스트간의 모방과 작가의 원 텍스트에 대한 오독의 검증 등도 후수되어야 할 것이다. 이러한 노력들이 물량적으로 축적된다면, 한국 나 문학의 논의는 지금보다 더욱 활성화되리라 기대한다.

기본에 충실한 작가, 기초가 튼튼한 작품

—2007 신춘문예 당선 동화에 대한 소회

해마다 섣달 추위가 찾아오면 잠 못 드는 사람들이 있다. 그들은 가슴속에 신춘문예병이라는 희귀병을 앓는 환자들이다. 그들의 소망은 새해 첫날의 신문에 자신의 이름이 활자화되는 것이지만, 모두에게 열린 문이라서 경쟁률이 만만치 않다. 그래도 그들은 병을 고칠 의사가 없다. 세상에서 글쓰는 사람들에게 신춘문예처럼 성취 동기를 부여하는 제도가 없는 까닭이다. 그들의 고질병은 올 겨울에도 어김없이 도질 것이다.

올 해 경향 각지의 신춘문예 당선작들을 읽어 보면, 너무 싱겁고 평이하다. 남들 다 쓰는 말투에, 남이 간 길을 따라가는 무료한 반복은 예나 지금이나 변함이 없다. 동화는 단순성의 미학을 최우선 덕목으로 내세우는 장르이다. 제 아무리 잘 쓴 작품도 구도가 복잡하거나, 문장이 불분명해서는 안 된다. 그것은 전적으로 동화의 대상성에 기인한 것으로, 천고에 불변할 진리이다. 예를 들어 부산의 대표적 신문에서 당선작으로 뽑은 작품의 심사평을 살펴보아도, 심사 소견은 대동소이하다. 먼저 『부산일보』 신춘문예 당선작 「캥거루 아빠」(정송이)의 선자는 당연하게도 '신인다운 참신성과 패기는 떨어지지만' 운운하며 '더욱 정진하여 대성하기를 기대'한다. 『국제신문』 신춘문예 당선작 「할아버지가 품은 꽃」(안덕자)의 선자는 '간결한 문장'과 '탄탄한 구성'면에서 흠결을 지니지만 '시의성'과 '아름다운 울림'이 있어서 뽑았음을 밝히며 '밝고 빠른 동화의 길을 모색하면 더 좋을 것 같은 생각이 든다'고 주문하고 있다.

두 작품의 선자들이 지적하는 사항은 해마다 반복적으로 진술되는 모범답안이다. 심사위원들의 안목은 예나 지금이나 별반 다르지 않으며, 그 역으로 작품의 수준이 괄목할 만한 진전을 이루지 못하고 있다는 반증이다. 그 이유는 무엇일까. 언제부턴가 소위 신춘문예용 작품이라는 말이 들려온다. 그것은 규격화된 형식, 정량화된 분량, 상투화된 구도 등을 복합적으로 비난하는 듣기 싫은 말이다. 올해의 신춘문예 당선작들도 대부분 이런 범주에서 벗어나지 못하고 있다. 그리하여 중앙지의 아동문학 부문이 삭제되는 추세인 반면, 각종 잡지나 출판사에서는 상당량의 고료를 내걸고 등용문을 확장하고 있다. 이런 경향은 신춘문예가 제도화되면서 수반되는 불가피한 현상일 터이지만, 신춘문예용 작품들을 생산한 신인작가들의 과오가 더 크다.

요새 유행하는 작품들을 일별하면, 저마다 이혼을 얘기하고 생태담론을 다루고 있다. 특히 지방에 거주하는 신인들이 유행을 추종하는 태도를 보이는 것은 문제가 많다. 지방의 신춘문예 당선작들은 서울의 그것과 달라야 한다. 신인들은 서울의 작품들이 감히 형상화할 수 없는 지역적 요소들을 과감히 수용하려는 자세로부터 출발해야 한다. 구체적으로 부산의 경우에는 낙동강의 사람들, 부관연락선의 장사치들, 전후에 부산으로 피난한 사람들, 부산항의 외국인 등, 그 지역에서만 채취할 수 있는 소재들을 바탕으로 고유한 정서를 생생하게 묘사해야 한다. 또 역사적인 사건이라면 부마항쟁을 들 수 있다. 1980년대 광주의 비극이 작품화되어 어린이 세대의 화해와 상처의 치유에 나서듯이, 그 전사로서 부마항쟁은 하루빨리 작품 속으로 들어와야 한다.

이런 관점에서 부산 지방의 신춘문예 당선작을 검토하기로 하면, 금년도 작품들은 그리 만족스러운 편이 아니다. 심사위원들의 소감을 적어 놓은 문맥에서도 간취할 수 있듯이, 두 작품이 지닌 장점이 단점보다 많은 데도 불구하고 특히 다음과 같은 두 가지 점은 쉽사리 수긍하기 힘들다. 첫째, 신인들의 글이라서 그런 것인지 몰라도 문장이 불분명하다. 문장이 명료하지 않으면 동화의 독자들은 이해하기를 주저한다. 더욱이 소년소설의 하위 단계에 위치한 독자들에게 부정확한 비문은 치명적이다. 문장은 작가의 생각하는 바를 제대로 표현해 주는 수단인 동시에, 독자로 하여금 작품에 근접할 수 있도록 허락해 주는 비표와 같다. 그런 점에서 「할아버지가 품은 꽃」은 문장의 완성도면에서 상당히 불만족스럽다.

"아범아, 모심는 일은 올해로 끝이로구나."

"아버지도 참. 전 지긋지긋한 농사, 속이 후련합니다. 누가 농사꾼을 알아주기나 합니꺼?"

"아범아, 니는 내 마음 모른데이. 한 평생을 땅과 함께 살았는데 이젠 뭘 하면서 살아야 할지……."

작품에서 이야기의 단서를 제공하는 동이네 할아버지와 아버지의 대화이다. 이 대화는 아주 중요하다. 왜냐하면 작품의 갈등을 예정하면서, 서사의 진행 방향을 암시하고, 부자간의 정서적 토대를 제시하고 있기 때문이다. 할아버지의 앞 문장은 폭폭한 심정을 몰라주는 아들에게 신세한탄하는 아래 문장에 의해 번복된다. 할아버지의 감정이 번복되는 것이 아니라, 지방적 요소가 일거에 수정되어 버린다. 표준어를 구사하는 할아버지는 존재하지 않는다. 아버지보다 할아버지는 경상방언을 유창하게 구사해야 맞다. 곧, 언어적 배경이 상이한 부자간의 갈등은 서사의 촛점을 분산시킨다. 두 사람간의 불화는 동일 방언에 기초한 의사소통 속에서만 작품의 완성에 기여한다.

작품의 후반부에서도 줄곧 빈출되는 문장상의 오류는 작품의 리얼리티를 떨어뜨리는 데 촉매 역할을 한다. 하지만 선자가 말한 것처럼, 작품을 지배하는 작가의식은 동이 할아버지의 죽음을 '아름다운 울림'으로 만들어서 쇄말적 흠결을 상쇄시킨다. 그것은 "아무리 잘생긴 꽃이 있다 해도 나는 세상에서 벼꽃이 제일 귀하고 고마운 꽃"이라고 생각하는 할아버지의 단 한 문장에 의해 지탱된다. 아울러 할아버지의 사신에 벼꽃을 뿌려주는 동이의 산화공덕은 비현실적 행위도 사실적 반향을 불러올 수 있다는 방증이다.

둘째, 문학작품이 사회의 반영물이라는 사실은 만고에 불변할 것이다. 그것은 작품의 사실성을 담보하여 독자들의 관심을 끄는 데 기여한다. 그리고 제목은 작품의 모든 진행 상황을 통제한다. 이 점에서 캥거루의 육아낭과 아빠를 연결시킨 제목도 한 번 고려해 볼 사항이다. 캥거루족은 요즈음 사회적 현안과제로 대두된 바와 같이, 대학교를 졸업하여 자립할 나이의 젊은이들이 취직하지 않거나, 취직을 해도 독립적으로 생활하지 않고 부모에게 경제적으로 의존하는 부류를 지칭한다. 물론 제목이 사회적 경향을 온전히 반영해야 하는 것은 아니나, 사회의 구성원들이 일반적으로 생각할 수 있는 내용과 상관해야 하는 것은 주지의 사실이다. 이런 측면에서 「캥거루 아빠」는 독자의 기대를 썩 부응하고 있는 편이 아니다.

내가 살금살금 들어갑니다. 유리창에 매달린 네온사인이 반짝거려서 희미하게 앞을 볼 수 있습니다. 비닐봉지를 발견하고 캥거루옷을 꺼냅니다. 아 . 아직 따끈한 땀 냄새가 있습니다. 눈물이 왈칵 솟는 건 왜일까요? 옷이 너무 따뜻해서일까요? 난 캥거루옷 안으로 들어갑니다. 안은 너무 따뜻하고 포근해서 다시 엄마의 뱃속으로 들어온 기분이에요. 눈만 감으면 꿈을 꿀 것 같습니다.

나는 껑충껑충 뛰고 있습니다. 엄마도 껑충껑충 뛰고 있습니다. 한번도 보지 못한 엄마는 내 얼굴과 비슷하게 생겼습니다. 엄마가 나를 호주머니에 넣고 아프리카 초원을 뛰어다닙니다. 엄마가 뛸 때마다 하늘이 솟았다 땅이 꺼졌다 세상이 흔들립니다. 어쩌면 정말 하늘로, 하늘로 가는 건지도 모르겠습니다.

작가는 총각 아빠의 입양담을 의도하였지만, 딸은 '한번도 보지 못한 엄마'를 생각하고 있다. 딸이 엄마를 보고 싶어서 캥거루놀이를 하기 위해서는, 그에 앞서 사모의 정을 토로했어야 옳다. 그렇지만 딸은 아빠의 연애담에 관심을 보일뿐, 엄마를 보고 싶어 하는 소망은 말 못하고 '입을 꾹 다물고' 만다. 더욱이 딸이 아빠가 아니라 '나이 든 아저씨'가 입었던 캥거루 옷에서 나는 땀 냄새에 '눈물이 왈칵 솟는 건' 왜일까. 사건의 계기성은 서사의 밀도를 팽팽하게 유지시켜 주므로, 신인들은 이런 점에도 깊은 관심을 기울여야 할 터이다. 문학은 생리적으로 시간예술에 속한다. 어떤 문학작품도 시간의 계기적 속성을 무시하고 성립할 수 없다. 그것은 사건의 발생 시점을 조절하고, 등장인물의 표정을 좌우하며, 갈등의 해결 과정에 깊이 개입한다.

작품 속에 서술되는 내용들은 일반적 상식에 기초한다. 그것은 독자들의 보편적 이해를 요구하기 위한 문학적 배려이고, 작품의 논리적 구성방식을 통제하는 메커니즘이다. 곧, 독자가 이해하기 어려운 작품은 동화의 존립 이유를 손상시킨다. 아동들은 동화를 읽으면서 주제를 배우는 것이 아니라, 문학의 형식을 학습한다. 주제와 같은 내용적 요소를 앞세운다면, 그것은 문학이 아니라 선전물이다. 주제는 형식 속에 삼투되어 앙금으로 남아서 존재해야지, 내용을 앞세워서 형식을 추월하면 문학의 본질적 특성이 위협받는다. 애초부터 이른바 숫총각 아빠에게 입양된 딸의 고민은 캥거루놀이를 통해 해결될 일이 아니었다. 더욱이 호주에서 본 캥거루가 아프리카 초원에서 뛰어노는 것이나, 꿈 속에서 엄마의 낭에 들어갔던 딸이 아빠의 등 뒤에서도 동일한 느낌을 갖는 것은 다시 살필 일이다.

그 밖에도 경향의 신춘문예 당선작들은 아무리 신인이라고 할지라도 너무나 자잘한 세목에 치중하고 있다. 현재적 시점에서 거대담론이 쇠퇴한 것은 분명하지만, 그렇다고 해서 한결같이 미시담론에 집중할 정도로 우리 사회가 단편적인 것은 아니다. 양자는 항시 상호 보족하는 관계 속에서 문학의 자양을 풍요롭게 가꾸어 왔다. 동시대의 화두는 국제결혼의 증가로 인한 단일민족의 신화가 무너져 간다는 것이다. 전세계에 유례없을 정도로 핏줄에 연연하는 한민족의 입장에서, 이국인의 얼굴과 피부는 쉽게 받아들일 수 없다. 그런 이유로 한국에서 태어난 아이들은 혼혈의 원죄 속에서 오늘도 살아간다. 하지만 이른바 국제화 시대에 자발적으로 이루어지는 혼종은 강제로 막을 수 없다. 아동들은 또래의 이질성에 대하여 심각하게 반응한다. 그들의 왕성한 호기심은 상대의 입장을 전혀 고려하지 않은 채 방출되는 까닭에, 작가들은 문제에 대한 접근을 통해 문학적 방안을 모색할 수 있을 것이다. 그것은 동화를 사랑의 시각으로 접근하는 태도이다.

동화는 사랑의 문학이며, 화해의 문학이다. 동화가 순수 동화와 생활 동화로 이분된다고 할지라도, 더 나아가 미시서사에 대상인 '생활'에 방점을 찍는 풍토가 횡행한다고 할지라도, 동화는 환상적이어야 한다. 동화에서 환상성을 제거하면, 그것은 소설로 구분된다. 소설은 끊임없이 변화하고 생성되는 장르이지만, 동화는 천고에 변하지 않은 채 명맥을 유지할 장르이다. 동화의 장르적 속성이 변치 않으므로, 우리들은 동화를 통해 원형적 심상을 추출할 수 있는 것이며, 아이들의 세계를 순수하다고 평언할 수 있는 것이다. 그리고 무엇보다도 우선적으로 동화는 단순성의 미학을 추구한다. 이 점은 동화 작가들이 반드시 유념해야 할 창작상의 벼리이다. 선명한 구도, 간결한 문장, 선명한 이미지는 동화를 읽는 아동들에게 꿈을 안겨준다. 우리들이 꾸는 꿈도 그와 같아서 단순할수록 생생하게 오래 기억하지 않은가.

거듭 말하거니와, 신인 작가들은 '원고지가 무릎까지 차올라올 때까지 등단하지 말'는 문단의 격언을 명심해야 한다. 기본기에 충실한 작가만이 오래 살아서 문단에 공헌한다. 신춘문예에 응모하는 일은 기본기를 다진 후에 시도할 일이다. 작품의 기초가 튼튼하면 누가 읽어도 동일한 대답이 나온다. 앞에서 언급한 두 작품은 심사위원의 말처럼 여러 가지 장처를 지니고 있다. 예를 들어서 신춘의 시간성에 알맞은 시의성을 띠고 있으며, 작품을 후반부까지 잔잔하게 이끌어 가고 있다는 점은 부인할 수 없는 강점이다. 그럼에도 불구하고 본고에서 두 가지의 문제를 지적하게 된 동기인즉, 신춘문예의 지속적인 유지를 위한 우려와 함께 신인 작가에 대한 비평적 관심의 표시이다.

전래동화를 통한 세대간의 대화 방식

―정채봉, 『해님 달님』, 『콩쥐랑 팥쥐랑』, 『흥부야 놀자』

　새로운 천년이 시작되면서 사회의 각 부문에 디지털 문화가 창궐하고 있다. 컴퓨터를 비롯한 정보통신 기술의 급속한 발달로 말미암아 디지털 미디어가 등장하여 매체와 채널이 다양화하면서 전달망간의 통합이 재촉되고, 문화예술과 과학기술의 접목 가능성에 대한 진지한 탐구가 진행되고 있다. 물론 이러한 노력을 기울이는 사람들은 디지털 미디어의 출현을 긍정적으로 바라보는 축에 든다. 한편에서는 사이버 공간에서의 하이퍼텍스트를 비롯한 디지털 서사의 발흥으로 인해 문학의 존립 근거와 책의 운명에 대한 비관적 전망이 일정한 세력을 이루고 있다. 전반적으로는 인쇄문화의 위기감이 고조되는 판국이지만, 아직은 행간을 따라가며 이루어지는 책읽기의 고유한 덕목은 여전히 살아남으리라는 기대감이 우위를 차지하고 있는 것이 사실이다.

　그러나 책은 어느새 전자상품으로 대량생산되어 소통되기에 이르렀고, 그 소비자로서의 아이들은 점차 증가하는 추세이다. 그들이 문화의 담당층으로 성장할 때에는, 활자화된 책은 전자도서에 밀려 매우 적은 비율을 차지하게 될 것이다. 디지털 문화의 하위 국면인 사이버 세상이나 가상 현실에서는 문화의 매개자 혹은 전달자로서의 어른이 설자리가 없다. 이로 인한 세대간의 문화적 접촉은 두드러지게 희소화할 것이고, 예전에 볼 수 있었던 심리적 연대감 역시 느슨해질 것이다. 이즈음 디지털 시대를 살아가게 될 아이들을 위해 아날로그 세대들이 해주어야 할 일은 무엇인가. 그 많은 일 중에서 우선적으로 한국인의 정서 체계를 전수하는 일을 들 수 있을 것이다. 그런 점에서 전래동화는 세대간의 정서적 공감대를 형성케 해주며, 한국인으로서의 정체성을 획득하는 데 도움이 되는 독서자료이다. 아이들은 전래동화를 통해서 민중들의 구체적인 체험에 의해 형성된 정서의 원형을 체감하게 되고, 나아가서 한민족의 사유방식을 습득하게 된다.

이 책들은 3~7세의 아이들을 대상으로 만든 전래동화집이다. 6권의 시리즈 중에서 우선 3권만 먼저 나온 셈이다. 프로이트에 의하면, 이 나이의 아이들은 도덕적 가치 판단의 준거틀을 모두 형성하게 된다. 또 에릭슨의 도덕성 발달 단계에 의하더라도, 이 시기의 아이들은 다른 어느 시기보다도 성장 속도가 빠르고 호기심이 왕성하여 학습 의욕이 가장 활발한 시기이다. 또한 이들은 자신들의 욕망을 사회적으로 유용하게 연결하려는 경향을 보이기 때문에, 이 시기에 그들의 흥미를 자극하여 건전한 도덕성을 발달시켜 주는 것은 무엇보다도 중요하다. 따라서 이 무렵의 아이들에게는 바람직한 사회적 가치관과 사물에 대한 정확한 개념을 제공해 주는 일이 중요하다. 아이들로 하여금 새로운 대상에 지적 관심을 기울이게 하고, 공동체적 정서를 배울 수 있도록 도와주는 일은 그대로 어른의 몫이다.

이런 측면에서 전래동화는 문화적 배경이 다른 세대간의 대화의 중개자로 기능할 수 있다. 독자인 아이들은 콩쥐와 팥쥐의 대비적인 성격을 통해 선조들의 가치관을 이해함으로써, 세대간의 가치 전승을 도모할 수 있을 것이다. 또 해와 달의 생성에 관한 이야기를 읽은 뒤에는, 변신 모티프의 활용 양상에 따라 이야기의 주제나 구성방식이 달라진다는 점을 깨닫게 된다. 흥부와 놀부의 이야기에서는 불행과 행복의 순환구조를 이해하게 되고, 장차 현실적 삶의 모습을 헤아리는 인식적 기반을 닦게 된다. 아울러 아이들은 나중에 문학의 문법 체계를 익히는 과정에서 더욱 정교하게 다듬어져, 화소를 창의적으로 변용하여 새로운 디지털 서사물을 고안해내는 데 적용할 수도 있을 것이다.

앞으로 디지털 문화가 만연하게 되면, 국경의 개념이나 민족의 구분 따위는 고대의 유물로 자리매김될 터인데, 그 시대의 문화 생산층이 될 아이들의 내면구조에 우리 겨레의 원형 심상을 형성해 주는 일은 매우 중요하다. 이것이야말로 아날로그 세대들이 자라나는 아이들을 위해 당연히 배려해 주어야 할 대목이고, 디지털 문화의 생산 과정을 중개하는 국면인 것이다. 전래동화는 겨레의 역사와 더불어 무한히 반복되면서 세대간의 소통구조로 작용한다. 동일한 이야기의 반복적인 재현 과정 속에서, 각 세대는 자신들의 문화 생산 능력에 자긍심을 갖기도 하지만, 자칫 소홀하게 취급하는 오류를 범할 수도 있다. 그러므로 단순한 구조로 이루어진 심상한 이야깃거리에 불과한 전래동화의 문화적 가치는 단순성의 미학을 어떻게 다양하게 드러내느냐에 따라 값이 달라진다.

아이들은 그림을 통해서 책을 읽기 때문에, 그들에게는 '보는 것이

믿는 것'이다. 그러므로 나이어린 아이들을 위한 책에서는 일러스트레이션의 중요성이 상대적으로 강조된다. 더욱이 그들은 아직 감정이 미분화 상태이기 때문에, 그들을 위한 일러스트레이션은 단순화하는 것이 적당하다. 이러한 사실은 아이들을 위한 책을 편집하는 사람들이 가장 먼저 고려해야 할 점인데, 그것은 편집자에게 상당한 굴레로 작용한다. 또 삽화에서도 단순 묘사 기법은 표현 재료의 사용폭을 제한하게 될 것이고, 그만큼 일러스트레이션을 담당한 사람의 번득이는 아이디어를 요구하는 조건이 된다. 그 표현 재료가 시각적인 이해와 창의력, 상상력을 확장하는 데 커다란 역할을 수행한다는 점을 생각하면, 상상력과 호기심이 가장 활발한 나이의 아이들이 읽는 책을 만드는 일은 여러 가지로 성가신 일에 속한다. 적어도 아이들의 미래와 전인적인 발달을 염두에 두는 출판 종사자들에게는 말이다. 일러스트레이션은 아이들의 독서 흥미를 자극하는 역할을 담당할 뿐만 아니라, 독서시간을 연장하기 위해서 동원되는 다양화 기법을 담당하는 것이다.

한시도 다소곳하지 못한 아이들의 순발력 있는 호기심을 집중시키기 위해서는 책의 편집이나 장정 등에도 소홀할 수 없는 이유가 여기에 있다. 이 책은 여느 그림책과 달리 입체적인 편집 기법을 활용한 토이북이다. 아이들이 책을 읽는 동안에 그들의 시선을 분산시키지 않으려면, 다른 책에 비해 유별나게 편집할 필요가 있다. 이 책에서는 각 장면마다 접힌 부분을 펼치거나 오려진 부위를 떠들어 보면 새로운 그림이 나타나서 아이들의 호기심을 유발시켜 준다. 아이들이 책장을 넘기면서 그림의 나머지 부분을 생각하고, 이어지는 이야기를 구성하도록 능동적인 독서를 조장하고 있는 것이다. 아이들은 책장을 넘기고 접은 부분을 펼치는 동안에, 상상력과 창의력이 상호작용에 의하여 신선한 발견의 기쁨을 누릴 수 있다.

지금까지 우리나라 책의 판형은 매우 단조로웠는데, 한결같이 직사각형이거나 국판이 주종을 이루었다. 그런 점에서 이 책의 판형인 국배변형판은 아이들의 관심을 끌기에 충분하고, 정사각형이 주는 안정감을 그대로 전달해 준다. 또 한 쪽당 글자가 차지하는 비율이 그림에 비해 상대적으로 현저히 적어야 하는데, 이 책에서 시도한 판형은 그림의 가시성과 글자의 가독성을 높여주는 데 기여하고 있다. 이러한 외형적인 변화들은 아주 작은 것에 불과하지만, 아이들을 위한 편집자의 세심한 배려라는 점에서 상당히 값진 시도이다.

우리나라의 아이들을 위한 출판 시장에서는 매년 전래동화집을 거듭하여 발간하고 있다. 그 필요성에 비해 편집자들의 노력은 높이 살 만한 것이 아니었던 것이 사실인데, 이 책은 곳곳에서 편집자가 쏟은 품값이 진지해 보인다. 더욱이 문화 코드가 혁명적으로 변환되어 가는 시대적 형편을 고려한다면, 출판사의 기획과 실천은 주목할 만하다. 문화적으로 전혀 다른 배경을 갖고 있어서 자칫 세대간의 정서적 단절이 우려되는 시기에, 어른들이 아이들을 위해서 마땅히 해야 할 일을 앞장서 맡아 주었다. 나아가 디지털 시대를 살아갈 아이들의 활자화된 그림책 읽기를 통해, 어른들의 문화적 전달 기능을 되살려 주었다는 점에서도 큰 의의가 있다.

낯익은 소재의 낯선 떨림

—이영희 동화집 『별님네 전화번호』

1.

굳이 '판도라의 상자' 이야기를 꺼내지 않더라도, 세상살이에서 희망은 절망을 이기는 힘이다. 그러나 항상 인간에게 절망은 희망보다 힘이 세다. 인간은 자신의 실패를 교훈삼아 내일을 설계하지만, 내일이란 지나간 어제보다도 훨씬 불확실하기 때문에 그의 다짐은 매번 되풀이되어야 한다. 속절없는 인간의 희망은 실존의 의미를 증감시키면서, 저마다 꿈의 구체적 실현에 나서도록 부추긴다.

유년기의 꿈은 한 인간의 장래를 결정하면서, 그의 행동 반경을 범주화시키는 힘을 갖는다. 사회는 그 시기의 특징을 가소성으로 규정하고 어른의 당연한 배려를 강조한다. 문학 장르에서는 동화가 여기해당한다. 동화는 문학적으로 기성세대가 미성숙한 세대를 위해 봉사할 수 있는 유일한 장르로서, 독자들에게 꿈을 심어주는 데 적합하다. 물론 그것은 사회적으로 공인된 가치관이나 개인적 신념을 표출하는 노력으로 발현될 수 있겠지만, 전적으로 작가가 작품에서 드러내고자 하는 주제의식에 힘입게 된다. 그러므로 동화작가는 독자적인 작품의 속성에 어울리는 주제의식을 어떻게 삼투시킬 것인가를 고민할 수밖에 없다.

2.

이영희는 "우리 동화 문학에 상상력의 폭과 서사적 새로움을 가져다 준"(김용희, 「환상세계에 담은 아름다운 삶 이야기」) 작가이다. 그녀의 글솜씨는 일본 고대사에 대한 탁월한 지식에 바탕한 저술과 고대가요의 새로운 해석을 통해 이미 입증된 바 있다. 또한 그녀는 저널리스트로 활약하면서도 동화에 대한 지극한 애정을 감추지 않았다. 그녀가 새로 발표한 동화집 『별님네 전화번호』는 인간의 꿈에 대해 생각하는 계기를 제공하는 책이다. 이 책에는 12편의 동화가 단정한 그림과 함께 묶여 있다. 그녀는 이 책에 실린 동화의 소재들을 신화적 요소로부터 차용하였다.

일찍이 케네드 버크는 문학작품의 소재를 외적 소재와 내적 소재로 이분한 바 있다. 외적 소재는 독자들에게 잘 알려진 역사와 신화 등에서 취택하는 것을 가리킨다. 이것은 독자들의 눈에 익은 만큼, 그들의 독서 흥미를 쉽게 유발할 수 있는 장점을 갖고 있다. 전래동화가 창작동화보다 우선 읽혀져야 할 당위성은 여기서 출발한다. 하지만 외적 소재는 독자들에게 새로운 정보를 제공하지 않기 때문에, 흥미의 지속 기간을 단축시키게 될 위험성에 상시 노출되어 있다. 따라서 작가로 하여금 적절한 소재의 재가공과 형태적 완성도에 매진할 것을 권유한다. 더욱이 동화는 소설보다는 길이가 짧고 삽화를 동반하기 때문에, 외적 소재의 성공적 차용을 위한 작가의 노력은 배가된다. 아울러 독자를 어린이로 상정할 경우, 작가의 고충은 더해질 것이다.

이영희는 이 작품집에 수록된 대부분의 동화를 외적 소재로부터 차용하였지만, 창작동화의 특성을 적절하게 살리고 있다. 그녀는 작품의 주제의식에 적합한 소재를 찾아낸 뒤, 등장인물에게 고유한 속성을 부여하는 방식으로 독자의 인식 지평을 확대하는 데 기여하였다. 독자들은 그녀의 작품을 읽으면서 사유 체계의 계승 양상 같은 작품 외적 요소와 작가의 작품 개입 범위 등 작품 내적 요소를 한데 살필 수 있다. 구체적인 예를 「잉어등」이라는 작품에서 찾아보기로 하자.

이 작품은 사월초파일에 잉어등을 달던 풍습을 글감으로 전용한 것이다. 저자거리에서 잉어등을 달던 풍습이 사라진 이후, 잉어등은 은하수를 헤엄치며 이것저것 삼키며 살아간다. 그러던 칠석날 직녀가 견우를 만나러 간 사이 까치의 실수로 베틀북이 강물에 빠지게 되고, 잉어등은 그마저 삼키게 된다. 하늘 임금은 그동안 하늘나라에서 잃어버린 물건을 이레 안에 찾지 못하면 모두 쫓아낼 결심을 한다. 이런 난리를 수습하는 길은 잉어의 배를 가르는 것뿐이다.

배를 가르면 잉어는 죽습니다. 모른 체하고 시치미를 떼고 사느냐, 아니면 임자들에게 물건을 돌려주기 위해 죽느냐입니다. 시치미를 떼고 있으면 아무도 모를 것입니다. 그러나 자기 하나 때문에 하늘과 땅에 난리가 난다면……. 지느러미가 저리도록 괴로웠습니다. 그리고 그 괴로움은 끝내 견딜 수 없는 것이었습니다.

잉어는 잠시 망설이다가 배를 절개하여 그간 삼켰던 온갖 물건들을 주인에게 반환해 준다. 그러자 공주가 잉어의 배를 금실로 꿰매어서 보은한다. 그 뒤로 잉어는 바늘자국에서 빛을 내뿜는 별이 되었다. 마침내 "언젠가는 다시 자신의 몸빛으로 환히 골목을 밝히기를 믿고 소원했던" 잉어의 꿈이 이루어진 것이다. 이 작품은 잉어등, 견우와 직녀 이야기 등 전승되는 소재를 작품의 주제의식에 알맞도록 공간적 질서를 부여한 것이다. 이와 같이 이영희는 외적 소재를 변용하여 작품의 주제의식을 드러내도록 가공한다. 이 과정에서 그녀가 추구하는 주제의식은 긍정적 화해의 세계를 지향하는 데서 나아가 독자들에게 잔잔한 감동을 선사한다. 천상세계의 질서를 유지하기 위해 전신공양을 마다하지 않는 잉어의 희생제의를 통해서 독자들은 잉어의 별자리에 얽힌 사연을 짐작할 수 있다. 또 공주의 보은 행위를 통해서는 지상세계의 윤리적 질서를 소중히 여기는 태도를 내면화하게 될 것이다.

이 동화집에서 내적 소재로 분류할 수 있는 작품에서도 그녀의 주제의식은 빛난다. 그녀는 한 송이 꽃도 열매도 맺지 못하는 크리스마스 트리의 꿈을 다룬 「별이 열리는 나무」에서 보는 바와 같이, 사랑이라는 진부한 주제를 다룬다. 평생 동안 사랑하는 꽃을 위해 "줄곧 꽃가루처럼 향기로운 꿈, 꽃이슬처럼 싱그러운 꿈만을 골라 먹고 살았"던 맥이 "기적이란 별것이 아냐. 꽃씨에서 꽃이 피어나는 것이지" (「가슴에 꽃을 가꾸는 짐승」)라고 말한 것처럼, 꿈의 성취 여부는 대상에 대한 지극한 사랑의 정도에 좌우되는 것이다. 꽃씨에서 꽃이 피어난다는 당연한 진리를 체득한 맥의 발화는 반복하여 들어도 솔깃한 작가의 잔소리이다. 곧, 그녀의 문장에서는 속 깊은 물의 깊숙한 떨림을 느낄 수 있다.

이외에 이영희는 「날씨 굽는 가마」와 「쇠기러기가 낳은 순금알」 등을 통해서, 독자들에게 세상의 물건이 생기게 된 근원을 헤아릴 수 있는 지혜의 안목을 제공한다. 이러한 글은 사유의 세대간 계승 문제를 점검하는 계기로 작용하며, 굳이 그녀가 글의 소재를 옛것에서 찾아나서는 이유를 추측할 만한 단서로 기능한다. 그녀의 독특한 필력에 의해 낯익은 소재는 낯선 감동으로 변환된다. 이것은 그녀가 외적 소재의 특성을 정확하게 인식하고 작품 생산에 임한 결과이다. 외적 소재는 독자들에게 익숙한 대신, 작가에게 작품의 형태적 측면에 진력하도록 압력한다. 그녀는 지적으로 분열된 현대 사회의 특수성에 입각하여 독자들에게 친숙한 외적 소재를 채택하여 독자의 사유 방식을 법고창신하도록 의도한 것이다.

3.

이영희 동화집 『별님네 전화번호』는 고학년 어린이나 어른 모두 읽을 만한 책이다. 독자들은 이 책을 통해 시시한 소재가 얼마나 아름다운 감동을 담고 있는지를 작가의 주제의식에 힘입어 사유 체계의 심화 혹은 전복 과정에서 체험하게 될 것이다. 더욱이 전자문명의 홍수 속에서 극심한 자아정체성의 위기를 체험하고 있는 현대인들로서는, 이 동화집을 통해 예스러운 세계의 사고방식과 자신의 사고 행태를 비교하여 꿈을 발견할 수 있을 것이다. 그것은 작가의 생각을 빌자면, 대상에 대해 보상을 바라지 않는 대책 없는 사랑이다.

일인에 대한 만인의 폭력 탐구

─ 서지선 소년소설 『도둑』

대부분의 사람들은 지역감정이 위정자들의 생산물이라고 말한다. 그 말은 부분적으로는 옳지만, 전적으로 옳은 말은 아니다. 정치가들이 지역감정을 정략적으로 이용하여 일신의 안위를 도모하는 것은 맞다. 문제는 지역민들이 지역감정을 즐기며 살아간다는 점이다. 그들에게 지역감정은 삶의 활력소이다. 지역감정의 피해를 당하는 사람들의 처지에서는 정치가의 말보다는, 주민들의 습관화된 언사가 더 불쾌하고 살맛을 떨어뜨린다. 정치가들이야 동서고금을 막론하고 교언과 선동을 일삼는 자들이라고 치부하면 그만이다. 하지만 삶의 현장에서 상대와 허교하며 대화하는 '이웃' 주민들의 말은 당자에게 '생생한' 고통을 준다.

지역감정은 '5월 광주'로 인해 시작된 것이 아니다. 그 천추에 씻지 못할 천인공노의 사건은 동시대의 불행한 일이지만, 감정은 역사의 수레에 깔리고 짓밟히면서 켜켜이 적층된 것이다. 조선시대의 실학자 이중환은 『택리지』에서 전라도를 가리켜 "땅이 기름지고 물산이 풍부하나 습속이 노래와 계집을 좋아하고 사치를 즐기며, 사람이 경박하고 간사하여 문학을 대단치 않게 여긴다"고 적은 뒤에, 이어서 "대저 전라도와 평안도는 내가 가보지 못하였거니와……" 운운하였다. 이 대목을 읽노라면, 그가 무슨 억하심정에서 가보지도 않은 특정 지역을 드러내 놓고 폄하했는지 도저히 이해할 수 없다. 그처럼 지역감정은 '선비'를 위장한 지식인들로부터 발생할 때 감당하기 힘들다. 배운 자들의 허언은 민중들의 생활 공간에 틈입하여 대화의 논리로 제공되면서 전복하기 어려울 정도의 세력권을 형성한다.

아직도 지역감정의 망령이 역동적인 메커니즘으로 작동하는 정치 현실 속에서, 서지선의 소설 『도둑』은 케케묵은 영호남의 지역감정을 다루었다. 아마 이런 점을 높이 산 심사위원들 덕분에 '5월 문학상'의 수상작으로 선정된 듯하다. 작가는 "우연한 기회에 망월동을 가본 후로, 광주 사람들(전라도 사람들)에 대한 존경과 빚진 마음"(「광주, 어린이문학 그리고 시작」)에 이 책을 썼다. 그녀는 경상도 사람이라는 자의식 속에서 지역감정의 실체를 작품화하여 지리산 건너편에 사는 사람들에게 속마음을 터놓고 싶었던 모양이다. 그런 탓에 지역감정에 매몰된 고향 사람들의 행동을 시종일관 비판적으로 서술하고 있다. 전라도 사람과의 혼례를 반대하는 사람들, 지역감정의 담론을 끊임없이 생산하고 조종하는 김 위원장, 마침내 그에 동조하는 동네 사람들의 대화를 통해 작가는 삶의 국면에서 작용하는 지역감정의 실체를 사실적으로 묘사하였다.

작품은 여느 시골처럼 평화롭고 시간이 멈추어 버린 듯한 황매산 자락의 궁벽한 마을에서 벌어진다. 그곳의 '4학년이 되어도 구구단을 못 외우는' 두백이와 강식이는 두 살 차이에도 불구하고, 친형제처럼 오순도순 잘 지낸다. 두 소년의 엄마들도 자매처럼 지낸다. 두 백이 엄마는 번듯한 댁호조차 갖지 못한 채, 서쪽에서 시집을 왔다고 서촌댁으로 불린다. 동네 사람들에게 그녀의 고향은 관심권 밖이고, 다만 그녀가 전라도 출신이라는 점만 문제될 뿐이다. 그녀는 마을 사람들은 물론, 남편으로부터도 수시로 '전라도년'이라는 욕설을 들으며 주사와 폭력에 시달린다. 그러던 어느 날 강식이네 소 판 돈이 없어지는 사건이 일어나고, 두백이 엄마는 '전라도년'이라는 이유 하나로 자식과 함께 졸지에 도둑으로 몰린다.

"야가 똑 부러지는 아라면 내가 와 이러겠소? 우물우물하다가 꼼짝없이 범인으로 몰릴 판인데!"

"왜, 모르지? 엄마와 아들이 짜고 그랬는지……. 순진한 척하면서도 뒤로는 호박씨 까고 있었는지! 그러게 전라도 사람은 뒤를 모른다 카더니, 그 속을 우째 알겠노?"

엄마가 쏘아붙였다.

"뭐, 뭐라고요? 서, 성님!"

두백이 엄마가 신음을 내뱉듯이 고통스러운 표정으로 떠듬거렸다. 그러더니 갑자기 바람 빠진 공처럼, 그대로 풀썩 바닥에 주저앉았다.

곧이어 쥐어뜯는 듯한 울음소리가 떨꺽떨꺽 쏟아져 나왔다.

두백이 엄마는 늦된 자식과 함께 강식이 엄마로부터 절도 혐의를 받게 되자 '갑자기 바람 빠진 공처럼' 극도의 절망감과 배신감에 사로잡힌다. 더욱이 강식이 엄마의 '전라도 사람은 뒤를 모른다'는 말한 마디에 두백이 엄마의 결백과 사건의 진실은 지엽적인 문제로 격하된다. 그녀 말은 다시 두백이 엄마의 입장에서 '경상도 사람은 뒤를 모른다'는 말과 동궤를 형성하여 작품의 배경으로 등장한 마을을 살피도록 권유한다. 사방이 산으로 둘러싸인 황매는 작품의 폐쇄된 의사소통 구조를 은유한다. 동네 사람들은 두백이 엄마를 둘러싸고 온갖 풍문을 생산하면서 자신들의 언행을 정당화하고, 겉으로는 그녀를 동네 사람으로 받아들이면서 시집살이의 고생을 위로해 왔다. 그렇지만 그들은 흉중에 언어의 비수를 감춘 채 사위에서 포위하고, 동일한 지시어로 그녀를 규정시킨다. 광기에 가까운 집단적 정서는 연약한 여인으로 하여금 황매를 떠나도록 만든다. 결국 '사람은 뒤를 모른다'는 말이다.

　예로부터 사람의 말은 믿음이 있어야 된다고 하여 '믿을 신(信)'자의 어의가 강조되었다. 황매 사람들이 두백이 엄마를 향해 행사한 폭력은 상대를 갉아먹고 언어에 대한 신뢰를 파괴한다. 언어가 삭제된 인간관계에서는 믿음이 생겨날 리 없다. 마침내 일인을 향한 만인의 언어폭력은 스스로를 지역감정의 성채에 유폐시키고, 외부와의 소통 수단을 단절해 버린다. 그들은 오로지 '그들만의 리그'를 위해 봉사하면서 '나무의 수많은 가지들이 같은 뿌리에서 나오는 것'을 애써 부인한다. 이와 같이 본래 지역감정은 당하는 자를 핍박하여 집단적 카타르시스를 체험시켜 주는 듯하지만, 결국 지역감정을 생산하고 조장한 집단을 닫힌 체계 속에 포박해 버린다. 그들은 환히 열린 체계의 의사소통을 추구하는 것이 아니라, 어두운 폐쇄적 의사소통을 습관으로 여긴다. 지역감정은 그들이 옮기는 발자국에 의해 입에서 입으로 음험하게 전파된다. 두백이 엄마가 좌판을 하던 부산의 생선 시장에서 '전라도 사람'이라는 이유 하나로 도둑으로 몰린 여인을 발견하게 된 것도 그 때문이다. 출신 지역을 시비하는 감정적 폭력이 만연한 현실 앞에서 그녀는 절망감으로 한탄한다.

그러나 억척스러운 그녀의 생활의지는 작품의 결말부를 화해로 인도한다. 황매에서 쫓겨나다시피 이사한 모자 앞에 강식이 모자가 출현한 것이다. 두 사람의 화해는 소통으로 이루어진 것이다. 강식이 엄마는 도둑 누명을 씌워 모함했던 과오를 사과 발언으로 씻어내고, 두백이 엄마는 그동안의 설움을 눈물로 쏟아서 닫아 두었던 마음의 문을 연다. 두 여인의 오해와 화해 속에 두 소년의 우정은 더욱 견고해진다. 진지하고 활발한 의사소통에 바탕한 기성세대의 화해와 함께 성장세대의 우정이 소중하다는 것이야말로 이 작품에서 표나게 내세우고 싶은 주제의식일 터이다. 이 점에서 서지선의 의도는 성공적이다. 겁 많은 신예작가가 지역감정이라는 예민하고 견고한 소재를 겁없이 다루었다는 점에서 그녀의 후속작을 기대한다.

  아울러 작가는 지역감정이 '지금-여기'에서 일방에 의해 지속적으로 재생산되고 있다는 사실에 대한 소설적 고뇌를 멈추지 않기 바란다. 세상에는 억울한 '도둑'의 삶을 파멸시키고, 도둑의 문법으로 집단의 미래를 도모하는 자들이 있다. 일인의 '도둑'을 향해 만인의 도둑이 폭력을 정당화하는 상황은 조속히 척결되어야 한다. 그것은 김 위원장처럼 지역감정의 영토 안에서 집단의 안전과 계급의 이익을 추구하는 부류에 대한 줄기찬 탐구를 요구한다. 지금도 여전히 말끝에 가서는 '전라도년'이라고 욕을 얻어먹는 두백이 엄마 같이 누명을 쓴 '도둑'들이 존재하는 현실을 부정할 수 없다는 것이 동시대의 우울한 음화이다.

사랑, 자아를 찾아가는 '관계'의 낯섦

—성장소설 『병속의 바다』, 『씁쓸한 초콜릿』

1. 사랑이 뭐지?

대부분의 한국인들은 사랑을 황순원의 기름기 없이 잘 빠진 문체가 돋보이는 「소나기」로부터 읽었다. 세상에! 사랑을 하거나 배운 것이 아니라 읽다니……. 직접 부딪쳐도 시원찮은 사랑을 한낱 시꺼먼 문자로 읽어서 알다니, 기가 막힐 일이다. 사랑의 담론을 금기시하던 시대에 청소년기를 보낸 지금의 부모들이 아이들의 사랑에 신경을 곤두세우는 것은 자신의 공부가 이처럼 촌스러웠기 때문이다. 요새 아이들이라면 그 정도의 사랑은 건성으로 듣고 말지, 시시한 '나 잡아 봐라' 놀이나 조약돌 하나로 궁상맞게 생을 나누어 갖지는 않을 것이다.

2. '세상은 네가 생각하는 것과 달라'

캐빈 헹크스의 『병속의 바다』는 마사 보일이라는 열두 살 소녀의 자잘한 이야기이다. 급우였던 올리브 바스토우가 교통사고로 죽은 후에 느닷없이 마사는 올리브의 일기를 넘겨받고 당황한다. 올리브는 아예 소설의 첫 문장을 "그 고아의 비밀스런 소원은 뼈가 마치 새의 뼈처럼 비어서 멀리 하늘을 날아갈 수 있게 되는 것이다"로 적어 놓을 정도로 외로움에 폭 빠져 지내던 외톨박이 소녀였다. 마사 역시 소설을 쓰고 싶은 소녀이다. 고독을 즐기는 그녀의 눈 속에서 '아득한 곳에 대한 그리움'을 찾아낸 갓비 할머니는 소설 쓰기를 독려해 주는 유일한 말벗이다. 마사는 가족들과 함께 할머니댁에 놀러갔다가 이웃집의 지미를 만나서 사랑에 빠진다.

> 마사는 지미를 오랫동안 응시했다. 그러자 지미도 마사를 보고 씽긋 미소를 지었다.
> "여기서 뭐해?"
> 마사가 이 애 저 애를 둘러보며 물었다.
> "지미는 지금 영화를 만들고 있어."
> 빈스가 대답했다.
> "우리도 영화에 나와요?"
> 레오가 물었다.
> 레오는 멍청한 표정을 짓더니 넙죽 고래를 숙여 인사했다.
> "제목은 '세상은 네가 생각하는 것과 달라'라고 지었어."

소년소녀는 '응시'를 통해 눈빛을 교환하고 즐거운 둘만의 시간을 보낸다. 하지만 첫사랑은 이루어지지 않는 법. 지미는 마사를 실망시키게 되고, 두 사람의 사이에는 넘기 힘든 감정의 골이 파인다. 사랑이란 진실한 감정의 공유라는 걸 알아차리기에 그들은 나이가 너무 어렸던 것이다. 마사는 사랑이란 모름지기 배신의 다른 이름일 수 있는 것을 지미의 동생 테이트로부터 "널 진짜로 좋아한 사람은 바로 나야"라는 쪽지를 받고서야 깨닫는다. 그 결과 가족여행을 통해서 마사는 "아무도, 이 공항에 있는 그 누구도, 더 넓게는 이 지구에 사는 그 누구도 자신이 하는 생각이나 자신의 가슴과 머릿속에 담겨 있는 것을 모른다는 사실"을 알게 되는 것이다.

이와 같이 청소년들이 가장 절망하는 순간은 세상이 자신의 생각하는 바와 다르다는 것이다. 교과서 속과 너무 동떨어진 사회적 현실을 극복해내기에 그들의 경험은 너무나 얕고 좁다. 그 중에서도 가장 민감하고 시급한 현안 과제는 사랑이지만, 그것은 결국 자아를 찾아나서는 하나의 과정이라는 점에서 청소년이라면 누구나 피할 수 없는 통과의례이다. 아이들은 저마다 사랑이라는 성장통을 앓으며 상처에 가슴을 베이기도 하고, 낯선 체험으로 무엇과도 바꿀 수 없는 가르침을 얻기도 한다. 사랑과 배신을 거치면서 그들의 영혼은 몰라보게 자라나고, 가족의 소중함을 온몸으로 알게 된다. 작가는 체험을 통해 '올리브의 바다' 같은 세상의 이치를 알아가는 마사의 입을 빌어 "자기가 원하는 것은 집으로 돌아가는 것"이라는 평범하지만 불변하는 메시지를 전달하고 있다.

3. '달콤 쌉소롬한 초콜릿'

　미리암 프레슬러의 『쌉쌀한 초콜릿』은 독일 소녀 에바의 성장소설이다. 무려 67킬로그램의 체중으로 김나지움에 다니는 소녀 에바는 "사람들이 나를 보고 있을까? 나를 두고 뭐라 하고 있을까? 어린 여자애가 어쩌면 저렇게 뚱뚱하냐며 비웃고 있을까?" 걱정에 사로잡힌 열다섯 살의 소녀이다. 그녀처럼 볼륨 있는 여학생을 소재화하는 것을 보면, 청소년들이 고민하는 내용은 독일이나 한국이나 매양 한 가지인가 보다. 에바는 학교에서는 친구들로부터 왕따당하고, 선생님들로부터 외면당하고, 집에서는 구박받는 문제아이다. 당연히 에바는 육체적 열등감 때문에 세상 사람들과 담을 쌓고 지낸다. 혼자서 시간을 죽이는 놀이를 발명하기에는 너무 커버린 나이에 '그저 하나의 입일 뿐'인 에바가 할 수 있는 일이라곤 집의 냉장고를 비우는 일뿐이었다.

　에바는 흰 빵 두 쪽을 꺼내어 토스트기에 꽂아 넣었다. 하지만 빵이 완전히 구워지려면 시간이 너무 오래 걸렸다. 더 이상 참을 수가 없었다. 서둘러 토스트기 옆에 달린 손잡이를 밀어올리자 빵이 튀어 올라왔다. 빵은 거의 흰색 그대로였지만, 따뜻하고 좋은 냄새가 났다. 에바는 재빨리 빵에 버터를 발랐다. 그리고는 빵에 바른 버터가 가장자리부터 가운데까지 녹아드는 모습을 흘린 듯이 바라보았다. 냉장고 안에는 아빠가 좋아하는 고르곤촐라 치즈도 한 덩어리 남아 있었다. 에바는 칼로 치즈를 잘라낼 새도 없이 그냥 통째로 베어 물었다. 빵을 베어 물고, 치즈를 베어 물었다. 베어 물고, 씹고, 삼키고, 다시 베어 물었다.
　정말 속이 꽉 들어찬, 굉장한 냉장고였다. 완숙으로 삶은 달걀 한 개,

토마토 두 개, 햄 몇 조각, 그리고 살라미 약간이 연어와 토스트, 치즈를
뒤따랐다. 에바는 무아지경에 빠져 씹고 또 씹었다. 이 순간 에바는 그저
하나의 입일 뿐이었다.

주위와의 의사소통 통로를 막아 버린 에바는 먹어서 본을 추려는
듯, 끓어오르는 식탐을 억누르지 않고 오로지 먹는 일에 필사적으로
매달린다. 세계에 대한 모든 절망을 식욕으로 발언하는 그녀의 모습
은 읽는 이를 불안케 한다. 에바에게 '비곗살'은 "비참, 소외, 냉대를
의미했으며, 조롱과 두려움, 창피함"을 의미했다. 에바의 일상생활
을 억압하는 '역겹고 물컹물컹한 지방층'은 미헬을 만나면서 전환기
를 맞는다. 소년은 '굴삭기처럼 탐욕스럽게 먹어대는' 에바에게 수
영과 춤을 권하며, 그녀의 허리를 감싸고 있는 지방층을 서서히 허물
어 준다. 가난하지만 명랑한 미헬의 순수한 사랑은 섬세한 프란치스
카의 우정과 합해져 에바로 하여금 사람들과 말문을 트도록 돕는다.
미헬이 어울림으로 에바의 부끄러움을 없애 주는 역할을 맡았다
면, 프란치스카는 "그냥 마른 사람도 있고, 뚱뚱한 사람도 있는 거"
라며 에바에게 영혼의 소중함을 가르쳐 준다. 그녀의 발언은 자라나
는 아이들에게 필요한 것은 세상의 다양성과 차이를 인정해 주는 것
이 참된 사랑인 줄 안 작가의 역할 부여이다. 에바는 두 친구의 배려
에 힘입어 "지방의 무게를 짊어지지 않고 가볍게 살아가는 에바"로
변신할 것을 결심한다. 그것은 "자신이 원했던 에바"를 찾아가는 계
기로 작용할 것이다. 이것이야말로 사랑의 힘이다. 오로지 사랑만이
인간을 변화시킬 수 있다는 진리를 이 작품은 소설적으로 웅변해 준
다.

4. 사람은 사랑의 동물이다!

아이들에게 사랑은 '지금-여기'에서 벌어지는 현실적인 문제이
다. 사랑은 사람을 사람답게 만들어 주는 '관계'의 미학이다. 사랑을
통해 아이들은 사람들 '사이'의 가치를 깨닫고, 그 '사이'로 들어간
다. 마침내 '인간'으로 다시 태어나는 것이다. 다시 태어나므로 그것
은 부모의 할일이 아니다. 사랑은 언제나 주체의 몫이다. 두 작품은
아이들에 의한 아이들을 위한 아이들의 사랑을 세심하게 다루면서
도, 가족이 최초이자 최후의 보루여야 하는 진부한 명제를 아이들과
부모들에게 감동적으로 보여준다.

비상, 회귀에의 욕망

—윤삼현 동시집 『겨울새』

1.

한국시사에서 연작시편을 찾아보기란 그리 어렵지 않다. 널리 알려진 「고산구곡가」를 보면, 시인들은 하나의 대상을 두고 갖가지 감정을 표백하기를 서슴지 않은 듯하다. 그러한 시사적 전통은 현대에 이르러서도 여전히 지속된다. 연작시는 대개 두 가지 의도를 상정할 수 있다. 하나는 시인이 특정한 제목으로 몇 편의 연작시를 쓰겠다고 적극적으로 기획한 뒤에 시작하는 경우이다. 이 경우에는 구체적인 시인의 의도적 기미를 엿볼 수 있어야 한다. 가령 몇 편의 연작시를 쓰겠다고 계획하였다면, 그 편수에 맞게 혹은 비슷하게 연작시의 의도를 드러낼 만한 내용이 나와야 한다. 또한 제목을 후원하는 부제가 딸려야 균형잡혀 보인다.

다른 하나는 막연하나마 동일한 제목으로 일련의 연작시를 생산해 보자는 시흥으로 시를 쓰게 된 경우이다. 그러나 이때의 시흥이란 일상적인 단순함을 초월하여 시작에 투입된 창작 에너지이다. 시인이 현실적 세계와의 종응 과정을 통해 일상에서 발견한 대상의 한순간을 작품으로 형상화할 때, 그것은 이미 범속한 범주를 벗어나 문학적 쓸모에 적합하게 구겨진 것이다. 따라서 시인이 선택한 소재로서의 일상사는 시적 맥락 안에서 해석되어야 한다.

윤삼현의 「겨울새」 연작시는 무려 70편이다. 그의 「책을 내며」에 따르면, 그가 연작시를 쓰게 된 동기는 "겨울새와 친구도 맺고, 겨울새를 통해 마음도 순수해"지는 데 있다. 말하자면 그는 처음부터 이 연작시를 어린이들에게 읽힐 요량으로 쓴 것이다. 그의 시작 혹은 시집 발간 의도가 충족되기 위해서는 어린이들의 겨울새를 사랑하는 마음과 함께 그들의 시선을 사로잡을 수 있도록 시각적 고려가 우선시되어야 한다. 이 시집의 시편들은 저마다 한 컷의 필름처럼 연쇄적으로 구성되어 있다. 그것은 시인의 섬세한 마음씀씀이를 짐작하게 해준다.

2.

헤겔의 「자연에 대한 철학」에 보면 "말이 울고 송아지가 우는 동안에 새는 그 자신의 즐거움처럼 자신의 외침을 새어나가게 한다. 새가 자기 자신의 감정에 이르는 것은 버드나무 위를 돌아다닐 때가 아니고, 공중에서 놀 때이다."라는 구절이 나온다. 노회한 철학자에게도 새의 활공은 인간의 이룰 수 없는 비상 욕망의 체현 행위로 보였던가 보다. 여기서 주의깊게 살펴보아야 할 대목은 '말이 울고 송아지가 우는 동안에 새는 그 자신의 즐거움'이다. 말과 송아지의 울음에 비해 새는 즐겁다. 다 같은 소리이지만, 새의 소리가 즐거운 것은 무엇보다도 인간으로서는 도저히 불가능한 비상 행위와 관련된다. 인간은 우마처럼 걷거나 뛸 수 있지만, 새처럼 날아오르지는 못한다. 단 한 가지 그 이유 때문에, 새는 시인들이 보편적으로 갖게 되는 시대와의 불화감을 완화시켜 주는 역할을 수행한다.

연작시 1편은 "꿈은 이루어진다"는 해의 덕담을 듣고 싶은 새들의 비상으로부터 시작된다. 비록 미미한 짐승에 불과한 새이지만, 그들의 나는 행위는 의미를 띠고 있다. 새가 의미를 추구한다는 것은 그들에게도 엄연한 삶이 존재하는 걸 뜻한다. 새들도 "옛 추억 몇 개쯤"(2) 갖고 있으며, 인간들처럼 추억을 먹고사는 동물이다. 그들은 겨울밤의 하늘을 비행하는 도중에 "날갯죽지 위에서"(6) 눈이 녹아도, 초행길을 "지도 한 장 없이 떠나도"(4) 걱정없다. 새들은 "아빠 엄마랑 함께"(12) 여행하거나, 저희들끼리 "너랑나랑 손잡고"(11) 하늘을 날기 때문이다.

사실 따지고 보면 새처럼 위계 질서가 분명하고, 공동체의식이 투철한 족속도 드물다. 대오를 선도하는 무리를 따라 하늘을 날아가는 그들을 보면 가히 경이롭기조차 하다. 새의 자유로운 비행은 당연히 새로운 공간으로의 이동을 상징한다. 그러나 새들이 신세계를 찾아가기 위해서는 험난한 과정을 거쳐야 한다. 그들도 인간과 같은 유기체이기 때문에, 생명을 위협하는 여정의 시험과 고난을 헤쳐 나가야 한다. 그런 훈련 과정을 거쳐야만 비로소 한 마리의 어미새로 성숙하는 것이다.

해 떨어지기 전/바다를 건너야 한단다.//

달이 뜬 밤에는/또 사막을 건너야 한단다.

—「겨울새 · 7」

우두머리의 지시에 절대복종하면서 새는 비행을 운명애로 수용한다. 그들의 공간 이동은 절박한 생존의 문제이기 때문에, 소정의 기일 내에 최종 도착지에 다다르기를 요구받는다. 그곳에서는 장거리를 오랜 시간 비행하여 먼저 도착한 새들이 반겨 준다. 그들은 지친 날갯짓을 퍼득거리는 새들을 "폴짝폴짝 반가운 몸짓"(16)으로 영접해준다. 그들의 합류는 불가피하게 한정된 먹이의 공유를 초래하지만, 공동체 정신을 체질적으로 습득한 그 호수의 "가창오리, 쇠기러기, 고니 외에도 이름 모를 겨울 철새들"(「자, 땅끝 호수로 출발」)은 떼지어 노는 것을 숙명으로 받아들이기 때문에, 호수의 평화는 좀체 깨지지 않는다. 그러한 어깨동무 속에서 종류가 다른 새들은 "타타타타타타타"(22) 물 위를 뛰기도 하고, 서로 섞여서 "탈탈탈탈탈"(24) 목욕도 하면서, 부화한 "아기새는 쏘옥쏙"(32) 자란다. 수상낙원 "땅끝 고천암호"(56)에서 겨울을 보낸 철새들은 아기새의 성장과 함께 "삐릿 삐릿 삐리릿 삐릿/끼룩 끼룩 끼루룩/꺼우 꺼우 꺼우"(57) 온갖 소리로 작별을 고하며 최초의 도래지를 찾아 다시 먼 여행길에 오른다.

곧, 새의 비상은 회귀에의 욕망이었던 것이다. 이 점은 '해남시파'를 구성하는 주요 시인 윤삼현의 시에 나타난 새 이미지의 특질이다. 그의 우수한 시적 재주는 역사적 상상력을 기저로 삼았던 『유채꽃 풍경』(아동문예사) 속에 수록된 시편들에서 눈부시게 발현되었었다. 그는 그의 상상력을 일련의 '백두산 기행시'에서도 재차 선보인 바 있다. 이 시집에서는 그의 시적 관심이 예전에 비해 훨씬 심화되었다는 징후를 도처에서 목도할 수 있다. 그는 「겨울새」 연작에서 순정한 세계를 시화하였다. 1편의 비상에서 출발하여 70편의 재비상으로 마감되는 이 시편에서 그는 겨울 철새의 삶을 재미있게 형상화하는 데 성공하였다. 그것은 시인이 치밀한 구도아래 연작시를 창작하였다는 사실의 증표이다.

이와 함께 그는 어린이를 시집의 독자로 분명하게 설정함으로써, 자신의 시적 서술 방향을 잃지 않고 있다. 그것은 시어의 선택과 적절한 이미지의 선택 등으로 연결되어 연작시편의 주제의식을 드러내는 데 기여한다. 자칫 의식의 과잉으로 인하여 난삽한 이미지의 나열이나 산발적인 주제의 표출로 흐르기 쉬운 연작시에서, 이만큼 당초의 시적 의도를 일관되게 유지할 수 있었던 것은 온전히 윤삼현의 탄탄한 기본기에 힘입은 것이다.

작고 힘없는 생명을 사랑하는 따뜻한 눈

— 장승련 동시집 『우산 속 둘이서』

시인은 세상을 아름답게 보는 눈을 가진 사람이다. 그는 남들이 건성으로 지나치거나 보지 못하는 것까지 유심히 살펴본다. 그는 온갖 사물을 주의깊게 살펴보지만, 특히 여리고 힘없는 것들에게 더욱 관심을 기울인다. 왜냐하면 그에게는 약하고 버림받은 것들을 포용하는 뜨거운 사랑이 있기 때문이다. 따라서 그의 눈에는 아름답지 않은 것이 없다. 평생 동안 시인은 세상의 아름다움을 발견하는 데 온힘을 쏟는다. 우리들이 그를 가리켜 '영혼이 아름다운 사람'이라고 부르는 까닭이 여기 있다. 이 점에서 시인은 이승에서 가장 행복한 사람이라고 할 수 있다.

그러나 그것은 시인에게 고통스럽기도 하다. 세상의 아름답지 못한 것은 쉽게 눈에 띄지만, 숨어 있는 아름다움은 눈에 잘 들어오지 않는다. 언제나 시인이 눈을 크게 뜨고 다니는 것도 죄다 눈에 보이지 않는 아름다움을 찾아내기 위함이다. 그가 찾아내는 아름다움이란 실상 별것이 아니다. 시인은 우리들이 주위에서 익히 보았던 흔한 일이나, 건성으로 지나쳤던 것, 밥 먹듯이 하는 행동, 자연의 변화 등에서 곧잘 찾아낸다. 우리들은 그가 쓴 시를 읽고 나서야 '아, 그렇구나!'라고 무릎을 치며 감탄하게 된다. 다음에 보기로 든 작품에서 시인의 눈과 우리들의 눈을 견주어 보도록 하자.

아기 바람에도
깃털처럼 날아갈 상추씨

바람이 훔쳐보지 않은 날
햇살에 찡그리는 상추씨를
텃밭에 조심조심 뿌린다.

정말 상추씨는
칠흑 같은 어둠을 뚫어
무거운 흙을 밀치고
얼굴을 내밀 수 있을까

며칠 후 드디어
연둣빛 얼굴로
바람에 목욕하는 상추잎들

고맙구나, 상추야

세상 밖에 나올 수 있을까

나 혼자 끙끙 마음 졸였는데,

나와달라고

나오겠다고

우리 서로 약속도 하지 않았는데…….

―「약속도 하지 않았는데」

위의 시를 보면 장승련 시인의 따뜻한 마음씨를 헤아릴 수 있다. 어느 날 시인은 텃밭에 '아기 바람에도 깃털처럼 날아갈' 상추씨를 뿌렸다. 세상의 모든 씨앗들 중에서 유독 상추씨는 크기가 작아서 가벼운 바람에도 날아가 버릴 듯하다. 시인은 '바람이 훔쳐보지 않은 날', 곧 맑고 바람 잔 날을 골라서 상추씨를 뿌렸다. 그런 뒤에 시인은 행여 싹이 돋지 않을까 걱정되어 '끙끙' 마음을 졸인다. 시인의 바람을 알았는지 연둣빛 상추가 자란다. 그러므로 이 작품은 시인이 상추씨를 뿌리고 물주기를 거듭한 수많은 날들의 기록이다. 한 편의 시를 쓰기 위해 시인은 여러 날을 두고 상추의 성장 과정을 수없이 관찰한 것이다. 세상의 작은 생명에도 공을 들이는 시인의 마음 씀씀이는 시든 꽃밭에 물을 주면서 '더 일찍 주지 못해서' 미안하다고 꽃에게 사과하는 시「꽃밭에 물을 주며」에도 나타난다.

시인은 세상의 모든 변화에 민감하게 반응한다. 그의 눈에는 세상에서 신기하지 않은 일이 없다. 우리들이 하찮게 생각하거나 무시하기 일쑤인 일들이 시인에게는 가슴 떨리는 흥분과 설렘으로 다가간다. 그는 세상의 모든 것들을 '참, 이상하다'(「이상하다」)는 눈으로 바라보기 때문에, 어느 것 하나도 소홀하게 지나치는 법이 없다. 진작부터 세상에 있었지만 아무도 눈을 주지 않은 것, 혹은 그 누구도 그렇게 생각하지 않은 것을 생각해내는 눈! 이렇게 호기심 가득한 눈을 가진 시인에게 세상은 날마다 새롭다. 아래의 시편을 읽으면서 장 시인이 얼마나 새롭게 바라보고 있는지 살펴보자.

단풍잎아,
쨍쨍 더운 여름날을
서늘한 바람으로 식히면서 여기까지
끌고 오느라 참 힘이 들었구나.

단풍잎아,
푸르디푸른 과일들을
따스한 햇살로 익히면서 여기까지
끌고 오느라 참 힘이 들었구나.

그래서 얼굴에 열이 오른 거구나.
그래서 몸이 가벼워졌구나.

—「단풍잎을 보며」 전문

가을의 단풍잎을 보면서 시인은 단풍잎이 여름내 한 일을 알려준다. 단풍잎은 '쨍쨍 더운 여름날'을 식히고, '푸르디푸른 과일들'을 익히는 데 힘을 다 썼다. 마치 세상을 밝히기 위해 제 몸을 태우는 촛불처럼, 단풍잎은 여름의 더위를 쫓아내며 가을걷이에 정성을 쏟은 것이다. 굳이 말하지 않아도 여름 동안에 단풍잎이 흘린 땀방울은 어마어마했을 것이다. 자신의 힘을 다한 단풍잎은 마침내 몸살을 얻고야 말았다. 온몸이 빨갛게 불덩이처럼 열이 오른 단풍잎은 기운이 빠져 낙엽으로 떨어질 운명에 처해 있다. 참으로 진지하고 처절한 고통의 모습이라고 말할 수 있다.

우리는 이 작품을 통해 단풍잎의 일생을 새롭게 바라본다. 자연의 법칙에 따라 계절의 바뀜에 순응하는 '단풍'잎이 아니라, 평생 동안 남을 위해 봉사하다가 일생을 마치는 '단풍잎'의 위대한 희생을 깨닫게 된다. 이처럼 시인은 남들이 보지 못하는 것을 볼 수 있는 사랑의 눈을 갖고 있다. 우리들 같으면 '참, 곱다!'는 탄성 한마디에 그칠 단풍잎에서 시인은 애처로운 삶의 주름살을 찾아낸다. 그의 눈에 비친 세상은 온통 새로운 발견거리로 풍성한 곳이다. 시인의 번쩍이는 눈 덕분에 우리들은 세상을 새롭게 바라보게 된다.

이와 같이 시인의 눈은 사방을 향해 언제나 열려 있다. 시인은 오다가다 만나는 길섶의 돌멩이 하나, 풀 한 포기에도 정을 느낀다. 그에게 세상은 발견의 대상이며, 사랑의 상대자이다. 그러므로 시인은 자신이 살고 있는 고장을 사랑한다. 세상의 작고 보잘것 없는 것들조차 넉넉한 사랑으로 보듬는 시인이므로, 시인의 고장 사랑은 유다르다. 장승련 시인은 제주도에서 살고 있다. 이 시집에서 남쪽 섬의 풍경을 구경할 수 있는 것은 그가 살고 있는 곳과 관련이 깊다. 시를 읽으며 얻을 수 있는 잇점 중의 하나가 바로 이런 것들이다. 우리들은 시작품을 통해 한번도 가보지 못한 곳에 대한 귀한 정보를 얻을 수 있다. 다만 차이가 난다면, 우리들은 제주도에 대한 동경의 눈으로 바라보지만, 시인은 하루하루 살아가는 삶의 터전으로 생각한다는 점이다. 이런 점에서 시인의 눈은 우리들의 눈보다 정직하고 자랑스럽다.

도깨비가 장난치고 있지요.
옛날 마을에서 내쫓겼던 도깨비들이

한라산 꼭대기까지 오르지 못하고 중턱에서

억새처럼 많은 사람들의 발길에 채이며 살고 있지요.

—「도깨비 도로」 부분

　제주도는 뭍에서 멀리 떨어져 있는 외로운 섬이다. 예전에는 사람들의 왕래가 드물었기 때문에, 그곳에는 오래된 풍습이나 이야기들이 많이 남아 있다. 그 중의 하나가 한라산 중턱의 도깨비 도로이다. 이 도로의 신비한 현상을 건조하게 과학적으로 설명하면, 우리들은 시시한 내용에 금세 실망하게 된다. 그와 같이 과학은 세상의 이치를 정확하게 설명하는 데 초점을 맞춘다. 하지만 시는 상상력을 빌어 과학이 미처 설명하지 못하는 것이나, 도저히 설명할 수 없는 것을 보여준다. 우리들이 시작품을 애써 읽어야 할 이유이다.

　이 작품에는 제주도 사람들 사이에서 전해 내려오는 도깨비 도로에 관한 이야기가 담겨 있다. 아마 그곳 사람들은 도깨비 도로의 신기한 현상을 보면서 재미있는 도깨비 이야기를 하나 만들어냈나 보다. 그 이야기는 실제로 제주도 사람들의 입에서 입으로 전해 내려오는 이야기이거나, 시인이 상상해낸 것이어도 무방하다. 시작품에서 시인이 말하는 바를 그대로 믿거나 받아들이는 것은 현명한 처사가 못 된다. 다만 우리들은 시작품을 읽으면서 대상을 새로운 눈으로 또는 지금까지와는 다르게 받아들이는 과정을 통해 생각의 깊이와 너비를 넓힐 수 있으면 되는 것이다. 시인이 보여준 재치 발랄한 상상력의 도움으로 도깨비 도로는 우리들의 관심을 끌게 된다.

　이처럼 시인은 상상력을 동원하여 세상의 여러 가지 현상을 재미있게 보여준다. 이제 우리들은 도깨비 도로를 지날 적마다, 시인의 말대로 도깨비들이 장난치는 광경을 상상하며 걷는 일이 즐거울 것이다. 또한 우리들은 시인에 의해 도깨비 도로에게 이전보다 더 큰 관심을 갖게 될 터이다. 그것은 시작품을 읽는 도중에 우리들도 모르게 시인의 따뜻한 가슴을 닮게 되기 때문이다. 계속하여 시인은 제주도의 낯선 풍경들을 시작품 속에 끌어들여서 독자들로 하여금 제주도에 대한 궁금증을 자아내도록 만든다. 이밖에도 「귤을 따며」, 「한라수목원에서」 등의 작품에서 제주도의 풍광을 더 살펴볼 수 있다.

위에서 살펴본 바와 같이, 장승련 시인의 가슴은 매우 따뜻하다. 그동안 그가 여기저기 발표한 작품들을 모아 묶은 이 시집에는 세상에 대한 따뜻하고 푸짐한 사랑이 돋보인다. 그의 사랑은 세상에서 주목받지 못하는 작고 힘없는 것들의 아름다움을 찾아내는 일에 힘을 발휘한다. 또한 그는 자신이 살고 있는 지방의 풍경들을 고스란히 보여줌으로써, 제주도에 대한 턱없는 생각들을 바로잡으려 노력하고 있다. 우리들은 시인이 가꾼 시의 텃밭이 한 뼘 두 뼘 더 커지도록 주목할 일이다.

물방울의 하나 되기
—최향 동시집 『한쪽 눈만 떠봐요』

요즈음 동시단에는 젊은 시인들의 약진이 두드러진다. 그들은 과거 흔히 볼 수 있었던 동시의 전형을 바꾸어 보려고 노력한다. 최향도 그런 변화의 대오를 꾸려가는 데 앞장서고 있다. 시집의 출판이 잦아질수록 두꺼워지는 자신의 틀을 스스로 부수고 있다. 내가 그녀의 시에 애정을 갖는 이유이다.

먼저 그의 시는 참신하다. 소재의 기발한 착상도 그렇고, 다양한 실험정신을 엿볼 수 있어서 더욱 그렇다. 최향의 시에서는 여러 가지 소재가 다루어진다. 일상에서 평범하게 굴러다니는 글감들이 그의 머릿속에서 일정 기간의 고통을 치르고 나면 한 편의 반듯한 시가 되어 세상 밖으로 나온다.

그녀의 첫 번째 시집이 주는 감동을 체험한 독자라면, 이번에 내는 시집을 통해 그녀의 시적 역량이 예사롭지 않다는 사실을 충분히 확인할 수 있을 것이다.

1. 정치면

연못마을 대표 뽑는 날/마을 사람 모두 모여 후보 연설 듣는다/물방개
후보 나왔다/은빛 물결 찰랑찰랑 밝은 세상 이룩하자/빙—빙—도는데/
개굴개굴 개구리 소리 요란하다/미꾸라지 왔다갔다 흙탕물 친다.

—「연못 신문」

이 시는 「엄마손 약국」이라는 작품과 함께, 그녀가 고민하고 있는
바를 여실히 드러내 준다. 성인 시단에 비하여 실험적 시도가 쉽사리
결행되지 않는 동시단의 실정을 감안하면, 그녀의 시적 노력은 무척
외로운 작업에 속한다.

신문의 면에 따라 연을 배치하고, 연못 사회에서 일어나는 사건을
시 속으로 끌어들였다. 언론 매체가 문학작품 속에서 더부살이하는
것은 그리 신선한 것이 아니다. 하지만 이 작품은 시적 대상을 하나
의 사실로 파악하는 과학적 시각을 보여줌으로써, 읽는 이로 하여금
지금까지 동시를 읽는 데 소용되었던 독법의 전환을 말하고 있다. 동
시도 격변하는 사회 현상 속에서 자유로울 수 없다는 것이다.

시에서 도회 문명을 구성하는 숫자와 선분은 만지기 거북한 소재
이다. 최향이 딱딱한 숫자를 비롯한 수학적 소재에 쏟은 관심은 지극
하다. 11편의 시에서는 기존의 동시에서 금 밖에 세워 두었던 숫자
에게 따뜻한 숨결을 불어넣는다. 그녀만의 통찰력이 낳은 아래의 시
편은 무감정한 숫자를 하나의 소중한 생명체로 거듭나게 한다. 이만
하면 숫자도 어엿한 인격체로 대접하여야 힐 당위성을 확보한다.

3은 3끼리
안아주고 싶을 거야

8이 되고파

8은
나누고 싶을 거야
3이 되고파

3은 추워서
하나 되고 싶고

8은 외로워
둘이 되고 싶고

—「3과 8」

숫자와 함께 근대 문명을 구성하는 선에 관한 관심은 일찍이 레몬 향을 맡고 싶어했던 한국문단의 문제아 이상에 의해 수용된 바 있다. 이른바 '오전의 시'를 주장하는 부류의 시인들에게서 볼 수 있었던 선에 대한 관심은, 동시 부문에서는 그녀에 의해 천연덕스럽게 되살려진다. 이상의 숫자 배열이 도회문명 속에서 파멸할 수밖에 없는 자아의 분열 양상을 드러내는 데 동원되었다면, 최향에게서 숫자와 선은 자아의 조화로운 합일을 위해 수용된다. 그것은 '싶은'이라는 빈도수 높은 어휘 하나에 의해 난해성과는 거리가 먼 단순성과 교훈성을 스스럼없이 병치하였다는 말과 동궤에 놓인다. 이런 점에서 그녀의 시는 애피그램일 수도 있고, 시적 형식을 빌려 독자라는 아이를 향한 어른의 기막힌 잔소리일 수도 있다.

문 열어주세요

새로운 친구

새로운 세상

기다리고 있어요

—「선분」

비이잉

서두를 줄 모르길래

시간 낭비한다고

발 동동 굴렀는데

—「곡선」

위 시에서 독자들은 선분의 날카로움이 닳아진다면, 얼마나 따뜻한 느낌을 가질 수 있는가에 대한 보기를 충분히 구경할 수 있다. 시인의 마음앓이가 지속되는 한, 선분의 예리함은 반드시 곡선의 철학으로 다시 살아나는 것, 직선과 곡선이 갖고 있는 고유의 성질을 찾아내는 일은 시의 본령에 속한다. 이 점에서 최향의 시는 이준섭의 「동그라미」 연작과 변별성을 갖는다. 그녀는 둥금의 이미지를 추구하는 것이 아니라, 대상물의 형상이 갖고 있는 본질적 메시지를 포착하는데 주력하는 것이다. 무릇 시가 고통의 양수 속에서 몸부림칠 때, 시인은 자신만의 직관으로 순간의 정서적 꿈틀거림을 포착하는 것이다.

최향의 시적 궁극은 물방울이다. 그녀는 물방울이 되어 세상을 돌아다니며 기웃거리고 싶어 한다. 이 점에서도 그녀의 작품은 너무나 '동시'스럽다. 황지우처럼 몇 년 만에 내는 시집에서 겨우 흐린 주점에 '앉아' 바깥 세상이나 구경하는 태도가 시적 태도라면, 그녀는 훨씬 동시스럽고 아이들다운 시선을 견지하고 있다. 또한 시의 사회적/시대적 책무성에 대해 진지하게 고민하였다.

두 권의 시집이 나왔던 세기말에는 술잔을 놓고 안에서 망을 보는 것보다는, 도리어 바깥 세상을 돌아다니며 미래에의 전망을 낳아야 될 때였다. 시인의 분신인 물방울은 여행하면서 만나는 식물마다 "안녕, 강아지풀아, 명아주야" 하고 반가워 인사를 건네고, 그것들과 숨바꼭질을 하고 논다. 그러다가 목이 마른 생명이 있으면 "나 여기 있어" 하고 "뿌리에게 다가가" 목마름을 풀어 준다. 냇가에서는 나뭇잎을 따서 냇물에 띄워 놓고 뱃놀이를 하다가 그녀만 헤어지는 슬픔을 겪기도 한다. 물방울은 이별이 만들어 주는 아픔을 이겨내고, 떠남이 빚어내는 새로운 세계를 향해 자신의 머묾을 돌아보면서 "이젠 떠난 게 두려워/웅덩이 속에 날 가두지 않겠다"고 훌훌 털고 일어나기도 한다. 이윽고 바다에서 놀다가 하늘로 올라간 물방울은 늦잠 자는 해님을 깨워 일터로 내보낸다.

그늘 속 풀잎
햇빛 기다릴 거야

해님 이마 얹었던 손
빨리 떼었습니다

—「구름에 앉아」

물방울은 모양을 바꾸어 가면서 자신의 처지에 알맞게 형태를 구부릴 줄 안다. 물방울은 시인을 데불고 다니면서, 그녀의 상상력을 자극하여 고유한 깊이와 너비를 가질 수 있도록 도와주는 모티프이다. 이승의 만물에 생명을 불어넣어 주는 물방울이지만, 애초부터 비범한 능력을 소유한 것은 아니다. 밤낮으로 고뇌하는 사유의 치마 속에서, 물방울이 되고 별이 되는 것이다.

> 그래서 둘은
> 마음과 마음
> 몸과 몸
> 하나가 되었다
>
> 밤엔 별이 땅으로 내려와
> 낮엔 물방울이 하늘로 올라가
> 물방울별이 되었다
>
> ─「물방울과 별과 물방울별」

쉬임없는 자기 번민과 숱한 사고의 수정 안에서만 물방울의 모양 바꾸기는 이루어진다. 물방울과 별은 시간적으로 낮과 밤을 은유하는 표지이거니와, 공간적으로도 긴밀히 조응하면서 시인의 사유 체계를 담보한다.

최향이 이전의 시집에서 자신의 선대와 못다 나눈 시적 담론에 치중하였다면, 이 시집에서는 자신과 후대와의 대화를 앞세우고 있다. 가령 「엄마 저랑 결혼해요」, 「정전기」, 「반쪽 편지」, 「베개」 등에서 볼 수 있는 어른다운 목소리가 실례이다. 한 시인이 펴낸 두 권의 시집에서 삼대에 걸친 시적 대화를 엿들을 수 있다는 것은 재미있는 일이다. 또 그녀는 첫 시집에서 신인답게 '길 위에서' 방황하느라 자신의 분신들에게만 시선을 주었는데, 두 번째 시집에서는 길 위에서 만나는 모든 생명체에게 다가가 '따슨 숨결'을 나눠 주고 있다. 이런 사실은 그녀의 연치가 쌓이는 동안 시편 속에 절로 드러난 주름진 음성이면서 연륜의 두께라고 생각한다. 한 치도 거역할 수 없는 시간의 흐름 속에서, 시 속에서나마 끊임없이 물방울이 되고 싶어 하는 이유가 여기 있다.

자신의 색조를 드러내는 일에 미온적인 동시단에서 이만한 자질을 갖춘 이도 썩 드물다. 아련한 옛동산의 추억을 오늘에 되살리는 것을 시작상의 과제로 삼는 동시단의 분위기를 거부하고, 스스로를 채찍하면서 낯선 이미지와 낯익은 메시지를 불쑥 내미는 최향의 자세는 자못 듬직하다.